혼의
노래

혼의 노래

라의연 장편소설

참글세상
1% 나눔의 기쁨

12월 25일 일요일 새벽

조용한 새벽이었다. 야간 근무 간호사들이 피곤한 얼굴로 퇴근을 준비하는 동안, 조간 근무자들은 커피를 마시며 일지를 들춰보고 있었다. 일상적인 업무 교대라 대화가 필요 없었다. 인텐시브 유닛 전체가 심해에 갇힌 듯 적막하게 가라앉아 있었다.

그때였다.

끼이익!

투두둑, 툭툭!

인텐시브 유닛이 갑자기 들썩거리기 시작했다. 복도 끝에서 휠체어 바퀴 굴러가는 소리와 여러 사람의 발자국소리, 그리고 그들이 만들어내는 수근거림이 인텐시브 유닛 전체를 둘러쌌던 적막을 송두리째 깨뜨렸다. 잠시 후, 일시에 소음이 멈추었다. 소란스럽던 자들의 다급한 발걸음이 어느 병실 앞에서 갑자기 멎었기 때문이었다. 이내 수근거림도 잦아들었다. 병실 복도 한편에서 소리 없이 반짝이는 크리스마스 트리만이 그들의 움직임을 예의주시하고 있었다.

❖

한 남자가 은빛 휠체어에 앉아 있었다. 파리한 입술을 지그시 깨문채 고개를 숙이고 있던 남자가 천천히 고개를 들었다. 어슴푸레한 간접 조명 아래임에도 몹시 상기된 표정이 고스란히 드러났다. 남자가 결심이 선 듯 고개를 끄덕이자 함께 온 무리 중 한 명이 성큼 걸어나와 병실 문을 가볍게 두드렸다.

노크소리가 텅 빈 복도를 따라 어둠 속으로 사라졌다 메아리가 되어 돌아왔을 때쯤, 병실 안에서 슬리퍼 쓸리는 소리가 문틈으로 들려왔다. 문이 조용히 열리고 병실 내부가 드러났다. 하얀 가운 차림의 의료진들이 좁은 병실 안에서 북적대고 있었고, 그 모습은 한밤의 복도에 깔린 깊은 정적과 묘한 대조를 이루고 있었다.

바퀴에 얹힌 남자의 손에 문득 힘이 들어갔다. 휠체어가 주춤, 뒤로 밀리나 싶더니 이내 병실 안으로 미끄러지듯 들어섰다. 한 여인이 앞을 막아섰다. 하얀 얼굴에 진한 갈색 머리칼, 오뚝한 코와 진한 갈색 눈동자. 이국의 여인이었다. 흔들림 없는 깊은 눈동자가 남자의 큰 눈망울을 살폈다. 남자는 차마 여인과 눈을 마주치지 못하고 고개를 떨어뜨렸다. 남자의 어깨가 복받치는 흐느낌에 격렬하게 요동치기 시작했다. 여인의 손이 남자의 어깨에 살며시 얹혔다. 흠칫 놀라 고개를 든 남자의 얼굴은 붉게 상기되어 있었다. 충혈된 두 눈 언저리에 눈물이 그렁그렁 맺혀 있었다. 남자는 여인의 손을 천천히 어깨에서 거두어 두 손으로 정성껏 감싸쥐었다. 여인의 하얀 손등으로 남자의 굵은 눈물방울이 하염없이 떨어졌다. 여인은 잡힌 손을 거두지 않은 채 묵묵히 남자를 내려다보았다.

여인이 다시 고개를 들자 휠체어 손잡이를 잡고 있던 한 여인이 보였다. 그녀는 조용히 남자로부터 손을 빼내어 여인의 손을 부드럽게 잡고는 병실 밖으로 그녀를 인도했다. 동시에 병실 안의 의료진에게도 눈짓으로 자리를 비켜줄 것을 주문했다. 누가 먼저랄 것도 없이 서로 눈치를 살피며 의료진이 하나둘 병실에서 나갔다.

이내 남자의 간절한 시선이 침대에 누워 있는 소년을 향했다. 검은 머리카락, 하얀 얼굴, 짙은 눈썹…… . 아름다운 소년이 눈을 감은 채 누워 있었다. 소년의 왼쪽 팔에는 링거 바늘이 꽂혀 있었고, 바늘을 고정하느라 덕지덕지 붙여놓은 반창고 주변에는 검붉은 핏자국이 어지럽게 얼룩져 있었다.

남자는 휠체어 바퀴를 굴려 소년에게 다가갔고, 얼굴을 확인하고는 이내 표정이 환해졌다. 남자는 휠체어를 침대 쪽으로 바짝 붙이며 소년에게 더 가까이 다가서려 했지만 휠체어 바퀴가 침대 매트리스에 막혀 다가갈 수가 없었다. 남자는 안타까움에 안간힘을 써서 몸을 일으켜 보았다. 하지만 그 또한 뜻대로 되지 않자 이번엔 소년의 이마를 향해 오른손을 뻗었다. 손이 간신히 소년의 이마에 닿았다. 남자는 소년의 이마를 부드럽게 쓰다듬으며 입맞춤을 하기 위해 몸을 일으키려 관절에 힘을 주었다. 하지만 관절이 다 펴지기도 전에 풀썩 주저앉고 말았다. 여드레 만에 깨어난 몸이라 아직 팔다리가 마음먹은대로 움직여주지 않았다.

삐걱거리는 휠체어 소리와 매트리스의 흔들림이 거슬리는 듯, 소년이 가볍게 눈살을 찌푸렸다. 동시에 눈꺼풀에 갇힌 소년의 눈동자가 미세하게 움직였고, 그에 반응한 긴 속눈썹이 팔랑, 흔들렸다. 천천히 소년의 눈꺼풀이 열렸다. 하지만 크고 맑은 눈동자는 여전히 허공에 묶여 있었다. 남자는 말없이 소년의 초점 잃은 눈동자를 자신의 젖은 눈 속에 담고 있었다.

1부

1.

꿈 하나

한 노천사가 붉은 석양을 가득 머금은 구름 위를 미끄러지듯 이동했다. 도포자락이 미세한 바람에 살랑거릴 때마다 반짝이며 날아드는 빛 조각들이 눈을 자극했다. 옷이라기보다 차라리 빛이었다. 노천사 뒤로는 탐스러운 하얀 깃털 날개를 가진 수많은 이들이 줄지어 서 있었다. 모두 손을 가지런히 앞으로 모으고 경배하듯 경건한 모습이었다. 노천사의 품에 무언가 빛나는 것이 안겨 있는 것이 언뜻 보였다. 호기심에 조금 더 가까이 다가갔다. 단순한 빛이 아니었다. 빛들이 한 움큼 엉겨붙어 오묘한 색깔들로 어우러져 찬란한 밝음을 만들어내고 있었다. 하지만 덩어리 주변에서 일렁이는 광파光波가 커서 덩어리의 실체까지는 확인할 수 없었다. 무언가에 홀린 듯, 그 빛덩어리 쪽으로 다가가 손을 대보았다.

순간, 빛덩어리가 수만 갈래로 갈라지더니 갑자기 심하게 요동치기 시작했다. 요동치는 빛들이 서로 부딪칠 때마다 엄청난 에너지가 뿜어져 나왔고, 주변은 그 에너지로 환하게 밝아졌다. 그리곤 얼마 뒤, 사방팔방으로 뻗어 나가던 수만 갈래의 빛줄기들이 갑자기 다시 융합을 시작했다. 빛들이 섞이고 부딪치며 혼란의 소용돌이에 빠져들었고, 그 광명이 만들어내는 대혼란 속에서 어렴풋이 형상 하나가 만들어졌다.

광명의 혼란이 빚어내는 장관에 넋이 빠져 있을 즈음 어느새 다가온 노천사가 조금 전 광명이 빚어낸 빛덩어리를 하얀 천으로 곱게 싸서 품에 안겨주었다. 그는 떨리는 손으로 빛으로 곱게 짠 겹겹의 천들을 벗겨내다 자기도 모르게 탄성을 터뜨렸다.

"아! 광명의 기운으로 빚어진 아이, 그래서 신성함이 하늘에 닿은 아이, 그 아이가 내 품에 들어왔구나!"

천사들이 입고 있던 눈부신 빛의 도포도 아이 주변에서 일렁이는 밝음 앞에선 차라리 어둠이었다. 이 세상 어떤 언어로 이 아이의 지극한 아름다움을 표현할 수 있을까? 그의 두 눈에서는 주체할 수 없는 뜨거운 눈물이 흘러내렸다.

아침이 오기엔 아직 너무 이른 캄캄한 새벽, 마이클은 뜨거운 눈물의 감촉에 놀라 번쩍 눈을 떴다. 꿈이었다. 너무도 생생한 꿈이었다. 꿈속에서 얼마나 울었던지 목이 뻑뻑하게 아팠다. 마이클은 신비한 꿈이 행여나 잊힐까봐 다시 잠을 청할 수 없었다. 아니, 잠들고 싶지 않았다.

2.

1968년 2월

"축하합니다. 아주 예쁜 딸입니다."

병원 산파가 아이를 조심스레 안아 올리며 마리아에게 말했다. 마리아도 마이클도 넘쳐나는 기쁨에 어찌할 바를 몰랐다. 얼마나 기다렸던 딸이던가? 더 나은 일자리와 풍요로운 미래를 위해 이탈리아 시칠리아에서 호주로 이민 온 지 5년, 슬하에 세 명의 아들을 두었지만 딸 욕심은 사그라질 줄 몰랐다. 그러다 그토록 간절했던 딸을 얻었으니 그 기쁨을 어디에 비할 수 있으랴. 마이클은 수많은 천사들의 배웅을 받으며 대천사가 전해준 아이라 하여 딸의 이름을 '안젤라'라 지었다.

"마리아, 우리 딸 좀 봐요. 천사들이 보낸 아이라고 말했던 것 기억하오? 이 모습이 천사가 아니라면 어떤 모습이 천사의 모습이겠소?"

그날 밤, 마리아를 병원에 두고 홀로 집으로 돌아온 마이클은 침실 머리맡에 걸어둔 십자가 앞에서 조용히 무릎 꿇고 감사의 기도를 올렸다.

늦은 밤, 병원에 홀로 남은 마리아는 출산의 피로 때문에 일찌감치 깊은 잠에 빠져 들었다. 안젤라는 산모 침대 옆에 놓인 요람 안에서 처음 보는 세상이 신기한 듯, 주변을 살펴보느라 여념이 없었다. 그러다 무언가를 발견한 듯, 그녀의 호기심 어린 시선이 한곳에 머물렀고 곧 안젤라의 눈동자에 영롱한 빛가루들이 맺혀들었다. 갑자기 눈부신 빛가루들이 요람 주변으로 떨어져 내리며 주위를 대낮처럼 환하게 밝히고 있었기 때문이었다. 그중 가장 밝은 빛가루 한 움큼이 안젤라의 이마 위에 다다르자 갑자기 불꽃이 일었다. 그 찰나에 안젤라의 이마 위에는 십자가 성호가 그려졌고, 불씨가 사그라지면서 성호도 희미해졌다.

3.

꿈 둘

　노령의 여인이 서 있었다. 휘황찬란한 빛깔의 수가 놓인 화려한 문양의 비단 외투를 걸친 여인이었다. 비단 외투 뒤편으로는 하얀 리본이 날개처럼 드리워져 실바람 한 점에도 잔물결처럼 살랑거렸다. 여인은 고운 비단 보자기에 싸인 뭔가를 조심스레 안고 있었다. 여인이 입고 있는 비단 외투만큼이나 화려한 문양으로 장식된 보자기였다. 청홍백황 등 다채로운 색실로 꾸며진 봉황 한 마리가 비상을 준비하듯 커다란 날개를 펼치고 있었다. 석철은 궁금증을 참을 수 없어 단번에 달려가 보자기 안을 살폈다.

　아! 아기였다.

　석철이 미소 짓자 아기가 따라 웃었다. 석철은 다시 여인을 쳐다보았다. 하얀 비단 끈으로 감아 올린 은빛 머리칼, 고요함이 가득한 깊은 눈동자, 왠지 옅은 경륜의 여인이 아닐 것이라 쉬이 짐작되었다. 그녀를 둘러싼 범상치 않은 기운들, 세월에 그냥 생을 맡겼다가 때가 되면 사라지는 세속의 여인이 아님이 분명했다. 여인의 바로 뒤에는 나이가 지긋한 남자와 여자의 모습이 보였는데, 언뜻 보아도 원앙의 다정함이 깃들어 있어 백년해로한 부부임을 쉽게 짐작할 수 있었다. 그들은 높은 상전의 부름이라도 받은 듯이 두 손을 공손히 모아 잡고 머리를 조아린 채 서 있었다. 노부부 뒤로는 두세 보 간격을 두고 엄청난 인파가 웅성거리고 있었는데, 화려한 빛깔과 다양한 형태의 옷들을 입고 있는 모습이 잔칫집에 모인 손님들처럼 들떠 보였다. 특별한 의식을 위해 준비한 듯, 아주 잘 차려 입은 모습이었는데, 떠들썩하고 흥겨워 보였지만 노부부와 마찬가지로 두 손을 가지런히 모은 모습으로 경건함과 엄숙함은 잃지 않고 있었다.

비단옷의 여인이 옷자락을 펄럭이며 돌아서 아이를 감싼 보자기를 노부부에게 조심스럽게 내밀었다. 그들은 아이를 건네받고는 알을 품은 봉황처럼 꼼짝도 하지 않았다. 아이를 건넨 비단옷의 여인이 눈짓을 보내고 나서야 몹시 아쉬운 듯, 머뭇거리며 아이를 석철에게 건넸다. 석철은 건네받은 아기를 가슴 가까이 살포시 당겨안아 아기의 심장 박동에 귀를 기울였다. 콩닥콩닥, 아기의 심장 박동이 자신의 심장 박동과 조화를 이루어 심박수가 같아질 때쯤, 노부부가 아기의 이마 위에 주름진 손을 얹고 무언가를 낭랑히 읊조렸다. 주문 같기도 하고 기도 같기도 했지만 의미를 전혀 알 수 없었다.

주문의 영향이었을까? 갑자기 아기를 감싼 비단 보자기 끝자락이 한 번 크게 펄럭이더니 눈부신 빛들이 현란하게 뿜어져 나오기 시작했다. 보자기에 수놓인 봉황이 빛과 함께 춤추듯 일렁였고, 순간 그늘에 가려져 있던 노부부의 얼굴이 일렁이는 불빛의 영향으로 선연하게 드러났다. 찰나였지만 분명히 보았다. 몇 해 전에 운명을 달리한 석철의 부모님이었다. 뿐만 아니라 노부부 뒤에 있는 수많은 군중들도 석철에겐 꽤 낯익은 얼굴들이었다. 어릴 적 집안 제사에서 가끔씩 뵈었던 집안 어른들과 사진으로 뵈었던 조상님들이었다.

4.

1969년 5월

　저녁노을이 평소보다 붉게 타오르는 날이었다. 날카로운 비명소리
가 고요한 저녁 산야를 사정없이 헤집었다. 읍내에서도 한참이나 떨어
진 강원도 정선의 어느 산골 마을 허름한 농가의 한 방에서 산모 한
명이 일곱 시간이나 계속된 산고로 신음하고 있었다. 나석철의 아내
김성현이었다. 땀에 흠뻑 젖어 있는 산모 옆에는 마을 산파와 산파 보
조 노릇을 하는 이웃집 아낙 하나가 자리하고 있었다. 그들은 예상치
못한 난산에 거의 혼이 빠져 있었고, 문 밖에서 기다리고 있던 나석
철 또한 초조함과 긴장감으로 거의 초죽음 상태였다.

　"도대체, 괜찮은 건가요? 이러다 산모 죽이겠습니다. 지금이라도 읍
내 병원으로 데려갈까요?"

　"좀, 조용히 있으래요. 안 그래도 정신없는데 왜 이래 소란이래요?"

　산파의 서슬 퍼런 핀잔에 석철은 입을 닫았다. 산모와 산파, 이웃집

아낙의 이마에는 송골송골 땀방울이 맺혀들었고 얼굴의 주름을 따라 흘러내린 땀방울들이 줄기가 되어 턱 끝에 이르자, 폭포를 만난 계곡 물처럼 굵게 방울방울 떨어져 내렸다. 일찌감치 군불을 넉넉하게 지펴 놓은 탓도 있었지만 산모와 산파, 그리고 이웃집 아낙이 뿜어내는 열기로 방안은 한여름 무더위가 무색할 정도였다.

그때였다. 한바탕 바람이 회오리처럼 일더니 꼭 닫혀 있던 창호지가 발라진 문을 요란스레 바깥으로 열어젖혔다. 동시에 산골 마을의 싸늘한 한기가 순식간에 방안으로 밀려들어와 아낙들의 땀방울을 훔쳐 달아났다. 이웃집 아낙이 깜짝 놀라 열린 문 쪽으로 눈을 돌림과 동시에 산파가 소리쳤다.

"나온다이, 나온다이, 아기 머리가 보여. 조금만 더 밀어보래이! 새 댁, 조금만 더 힘을 내라이! 근데 문은 누가 열어났나? 산모한테 한기 들기 전에 빨리 문 닫으래이!"

산모는 뼈가 으스러지는 듯한 고통을 꽉 깨문 입술 너머로 삼키며 혼신의 힘을 다해 아기를 밀어냈다. 어미의 고통이 안쓰러워서였을까? 아기도 순순히 세상을 향해 마음을 열고 사자후 같은 울음으로 세상 에 첫인사를 했다. 그 소리는 캄캄한 강원도 산골 이곳저곳으로 메아 리가 되어 울려 퍼졌다. 그에 화답이라도 하듯, 수많은 산짐승들의 울 음소리가 산자락 여기저기서 울려 퍼졌다.

석철은 스르르 긴장이 풀려 그 자리에 주저앉아버렸고, 그 자리에 서 고개를 들어 하늘을 보았다. 청명한 산골 하늘에 총총히 박힌 수 많은 별들이 당장이라도 쏟아질 듯 반짝거렸다. 석철은 하늘을 향해 무릎을 꿇고 공손하게 두 손을 모았다.

'조상님, 감사합니다.'

석철은 꿈속에서 아이가 조상들을 거느리고 있었다 해서 거느릴 영領, 조상 조祖를 써 영조라 이름 지었다. 그런데 문제가 있었다. 영조는 태어난 후 사흘 동안 젖은 입에 대지도 않고 밤낮없이 울기만 했다. 엄마가 안아줘도 아빠가 안아줘도 소용이 없었다. 읍내 병원까지 데려가봤지만 아무 이상 없다는 대답만 돌아왔다. 석철 부부는 속수무책으로 속만 태울 수밖에 없었다. 그러다 나흘째 되던 날, 거짓말처럼 영조는 울음을 그쳤다. 그리고 젖이 넘쳐 탱글탱글한 성현의 가슴을 필사적으로 파고들며 사흘치의 굶주림에 대한 보상이라도 받으려는 듯 혼신의 힘을 다해 젖을 빨았다.

닷새째 아침, 젖도 먹을 만큼 먹었는지 전날처럼 성현의 가슴을 파고들지는 않았다. 그보다는 자신이 어디에 있는지가 더 궁금해진 모양이었다. 한시도 가만있지 않고 끊임없이 주변을 두리번거렸다. 그러다 석철과 눈이라도 마주치면 까르르 웃음을 터트리곤 했다. 그 웃음소리는 초여름 시냇물 흘러가는 소리처럼 맑고 가벼웠다. 닷새째 되던 날 밤, 오랜만에 모두들 깊고 달콤한 잠에 빠져 들었다. 영조도 입가에 한가득 미소를 담고 새근새근 잠이 들었다.

잠든 영조 옆에 누군가 스르르 다가와 앉더니 영조의 이마 위로 주름진 손을 살며시 얹고는 찬찬히 숨결을 살폈다. 깊은 잠 속에서도 이 손길을 느꼈는지 영조는 여전히 잠기운이 가득한 두 눈을 슬며시 떠서 손길의 출처를 살폈다. 인자한 미소를 가득 담은 노령의 여인이 영조의 눈망울에 맺혔고, 순간 영조의 눈망울에는 진한 반가움이 스쳐갔다.

"갑자기 밀쳐내서 속상했지? 사흘 동안 먹지도 않고 떼를 쓰더니 이제야 화가 좀 풀린 모양이구나, 허허허! 왜 그리 안 나가겠다 떼를 썼누? 어차피 나가야 할 세상인데……. 꼭 네가 세상에서 살아줘야 할 이유가 있으니, 나 또한 어쩔 수가 없었단다, 허허허!"

5.
운명

1975년 대구 팔공산 자락, 늦가을 새벽이었다. 한겨울 못지않은 냉기가 석철과 성현의 옷깃을 집요하게 파고들었다. 영조에게 더 나은 환경을 제공하기 위해 강원도의 전답을 정리해 대구로 와서 식당을 차린 지 4년, 성현의 음식 솜씨가 좋았던 것이 가장 큰 이유였겠지만 신선한 재료와 저렴한 가격, 그리고 푸짐한 양 덕분에 맛 좋고 인심 좋은 집이란 입소문으로 그럭저럭 자리를 잡아가고 있었다. 까다로운 단골 입맛을 사로잡는 비법은 신선한 재료였기에 석철과 성현은 오늘도 새벽부터 부산을 떨었다. 이번 주 특선 요리인 해물 요리들에 쓰일 신선한 해물을 사러 동해안으로 장을 보러 가야 했기 때문이었다.

채비를 끝낸 성현과 석철은 차디찬 새벽 냉기를 뜨거운 보리차 한 잔으로 날리면서 영조 방에 잠시 들렀다. 석철의 하나뿐인 동생 석기가 영조 옆에서 큰대자로 뻗어 세상모르게 곯아 떨어져 있었다. 늦둥

이인 석기는 석철과 무려 열여덟 살 차이가 나는 동생이었다. 그래서 석철에게 석기는 동생이라기보다 자식 같았다. 부모가 세상을 떠났을 때 겨우 열두 살이었던 석기는 둘 곳 없는 마음을 형 석철 부부의 따뜻한 사랑을 통해서 달랠 수 있었다. 석철과 성현은 사춘기 시절의 혼란스런 석기를 친자식 이상으로 아끼고 사랑했다. 그 은혜를 가슴 속 한구석에 차곡차곡 쌓으며 살아온 석기에게 형수는 어머니였고 형은 아버지였다.

당연히 석기에게 영조는 조카이자 동생이었고, 평생을 빚진 은인의 외아들이었다. 석기는 영조를 위해서라면 모든 걸 던질 수 있을 만큼 든든한 후원자이면서 가장 가까운 친구였다. 석철 부부는 그런 석기가 든든했고, 영조는 그런 삼촌이 언제나 자랑스러웠다.

몸부림을 쳤던지 석기 얼굴에 조그마한 발을 턱하니 얹어놓고는 머리는 반대편으로 향한 채 새근새근 잠들어 있는 영조의 모습에 석철과 성현의 얼굴에 함박웃음이 번졌다. 석철은 영조를 조용히 안아 제자리에 반듯하게 눕히고 볼에 입을 맞췄다. 꿈속에서 맛있는 것이라도 먹는지, 연신 입맛을 다시며 잠들어 있는 영조의 모습에 어느새 봄날 같은 따스함이 석철과 성현의 마음에 스며들었다. 매일 아침 새벽잠 설쳐가며 일을 나가야 하는 삶이 고달프지 않은 건 아니었지만, 씩씩하게 커나가는 영조만 보면 하나도 힘들지 않았다.

그런데 웬일일까. 오늘은 집을 나서고 싶지가 않았다. 귀여운 영조 옆에 한없이 앉아 있고만 싶었다. 영조를 두고 떠나는 일상적인 발걸음이 오늘따라 양다리에 무쇠를 단 듯, 왜 이리 무겁게만 느껴지는지 이유를 알 수 없었다.

온 세상이 우유를 뿌린 듯 희뿌연 안개로 뒤덮였다. 세상에 존재하는 모든 것들은 두꺼운 안개의 장막 속에서 허우적거리고 있었다. 모든 흔적을 깡그리 지워버릴 듯, 맹렬히 달려드는 우윳빛 짙은 안개의 기세 앞에서 어떤 존재도 감히 항거치 못하고 순순히 사라져갔다. 간간이 도로를 질주하는 몇몇 자동차만 상향등을 켜고 짙은 안개덩어리와 무모한 맞대결을 펼치고 있을 뿐이었다. 강렬한 상향등도 진회색 안개가 떼를 지어 엉겨붙으면 맥을 추지 못했다.

그 짙은 안개 속을 달리고 있는 픽업트럭 한 대가 어렴풋이 보였다. 운전석에서는 동양계 남자가 상체를 운전대에 바짝 붙인 채 시야를 확보하기 위해 안간힘을 쓰고 있었다. 조수석에는 30대 중반으로 보이는 여자가 차창에 머리를 기대고 두 눈을 감고 있었다. 운전자는 안개를 녹여버리기라도 할 듯, 강렬한 상향등을 광선처럼 쏘아보지만, 광선은 안개가 만들어낸 끝없는 심연 속으로 흔적도 없이 스러져버렸다. 운전자의 격렬한 반항에 심기가 상한 듯 안개는 더욱 짙어졌고 이내 거의 한 치 앞도 보이지 않게 되어버렸다. 남자는 더 이상의 항거를 포기한 듯 차량을 갓길 쪽에 세우기 위해 룸미러와 사이드미러를 통해 주위를 살피며 속도를 줄이기 시작했다.

그때였다.

한순간이었다.

육중한 몸집의 화물트럭 하나가 느닷없이 안개 장막을 요란하게 찢어발기며 굶주린 맹수처럼 픽업트럭을 향해 돌진해왔다. 괴물 같은 대형 화물트럭의 양쪽 헤드라이트는 깨져서 꺼져 있었고, 그 때문에 픽업트럭 운전자는 트럭의 접근을 짐작조차 할 수 없었다. 남자가 트럭을 발견했을 때는 이미 화물트럭이 픽업트럭 코앞까지 다가서 있을 때였다.

남자는 돌진하는 화물트럭을 피하기 위해 운전대를 오른쪽으로 힘껏 돌렸다. 오른쪽으로의 급격한 중심이동은 곧 짐칸 생선 상자들을 왼쪽으로 일시에 몰려들게 만들어버렸다. 왼쪽으로의 갑작스런 무게 중심 이동은 곧 픽업트럭 왼쪽을 일시에 밀어붙여 심하게 기울어지게 만들어버렸고, 차체가 기울어진 만큼 지면 접지력을 잃고 허공에 떠버린 타이어는 브레이크로 제어하기엔 잡고 설 땅을 잃은 상태가 되어버렸다. 접지력 잃은 타이어 대신 차체 왼쪽 동체가 먼저 땅과 조우하자 픽업트럭은 요동치는 아스팔트를 붙잡고 사정없이 구르기 시작했다. 한 번, 두 번, 세 번……, 그리고 한 번 더.

귀에 거슬리는 요란한 쇳소리가 연이어 고막을 때리고 우지끈, 둔탁하게 부서지는 소리가 소름끼치는 음향을 만들어내며 무서운 속도로 정확히 네 번을 구르고 난 뒤, 길가의 큰 가로수를 들이받고서야 픽업트럭은 멈추어 섰다. 화려한 단풍들을 거의 털어내어 깡마른 가로수의 앙상한 나뭇가지들 사이에 픽업트럭은 처박혔다. 부서지고 상처입어 축 늘어진 픽업차량을 깡마른 가로수가 굵은 가지를 팔처럼 벌려 안고 있는 듯한 모습이 기괴하고 음산했다.

짐칸에서 튕겨져 나온 생선 상자들은 도로에 널브러져 있었고, 차량 지붕은 압축기로 찍어 내린 듯 무참하게 구겨져 있었다. 엄청난 굉음이 지나간 안개 낀 도로는 이내 적막해졌고, 세상이 정지한 듯 모든 것이 그대로 멈추어버렸다.

'아, 아무도 다치지 않았어!'

차 안에 있던 동양 남자와 여자가 픽업트럭 밖에서 구겨진 차 안을 살펴보고 있었다. '어떻게 빠져 나온 걸까?' 궁금증도 잠시, 곧 소스라치게 놀라 비명을 지를 뻔했다. 트럭 안에 널브러져 있는 사람들의 모습이 한눈에 들어왔기 때문이었다. 눈을 감아버리고 싶었지만 어찌된 영문인지 두 눈은 꿈쩍도 하지 않았다. 덕분에 그 처참한 교통사고 현장을 생생히 목도할 수밖에 없었다. 운전자의 목이 왼쪽으로 90도 정도로 완전히 꺾여 있었고, 옆 좌석 여인은 깨진 픽업트럭 앞창으로 튕겨 나오면서 부러진 가로수의 뾰족한 면에 찔려버렸다. 창처럼 날카로운 마른 가지가 그녀의 가슴을 관통해 등까지 꿰뚫어져 나와 있었다. 자신만이 놀란 것은 아니었다. 픽업트럭 밖에서 차 안을 살펴보던 동양계 남자와 여자의 얼굴에도 아연실색하는 모습이 역력했다.

그때였다. 픽업트럭에 부딪힌 가로수 뒤 안개 더미 속에서 검은색 실루엣이 잠시 보이더니 한 번도 본 적 없는 이상한 차림새의 두 사람이 스르르 나타났다. 무릎까지 내려오는 검정 외투에 폭 좁은 챙이 원통형 캡 주위를 두르고 있는 모자를 쓰고 있었는데, 모자에 연결된 끈으로 턱에 단단히 동여맨 모습이 사뭇 우스꽝스러웠다. 한 명은 창백한 얼굴에 유난히 붉은 입술을 가지고 있었는데, 눈썹이 없는 건지 흰색인 건지 허여멀건 인상의 기이한 젊은 남자였다. 다른 한 명은 얼굴에 온통 굵은 주름이 잡혀 있었는데, 깡마르고 조그마한 체구에 허리까지 내려오는 긴 백발을 휘날리는 노파였다. 바라보기만 해도 왠지 오싹한 한기가 드는 모습이었다.

그들은 무표정한 얼굴로 차 밖에서 서성이던 동양인 커플 쪽으로 미끄러지듯 다가가 말을 걸었다. 가엾은 동양인 커플은 그자들의 말에 망연자실 고개만 끄덕일 뿐, 별다른 대꾸를 하는 것 같지는 않았다. 얼마 뒤 대화를 마친 듯 검은 옷의 사람들이 앞장서 걸어가기 시작했다. 아니, 걸어간다기보다 미끄러지듯 이동하는 모습이었다. 그 뒤를 동양인 커플이 고개를 떨어뜨린 채, 힘없이 따라 걸어갔다. 그러다 갑자기 그들이 동시에 뒤를 돌아보았고, 순간 그들과 정통으로 눈이 마주치고 말았다.

"노우-!"

너무 놀라 소리를 지르면서 눈을 떴다. 꿈! 하지만 너무나 생생한 꿈이었다. 소름이 온몸에 가시처럼 돋아 있었다. 그들, 애처로이 뒤돌아보던 동양인 커플의 눈동자가 새삼 떠올랐다. 갑자기 뒤돌아보는 바람에 너무 놀라 소리를 지르긴 했지만 그들의 젖어 있던 눈동자가, 그 애처롭던 눈동자가 잊히지 않았다. 아주 오랫동안……

'엄마와 아빠가 다녀간 것 같은데……'

잠에서 깬 영조가 눈을 비비며 옆을 보았다. 삼촌은 여전히 깊은 잠에 빠져 있었다. 창밖을 보았다. 아직 먼동이 트지 않아 어둠이 짙게 깔려 있었다. 하지만 방 한구석이 삼촌이 밤늦게까지 공부하다 밝혀놓은 책상 위 백열등으로 어슴푸레 밝혀져 있었다. 그런데 그 곁에 누군가 웅크리듯 앉아 있는 모습이 눈에 들어왔다. 영조는 소스라치게 놀라며 뒤로 물러섰다.

"누, 누구세요?"

"놀라지 말거라. 벌써 날 잊은 게로구나, 허허허."

어둠 속에서 몇 번이나 눈을 깜빡거린 뒤에야 영조의 눈이 어둠에 적응하기 시작했다. 구석에 웅크리고 있던 목소리의 주인공이 보이기 시작했다. 깊게 팬 손등의 주름, 하얀 비단 끈으로 감아 올린 백발, 그리고 깊고 고요한 눈동자, 어디선가 본 것 같은 모습, 들었던 것 같은 목소리, 곧 영조의 경계심이 한순간에 사라졌다.

"예끼, 이놈. 섭섭하구나. 벌써 할미를 잊고 살다니."

"누구……, 혹시 우리 할머니세요?"

"음……. 먼 친척뻘로라도 할미뻘이니 그렇게 불러도 되겠구나."

"이상하다? 우리 할머니, 할아버지는 제가 태어나기도 전에 다 돌아가셨다고 했는데……."

"허허허, 그랬지. 그래 그분들도 모두 잘 계신단다. 네 엄마도 아빠도 곧 오실 테고."

"예? 엄마, 아빠가요? 우리 엄마 아빠는 장보러 가셨는데……."

영조의 말이 끝나기도 전에 여인은 어느새 곁으로 다가와 있었다.

"영조야, 놀랄 일이 좀 있을 거다. 하지만 무슨 일이 있어도 씩씩하고 착하게 자라거라. 얼마나 많은 이들이 너를 지켜보고 있는지, 너는 상상도 못할 거야."

여인은 측은한 눈길로 바라보며 부드럽게 영조의 머리를 쓰다듬었다. 그 손길이 닿자 아주 오래전부터 겪었던 것 같은 익숙한 평안함과 안도감이 어린 영조의 마음을 감쌌다. 영조는 나른함에 다시 잠속으로 빠져들었고 여인의 모습도 점점 흐려졌다. 하지만 그녀의 나긋

한 목소리는 한동안 은은하게 귓가에 맴혀 있었다.

"영조야, 세상을 살아가면서 수많은 결정의 순간들이 있을 게다. 우리 영조는 네가 아끼는 사람들을 먼저 걱정하는 착한 아이라 이 할미는 너무 자랑스럽지만……, 딱 한 번……, 최소한 딱 한 번만은 네 자신만을 위해서 결정을 해야 한다. 알겠느냐? 주변 그 누구도 생각하지 말고, 걱정하지도 말고, 너만 생각하고, 네가 가장 행복할 수 있는 결정을 꼭 해야만 한단다. 딱 한 번, 너 자신을 위해 아주 소중한 사람의 청을 거절해야 할 때가 올 것이야. 네 천성상 무척 힘들고 아프겠지만, 꼭 해야만 한단다. 꼭 그렇게 해야만 한단다."

"영조야, 어서 일어나! 빨리 옷 입어!"

단잠에 빠져 있던 영조를 삼촌이 흔들어 깨웠다. 아침잠이 많아 항상 자신보다 늦게 일어나던 삼촌이 웬일인지 영조는 어안이 벙벙했다. 간신히 눈을 떠서 삼촌을 올려보니 두 눈이 퉁퉁 부어 있었다. 표정도 평소 싱글벙글하던 삼촌이 아니었다. 비장감마저 느껴지는 경직되고 상기된 표정. 뭔가 좋지 않은 무슨 일이 생겼다는 것을 직감한 영조는 벌떡 일어났다.

교통사고.

부모님이 교통사고를 당했다고 한다. 지방 국도를 이용해서 동해에서 대구로 돌아오던 부모님의 픽업트럭이 중앙선을 침범해 달려온 대형 화물트럭을 피하려다 몇 바퀴를 나뒹굴었고, 결국 갓길의 가로수를 들이받고 즉사했다고 담당 경찰관이 말했다. 나지막한 목소리로 사고 경위를 설명하던 교통사고 조사계 담당 경찰관이 몇 번이나 걱정스런 눈빛으로 영조를 힐끔힐끔 쳐다보았다. 영조의 얼굴에서 핏기가 점점 사라져가고 있었기 때문이었다. 아니나 다를까. 갑자기 영조의 몸이 부들부들 떨리기 시작하더니 위아랫니가 부딪치는 소리가 주변까지 들렸다. 이내 영조는 그 자리에서 까무러치고 말았다.

"영조야, 영조야! 정신 차려!"

영조의 작은 몸뚱이가 격렬한 경련을 일으켰다. 석기가 울부짖으며 도움을 청했다. 그러나 온몸을 부들부들 떨며 쓰러진 어린 조카를 가슴에 품은 채 절규하는 것 이외에 그가 할 수 있는 일은 없었다.

6.
재능

한 남자가 서재에서 노트북 화면에 몰두해 있다. 마우스를 움직이는 빠른 손놀림과 리듬감 있는 타이핑 소리가 힙합 음악처럼 경쾌했다. 한 여인이 두 손에 머그를 하나씩 들고 서재에 들어섰다.

"여보, 바빠요?"

"응, 조금……. 왜?"

영조는 노트북 화면에 시선을 고정시킨 채 대답했다.

"오늘 세영이 입학원서 제출했어요. 오늘이 마감이었거든요."

"그래? 미안. 요즘 계속 프레젠테이션이 많아서 통 신경을 못 썼네."

영조는 그제야 의자를 돌려 아내 소정을 쳐다보았다.

"가톨릭 재단 국제학교 말이지?"

"네."

"로컬 학생들 중에서는 외국에서 5년 이상 거주한 경험이 있는 학생이어야 된다고 하지 않았어?"

"맞아요. 게다가 종교도 부모 중 한 명은 반드시 가톨릭이어야 하구요."

"그럼, 우리는 해당되는 것이 하나도 없잖아. 이럴 줄 알았으면 옛날에 삼촌이 성당 같이 나가자고 할 때 나갈 걸."

영조가 짐짓 심각하게 성당에 나가지 않았던 것을 진심으로 후회하는 표정을 짓자 소정은 풋, 실소를 터트렸다. 평소 워낙 책임감 강하고 든든한 타입이라 이것저것 실수 많은 소정한테는 언제나 아빠 같은 남편이었기에, 이렇게 이따금 보이는 그의 천진스러움이 사랑스럽고 신선했다. 소정의 실소에 무안했던 듯 어깨를 으쓱해 보이는 영조를 향해 소정은 웃음기 머금은 입술을 열어 말을 이었다.

"특별전형이란 게 있대요."

"특별전형?"

"외국어 영재 장학생 전형이라고 하던데, 그러니까 외국어에 재능 있는 아이들에게 종교나 해외거주 경험과 관계없이 입학을 허락하는 제도래요."

"그래?"

"안 그래도 그것 때문에…… 참, 당신 선희 기억하죠? 박선희, 왜 내 여고 단짝이고, 우리 광고 동아리도 같이 다녔잖아요."

"선희? 당연히 기억하지. 그런데 갑자기 선희는 왜?"

"알고 보니 선희 동생이 그 학교에서 일하고 있더라고요."

"그래? 선희 여동생은 서울에 사는 모양이네."

"네, 서울에 올라온 지는 얼마 안 되었나 봐요. 고등학교 마치고 바로 호주로 가서 거기서 대학 마치고 작년 초에 귀국했대요. 그 이후 대구에 있는 영어 학원에서 아이들 가르치다가 이번에 이 학교에 취직하면서 서울로 올라왔대요."

"그래?"

"덕분에 자세하게 알아볼 수 있었어요. 영재 선발 과정으로는 지능 테스트와 언어 잠재력 테스트를 먼저하고, 그 다음 교장 선생님 면접 순이래요. 외국어 영재로 인정만 되면 장학금도 나온다고 하고, 영재 급수에 따라 수업료의 최대 70%까지 할인도 된대요. 영재 장학생으로 인정만 된다면 이것저것 해결되는 것이 한두 가지가 아니에요."

"그렇군. 많이 알아봤네! 그런데 무슨 시험을 어떻게 보는지 모르겠지만, 세영이 정도면 충분히 되고도 남을 것 같은데?"

"글쎄요. 우리 세영이 같은 애들이 한두 명이 아닐 텐데……."

"그렇긴 하겠지만, 그래도 우리 세영이 정도면……."

사실 영조는 별로 걱정하지 않았다. 공정한 심사만 진행된다면 입학 허가 정도는 충분히 받을 수 있으리라 확신했다. 태어난 이후 한 번도 영조를 실망시킨 적이 없는 아이이기도 했지만, 세영이의 외국어 습득 능력은 영조가 직접 보고 겪은 일이기도 했기 때문이었다.

나세영.

무엇 하나 나무랄 데 없이 착하고 예쁜 딸이라 영조에게는 언제나 큰 자랑거리인 아이였다. 생각이 깊고 배우는 것마다 대충하는 법이 없었다. 끈기와 집중력이 놀랄 정도로 뛰어난 데다 특히 언어 감각은 타의추종을 불허했다. 어려서부터 말을 빨리 배웠을 뿐 아니라, 표현

력도 서너 살 위의 아이들과 맞먹을 정도였다. 언어의 형성체계와 활용체계를 본능적으로 이해하는 것은 물론, 그에 바탕을 둔 논리적인 응용력은 관련 전문가들까지도 놀라게 만들었다.

이 능력은 한국어뿐만 아니라 영어나 일본어 같은 다른 언어에도 확장 적용되었다. 한 번 들은 말은 컴퓨터 메모리에 저장하듯 기억하는 데다, 배운 적도 없는 언어를 대할 때면 그 진가는 더욱 빛을 발했다. 언어 체계에 대한 본능적인 이해력을 바탕으로 상황에 맞추어 정확하게 사용하고 응용할 줄 알았다.

영조와 소정은 세영이의 특별한 언어 능력을 유심히 지켜본 유치원 교사의 추천으로 사설 영재 교육 전문가를 만난 적이 있었다. 그 전문가는 세영이의 언어 재능을 다각도로 테스트한 후, 세영이에게 언어를 기억하는 동시에 자체적으로 언어의 체계와 활용 예를 논리 체계로 이해하고 공식화하는 불가사의한 재능이 있는 것 같다는 소견을 제시했다.

하지만 영조나 소정은 딸의 그런 능력을 단박에 알아보지는 못했다. 아니 주의를 기울이지도, 특별히 신경을 쓰지도 못했다. 다른 아이들과 의도적으로 비교를 해보지 않았으니 그것이 대단한 재능이라고는 꿈에도 생각하지 못했다. 유난 떠는 부모처럼 보일까봐 애써 외면하고 모른척했던 측면 또한 없지 않았다.

세영이 만 두 살을 갓 넘어섰을 때쯤이었다. 당시 미국계 광고회사로 이직을 준비하던 영조가 오랜만에 영어 공부에 열중하던 시절, 그 공부의 일환으로 CNN 뉴스를 듣고 있을 때였다. 영조 옆에서 블록을 쌓으면서 놀고 있던 세영이 CNN 뉴스 앵커가 말할 때마다 모기만한 목소리로 쫑알대는 모습이 너무 귀여워, 영조는 하던 공부를 멈추고 세영이 쫑알대는 말을 유심히 들어보다 깜짝 놀랐던 적이 있었다. 세영이 앵커의 말을 단어 하나 빠뜨리지 않고 그대로 따라하고 있었다. 하지만 영조는 그것이 특별한 능력이라고는 꿈에도 생각하지 못했다. 그저 애들이라 역시 빠르긴 빠르구나, 정도로만 생각했던 영조의 생각을 완전히 뒤바꾼 사건은 그로부터 두 해 뒤에 일어났다.

세영이 외국어 과외를 시작조차 안 했던 만 네 살 때의 일이었다. 직원 가족들까지 초대된 회사 신년회에 영조의 가족도 참석했다. 영조가 이직한 지 채 1년도 안 되었을 때 마련된 자리라 영조에게도 그렇게 편한 자리가 아니었다. 미국계 회사라 미국인 직원들도 많이 참석했는데 미국인 부사장 부부와 본사에서 연수 차 방문 중이던 미국인 그래픽 디자이너들 테이블에 영조 가족이 배정되었다. 어색하긴 했지만 수년 간의 호주 생활 경험도 있는 데다 업무상 외국인 광고주를 담당하는 관계로 영어가 능숙하고 자연스러웠던 영조에게는 크게 문제가 되지는 않았다.

하지만 소정은 달랐다. 한때 영조와 함께 광고회사에서 근무한 적이 있긴 했지만 국내회사였고, 영어 울렁증까지 있었기에 소정은 미국인 직원들과 배석한 그 자리가 편치 않았다. 그래도 영조가 자리를 지키고 있을 때는 상황이 괜찮았다. 중간에서 영조가 통역을 해주었기에 회사 간부의 아내로서 최소한의 품위 유지는 할 수 있었다. 문제는 영조가 계속 같은 테이블에만 앉아 있을 수 없었다는 것이었다.

광고주를 담당하는 업무 특성상 영조는 인사차 참석한 광고주들을 별도로 상대해야만 했다. 그러다 보니 중간 중간 자리를 떠야만 했다. 영조가 자리를 뜰 때마다 소정은 부사장 가족과 미국인 디자이너들만 있는 테이블에 세영과 단 둘이 남았고, 소정이 느끼는 어색함은 공포 수준이었다. 그런데 그 고통스러움은 비단 소정만의 문제가 아니었다. 같은 테이블에 앉아 있던 모든 사람들이 그 어색함을 공유하고 있었다. 어색함을 무마하고자 부사장인 윌리엄이 먼저 나섰다. 소정에게 와인을 따라주며 자상한 미소로 말을 건넸다. 영어를 못하는 소정을 위해 최대한 천천히, 또박또박한 발음으로 말을 걸었지만 소정은 아무런 대꾸도 없이 그저 웃기만 했다. 앞에 놓인 와인 잔만 만지작대며 눈만 껌뻑이는 소정을 보며 부사장 또한 난처하고 불편하긴 매한가지였다. 안절부절못하는 윌리엄에게 그의 아내가 눈치 없이 이유를 물었고, 윌리엄은 소정에게 보내는 부드러운 시선과 미소는 유지한 채, 짜증 섞인 말투로 아내에게 대꾸했다.

"앞에 앉아 있는 이 여자 때문에 지금 내가 뭘 먹고 있는지도 모를 지경이야. 뭐가 좋아 저렇게 히죽히죽 웃기만 하는 거지? 자리 배치는 누가 한 거야? 말도 안 통하는 사람을 같이 앉게 하면 어떡해? 영조이 친구는 도대체 어딜 간 거야?"

표정만 봐서는 아주 유쾌한 시간을 보내고 있는 줄 알았던 윌리엄의 입에서 전혀 뜻밖의 말이 툭 튀어 나오자, 윌리엄의 아내와 본사 직원들은 순간 멈칫하며 소정의 눈치를 살폈다. 소정은 물론이고 그 테이블에 앉은 사람들을 제외하고는 누구도 윌리엄의 말을 들은 사람이 없음이 확인되자, 서로 동의한다는 뜻의 시선을 주고받았다. 그중 어떤 한 본사 그래픽 디자이너는 키득키득 소리 내어 웃기까지 했다. 이런 사정을 알 턱이 없던 소정은 그들이 웃을 때마다 분위기를 맞추기 위해 따라 웃었다.

그때였다.

"그럼 아저씨가 한국말로 이야기하시면 되잖아요. 아저씨는 한국말 할 줄 아세요? 바로 앞에 사람을 두고 말을 못 알아듣는다고 그렇게 흉보시는 게 어딨어요? 우리 엄마하고 나하고 아저씨들이 못 알아듣는다고 우리끼리 한국말로 흉보면서 키득댄다면 아저씨들은 기분 좋으시겠어요?"

테이블 전체가 순식간에 얼어붙었다. 윌리엄과 그의 아내는 물론, 무례한 행동에 직간접적으로 동참했던 본사 직원들의 얼굴이 새파래졌다. 윌리엄의 아내는 예상치 못한 누군가의 발언에 너무 놀란 나머지 풍미를 즐기기 위해 잠시 입안에 머금고 있던 고급 와인을 입 밖으로 뿜었고, 스테이크를 막 삼키려던 본사 직원 하나는 스테이크 조각이 목에 걸려 괴성을 토해내고 있었다.

누구지?

윌리엄 일행은 혼비백산한 상황 속에서 누구의 입에서 나온 말인지를 추적했고, 그 말의 진원지를 찾는 데는 몇 초도 걸리지 않았다. 진원지는 임소정 옆에서 입안이 볼록해지도록 마늘빵을 한가득 담고 오물거리던 나영조의 딸 나세영이었다. 윌리엄 부부와 본사 직원들의 얼굴색이 일순간 변하자 소정도 뭔가 이상하다는 것을 눈치 채지 않을 수 없었다. 하지만 무슨 말이 오갔는지를 알 턱이 없었다. 소정은 세영이 영어 방송에서 이래저래 주워들었던 말 중에 해서는 안 될 말을 했다고 지레짐작했고, 세영을 매몰차게 야단치기 시작했다.

"세영이 너, 이분들한테 도대체 무슨 말을 한 거야? 이분들 반응이
왜 저래, 응?"

소정은 세영을 막무가내로 몰아붙였다. 불편한 자리에서 쌓인 스트
레스가 엉뚱하게 세영을 통해 폭발해버린 것이었다. 하지만 세영은 입
을 꾹 다물었다. 세영이 말이 없을수록, 딸이 말실수를 했을지도 모른
다는 추측은 점차 확신으로 굳어갔고, 딸을 향한 소정의 꾸지람도 강
도를 더해갔다. 서너 테이블 건너편에서 광고주와 담소를 나누던 영
조는 우연히 이 모습을 보았고, 심상찮은 분위기에 놀라 급히 자리로
돌아왔다. 소정은 영조가 돌아온 이후에도 여전히 노기 띤 얼굴로 세
영을 나무랐다. 윌리엄 부부와 본사 디자이너들은 닭똥 같은 눈물만
뚝뚝 흘리고 있는 세영과 세영을 야단치고 있던 소정을 번갈아 보며
눈치만 살피고 있었다.

"여보, 무슨 일이야?"

"세영이가 무슨 말을 하고 난 뒤, 이분들 얼굴이 저렇게 새파랗게
질려버렸어요. 분명히 세영이가 못할 말을 한 게 틀림없어요. 안 그러
고서야……."

"세영아, 무슨 일이니?"

영조가 부드럽게 물었지만, 세영은 입을 더욱 굳게 다물었다. 아무
대꾸도 하지 않겠다는 단호한 결심이 앙다문 작은 입술에 그대로 드
러났다. 그때 윌리엄이 영조의 소매를 조용히 잡아 당겼다. 파랗게 질
렸던 윌리엄의 얼굴이 어느새 붉게 변해 있었고, 이마에는 땀방울이
송글송글 맺혀 있었다.

"아이는 잘못 없어요. 모두 우리 잘못이니 아이를 나무라지 마세

요. 거 참, 이렇게 난감할 수가……"

윌리엄 부부는 어떤 일이 벌어졌는지 영조에게 찬찬히 설명했고, 영조는 그제야 모든 상황을 이해할 수 있었다. 영조는 놀라지 않을 수 없었다. 세영이 언어 감각이 좋은 줄은 알고 있었지만 이 정도 수준이었는지까지는 몰랐다. 그뿐인가? 자기 생각을 직선적으로 밝힌 당돌함이 평소 예의 바른 세영의 모습에 비추어 상상이 가지 않았다. 윌리엄 부부는 소정에게 다시 한 번 정중하게 사과했지만, 소정은 윌리엄의 사과가 문제가 아니었다. 상황을 전해들은 소정은 자신이 만들어낸 부끄러운 소란에 몸 둘 바를 몰랐고, 그저 빨리 자리를 뜨고 싶을 뿐이었다. 그 이후 경황없는 시간들을 보내고 집으로 돌아오는 길에 소정은 세영에게 많이 누그러진 목소리로 왜 진작 있는 그대로 말하지 않았느냐고 물었지만, 세영은 대꾸하지 않았다. 다시 언짢아진 소정은 세영 쪽으로 고개를 획, 돌렸다. 영조가 급히 소정의 팔을 잡으며 그만하라는 눈짓을 보냈다. 소정은 마지못해 다시 고개를 돌려 정면을 주시하며 입술을 깨물었다.

그날 저녁 늦은 시간, 영조는 조용히 세영의 방에 들어가 침대 머리맡에 걸터앉았다. 영조가 세영의 얼굴을 물끄러미 바라보며 머리를 쓰다듬자, 잠든 줄 알았던 세영이 눈은 감은 채 조그마한 두 손을 뻗어 영조의 팔을 꼭 잡아 가슴에 당겨 안으며 말했다.

"자기네들이 한국말로 하면 되지. 자기들은 한국말 한마디도 못하면서 우리 엄마 영어 못하는 것 가지고 이야기하니까 화가 나잖아.

엄마가 못 알아듣는다고 자기네들끼리 눈 마주치며 웃고 떠들고, 엄마는 그것도 모르고 바보처럼 멀뚱멀뚱 따라 웃기만 하고……. 내가 가만히 있으면 엄마만 계속 바보가 될 것 같아서 그랬어요. 어른들한테 버릇없게 행동한 건 잘못했어요, 아빠."

"아니야, 잘했어. 정말 잘했어. 오늘 일은 어른들 잘못이지 네 잘못이 아니야. 아주 잘했어."

영조가 미소 띤 얼굴로 이마에 입맞춤하며 말했다. 세영은 그제야 생긋, 웃어보였다. 그리곤 곧바로 깊은 잠에 빠져 들었다. 영조는 세영이 잠든 후에도 한동안 곁을 떠나지 못했다. 세영이 자랑스러웠다. 아이의 천재성에 대한 자랑스러움 때문도, 평소 조금 거만한 구석이 있던 윌리엄 부사장의 코를 납작하게 해준 통쾌함 때문도 아니었다. 어린 나이에도 엄마의 감정을 다치게 하지 않기 위해 부당한 오해를 받는 상황에서도 묵묵히 말을 아낀 배려심이 대견했던 것이다.

7.
코리아

캐롤라인스프링은 호주 멜버른 시티에서 승용차로 삼십여 분 거리에 위치한 계획 주거지로 동네 전체가 잘 가꾸어진 공원 같은 느낌을 주는 곳이다. 이곳의 집들은 대부분 지어진 지 십 년 안팎의 것들이라 타 지역에 비해 상대적으로 현대적이고 깨끗한 이미지를 주는 데다, 주민들도 어린 자녀들을 둔 젊은 부부 중심이라 활력이 넘쳐보였다. 오늘은 날씨까지 멜버른의 전형적인 겨울 날씨인 을씨년스러움을 벗고 봄날처럼 화창했다. 모처럼 찾아온 따뜻한 날씨에 많은 사람들이 거리로 나왔다. 애완견을 데리고 나와 운동을 시키거나 유모차에 아이들을 태우고 한가로이 산책을 하는 사람들……. 안젤라에겐 오늘따라 그런 모습이 더욱 정겨웠다. 안젤라가 여기 정착한 지도 어언 팔 년이었다. 이 지역 가톨릭계 초등학교에서 교사로 일하기 시작한 게 인연이 되어 정착한 도시였다. 평화롭고 고즈넉한 풍경과 따스한 이웃들 덕에 황량했던 한 시절을 그나마 버텨낼 수 있었다. 이삿짐을 싸고 있는 마음 한구석이 아련하지 않을 수 없었다. 안젤라는 고개를 흔들어 상념을 털어내곤 앞에 놓인 이삿짐 박스들을 다시 꼼꼼히 살폈다. 그리곤 고개를 갸웃했다.

"이상하네. 다른 앨범들은 다 있는데……."

안젤라는 이삿짐 트럭이 대부분의 이삿짐을 싣고 가버려 황량함만이 빈자리를 채우고 있는 집안 곳곳을 다시 한 번 찬찬히 살폈다. 하지만 어디에도 그녀가 찾는 앨범은 없었다. 혹시나 하는 마음에 조금 전 뒤졌던 박스 안을 다시 한 번 살폈지만 마찬가지였다. 박스를 뒤지던 안젤라의 손길이 점점 거칠어졌다. 그때 툭, 하고 무언가가 떨어지는 소리가 들렸다. 안젤라는 둔탁한 파열음이 난 곳으로 급히 시선을 돌렸다. 싱크대 위에 올려놓았던 휴대폰이 바닥에 떨어져 있었다. 휴대폰이 진동으로 흔들리다 바닥에 떨어진 모양이었다. 덕분에 안젤라는 상념의 늪에서 간신히 빠져나올 수 있었다.

5분 사이에 다섯 통의 부재중 전화가 걸려와 있었다. 부친에게 세 통, 학교에서 두 통……. 안젤라는 부친에게 먼저 전화를 걸었다. 성격 급한 부친인지라 전화 연결이 안 돼서 꽤나 초조해 하셨을 터였다.

"파파, 저예요."

"전화 좀 제때 받으려무나."

부친이 최대한 부드럽게 이야기하려 억지로 목소리를 낮추었지만 통화가 안 돼 조바심이 났던 흔적을 완전히 감출 수는 없었다.

"이삿짐 트럭은 떠난 게냐?"

"네, 파파. 떠난 지 꽤 됐으니 곧 그쪽에 도착할 거예요."

"그래 알았다. 그런데 너는 거기서 뭐하는 게냐?"

"소지품 정리가 아직 덜 끝나서요. 정리되는 대로 갈게요. 조셉은 뭐하고 있어요?"

"방에서 혼자 놀고 있다. 온 방안에 세계지도 퍼즐을 잔뜩 펼쳐놓고, 몇 시간째 퍼즐만 맞추고 있구나, 글쎄. 참, 그런데 그렇게 가기 싫다던 조셉 마음을 어떻게 돌린 거냐?"

"사실은, 저도 그것이 이해가 안 가요. 어느 날 갑자기 자기도 가겠다고 하더니, 그때부터 코리아 관련 책도 찾아보고 이것저것 물어도 보고……. 혹시 파파가 조셉한테 무슨 말씀 하신 거 아니죠?"

"무슨 말? 아, 아니, 절대로 안 했다. 이야기를 해도 네가 해야 되는 것이고, 더군다나 잘 알지 않느냐? 조셉이 그리 말하기 쉬운 아이가 아니란 거……. 게다가 나로서는 별로 하고 싶은 이야기도 아니고……. 참, 그런데 아직 난 잘 모르겠구나. 왜 네가 꼭 그곳에 다시 가야 하는지."

"그 이야기는 더 이상 안 하기로 하셨잖아요. 어쨌든 다 결정난 사항이고 이제는 돌이킬 수도 없어요."

"여기서 자리 잡고 안정을 찾은 지 얼마나 되었다고, 굳이 그곳으로 돌아가야 하는지 난 도무지 모르겠구나."

부친은 기가 차다는 듯 혀를 찼다.

"……."

"아무튼, 정리되는 대로 빨리 오도록 해라. 몇 주밖에 안 되지만 그래도 떠나기 전에 너희들과 함께 보낼 수 있어서 좋구나. 네 엄마는 너하고 조셉이 좋아하는 요리 만든다고 아침부터 정신이 하나도 없다. 하하하."

"오븐 라자냐두요?"

"물론이지."

"조금 있다 뵐게요."

"그래, 알았다. 조심해서 오너라."

부친과의 통화를 끝내기가 무섭게 또 휴대폰이 부르르 떨었다. 이번엔 로버트 신부였다.

"신부님……."

"예, 접니다. 준비는 잘 돼 가시나요?"

"준비랄 게 뭐 있나요? 대부분 현지에서 준비해준다고 하니 가져갈 것이 별로 없네요."

"참, 그리고 보니 선생님 정착을 도와드릴 전담 직원도 충원되었답니다. 한국 이름은 박영숙이구요. 영어 이름은 로라라고 하더군요. 똑똑한 친구라고 하니 도움이 되실 겁니다. 그리고…… 또 무엇을 말씀드리려 했는데……. 하하하! 제가 요즘 정신이 가물가물할 때가 많아요. 아, 생각났습니다. 오리엔테이션 날짜가 12월 중순쯤으로 잡혔답니다. 적어도 오리엔테이션일 일주일 전쯤에는 안젤라 선생님께서 계셨으면 하더군요. 학교에서요."

"그렇게 빨리요? 여기서 가족들과 크리스마스는 보내고 가려고 했는데……."

"그러게 말입니다. 그런데 그쪽에서 아무리 늦어도 오리엔테이션에는 꼭 선생님께서 계셨으면 하는데다, 이것저것 행정업무며 숙소 같은 제반 사항을 미리 확인하셔야 되는 상황이라, 최소 일주일은 필요하다고 하더군요. 게다가 거기 특별전형 면접은 교장 선생님이 반드시 계셔야 하는 상황이니까, 그러려면 직원들과 함께 준비도 하셔야 할 것이고……."

"네, 알겠습니다. 그 일정에 맞추어서 준비하겠습니다."

"비행 스케줄 확정되는 대로 알려주시구요. 학교 측에서도 알고 있어야 하니까요."

"예. 신부님"

"안젤라 선생님……."

로버트 신부는 잠시 뜸을 들이다 말을 이었다.

"이번 파견 건 수락해주셔서 고마워요."

"별말씀을요. 감사해야 할 사람은 저인 걸요. 이런 기회를 주셔서 정말 감사 드려요. 결정하는 데는 시간이 좀 걸렸지만, 막상 결정하고 나니 차라리 마음이 홀가분해요. 게다가 그곳이 얼마나 변했을지도 궁금하고요."

"그렇다면 다행입니다만. 그리고 안젤라 선생님……."

"예?"

"아, 아닙니다."

"신부님, 무슨 말씀이신지 몰라도 편하게 말씀하세요. 무슨 일 있으세요? 제가 신부님 알고 지낸 지가 팔 년이 넘었어요. 도대체 무슨 말씀을 하시고 싶으신 건지? 혹시 무슨 문제라도 있는지요?"

"아니, 모두 알아서 잘 하실 테니 걱정 안 합니다. 다만……."

"……."

"안젤라 선생님께 일어났던 일들이나 그리고 앞으로 일어날 모든 일들도, 결코 우연이 아니란 말씀을 해드리고 싶었습니다. 결코 선생님 혼자만의 문제가 아니란 걸 항상 명심하세요. 선생님은 아주 특별한 분이십니다. 주님께서 항상 함께 계실 테니 혼자서 싸우지 마시고 힘드실 때마다 그냥 그분께 모든 걸 맡기세요. 이제까지 그랬듯, 앞으로도 모든 것이 그분의 계획이시고, 그분의 계획은 절대로 헛되이 일어나지 않습니다. 모든 것이 순리대로 될 것입니다. 오! 이런, 내 정신 좀 보게. 바쁘실 텐데. 하하하. 저도 이젠 나이가 먹긴 먹나 봅니다. 자꾸 노파심이 많아지는 것을 보면……. 어쨌든 무엇이든 필요한 게 있으시면 연락주시구요."

휴대폰을 내려놓는 로버트 신부의 손이 가늘게 떨렸다. 로버트 신부는 떨리는 두 손에 금빛 십자가를 감아쥐고 조용히 자리에서 일어나 제단 쪽으로 걸어갔다. 그리고 십자가에 못 박힌 예수의 동상 앞에서 무릎을 꿇고 두 손을 모았다.

"주님, 주님의 어린 양을 다시 돌려보내나이다. 팔 년 전, 저에게 당신의 천사, 가브리엘라를 보내시어 저 같은 미천한 자에게 당신의 어린 양, 당신에게 친딸이나 다름없다는 그녀를 건지고 그녀의 아드님을 지키라 하셨을 때를 기억하옵니다. 하지만 건진 건 당신의 어린 양들이 아니라 나약하기만 했던 제 영혼이었으며, 지킨 건 그분의 아드님이 아니라 주님에 대한 저의 믿음이었음을 이제야 깨닫습니다. 감사합니다, 주님. 부디 주님의 은총이 항상 그들과 함께하기를 기도하옵나이다. 아멘."

안젤라는 한국에 설립되는 천주교 재단 국제학교 초대 교장으로 뜻밖의 추천을 받고 얼마나 망설였는지 모른다. 꽤나 오랜 시간이 흘렀음에도 한국은 여전히 아물지 않는 상처의 땅이었다. 한국을 떠나던 날, 다시는 돌아가지 않으리라 다짐하고 또 다짐했던 그 마음이, 그 기도가 아직도 기억에 생생한데 또다시 자신의 삶이 자신의 의사와는 무관하게 한국과 연결되는 현실이 당혹스러웠다. 하지만 운명의 부름에 몸을 맡길 수밖에 없음을 그녀는 너무나 잘 알고 있었다. 정신적으로 혼란했던 그 시절, 하나님의 이름으로 자신을 일으켰던 로버트 신부의 간곡한 설득도 설득이었지만, 무엇보다 중요하게 작용했던 건 조셉이었다.

갈수록 주변 사람들과 벽을 쌓아가는 조셉, 자신만의 깊숙한 성 안에 틀어박혀 빗장을 걸어 잠그고 도무지 문을 열지 않는 조셉에게 어떤 식으로든 변화를 주고 싶었다. 그녀는 한국에 가면 조셉에게 '대디'에 대해 자연스레 이야기할 수 있는 기회가 있을 것이라 생각했다. 하지만 어떻게 이야기를 꺼내야 할지에 대해서는 아직 판단이 서지 않았다. 조셉이 다섯 살 생일이 막 지났을 무렵, 조셉이 '대디'에 대해 물었던 적이 있었다. 그때도 제대로 해주지 못했던 이야기를 이제 와서 새삼 어떻게 다시 꺼낸단 말인가?

"맘마, 대디 아시안이야?"

조셉이 다섯 살 생일을 갓 지난 어느 날, 유치원에서 돌아와 안젤라에게 불쑥 던진 질문이었다. 아마도 유치원에서 대디에 대해서 어떤 이야깃거리가 있었으리라. 그리고 누군가가 조셉의 혼혈아적인 외모에 대해서 이야기했으리라. 아시안과 유러피언 사이에서 태어난 것이라고 또 누군가가 추측을 해주었나 보다.

언젠가는 이야기할 기회가 있으리라 예상했었지만, 막상 조셉이 '대디'에 대해 물어왔을 때, 안젤라는 아무 말도 할 수 없었다. 그때 그녀의 흔들리는 눈동자 안에 조셉의 깊은 눈이 머물렀었다. 아무 말 없이, 한참을.

그러다 대뜸 조셉이 말했다.

"맘마, 신경 쓰지 마. 그냥 물어본 거야. 사실 그렇게 궁금하지도 않아."

어깨를 한 번 들썩이고는 무심한 표정으로 자기 방에 들어가 버렸다. 그게 마지막이었다. 그날 밤에도, 며칠 뒤에도, 몇 달 뒤에도, 기회를 봐서 나름대로 준비한 대디에 대한 이야기를 해주려 안젤라가 먼저 다가갔지만 조셉은 전혀 관심을 보이지 않았다.

하지만 한국 발령 소식을 접한 이후 상황이 달라져버렸다. 그녀는 조셉에게 대디에 대한 이야기를 해주어야 할 때가 임박했음을 본능처럼 느끼고 있었다.

'그래, 이야기해주어야 해. 덮는다고 덮일 문제가 아니야. 덮어서도 안 되고……. 그런데 그 사람에게도 알려야 할까? 팔 년이나 지난 지금에 와서? 그런데 그 사람을 어디서 어떻게 찾아낼 것이며, 다시 만난다면 무엇부터 어떻게 설명을 해야 하지?'

여러 가지 경우의 수와 옛일에 대한 후회가 뒤섞여 안젤라의 마음은 극도로 불안해졌다. 숨조차 가누기 힘들 정도로 가슴이 갑갑해졌다. 안젤라는 차가운 수돗물을 틀어 세면대를 채웠다. 차가운 물에 얼굴을 담그고 눈을 감았다. 호흡을 멈추고 생각을 멈추었다. 들이마셨던 호흡의 끝에 다다르자, 안젤라는 신선한 산소를 갈구하며 얼굴을 들었다. 얼굴에 묻어 있던 물방울들이 낱낱이 흩날려 떨어져 나가

듯, 어지러운 상념들도 그렇게 사라졌으면 좋으련만, 더욱 더 그녀의 심장에 다닥다닥 필사적으로 엉겨 붙기만 했다.

안젤라는 다시 온 힘을 다해 숨을 들이마셨다. 허파가 허락하는 데까지 계속해서 마시기만 했다. 그리고는 그만 비틀거리는 자신을 발견했다. 산소 부족이 가져다준 현기증 때문이었다. 아이러니했다. 몸속에 산소를 잔뜩 밀어 넣은 상태였건만, 산소가 부족해 현기증이 난다는 것이……. 그렇다. 마시기만 해서는 안 된다. 마신 산소는 허파를 통해 순환이 되어 이산화탄소로 전환되어야만 된다. 그렇다. 그래야만 호흡이 완성된다.

안젤라는 천천히 입 밖으로 공기를 밀어내기 시작했다. 허파를 관통한 산소는 어느새 이산화탄소가 되어 쏟아져 나왔다. 마음 한구석에 굳건히 자리한 불편한 기억들을 날숨에 맡겨 온 힘을 다해 밀어냈다. 두 번, 세 번, 네 번……. 점차 호흡이 정돈되기 시작했다. 그러자 현기증도 천천히 자취를 감추었고 혼란스러웠던 마음도 함께 정리되기 시작했다.

안젤라는 조용히 눈을 감았다. 완성하지 못했던 호흡이 만든 비틀거림처럼, 완성하지 못했던 삶으로 인한 비틀거림을 이젠 끝낼 때가 되었음을 느낀다. 안젤라는 두 손을 모았다.

'주님 뜻대로 하소서.'

서울 송파구 잠실 지역 한 고층 아파트 앞. 회갈색 정장 재킷에 하얀 셔츠를 받쳐 입고, 진갈색 하이힐로 멋을 낸 이십 대 여인이 작은 메모장을 들고 분주하게 돌아다녔다. ○○전자, ○○가구……. 각기 다른 브랜드 명이 적힌 배달 트럭들과 택배 트럭들이 연이어 도착해 다양한 물건들이 들어 있는 박스들을 아파트 입구에 쏟아내고 갈 때마다 그녀의 메모장에 적힌 준비물 목록에 하나씩 빨간 줄이 그어졌다. 마지막 트럭이 도착해 가재도구들을 박스 채로 던져놓고 떠나고 나서야 그녀는 12월의 냉기를 뚫고 송골송골 피어난 이마 위의 땀방울을 훔쳐낼 수 있었다.

"휴우, 괜히 하이힐을 신고 왔네. 어머나! 다리 부은 거 좀 봐."

하이힐을 신고 몇 시간을 서서 강행군한 덕에 두 종아리가 퉁퉁 부어올라 있었다. 영숙이 두 손으로 부어오른 종아리를 어루만지며 혼자서 호들갑을 떨면서 혹시 빠뜨린 것은 없는지 메모장 첫 줄부터 다시 살펴보고 있을 때였다. 느닷없이 카니발 한 대가 급정차를 하며 영숙 앞에 멈추어 섰다. 깜짝 놀라 고개를 든 영숙의 눈에 '이사청소 전문센터'란 상호와 전화번호가 크게 적혀 있는 카니발에서 중년의 청소부 아주머니들이 서둘러 내리는 모습이 보였다. 뒤따라 내린 카니발 운전사가 청소 도구들을 익숙한 솜씨로 내려놓고는 인사도 없이 카니발에 다시 올라타더니 쏜살같이 아파트를 빠져나갔다.

청소부 아주머니들을 위해 아파트 문을 열어주고, 가구나 가전제품이 모두 제자리에 있는지 꼼꼼하게 확인을 마친 영숙은 발코니로 나가 창문을 열었다. 매서운 12월의 공기가 기다렸다는 듯이 세차게 불어닥쳤다. 하지만 바쁘게 설친 아침인 데다 너무 높은 아파트 내부 난방 탓에 답답함을 느꼈던 영숙은 차가운 바람이 여간 신선하지 않았다. 영숙은 양팔을 크게 펼치고 한껏 차가운 공기를 들이켰다. 아뿔싸! 신선함만으로 마시기엔 그 온도가 낮아도 너무 낮았다. 짜릿한 한

기가 날카롭게 영숙의 머릿속을 헤집었다.

서둘러 발코니 창문을 닫으려던 영숙은 무심코 아래를 내려다보았다. 검정색 그랜저 모범택시 한 대가 멈추어서고 있었다. 택시에서 내린 두 승객은 멀리서 봐도 한국 사람이 아니었다. 짙은 갈색 곱슬머리에 하얀 피부, 진한 검정색 선글라스가 오뚝한 코 위에서 한껏 멋을 부려 상당히 세련된 느낌을 주는 서양 여인이 먼저 택시에서 내렸고, 스포츠형 머리에 젤을 발라 멋을 낸 소년 하나가 뒤따라 내렸다.

8.

간섭

"아빠, 빨리 일어나! 오늘은 같이 스케이트장 가기로 했잖아. 잊어버
린 거야?"

중요한 프레젠테이션 준비로 사흘 만에야 들어온 영조는 새벽에 집
에 들어서자마자 샤워할 힘도 없어 그대로 소파에 쓰러져 잠이 들었
다가 세영의 명랑한 목소리에 간신히 눈을 떴다. 그리고 왜 자신이 함
께 야근을 마친 직장 동료들이 사우나에서 한숨 자고 들어가라는 말
을 뒤로하고 굳이 새벽녘에 집으로 들어왔는지를 떠올렸다.

'그래, 오늘 애들과 스케이트 타러 가기로 했지.'

파김치 같은 몸을 일으켜 세우는 데 영조는 거의 초인적인 힘을 발
휘해야 했다. 세영이 다니는 유치원도 방학 중이었고, 게다가 내일 세
영의 초등학교 입학 테스트도 있고 해서 머리도 식혀줄 겸 격려차 준
비한 특별한 이벤트 날이었기에 영조는 가뿐히 일어나지 못하는 자신

이 못내 아쉬웠다. 연이은 야근 탓인지 오늘따라 온몸이 진흙 속에 빠진 듯 힘겹기만 했다.

"잊어버리다니, 아빠가 어떻게 감히 공주님과의 약속을 잊겠니?"

수염을 깎지 못해 까칠해진 턱으로 볼을 비비자 세영은 숨이 넘어갈 듯 자지러지게 웃으면서 따갑다며 영조의 얼굴을 밀쳐냈다. 지난달 생일 선물로 사준 하얀색 피겨스케이트를 두 손에 꼭 쥐고 목도리에 장갑까지 끼고 앉아 아빠가 일어나기만 기다리고 있던 세영의 큰눈망울을 대하자, 며칠동안 쌓인 야근의 피로로 무겁기만 했던 몸도어느새 나풀대는 눈발처럼 가벼워졌다.

"세준이하고 엄마는?"

"세준이는 아직 자고 있구, 엄마는 외할머니 만나러 벌써 나가셨어요. 빨리 세준이 깨워, 아빠!"

잠실 롯데월드 아이스링크는 평일 오전이라 그런지 사람들이 많지않았다. 세영과 세준은 아이스링크 입구에 들어서자마자 빠른 손놀림으로 스케이트화 끈을 동여매고 빙판 위로 쏜살같이 달려 나갔다. 영조도 검은색 스케이트화를 케이스에서 꺼내 신으려다 도로 집어넣어버렸다. 오늘따라 얼음판 위로 올라가는 것이 영 내키지 않았다. 아이들은 스케이트를 타다 말고 따라오지 않는 아빠가 궁금해 뒤돌아보았다.

영조는 과장된 손짓으로 나중에 가겠다고 알렸다. 아이들은 알았다는 듯, 싱긋 한 번 웃어 보이고는 이내 속도를 높여 빙판 한가운데를 향해 달려 나갔다. 영조는 미소 띤 얼굴로 아이들을 바라보면서도 연신 옷깃을 여미며 몸을 웅크렸다. 뼛속 깊이 치고 들어오는 칼날 같은 냉기를 좀처럼 떨쳐낼 수 없었다.

영조는 주변을 둘러보았다. 커피 자판기가 눈에 들어왔다. 동전을 넣고 율무차 버튼을 눌렀다. 딸깍, 종이컵이 떨어지고 따뜻한 율무차가 채워지자 영조는 양손으로 컵을 감싸쥐고 빈자리를 찾아 앉았다. 따뜻한 율무차 한 모금의 효과는 의외로 컸다. 양손을 통해 전해진 온기와 위장으로부터 확산된 열기가 잠시나마 한기를 밀어냈다. 영조는 한결 여유로워진 마음으로 물끄러미 빙판 위를 바라보았다. 세영은 예전 스케이팅 레슨에서 배웠던 피겨스케이팅 기본 기술을 연습해보고 있었고, 세준은 쇼트트랙 국가대표라도 된 양 심각한 얼굴로 트랙을 빠른 속도로 돌고 있었다.

영조는 흐뭇한 미소를 지었다. 하지만 그 미소는 오래가지 못했다. 가슴 한복판이 불붙은 듯 뜨거워지며 갑자기 식은땀이 온몸에서 솟구쳤다. 영조의 얼굴은 고통으로 구겨졌고, 가슴을 움켜쥔 손이 심하게 떨렸다. 영조는 연신 심호흡을 해가며 걷잡을 수 없이 밀려드는 가슴의 통증을 진정시켜보려 애썼지만 소용이 없었다.

문득 빙판 트랙 반대편 끝에서 손을 흔들고 있던 아이들과 눈이 마주쳤다. 잔뜩 찡그린 아빠의 모습에 세영은 급브레이크로 스케이팅을 멈추고 영조 쪽을 걱정스레 바라보았고, 세준 역시 누나의 갑작스런 행동에 스케이팅을 멈추고 아빠와 누나를 번갈아 쳐다보며 눈치를 살폈다. 영조는 아이들의 흥을 깰까봐 환하게 웃어 보였다. 그제야 아이들은 다시 속도를 높이며 인파 속으로 사라졌다.

"저 친구 같은데⋯⋯. 맞죠?"

"그런 것 같군."

창백한 얼굴에 유난히 붉은 입술을 가진 젊은 남자와 온 얼굴이 굵은 주름투성이인 백발의 한 노파가 아이스링크 난간에 기대서서 스케이트장을 내려다보고 있었다.

"악연도 이런 악연이 있을까요?"

"무슨 말이 하고 싶은 겐가?"

젊은 남자가 묻자 백발의 여인이 조용히 되물었다. 외모보다 훨씬 젊고 카랑카랑한 목소리였다.

"저 친구 부모 영접을 우리가 나갔었잖아요. 그때 저 친구가 여섯 살쯤 되었죠. 아마?"

"그랬었지⋯⋯."

"저 친구가 바로 그분들로 하여금 저승길 가는 내내 마음의 짐을 놓지 못하고 수천 번이나 뒤돌아보게 만든 그 아이 아닙니까?"

"그랬지. 죽은 자들을 망자의 나라로 데려갈 뿐인 우리들에게 저 아이 부탁을 참 많이도 했더랬지. 그건 우리 소관이 아니라고 몇 번씩이나 말을 했는데도 말이야."

"그런데 저 친구 딸아이도 지금 여섯 살 정도인 걸로 아는데⋯⋯. 오늘이 이승의 마지막 날인 걸 알면 저 친구 기분이 어떨까요?"

"말해 무엇하겠나? 쓸데없는 소리 그만하고 빨리 저 친구 수호령부터 좀 찾아보게."

"아까부터 계속 주변을 살피고 있었는데 여기 이 많은 수호령들 중에 저 친구와 영혼선靈魂線이 연결되어 있는 수호령이 보이지가 않습니다. 사전에 통보가 되었을 텐데 이상하지 않습니까?"

"무슨 사정이 있겠지. 수호령이라고 항상 인간 곁에만 붙어 있는 건 아니잖은가? 저 친구 딸이나 아들의 수호령들이라도 근처에 있으면, 그쪽을 통해서라도 일단 알려놓게. 어차피 영혼심사처靈魂審査處 심사 때에는 만나게 되어 있으니 우린 우리 일정대로 움직일 수밖에."

"예, 선임 사자님."

젊은 사자는 선임 사자 말대로 세영이나 세준의 수호령을 찾아 찬찬히 주위를 둘러보았다. 세영의 수호령은 여전히 보이지 않았지만 다행히도 세준의 수호령이 그리 멀리 떨어지지 않은 곳에서 세준을 지켜보고 있는 것이 보였다.

아이스링크 주변에는 수많은 수호령들 외에도 자신들처럼 염라처閻羅處에서 파견된 사자들도 여럿 있었다. 여기 아이스링크에 있는 수많은 인파들 중 누군가는 오늘이 이승에서의 마지막 날이란 뜻이었다.

'한치 앞도 못 보고 사는 어리석은 것들 같으니……'

"안녕하세요? 안젤라 선생님 되시죠?"

"아, 혹시 미스 박?"

"예, 맞아요. 박영숙입니다. 로라라고 불러주세요."

"아, 안녕하세요."

"안녕하세요? 한국말을 아주 잘하시네요."

"아니에요. 조금……. 하하하."

안젤라가 서툴지만 또박또박 한국말로 대답한데다, 여덟 살짜리 아들까지 두고 있다고는 도저히 믿겨지지 않을 정도로 앳되어 보여 영숙은 깜짝 놀랐다. 게다가 교장이란 단어가 주는 보수적이고 딱딱한 이미지로 안젤라를 상상했던 터라, 격의 없고 친근한 모습에 영숙은 안젤라에게 금방 호감을 느꼈다.

"아파트 구경 하셔야죠? 이건 제가 들어드릴게요."

"아, 아니, 괜찮아요."

안젤라의 만류에도 영숙은 택시운전사가 내려놓은 가방 중 제일 무거워 보이는 가방 하나를 챙겨 들고 앞장서다 어색하게 서 있는 조섭과 눈이 마주쳤다.

"안녕! 핸섬 리틀 보이! 나는 로라야. 네 이름은 뭐니?"

"······."

영숙이 환하게 웃으며 악수를 청했지만 조섭은 고개만 한 번 끄떡이고는 무표정한 얼굴로 자기 가방을 챙겨들고 안젤라 뒤로 숨어버렸다. 영숙의 두 볼이 빨갛게 달아올랐다.

"영숙 씨, 이해하세요. 조섭이 낯을 좀 많이 가리는 편이라······."

조섭의 예상치 못한 반응에 무안해진 영숙에게 안젤라가 조용하게 말을 건넸다.

조섭과 안젤라가 아파트에 들어서자 청소부 아주머니들이 그들을 호기심 어린 눈으로 힐끔힐끔 쳐다보았다. 영숙과 안젤라가 아파트 이곳저곳을 돌아다니며 영어로 대화를 나누는 내내 그들은 아예 일손까지 놓고 안젤라와 조섭을 쳐다보았다. 안젤라는 문득 기시감에 눈살을 찌푸렸다.

한국에 처음 왔을 때, 제일 적응이 안 되었던 것 중의 하나가 저런 시선들이었다. 슈퍼마켓을 가도, 세탁소를 가도, 심지어 공중화장실 세면대에서 손을 씻고 있을 때도 겪어야 했던 저 눈길은 언제나 거북스러웠다. 시간이 지나면서 한국 사람들이 그렇게 쳐다보는 것이 특별한 의도가 있어서가 아니란 것을 경험으로 알게 되었지만 그렇다고 거부감이 완전히 사라지지는 않았다. 적극적인 대처만이 그 부담감을 최소화할 수 있는 방법임을 경험으로 체득했던 안젤라는 아무렇지도 않은 듯, 빤히 자신과 조셉을 쳐다보고 있는 그들과 정면으로 눈을 맞추며 인사를 건넸다. 아니나 다를까, 청소부 아주머니들은 수줍은 듯 양 손으로 입을 가리며 웃었고, 기어들어가는 목소리로 "웰컴!"이라고 인사까지 했다. 잘 모르는 사이일 때 보이는 한국인들의 무뚝뚝하고 때로는 거칠기까지 한 외면과는 달리, 막상 아는 사이가 된 이후 보여주는 그들의 때 묻지 않은 친근함과 순진함은 그때나 지금이나 변함이 없는 듯했다.

"여기가 안방이고요. 저 건너편 방이 아드님 방……."

"……."

"가구들이나 가재도구들을 제가 고른다고 골랐는데, 교장 선생님 취향에 맞으실지 모르겠어요."

"이걸 다 영숙 씨가 준비하신 거예요? 이걸 다 어떻게 준비하셨어요? 크리스마스 트리까지 장식해두셨네요."

"마음에 드세요?"

"마음에 들다마다요. 사실 호주에서는 경험 못하는 진짜 크리스마스를 보낼 수 있겠다 싶어 얼마나 기대하고 왔는데요. 조셉이 겨울 크리스마스를 경험한 적이 한 번도 없거든요."

"호호호! 그래요? 하기야 호주에서 맞는 크리스마스, 처음에는 참

적응이 안 되긴 하더라고요. 한여름의 크리스마스라……. 그런데 시간이 지나가면서 그게 다 선입견에서 기인한 것이란 생각이 들더라고요. 막상 생애 처음으로 해변에서 한여름의 크리스마스를 맞고 보니 한겨울의 크리스마스와는 또 다른 정취에 흠뻑 빠져들겠더라고요. 아! 그때 그 해변에서의 낭만……. 그 해변 이름이 뭐였더라? 전 아직도 호주에서의 맞았던 그 크리스마스가 잊히지가 않아요."

"영숙 씨, 호주에서 공부하셨구나."

"예, 한국에서 고등학교 졸업하고 바로 호주로 가서 파운데이션 과정부터 대학까지 거기서 마쳤어요."

"아, 어쩐지……."

"예? 왜요?"

"영숙 씨 억양에 호주 액센트가 아주 많이 묻어 있어서 혹시나 호주에서 공부하셨나 했거든요."

"큭큭큭, 제가 호주 사투리 좀 하지요. 개인적으로 호주의 투박한 영어가 참 좋더라구요. 코맹맹이 같은 특유의 비음이 그렇게 인간적이고 따뜻하게 들릴 수가 없었어요. 그래서 그렇게 따라 하려고 노력도 참 많이 했더랬는데……."

"그러세요? 많이 특이한 분이시네요, 영숙 씨. 보통 한국 학생들 보니까 영어라면 미국 영어가 표준이라고 알고 있던데……. 그래서 발음도 그렇게 하려고 하고……."

"아, 그렇긴 해요. 아마도 미국이 정치적으로나 경제적으로 한국과 관련이 많다 보니 그렇겠죠. 처음 영어를 배우기 시작할 때부터 미국식 발음을 중심으로 배우는데다, 한국 사람들이 접하는 영어권 매체들의 대부분이 미국 것들이다 보니 자연스럽게 미국 영어를 표준처럼 받아들이는 경향이 있는 건 사실이에요. 저도 그중 한 명이었구요."

"그런데 왜 호주로……?"

"그게…… 환율 때문에……. 호주 달러가 미화 달러에 비해 환율이 상당히 저렴했거든요."

"싸니까 택했다?"

"아, 아니, 그러니까……."

"농담이에요. 하하하."

"교장 선생님께서 호주 분이라 드리는 말씀이 아니라, 지금 생각해보면 그때 호주를 선택했던 것이 제 인생에 있어 최고의 선택이었던 것 같아요. 전 정말 호주가 너무 좋았어요. 날씨도, 음식도, 생활도…… 특히 사람들이……. 아~! 정말 다시 가보고 싶어요."

"그래도 크리스마스는 눈 내리는 겨울이 제격 아니겠어요? 저는 한국처럼 눈 내리는 겨울이 있는 나라가 항상 부럽던데."

"큭, 뭐 그렇기는 하죠. 작년 크리스마스에 여기 눈 정말 많이 왔었는데……. 안젤라 선생님과 조셉을 위해서라도 올해도 눈이 좀 펑펑 오면 좋겠네요. 일기예보에서는 눈 내릴 가능성이 많다고 하긴 하던데……. 참! 내 정신 좀 봐. 선생님 참 시장하지 않으세요? 어머! 벌써 점심나절이 다 되었네요. "

"예, 사실 조금……. 새벽부터 호텔에서 서둘러 나오느라 아침을 제대로 못 먹어서 그런지……."

"선생님, 그럼 여기 가까운 곳에 있는 쇼핑센터로 모실게요. 백화점이랑, 레스토랑, 슈퍼마켓도 있으니 따로 필요하신 거 있으시면 쇼핑도 하실 수 있으시구요. 아, 거기 놀이공원도 있어요. 아드님도 좋아하시겠다."

"롯데월드 말씀하시는 거세요?"

"어? 아시네요?"

"예전에 한국에 살았을 때, 가본 적 있어요. 그럼 그리로 가요. 한 번 다시 가보고 싶었는데 정말 잘됐다. 조셉한테도 꼭 보여주고 싶었거든요."

"너무 잘 먹었어요, 영숙 씨."

"아니, 뭐 이 정도로……. 더 좋은 데로 모시고 싶었는데 너무 약소해서 죄송해요. 여기 근방에 갈비집도 좋은 데 있고……."

"아니에요. 여기서 햄버거 다시 한 번 먹어보고 싶었어요. 옛날에 여기서 라이스버거 먹어보고 얼마나 신기했는데요. 다행히 그 햄버거집이 그대로 있네요."

"조셉도 많이 먹었니?"

"……."

롯데월드 스케이트장 2층에 있는 한 패스트푸드 레스토랑에서 점심을 먹고 난 뒤, 영숙은 식사 내내 아무 말도 없었던 조셉이 신경 쓰여 말을 건넸지만 조셉은 여전히 아무 대꾸도 하지 않았다. 영숙은 다시 한 번 무안함에 얼굴이 붉어졌다. 하지만 조셉은 영숙의 무안함은 아랑곳하지 않고 아래층 스케이트장이 한눈에 들어오는 난간 쪽으로 성큼성큼 걸어가 난간에 두 팔꿈치를 걸치고 스케이트장에 시선을 고정시켰다.

"조셉!"

영숙의 배려에도 조셉이 계속 무례하게 굴자 안젤라가 상기된 표정으로 조셉을 불렀다. 하지만 안젤라가 막 야단을 치려고 할 때, 영숙이 안젤라의 옷소매를 잡으며 괜찮으니 그만하라는 눈짓을 보내 입을 닫았지만 안젤라의 표정은 여전히 화가 나 있었다. 영숙 앞에서 굳이 야단을 쳐서 영숙까지 난처한 기분으로 만들지 않는 것이 좋겠다고 생각한 안젤라는 손짓으로 조셉에게 경고의 메시지를 전달하는 선에서 마무리했고, 조셉 또한 알아들었다는 듯 고개를 한 번 끄덕였다. 그리고 영숙 쪽을 향해서도 고개를 살짝 숙여 사과를 표하는 듯했지만, 영숙의 반응이 나오기도 전에 바로 난간 밑으로 다시 눈길을 돌려버렸다.

"영숙 씨, 미안해요. 우리 조셉이……."

"아, 아니에요. 저는 괜찮아요. 한창 친구들하고 놀고 싶을 나이에 이렇게 새로운 나라에 와서 우리들 따라 다니는 게 뭐가 재밌겠어요? 그건 그렇고 선생님, 점심 먹으면서 선생님하고 같이 구매할 물품 리스트 다 작성했으니 굳이 선생님까지 가실 필요는 없을 것 같아요. 조셉하고 같이 그냥 이 근처 구경하고 계세요. 제가 알아서 장 봐드릴게요. 지금 쇼핑센터에 사람들이 많을 시간이라 세 명보다는 혼자 움직이는 게 더 나을 것 같은데 어떠세요?"

"그래도 될지……. 폐를 너무 많이 끼치네요. 오늘만 좀 부탁드릴게요. 백화점 입구부터 이렇게 많은 사람들이 몰려 있는 걸 보니 솔직히 좀 자신이 없어요. 평일인데 무슨 사람들이 이렇게 많아요?"

"전혀 수고스럽지 않으니 걱정 마세요. 연말이라 백화점마다 대규모 세일을 하는 중이라서 요즘은 어딜 가나 사람이 미어터져요."

안젤라는 영숙에게 생필품 쇼핑까지 부탁하는 것이 못내 미안했지만, 조셉까지 데리고 영숙을 따라다니는 것이 오히려 더 부담만 지울 것 같아 영숙의 제안에 따르기로 했다. 영숙과 한 시간 뒤에 같은 장소에서 만나기로 하고 가벼이 손을 흔들며 헤어진 안젤라는 난간에 기대 아래를 보고 있던 조셉 곁으로 조용히 다가갔다.

"조셉, 앞으로 그러지 마. 기본적인 예의는 갖추어야지, 안 그래?"

"…… 응, 알았어. 미안, 맘마."

조셉은 안젤라가 부드럽게 타이르자 자기 잘못을 잘 알고 있다는 듯이 군말 없이 수긍했다. 조셉이 다루기 쉬운 아이는 아니지만 한 번 입 밖으로 내뱉은 말은 어기는 바가 없던 아이라, 단 한마디의 수긍에 안젤라도 더 이상 언급하지 않기로 했다.

"맘마, 저기 좀 봐."

조셉의 길고 하얀 손가락이 가리키는 방향으로 안젤라의 눈길이 따라가 머문 곳에 어린 소녀가 있었다. 탐스럽고 까만 긴 머리를 뒤 쪽으로 동여맨 여자아이, 동생인 듯 보이는 한 남자아이가 빙판에 넘어지자 빠른 속도로 달려가 손을 내밀어 남자애를 일으켜 세우고는 바지를 털어주고 있었다.

"저 애, 스케이트 정말 잘 타."

"그러네. 아주 잘 타는구나."

"응……."

어려서부터 가까운 친구 하나 없이 혼자 나돌던 조셉이었다. 아이들이 모여 노는 장소에서도 아이들을 관찰만 할 뿐, 함께하지 못했다. 아니, 못한다기보다 안 하는 것 같았다. 가족 모임 때 또래 사촌들을 만나도 마찬가지였고, 주변에서 아무리 애를 써도 변함이 없었다. 혹시나 하는 마음에 아동 심리학자로부터 상담도 받아 보았지만 그들도 추측만 할 뿐, 해결책을 내놓지는 못했다. 조셉을 근 1년에 걸쳐 상담 했던 심리학자 말로는 조셉의 IQ가 150에 육박할 정도로 높은 수치라

사고의 수준이 또래 아이들을 훨씬 뛰어넘는다고 했다. 아마도 이것이 조셉이 아이들과 어울리는 데 흥미를 잃게 만든 가장 큰 주요 원인이 아닌가 생각한다고 했다. 그래서 어떤 식으로든 이렇게 다른 아이에게, 그것도 자신보다 어려 보이는 아이에게 관심을 보이는 것 자체가 드물고 신기한 일이었다. 하지만 안젤라는 조셉이 언제 다시 입을 닫고 침묵의 세계로 들어갈지 몰랐기 때문에 이런 대화를 예전에도 많이 했던 것처럼, 일상적인 대화를 나누듯 자연스럽게 이야기가 끊어지지 않게 하려고 무던히 애를 썼다.

"여기 학교 가면 저렇게 예쁜 여학생 친구들도 만나고, 다양한 나라, 다양한 문화에서 온 흥미로운 친구들을 많이 만나게 될 거야. 너무 기대되지 않니?"

"응, 맘마. 참, 저 애 아까 전에는 점프해서 회전까지 했었어."

"정말? 우와, 선수인가보다, 그치?"

"응, 아주 멋있었어."

조셉의 시선을 따라 다시 내려다본 아이스링크에서는 아까의 소녀가 하얀 손으로 허공을 잡으며 능숙한 스텝으로 뒷걸음질 치며 빙판 위를 우아하게 달리고 있었다. 그 모습이 은빛 호수 위를 유영하는 한 마리 우아한 백조 같았다. 조셉도 같은 생각이었던지 소녀에게서 좀체 눈을 떼지 못했다.

한바탕 스케이트를 탄 소녀가 이마로 흘러내린 머리카락을 정리하기 위해 잠시 멈추어 서서, 리본을 풀고 머리를 좌우로 흔들어 긴 머리카락을 풀어 헤친 후, 다시 뒷머리에 리본을 묶기 위해 고개를 들었을 때, 먼발치에서나마 얼굴을 볼 수 있었다. 물론 자세히 볼 수 있는 거리는 아니었지만 그 실루엣만으로도 소녀의 아름다움을 가늠하기

엔 충분했다. 마침 누군가가 소녀를 불렀는지, 힐끔 뒤돌아보던 소녀
가 주변에 있던 아까 전 그 남자아이를 불러 세워 손을 잡았다. 그리
고 아이스링크 주변에 마련된 좌석 쪽으로 천천히 미끄러져 갔다.

안젤라는 아이들의 부모가 문득 궁금해졌다. 그리고 이내 피식, 웃
고 말았다. 교직 생활을 시작한 이래 아이들을 보면 부모가 어떤 사
람들일까가 제일 먼저 궁금해지는 것이 일종의 직업병처럼 되어버렸
다. 가족을 이해하면 그 아이를 이해하는 데 아주 결정적인 도움이
된다는 것을 경험상으로 알게 되었던 안젤라였기에 교사로서 이런 호
기심이 생기는 것이 어찌 보면 당연하겠지만, 이제는 직업적 이유를
떠나 너무나 자연스러운 일상생활의 일부까지 되어버렸다는 데 생각
이 미치자 스스로 웃지 않을 수 없었다.

아빠인 듯한 남자가 두 아이를 꼭 껴안는 모습이 보였다. 아래층
맞은편 쪽이라 거리가 있는데다 그쪽이 그늘져 있어 그의 모습이 정
확히 보이지는 않았다. 하지만 느낌만으로도 다정한 아빠의 모습이
가득했고 보는 것만으로도 흐뭇했다. 하지만 동시에 알 수 없는 슬픔
이 몰려왔다.

어느새 안젤라의 눈자위가 붉그스레하게 달아오르는가 싶더니 눈가
에 이슬이 맺혀들었다. 안젤라는 조셉이 볼까봐 얼른 고개를 돌려 오
른손 새끼손가락으로 눈물을 훔쳤다. 조셉은 아직도 소녀에게서 눈을
떼지 못하고 있었다. 새삼 조셉의 얼굴에서 그 사람의 얼굴이 겹쳐 보
였다.

'그 사람……. 아주 좋은 아빠가 되었을 텐데…….'

아이스링크 내 인파가 오전에 비해 훨씬 많이 늘어나 있었다. 늘어

난 사람들 수만큼 소음도 심해졌다. 웅성대는 사람들의 목소리가 실내 아이스링크 안을 빠져나가지 못하고 서로 부딪치며 더욱 데시벨을 높였다. 증폭된 소음은 날카로운 송곳이 되어 영조의 대뇌 구석구석을 날카롭게 찔러댔다. 영조는 도저히 계속 머물 수 없을 것 같았다. 아이들을 불렀다. 다행히도 세영과 세준은 스케이트를 탈만큼 탄 모양이었다. 아이들이 별로 불만스러운 내색을 않고 영조 쪽으로 달려와 꼭 안겼다. 영조는 두 팔을 활짝 벌려 아이들을 맞았고 힘껏 아이들을 껴안았다.

"배 안 고프니?"

"고파요!"

아이들이 합창하듯 대답했다.

"뭐 먹으러 갈까? 돈가스? 피자?"

사실 영조는 육개장이나 설렁탕 같은 따뜻한 국물이 있는 음식이 먹고 싶었다. 피자에 잔뜩 뿌려진 끈적이는 치즈를 떠올리기만 해도 속이 울렁거렸다. 예전에 호주에서 몇 년을 살면서 피자에 많이 익숙해지기도 했지만, 그래도 여전히 치즈덩어리 피자는 달갑지 않았다. 게다가 연이은 야근으로 피곤했던 터라 따뜻하고 얼큰한 국물이 먹고 싶었다.

"아빠, 피자!"

그러나 아이들은 약속이라도 한 듯 동시에 피자를 외쳤다. 어쩌겠는가, 오늘은 아이들의 날인데, 아니 영원히 아이들의 날로 정해두고 살기로 작정했는데……. 영조는 함박웃음을 지으며 아이들 손을 잡았다.

에에에~ 엥~

스케이트장을 막 빠져 나온 영조 일행이 도로 건너편 피자집에 가기 위해 횡단보도에서 신호를 기다리고 있을 때였다. 구급차 한대가 느닷없이 요란한 사이렌 소리를 울리며 영조 일행 앞을 쏜살같이 지나쳐 갔다.

"아빠, 아빠, 앰뷸런스야."

세준이 신이 나서 외쳤다. 앰뷸런스나 소방차, 경찰차만 보면 사족을 못 쓰는 걸 보면 천생 사내애였다. 세준이는 신호등이 바뀌는지도 모른 채 횡단보도를 건너다 말고 그 자리에 우뚝 서서 구급차만 뚫어져라 바라보았다. 영조는 오른팔로 세준을 들쳐 안고 왼손으론 12월의 추위에 발그레해진 세영의 손목을 잡고 뛰다시피 횡단보도를 건넜다. 하지만 횡단보도를 다 건너기도 전에 초록 신호등이 점멸하고 있었고, 양 옆에 줄지어 선 차량들은 경주용 차량들처럼 신호만 바뀌면 당장이라도 달려나갈 기세였다. 영조는 두 아이를 가슴에 당겨 안고 전속력으로 뛰기 시작했다. 거의 동시에 신호등이 적색으로 바뀌었고, 차량들이 일시에 출발했다. 영조는 간발의 차로 길을 건넌 후, 쥐어뜯는 듯한 가슴의 통증에 한 쪽 무릎을 꿇은 채 가쁜 숨을 몰아쉬었다. 영조의 얼굴색은 납빛으로 변해 있었고 연신 식은땀을 뿜어냈다.

"세영아, 세준아…… 잠시만, 휴우……."

"아빠, 왜? 어디 아파?"

"으응, 잠시만……. 아니, 너무 급히 뛰었나 봐. 갑자기 너무 숨이 차서 말이야."

심상치 않은 아빠의 모습에 세영의 안색도 창백해졌고, 깊고 맑은 눈동자에 불안이 어른거렸다. 세영은 어려서부터 아빠가 아픈 꼴을 못 보던 아이였다. 영조는 근심 가득한 세영의 눈빛을 마주하고는 재빨리 아무 일 없다는 듯한 표정으로 바꾸려 했지만, 오늘은 그것이 그리 호락호락하지 않았다. 급조된 영조의 미소는 몇 초도 견디지 못하고 일그러졌다. 아빠가 감기에만 걸려도, 피곤해서 늦잠만 자도, 아빠가 조금이라도 불편해하는 모습을 보이면 한시도 곁을 떠나지 않는 아이가 세영이었다. 아내는 이런 세영이의 아빠에 대한 과한 염려를 전적으로 영조의 탓으로 돌렸다. 임신 사실을 영조에게 알린 순간부터 영조가 세영을 너무 각별하게 감싸고돌아서 생긴 현상이란 것이었다. 영조는 소정이 정말로 그렇게 믿고 있는 듯 말할 때마다 배를 잡고 웃었다. 하지만 내심 그런 딸이 있어 언제나 행복하고 흐뭇했다.

"아빠, 저기 약국 있어. 약국부터 먼저 가, 아빠."

"그냥 좀 체한 것 같은데, 그 정도로 약국은 무슨……. 곧 괜찮아질 거야. 둘 다 배고플 텐데 피자 먹으러 가자. 나중에 집에 가서 집 근처 약국에 가면 돼."

"아빠! 약국부터 가. 나 배 안 고파."

상황이 이해가 안 된 세준은 중간에서 누나와 아빠를 번갈아 쳐다보며 그저 어리둥절해 할 뿐이었다.

"그래, 알았다. 약국부터 가자. 우리 세영이가 하라면 해야지."

일단 약국부터 가지 않으면 전혀 움직일 것 같지 않은 세영이의 고집도 고집이었지만, 그보다 평소 체했을 때의 고통과는 비교도 안 될 만큼의 통증이라, 영조 또한 약국부터 들르는 것이 좋겠다고 생각했다. 하지만 세준은 아빠가 약국부터 가겠다고 결정을 하자 심기가 상해버렸다. 항상 누나 말이라면 무조건 들어주고 보는 아빠라 생각하던 차에, 또 아빠가 자기 생각은 물어보지도 않고 결정한 것이 못내 화가 났던 것이다. 곧 세준의 눈가에 눈물이 맺히더니, 피자부터 먼저 먹으러 가야 한다며 발까지 동동 구르며 울기 시작했다. 급기야 그 자리에 다짜고짜 드러누워 강짜를 부렸다. 둘째라 그런지 세준은 어려서부터 자기중심적인 데가 많았다. 그래서 영조는 세영에 비해 자주 세준을 몰아세웠다. 아내는 그런 영조를 항상 못마땅해 했다. 영조가 세영만 편애한다며, 자신은 그런 영조와 균형이라도 맞추려는 듯 무조건 세준부터 감싸고도는 형국이 되어버렸다. 그럴 때마다 편 가르기가 되어 집안 분위기가 묘해지기 일쑤였다.

솔직히 영조는 세준을 다루는 방법을 잘 몰랐다. 워낙 똑 부러지는 성격의 세영에게 익숙하다보니 정도의 차이는 있겠지만, 아이들이라면 커가면서 보여주는 다양한 단계를 그대로 밟아가는 세준이를 때때로 잘 이해하지 못했다. 특히 이렇게 막무가내로 고집을 피울 때면, 아이들에게도 항상 합리적인 설명을 통해 인격적으로 대해야 한다는 영조의 교육관도 맥없이 무너졌다. 게다가 지금은 세준을 달랠 힘도, 야단을 칠 경황도 없을 정도로 심한 통증이 영조의 가슴을 짓누르고 있었다. 결국 보다 못한 세영이 나섰다. 세영이 재빨리 무릎을 꿇고 세준과 눈높이를 맞추더니 동생의 얼굴을 두 손으로 감싸쥐고 두 눈을 정면으로 응시했다. 불가사의한 세영의 능력이 또 한 번 발휘되었다.

세준이는 생떼를 쓰다가도 참다못한 세영이가 자발적으로 나서서 제지하면 여지없이 순한 양이 되어버렸다. 최면이라도 걸린 듯, 누나가 이끄는 대로 따르는 세준을 볼 때마다 영조는 놀라울 따름이었다. 그런 세영의 능력이 세준에게만 적용되는 것은 아니었다. 친구들끼리 무슨 분쟁이라도 있을 때면 세영의 이 불가사의한 능력이 여지없이 발휘되곤 했다. 어떨 때는 유치원 교사들까지도 이런 세영이의 능력을 이용해서 아이들 사이의 갈등을 해결하기까지도 했던 모양이었다. 유치원에서 '평화봉사상'이란 거창한 이름의 상장까지 받아오기도 해서 영조와 소정을 웃게 만든 적도 있었다.

"세준아, 누나 말 잘 들어봐. 아빠가 아프시다잖아. 아빠가 안 아픈 게 먼저야, 그렇지? 그래야 아빠하고 오늘 계속 재미나게 놀지. 안 그래? 아빠 약 안 먹고 계속 아프면 집에 바로 가야 하고, 아빠는 약 안 먹어서 집에 가서도 계속 아프고, 그럼 우린 아빠하고 계속 못 놀게 되잖아. 아빠가 빨리 약 먹고 나아서 피자도 먹고 하루 종일 신나게 놀고 싶어? 아니면 아빠가 계속 아파서 피자도 못 먹고 놀지도 못하고 그냥 집에 가면 좋겠니?"

"……."

잠시 생각에 잠긴 듯 조용하던 세준이 볼에 흘러내린 눈물을 닦아내며 또박또박 말했다.

"아빠하고 계속 놀 거야."

언제 생떼를 부렸냐는 듯이 세준이 바지를 툭툭 털며 일어섰고, 영조의 손을 꼬옥 잡으며 말했다.

"아빠, 약국 가!"

가슴 통증으로 고통스런 영조였지만 아빠를 올려다보는 세준의 결의에 찬 모습에, 천진한 그 귀여움에 웃음이 터져 나올 뻔했다.

"그래, 세준아. 약국부터 가자. 우리 세준이가 옆에 있어서 아빠는 너무 든든하구나."

"당연하지. 내가 누구야? 아빠한테 하나뿐인 아들인걸."

세준은 작은 어깨를 으쓱대며 조금 전까지 보였던 대책 없던 고집 불통의 모습은 어디론가 날려버린 채, 의젓하게 대답했다.

"저 아이의 수호령이신가?"

스케이트장 난간에 비스듬히 기대서서 세준의 일거수일투족을 바라보며 조용히 미소 짓고 있던 한 수호령이 영조 일행이 스케이트장을 떠나는 것을 보고 서둘러 자리를 뜨려고 할 때였다. 선임 사자가 갑자기 다가서며 인사를 건네자 수호령은 흠칫 놀라 한 걸음 뒷걸음질치다 그들의 복장을 통해 소속을 확인한 후에서야 표정에서 경계의 빛이 사라졌다.

"아, 염라처 소속 사자님들이세요?"

검고 윤기 나는 긴 머리카락이 허리까지 내려와 찰랑거리고, 윗머리는 동그랗게 말아 올려 옥색 비녀로 마무리한 모습이 자못 화려해 보였다. 다채로운 색실들로 수놓인 그녀의 한복에서는 은은한 광채가 뿜어져 나오고 있었다. 여의주를 문 용 한 마리가 하늘로 승천하는 문양이 화려하게 수놓인 한복을 입은 그녀의 뒤로 부드러운 하얀 비단천이 길게 드리워져, 움직일 때마다 생기는 작은 바람에도 섬세하게 나부꼈다.

언뜻 보아 인간 나이 사십 대 후반처럼 보이는 외관인 그 수호령은 화려한 전통 복장의 용 문양으로 보건대 조상청祖上廳 소속 수호령이 분명했다. 후임 사자는 은근히 걱정부터 되기 시작했다. 선임 사자가 유독 조상청 수호령들을 노골적으로 무시하는 경향이 있기 때문이었다. 아닌 게 아니라 첫마디부터 반말로 시작하는 선임 아닌가? 후임은 가시방석에 앉은 듯 불안했다. 더군다나 여인에게서 풍기는 기운의 깊이가 깊지 못하고 자연스럽지 못한 언행에서 이 여인이 수호령 임무를 수행한 지 얼마 안 되는 신참임을 금방 알 수 있었기에, 이후 이어질 선임의 태도는 보지 않아도 눈에 선할 지경이었다.

천상에서는 외모로 영靈의 나이와 경륜을 가늠하는 것 자체가 무의미했기에 선임도 후임도 그녀의 행동과 풍기는 기운으로 경륜을 파악했던 터였다. 천상국에서는 존재의 본질을 영의 깊이로만 살피기 때문에 외모는 아무 의미가 없었다. 문제는 그녀가 걸치고 있는 화려한 날개옷 위에 아로새겨진 승천하는 용 문양이 보라색이란 것이었다. 외견상의 가벼움과는 달리 이 여인의 천상국 품계品階가 놀랍게도 칠품이란 이야기였다.

사자교육원 입교 첫날 수업 주제 중 하나가 천상국 위계질서에 관한 것일 정도로 천상국 공직 사회에서는 위계질서가 아주 중요했다. 따라서 공직자라면 천상국의 소속청 및 품계와 관련해서 그 표식을 한눈에 알아볼 수 있어야 한다. 특히 업무상 수호령들을 자주 접해야 하는 염라처 소속 사자들의 경우, 수호령 3대 파견처인 천사청天使廳, 선인청仙人廳, 조상청祖上廳의 위계 표식에는 더욱 주의를 기울여야 했다.

천사청은 원광의 빛깔로, 선인청은 공식 문양인 봉황의 빛깔로, 조상청은 용 문양의 빛깔로 품계를 구분하고 있다. 천상국 품계는 구품으로 나뉘어 있었으며, 품계는 소속 관할청을 불문하고 적용되는 엄격한 천상의 위계질서라 소속이 달라도 엄격히 존중되었다. 품계별로 보면, 천상국 최고위직은 일품이며 흰색 또는 무색 또는 빛으로 대표되며, 이품은 청색, 삼품은 남색, 사품은 주황색, 오품은 노란색, 육품은 초록색, 칠품은 보라색, 팔품은 빨간색, 그리고 최하 구품은 검정색으로 식별되었다.

품계를 떠올리기만 해도 예전 사자 수업 시절에 암기했던 천상국 품계 구절들이 줄줄이 나올 정도로 엄중한 천상의 관습이건만, 지금 선임 사자가 자기들보다 무려 두 단계나 위의 직급인 수호령에게 첫인사부터 반말조로 시작하다니……. 후임은 머리가 아파오기 시작했다. 선임은 전혀 개의치 않는 듯, 보란 듯이 무시하는 태도를 더욱 노골적으로 표현하기 시작했다.

"쯧쯧, 역시 조상청이야. 저런 풋내기를 칠품에……. 정말 어이가 없어. 한두 번 보는 것도 아니지만, 볼 때마다 한심하단 생각밖에 들지 않는단 말이야."

선임은 대놓고 혀를 끌끌 차며 비웃었다. 직급 때문에 풋내기 수호령한테까지 천상국의 지엄한 예를 갖추고 싶은 마음이 추호도 없음을 행동으로 보여주고 있는 중이었다.

"그렇다네. 우린 염라처 소속 사자들이라네. 내 이름은 충선忠鮮이고 이 친구는 나와 같이 일하는 후임 사자 진우眞友라고 하네."

세준의 수호령은 충선의 당당한 소개에 자신도 모르게 고개부터 숙이며 인사를 했다. 그러다 이내 사자들의 품계 표식을 보자 얼굴빛이 돌변했다. 불쾌감과 모멸감으로 그녀의 눈초리가 가늘게 떨렸고 황당함에 할 말을 잃고 두 눈만 껌뻑거렸다.

염라처 소속 사자들은 복장이 모두 검은색인 데다 품계를 알려주는 염라처 상징인 말 문양이 워낙 작게 왼쪽 가슴팍에 박혀 있어, 염라사자들에게 본의 아닌 무례를 범한 적이 수차례 있었기에 나름 조심한다는 차원에서 예를 갖추고 대했건만, 돌아온 건 그에 대한 존중이 아니라 모욕이란 생각에 수호령의 심사가 뒤틀렸다.

"내가 그대들보다 두 품계나 위인 듯한데 하대를 하다니 이건 무슨 무례인가? 천상국의 엄격한 품계를 모른단 말인가? 일단 예부터 갖추고 그대의 무례함부터 사죄하는 것이 순서일 듯한데……."

경험 없는 수호령이라, 게다가 조상청 수호령이라, 작심하고 무시했던 충선은 위엄을 갖추고 당차게 반격하는 수호령의 태도에 잠시 주춤했다. 그때 옆에 있던 후임 사자 진우는 충선 눈가의 굵은 주름이 위쪽으로 치켜 올라가며, 눈동자에서 푸른 섬광이 순간적으로 번쩍이는 것을 분명히 보았다. 여태 보지 못했던 그 서늘한 기운에 진우는 놀랍기도 하고 혼란스럽기도 했지만 지금은 사태부터 진정시키고 볼 때였다.

"죄송합니다. 수호령님의 품계를 미처 알아보지 못했습니다."

"그걸 말이라고 하는가? 그 눈이 장식품이 아닌 이상 내 날개옷에 수놓인 이 큰 품계 문양을 어찌 보지 못했단 말인가? 고의로 천상국 위계를 업신여김이 아니고 뭐란 말인가? 천상국에서 하극상에 대한 처벌은 계파를 불문함은 그대도 잘 알고 있으리라?"

"선배님이 잠시 착각을 한 게 틀림없습니다. 어찌 저희가 천상의 위계질서를 무시하겠습니까? 정말 죄송합니다. 선배님, 뭐하세요? 빨리 수호령님께 사과하세요."

"죄, 죄송합니다. 시급을 다투는 일이라 본론부터 말씀드리려다 수호령님의 날개옷에 새겨진 품계를 확인치 못하는 우를 범했사옵니다. 이 늙은이의 실수를 너그러이 용서하소서."

조금 전, 순간적이었지만, 살기마저 감돌았던 표정은 사라졌고 어느새 충선은 능글맞은 변명조로 수호령에게 용서를 빌었다.

"흐음……, 자네가 그리 사과하니 이번만은 그냥 넘어가도록 하지. 나는 조상청 소속 수호령 단청檀淸이라고 하네. 그래, 그토록 시급을 다툰다는 일이 무엇인지 이야기나 들어보세."

수호령은 마지못해 충선의 사과를 받아들인 듯, 조금은 수그러진 목소리로 대답했다. 근본이 모질지 못한 성품의 단청이라 고개 숙여 사과하는 충선의 눈가에 잡힌 굵은 주름을 보며 안쓰러운 마음이 일어서이기도 했지만, 그보다는 충선이 조금 전에 뿜어냈던 남달리 강한 기운에 주눅이 든 것이 더 큰 이유였다. 한 번도 일개 염라사자에게서 그런 기운을 느껴본 적이 없었던 터라 수호령 단청은 아직도 심장이 떨리고 있었다.

"혹시, 저 친구의 수호령이 어디 계신지 아시는지요?"

"저 친구? 저기 나영조를 가리키는 건가? 그렇다면 대선녀님을 찾고 있다는 말씀이신데, 사자님들이 대선녀님을 왜 찾는가?"

"아, 수호령이 대선녀님이시라구요?"

"수호령이 누군지도 모르고 왔다는 겐가? 그렇다면 대선녀님한테 통지도 넣지 않았겠군."

진우는 영조의 수호령이 대선녀라고 하자 깜짝 놀라며 충선에게 확인을 요청하는 듯 눈길을 보냈지만, 충선은 진우는 본 체도 않고 단청을 향해 비아냥조로 말했다.

"염라사자가 수호령을 찾는 데 별다른 이유가 있겠습니까? 수호령의 관리 대상인 인간을 저승으로 데려가기 전에 관례적으로 통보하는 절차 외에, 저희같이 음지에서 일하는 미천한 존재들이 밝으신 세상의 수호령님들을 뵐 일이 뭐가 또 있겠는지요?"

"뭐라?"

단청의 눈썹이 순간 매섭게 치켜 올라갔다. 하지만 일개 염라사자의 것으로 보기엔 너무 강한 충선의 기운 앞에서 가슴을 짓누르는 원인 모를 두려움에서 벗어나고자 안간힘을 쓰는 어지러운 심사가 단청의 떨리는 붉은 입술을 통해 고스란히 드러났다.

　　"선임님, 오늘따라 왜 이러세요? 안 그러시던 분이 오늘따라…….. 거 참……. 단청님, 선임님께서 원래 안 이러신데, 어쨌든 죄송합니다."

　　"우리가 틀린 말을 하는 게 아니니 자넨 좀 가만히 있게."

　　충선이 진우의 참견을 막았다. 이번엔 단청도 호락호락하지 않았다.

　　"일개 말단 염라사자가 감히 대선녀님을 찾는다? 이런 무례한 경우가 있나? 보이는 품계와 관계없이 경륜이 좀 있어 보여 나름 예우해주려 했건만, 천상의 위계를 우습게 알아도 유분수지. 인간의 마지막 때에 사자가 수호령을 만나 통보하는 절차를 내가 모르는 바 아니네만, 수호령 신분에 걸맞은 품계의 사자가 나오는 것이 관례일진데, 염라처 최하급 사자가 와서 천상 직위 삼품의 대선녀님을 만나겠다?"

　　"천상법 어디에 수호령을 만날 때 그에 걸맞은 직급이 와야 한다고 되어 있는지요? 인간이 망자록亡者錄에 등재되어 그것을 집행할 때에 수호령에게 사전 통지하도록 하는 것도 권고 조항에 불과한 것임을 단청님도 잘 아실 텐데요. 담당하는 수호령의 직급까지 살펴서 그에 걸맞은 직급의 사자를 보내야 한다는 관례가 천상법으로 규정된 적이 있는지요? 통지가 의무사항이 아님에도 수호령들께 대상 인간의 망자록 등재 사실을 알려드리는 건 차후 영혼심사처에서 망자의 영혼심사에 대비해 수호령들께서 변론을 준비할 수 있는 시간을 드리고자 염라처에서 특별히 배려하고 있는 것임 또한 잘 알고 계실 텐데요?"

　　"아니, 이런 무례한 작자가 있나? 어디 감히 고개를 똑바로 들고 사사건건 말대꾸를 하다니!"

"말대꾸라니요? 말씀을 가려서 하시기 바랍니다. 엄연히 공무를 수행하는 염라처 사자에게 말대꾸라니요? 전 사실 그대로를 말씀드렸을 뿐입니다. 하여튼 저는 단청님께 저 친구가 망자록에 등재되어 그 집행이 예정되었음을 알려드렸습니다. 망자 예정자의 수호령 부재 시에는 망자 예정자 친족의 수호령에게 통보하는 것만으로도 권고 조항은 준수하는 것입니다. 특별한 예외사항이 발생하지 않는 한 내일 새벽을 기점으로 집행하도록 하겠습니다. 그럼 이만……."

"……."

단청은 충선의 위세에 눌려 아무 말도 하지 못했다. 무슨 말을 하고 싶었지만, 법으로만 따지면 충선이 한 말이 틀리지 않았으므로 통상적인 관례를 들먹이며 논쟁을 하는 것 자체가 설득력이 없었다. 그런데 '특별한 예외사항이 발생하지 않는 한'이란 전제가 갑자기 궁금해진 단청은 충선에게 최대한 당당하게 보이기 위해 하대하는 말투를 그대로 유지하며 말문을 열었다.

"특별한 예외사항 발생이라니, 그건 무슨 말인가?"

"뭐라구요? 참, 어이가 없어서……. 정녕 몰라서 물으시는 겁니까?"

"……."

충선의 노골적인 무시가 단청의 자존심을 건드렸지만 단청은 달리 대꾸할 말을 찾지 못해 머뭇거렸다. 충선은 그 기회를 놓치지 않고 또한 번 이죽대듯 말했다.

"그런 것까지 저희들이 설명해드려야 할 의무는 없는 것 같습니다. 조상청에서는 수호령 파견 전에 교육도 제대로 안 해주는 모양입니다 그려."

"뭐라?"

단청의 얼굴이 빨갛게 달아올랐다. 하지만 충선은 개의치 않는 듯 히죽대며 단청을 바라보았다. 진우는 더 이상 지켜보고만 있을 수 없었다. 진우는 수호령과 충선의 대화에 과감히 끼어들었다.

"괜찮으시다면, 여기서부터는 제가 한 말씀 드려도 될는지요?"

진우가 최대한의 격식을 갖추고 단청에게 양해를 구하자 그녀는 못 이기는 척 고개를 끄덕였다. 충선 때문에 불쾌감이 머리끝까지 올라 있었지만 일단 일이 어떻게 돌아가고 있는지부터 파악하는 것이 급선무였다.

"아시다시피 인간이 태어나 죽는 날까지의 모든 계획은 인생록人生錄에 기재되도록 되어 있습니다. 그중 죽음 부분만 따로 떼어 저희 염라처에 이관된 것이 망자록입니다. 정해진 인생록도 타고난 인간의 경향에 따라 일정 내용이 정해진 것일 뿐, 절대적인 사항이 아닌 것은 잘 알고 계실 겁니다."

"인간의 자유의지를 말하고 싶으신 겐가?"

"예, 맞습니다. 소위 전생 기록들을 기준으로 다음 생의 운명이 결정되고, 그 계획이 기재된 것이 인생록인데, 말씀드렸듯이 그 인생록이란 것도 일정한 경향성을 바탕으로 형성된 예견 방향일 뿐이지 절대적으로 정해진 사항이 아니지요. 하지만 수많은 인간들의 실제 삶이 인생록 내용과 거의 비슷하게 진행되는 이유는 대부분의 인간들이 하늘주인님의 최고 선물인 '자유의지'로 인생을 개척하기보다, 운명이란 이름으로 의심 없이, 별 반발 없이 그대로 받아들이고 따르기 때문입니다. 그렇지만 상대적으로 극소수이지만, 인생록의 경향성에 의해 정해진 것과 전혀 다른 선택을 하는 인간들이 종종 있지요. 자신의 선택이든 타인의 영향력 때문이든, 또는 그것이 선업善業이든 악업惡業이든 관계없이 말입니다. 그렇게 되면 그에 따른 추후의 삶은 확연히 달라질 수밖에 없지요. 원인에 대한 결과치가 달라지면서 인생록 또한 새로운 경향을 좇아 자동적으로 재생성되는 것이지요."

"그래서 그게 뭐 어떻단 말인가? 자네는 내가 그런 것도 모른다고 생각하나?"

후임 사자 진우까지 천상국 시민이라면 누구나 아는 상식 같은 이야기를 조목조목 설명하자, 후임 사자마저 자신을 우습게 본다는 느낌에 단청은 짜증 섞인 말투로 앙칼지게 대꾸했다. 단청을 무시하려 했던 의도가 전혀 없었던 진우로서는 여간 난감한 게 아니었다.

"그럴 리가 있겠습니까? 저는 다만 최대한 상세히 설명하고자 말씀드렸던 것뿐인데, 기분 상하셨다면 죄송합니다."

"흠……, 어쨌든 계속해보시게."

진우의 진심어린 사과에 단청은 못 이기는 척, 한결 부드러워진 어조로 말했다.

"예, 감사합니다. 어디까지 이야기했더라? 아, 그러니까 인간의 자유의지에 기반한 선택에 의해서 그 과정과 결론들이 판이하게 달라지고, 그 선택의 시기나 방법에 따라서 내용과 결과가 달라지기는 인생록이나 망자록이나 매한가지라는 이야기입니다."

"그러니까 자네는 저 친구가 가진 기존의 사고방식, 경험, 행동 양식 등으로 인해 이미 일정한 선택의 경향에 따라 정해진 망자록의 내용 또한 저 친구의 자유의지에 따라 달라질 수도 있다, 뭐 그런 말을 하고 싶으신 겐가?"

"그럴 수도 있고 아닐 수도 있습니다. 물론 저 친구의 자유의지도 작용을 하겠지만, 통상 본인의 자유의지에 의해 상황이 바뀔 확률은 현실적으로 아주 낮습니다. 그보다 타인들의 자유의지에 의해서 영향을 받는 경우가 더 일반적이라고 봐야 할 것입니다."

진우의 말이 떨어지게 무섭게 옆에서 가만히 듣고 있던 선임이 코웃음을 쳤다.

"우리 같은 천한 음지의 염라사자 주제에 감히 고귀하신 수호령님을 가르치고 있다니, 이런 황송할 일이……."

"아니, 자네, 보자보자 하니 정말로……."

"아이구, 죄송합니다. 이놈의 방정맞은 주둥아리가 또 말썽을 부렸습니다. 이 늙은이가 정신이 빠져서 그만……. 너그러이 용서하소서, 수호령님."

충선이 형식적으로야 사과를 구하고 있었지만 실제로는 악의적으로 조롱하고 있다는 것을 단청도 모를 리 없었다. 반박할 말이 생각나지 않은 단청이 잠시 주저하는 사이, 진우가 재빠르게 끼어들며 어색해진 분위기를 다시 반전시켰다. 그러자 단청도 충선의 무례함을 애써 무시하며 진우의 말에 다시 귀를 기울였다.

"예, 단청님께서 말씀하신 것처럼 이론적으로야 본인의 '자유의지'에 의해서 상황이 바뀔 수도 있지요. 그런데 인간의 '자유의지'란 것도 따지고 보면 오랜 윤회 속에서 쌓여온 경험의 결정체라고 볼 수 있기 때문에 나름대로 일정 방향으로의 경향성이 형성되어 있습니다. 즉, 어느 날 갑자기 바꿀 수 있는 성질의 것이 아니란 것이지요. 그런 자유의지에 기반해서 인생록이 만들어지고, 그에 기반해서 염라처의 망자록이 정해지므로 어느 날 갑자기 수십 번, 아니 수천 번의 윤회를 통해 쌓여온 그 경향성에 반할 만큼의 자유의지를 발휘해서 스스로의 인생록에 영향을 끼칠 수 있는 인간들이 그리 많지 않다는 겁니다. 경향성이란 게 단순히 한 번의 인생을 살면서 정해지는 게 아니라 수천, 수만 번 아니, 영혼에 따라서는 그 이상의 윤회를 거쳐오며 만들어진 경향성이라 쉽게 바뀌는 것이 아니란 것이지요."

"그럼 예외란 어떤 경우란 말인가?"

"그건……."

"진우, 이 정도면 되었네. 언제까지 이렇게 여기서 시간을 허비할 텐가? 일단 여기 단청님께 나영조 망자록 집행 건은 알려드렸으니 그만 가세. 수호령님, 나머지 부분들은 대선녀님이나 다른 경험 있는 분들을 통해서 더 배우도록 하시구요. 지금 저희는 공무가 바빠 이런 것까지 설명해드릴 시간은 없을 듯합니다. 조만간 저 친구는 망자의 세계로 데려가야 하니, 대선녀님께 그리 전해주십시오."

충선의 무례한 태도에 다시 진우가 단청의 눈치를 살피며 말을 이으려 하자, 충선이 날카로운 눈매로 진우를 쏘아보았다. 진우는 어쩔 수 없이 서둘러 단청에게 머리를 조아려 인사를 하곤 뒤돌아섰다. 충선은 벌써 멀찌감치 앞서가고 있었다.

단청은 심한 모욕감에 한동안 꼼짝도 할 수 없었다. 얼굴이 붉으락푸르락했다. 하지만 냉정을 되찾고 사태 확인부터 해봐야 하는 것이 급선무란 걸 잘 알고 있었다. 일단 염라처 사자들한테 들은 내용들을 최대한 빨리 대선녀에게 전달해야 했다. 단청은 서둘러 천상국 승천을 준비하고 영기靈氣를 모아 대선녀와 교신을 시도했다. 그런데 어찌된 일인지, 무언가 큰 장막에 막힌 듯, 대선녀와 영기가 연결되지 않았다. 그렇다면 천상국으로 직접 가서 대선녀를 수소문하는 수밖에 없었다.

그때였다. 마침 세영의 수호령인 칠품 선녀 연화蓮花가 세영의 주변에 살며시 내려앉았다. 천상국 품계로는 똑같은 칠품이지만, 조상청 소속인 자신과 달리 연화는 선인청 소속이었다. 인간 세상에서 도를 닦고 스스로 깨우친 자들의 천상국 부서인 선인청 소속의 수호령들은 영력靈力 측면에서 조상청 소속들은 비교도 못할 만큼 높은 이들이었기에, 품계가 같더라도 조상청 수호령들과는 격이 다른 존재들이었다. 게다가 연화는 자신보다 일선 수호령 경험 자체도 월등히 많았고 대선녀의 직속 부관이기도 했기에, 그녀가 나타나자 단청은 긴장이 일순간에 풀리는 듯했다.

단청한테서 조금 전의 일을 전해들은 연화는 생각에 잠긴 듯 한동안 말이 없었다. 그러다 '지금부터는 자신이 알아서 하겠다'는 말만 남기고 황급히 천상국으로 승천했다.

"어서 오세요."

영조가 아이들의 손을 잡고 약국에 들어서자 약사가 읽고 있던 신문을 급히 덮으며 반갑게 맞았다. 서글서글한 눈매를 가진, 선한 인상의 삼십대 초반쯤 되어 보이는 약사였다. 가슴께에 '약사 황영민'이란 명패가 보였다. 조제실 뒤쪽 벽에 걸린 목각 십자가와 그 옆에 걸린 성모 마리아 그림이 영조의 시선을 끌었다.

"어디가 불편하신가요?"

"체한 거 같아요. 답답하고 식은땀도 나고, 숨도 좀 가쁘구요."

"언제부터 그러셨습니까?"

"조금 전부터 갑자기 이러네요."

"아침에 뭐 드셨습니까?"

"특별한 거 없어요. 토스트, 딸기잼, 그리고 우유 한 잔정도요."

"자주 이러셨습니까?"

"아니요. 가끔씩 명치 위쪽이 화끈거리기는 했었지만 자주는 아니구요."

"병원에는 가보셨나요?"

"예, 2년 전에 비슷한 증상으로 병원에 간 적이 있는데 급체라면서 처방전 주서서 그 약 먹고 괜찮아졌던 적은 있습니다만……."

"그 이후에는 비슷한 증상이 없으셨나요?"

"가끔 한 번씩은요……. 하지만 그렇게 심하지는 않아서 좀 참으면 다음 날은 괜찮아졌어요."

"혹시 콜레스테롤이나 혈압은 정기적으로 체크하시나요?"

"예, 몇 달 전에 회사에서 정기검진을 받았습니다. 콜레스테롤 수치가 조금 높긴 하지만 약 먹을 정도는 아니라고 하던데요."

약사는 영조의 대답을 메모지에 꼼꼼히 챙겨 적고는 약병을 하나 꺼냈다.

"일단 이거 혀 밑에 뿌리시고, 가까운 병원에 가보시는 게 좋을 듯합니다. 혹시 모르니까요."

"혹시 모르다니요?"

"심장쪽 문제일 수도 있어서요."

"예?"

영조는 약을 받아 들고 예전에 체했을 때 먹었던 약과 다른 것을 알고는 잠시 머뭇거렸다.

"말씀하신 대로 체하셨을 수도 있지만, 확인을 해보시는 게 좋을 것 같아요. 혹시 모르니 당장 병원부터 가시는 것이 좋을 듯합니다."

영조는 그렇잖아도 가슴 통증으로 만사가 귀찮은데 달라는 약은 안 주고 병원부터 가보라는 말만 반복하는 젊은 약사가 짜증스러웠다. 약값을 지불하고 서둘러 약국을 빠져나가려 아이들 손을 잡았다. 그때 약사가 다시 영조를 불러 세웠다. 영조의 얼굴에 짜증스런 기색이 역력했음에도 약사는 묵묵히 근처 병원 약도를 손수 그려주었다. 지금 꼭 병원에 가야 된다며, 몇 번씩이나 다짐을 받듯 영조를 쳐다보았다. 그러나 영조는 그것이 호의라고 느껴지기는커녕 약사가 추천한 병원이 약국과 무슨 거래관계라도 있는 건 아닌가 싶어 불쾌하기까지 했다. 영조는 건성으로 알겠다고 대답하고 약국을 서둘러 빠져나와 세영과 세준의 손을 잡고 피자집으로 바쁘게 걸음을 옮겼다.

너무 서둘러 걸어서였을까? 가슴의 통증이 걷잡을 수 없이 진행되기 시작했다. 가슴속을 헤집고 올라오는 화끈한 기운이 이젠 전신으로 번지며 정신마저 아득해져왔다.

"세영아, 세준아! 정말 미안한데……, 우리 피자 사서 집에 가서 먹을래……? 아빠가 피자집에 앉아 있기가 힘들 것 같구나……."

"그래, 아빠."

세영이 기다렸다는 듯이 대답했다. 영조의 안색이 급속도로 안 좋아지는 것을 세영이 눈치 채지 못할 리가 없었다. 누나가 흔쾌히 승낙하자 세준도 덩달아 오케이를 외쳤다. 그리고는 바로 으쓱한 표정으로 세영을 쳐다보았고, 세영은 세준의 머리를 부드럽게 쓰다듬어 주었다. 세준은 아빠나 엄마로부터 받는 칭찬이나 인정보다 세영으로부터 인정받는 것을 더 좋아하고 자랑스러워하는 것 같았다. 영조의 입가에는 어렴풋하게나마 흐뭇한 미소가 번졌다. 그러나 그 미소는 오래가지 못하고 다시 고통으로 일그러졌다.

✦

황 약사는 흰 가운 주머니에 두 손을 찔러 넣고 약국 출입구쪽 유리창 앞에 서 있었다. 잔뜩 찌푸린 미간 위로 오른손을 펴 햇살을 가리면서 약국 바깥을 응시하는 표정이 예사롭지 않았다. 그의 시선을 따라간 곳에 한 남자가 두 아이의 손을 잡고 피자 체인점으로 들어가는 모습이 보였다.

"제길! 저 양반 참……. 지금 당장 병원부터 가보라니깐."

"예? 황 약사님, 갑자기 무슨 말씀이세요?"

금방 점심 식사를 마치고 돌아온 동료 약사가 갑작스런 황 약사의 혼잣말에 놀라 물었다.

"아, 김 약사……. 조금 전에 체한 것 같다고 손님 한 분이 오셨는데, 내가 보기엔 심장마비일 수도 있을 것 같아서 병원부터 당장 가보라고 신신당부했거든……."

"왜요? 병원에 안 간대요?"

"병원이 아니라 저기 길 건너 피자집으로 들어가는군, 나 참……."

"알아서 하겠지요. 손님이 병원 방향으로 가나 안 가나 보시려고 아까부터 그렇게 바깥쪽을 뚫어져라 보고 계셨군요. 하여튼 병이라니까. 온갖 걱정 사서 하는 것도 말입니다. 빨리 식사나 하고 오세요.

본인이 싫다는데 우리가 어쩌겠어요?"

황 약사는 고개를 절레절레 흔들며 영조 건은 잊어버리기로 결심했다. 김 약사 말처럼 바빠지기 전에 점심이나 먹어야겠다고 생각한 황 약사는 약국을 나서려다 읽다 만 신문이 생각나 뒤돌아섰다. 아까 분명히 읽다 만 신문을 접어서 테이블 옆으로 밀어두었던 것 같은데, 어느새 그 신문이 카운터 위에 활짝 펼쳐진 채로 널브러져 있었다. 황 약사는 김 약사가 또 뒷손없이 신문을 아무렇게나 던져둔 것이 틀림없다고 생각했다.

카운터로 돌아가 신문을 막 주워드는데 큰 글씨로 적혀 있는 신문 헤드라인이 황 약사의 시선을 끌었다.

'심장마비 초기 대응이 중요! 많은 환자들이 단순히 체한 걸로 오인 그냥 넘어가기도. 적기 놓치면 생명까지 위험!'

황 약사의 머릿속이 다시 헝클어졌다. 방금 전 그 손님과 함께 왔던 귀여운 두 아이의 모습도 떠올랐다. 젠장! 애써 무시했던 양심과 죄책감이 똬리를 푼 뱀처럼 머리를 곧추세우고 자신을 비난하듯 노려본다. 그래도 어쩌랴? 싫다는 사람을 억지로 병원에 데려갈 수야 없지 않은가? 하지만 여전히 찝찝했다.

그때였다. 툭, 하는 소리와 함께 고정핀이 빠진 성모 마리아 그림 액자가 콘크리트 바닥으로 떨어졌다. 황 약사는 자신도 모르게 두 눈을 질끈 감아버렸다. 그런데 몇 초가 지나도 유리 깨지는 소리가 들리지 않았다. 의아한 마음에 황 약사는 액자가 떨어진 곳을 살펴보았다. 액자가 다행히도 바닥에 놓아두었던 자신의 가죽 가방 위로 떨어지면서 콘크리트와의 직접 만남을 피한 듯했다. 황 약사는 급히 액자를 주워 이상이 없는지 꼼꼼히 살폈다. 그러다 우연히 액자 속 성모 마리아와 정면으로 눈이 마주쳤고, 황 약사는 전기에 감전된 듯한 강한 전율에 온몸을 떨었다. 평상시 온화하기만 했던 마리아의 눈빛에 불 같은 노기가 가득했다. 황 약사는 마음속 깊은 곳에서 울려오는 양심의 호통에 정신이 번쩍 들었다.

'그래. 끌고라도 가야 한다면 그렇게라도 해야지. 사람의 생명이 달린 일인데…… 명색이 사람들의 건강을 다루는 일을 한다면서 이런 안일한 생각을 했다니……'

황 약사의 마음이 갑자기 바빠지기 시작했다.

'아직 피자집에 계셔야 할 텐데……'

황 약사가 피자집을 향해 흰 가운을 펄럭이며 전속력으로 뛰어가는 모습을 지켜보고 있는 이들이 있었다. 전혀 다른 느낌, 서로 전혀 어울리지 않는 외관을 가진 두 존재, 그들이 지금 황 약사가 뛰어간 방향에 시선을 고정시키고 있었다.

한 명은 칠품 선녀 연화였다. 길고 부드러운 도포자락이 그녀의 가녀린 발목까지 닿아 있었다. 도포 등쪽으로는 한 뼘 정도 폭의 가는 천이 리본 모양으로 묶여 양 갈래로 길게 늘어져 물결처럼 넘실댔다. 앞으로 모은 양 손은 폭넓은 옷소매에 다소곳이 묻혀 있고, 반짝이는 시선은 멀리 영조에게 가 있었다. 연화 곁에는 비둘기의 그것을 닮은 깃털 날개가 등 쪽에서 뻗어 나온 한 남자가 담담한 표정으로 서 있었다. 굵게 곱슬거리며 어깨까지 흘러내린 은발과 나신의 상반신 등을 뚫고 나온 하얀 깃털 날개가 눈부신 광채를 뿜어내고 있었다.

파란색 원광, 천사청 소속 수호천사들의 천상국 품계를 보여주는 원광의 색이 파란색인 것으로 보아 연화보다 두 단계 높은 오품 직위의 천사였다. 연화는 황 약사의 수호령직을 오품 천사가 맡고 있는 것을 보면서 황 약사가 얼마나 큰 선량善良의 재목인지를 짐작할 수 있었다. 특별한 예외 즉, 특수 목적을 위해 인간 세상에 태어난 자에게 일시적으로 배정되는 고위급 수호령을 제외하고 대부분의 수호령 품계는 담당하고 있는 인간의 윤회 전체 선업지수와 연동하도록 되어 있어, 담당 수호령의 직급은 현생까지 쌓여온 인간의 전체 선업지수 수준을 대변한다고도 볼 수 있었다.

"고맙습니다. 오품 천사님."

"제 이름은 청천靑天입니다. 편하게 청천이라고 부르십시오."

"예, 청천님. 인사가 늦었습니다. 저는 선인청 소속 수호령 연화라고 하옵니다."

"연화님, 만나서 반갑습니다. 어쨌든 저한테 고마워하실 필요는 없을 듯합니다. 제 피보호자나 저한테도 다 좋은 일이지 않습니까? 황 약사도 큰 선업을 하나 더 쌓게 되었고, 덕분에 저 또한 품계 승격을 노려볼 수도 있구요. 일반인도 아닌 천상국 삼품 수호령님의 피보호자를 도와드렸으니 어찌 상이 없겠습니까? 하하하!"

"……."

연화의 표정이 갑자기 굳어졌다. 청천에 비해 직급은 두 단계나 낮았지만, 보통 인간들은 수천 번 아니 수만 번의 환생을 통해서도 끊어내지 못하는 윤회의 사슬을 백 번째 삶에서 선가仙家에 출가하여 단번에 끊어버린 그녀였다. 그만큼 절제심과 정의감이 투철한 연화에게 청천이 지금 농담처럼 던진 세속적인 협력 이유는 듣기에 여간 거북

한 게 아니었다. 경륜 있는 오품 천사가 이를 눈치 채지 못할 리가 없었다.

"오해 마십시오, 연화님. 제가 좀 장난기가 많은 자라 농담에 때와 장소를 구분치 못한 누를 범했습니다. 진정성이 더 크게 평가되는 것이 천상국 법인 건 천상국 시민이라면 다 아는 일이 아니겠습니까? 그냥 인간사회를 빗대어 재미 삼아 흉내 좀 내어본 것뿐이오니 마음에 남겨두지 마시옵소서."

"아, 예……."

이번엔 연화가 당황했다. 오품 천사, 그것도 천사청 소속 천사가 자신에게 정중하게 손을 앞으로 모으고 진정으로 사과하자 연화는 황송함에 몸 둘 바를 몰랐다. 맑은 물일수록 깊이를 헤아리기가 힘들다고 했던가? 청천의 맑디맑은 파란 눈에 높은 도력의 연화도 막연한 심해의 저편, 무심無心의 세계로 순식간에 인도되었다. 연화는 청천의 진정성보다 껍데기인 말에 현혹되어 그를 자칫 타락천사로까지 속단할 뻔했던 자신의 경박함이 못내 부끄러워 두 볼이 화끈 달아올랐다. 연화의 당황함을 아는지 모르는지, 청천은 개의치 않고 하던 말을 계속 이어갔다.

"어쨌든 저한테 고맙다는 인사를 하기에는 좀 이른 것 같군요. 나영조라고 했나요, 저 친구가?"

"예."

"저 친구가 현재 어떻게 반응할지도 모르는 상황이니……. 그런데 만약 황 약사가 저 친구에게 우리가 기대하는 영향을 끼치지 못할 경우에 대비한 대안은 있는지요?"

"지금으로선 아직 없습니다."

"아니, 그럼 어쩌시려고요?"

"일단 세영이와 세준이를 통해 영향력을 시도해보겠습니다만, 조숙한 아이들이긴 하지만 그래도 아직 어린 나이라 나영조 인생록의 경향성에 영향을 줄 정도까지는 아닐 것입니다. 더군다나 지금 세준이 같은 경우는 수호령도 없는 상황이라 수호령이 오기까지는 영향을 끼칠 수도 없습니다."

"저 친구, 집으로 돌아가서라도 집 근처 병원에라도 가면 되지 않겠소? 지금이 아니더라도 말이오."

"저는 나영조의 수호령이 아니라서 영조의 망자록 내용도 모를 뿐더러, 볼 수도 없는 입장이라 뭐라 판단하기가 힘든 상황입니다."

"망자록 내용을 모르신다구요? 그럼 저 친구 인생록의 사망부에 오늘이 마지막이라고 되어 있을지도 모른다는 말씀이지 않소? 그렇다면 우리가 지금 운명의 흐름을 작위적으로 변경하게 되는 것인데……."

"그렇지는 않을 것입니다. 저도 그것이 마음 안 쓰인 바는 아닙니다만, 만약 인생록 상에 오늘이 나영조의 마지막이었다면 수호령인 대선녀님께서 자리를 안 지키셨을 리가 없습니다. 인간들의 인생록을 누구보다 잘 알고 계신 분이 해당 수호령 외에 천상국 내에 또 누가 있겠습니까? 게다가 일반 수호령도 아니시고 천상국 품계 서열 세 번째이신 대선녀님이십니다. 자칫 인생록에도 없는 사망이 일어나버리면 당사자에겐 여태까지의 모든 윤회의 기록도, 그간 쌓아 올려온 선업까지도 모두 허사가 되어버리고, 혼령은 인간 세상에도, 천상국에도 존재할 수 없는 떠돌이 유랑귀로 전락될 수도 있습니다. 그걸 대선녀님께서 모르셨겠습니까?"

"그렇겠군요. 염라처에서 혼령을 인도해 망자육대문 안으로 들어가버리면, 수호령이 그 인간을 다시 만날 수 있는 기회는 영혼심사처밖에 없을 것이고, 영혼심사처에서 심사를 받는다는 자체가 이미 합법적인 망자임을 전제로 하는 것인데, 그 기준이 되는 인생록에는 살아 있는 자로 기록되어 있으면서 실제 육신은 죽은 자가 된다면, 결국 산 자도 죽은 자도 아닌 상황이 되어버려 영혼심사를 받을 기회 자체를 박탈당할 테니까요."

"예, 맞습니다. 그래서 일단 나영조의 육신부터 구해놓고 봐야 한다는 판단해서 청천님께 협조를 부탁드렸던 것입니다."

"그러셨군요. 대선녀님께서 오실 때까지는 최소한 저 친구 생명줄은 잡고 있어야겠군요. 우리 황 약사가 잘해줘야 할텐데……."

"예, 자칫하면 영조 저 친구, 천상국 거주 자격 취득이나 윤회는커녕, 영혼 자체의 안위조차도 장담할 수 없는 지경이 될 수도 있습니다. 그렇게 되면 대선녀님도 무사하지 못하실 거구요. 도대체 대선녀님은 어디 계신지 몇 번을 시도해도 영기 연결이 안 되니 답답할 따름입니다."

피자를 주문한 영조는 아이들을 데리고 대기석에 앉았다. 소정에게 전화를 걸어 레스토랑으로 올 수 있는지 물어보았다. 소정은 교통체증에 걸려서 옴짝달싹도 못하는 상황이라며 난처해했다. 하는 수 없이 피자가 나오는 데로 택시로 집에 가겠다며 전화를 끊었다. 피자를 기다리는 20여 분 남짓한 시간이 영겁처럼 길었다. 온몸에서 식은땀이 흘러 서늘한 한기가 온몸을 휘감았다. 가끔씩 깜빡깜빡 정신마저 아득해지자 영조는 아이들 걱정에 조바심이 나기 시작했다.

그때 레스토랑 입구 자동문이 활짝 열리면서 하얀 약사 가운을 오른손에 쥔 한 남자가 성큼 걸어 들어왔다. 남자는 종업원의 인사도 받는 둥 마는 둥 레스토랑 안을 재빠르게 훑었다. 곧 영조 일행을 발견한 그는 잰걸음으로 영조 쪽으로 걸어갔다. 이 남자가 누구더라, 어디선가 본 얼굴인데……. 그것도 아주 최근에 본 얼굴이 분명한데 머릿속에 짙은 안개가 낀 듯 좀처럼 기억이 나지 않았다.

그 사이 남자는 영조 바로 코앞까지 다가와 우뚝 섰다.

"선생님, 저 기억나시죠? 조금 전에 들르셨던 약국의 약사, 황영민입니다."

"아, 예……."

"병원으로 바로 안 가시는 것 같아 걱정이 돼서 왔습니다."

"이러실 필요까지는 없는데……. 애들 피자 사주기로 약속을 해서요. 안 그래도…… 피자 나올 때가 다 되어서…… 집으로 갈 생각이었습니다……."

영조는 더 이상 말을 잇지 못했다. 가슴의 통증이 더욱 심해졌고, 말을 하기도 벅찰 만큼 호흡이 짧아졌다.

"선생님, 당장 병원에 가셔야 합니다. 아니면 여기서 앰뷸런스를 부르든지요."

그제야 영조는 황 약사의 진정성을 느꼈다. 더 이상 고집을 부릴 명분이 없었다. 병원에 바로 가보겠다고 약속하는 순간 피자가 나왔고, 일어서려던 영조는 그 자리에 털썩 주저앉고 말았다. 가슴의 통증이 전신으로 파도처럼 전이되면서 서 있기도 힘들었다. 간신히 일어나 어렵사리 계산을 마치고 피자 가게를 걸어 나오는 영조를 황 약사가 조심스럽게 부축했다. 뭔가 상황이 심상치 않은 것을 느꼈는지 세영과 세준은 포장된 피자를 들고 묵묵히 두 사람 뒤를 따라 걸었다.

✦

병원에 들어서자마자 황 약사가 접수 데스크로 뛰어갔다. 간호사 둘이 서둘러 뛰어나왔고 영조를 부축해 휠체어에 앉혔다.

"어디가 어떻게 불편하세요?"

증상을 설명하는 내내 영조는 몇 번이나 정신이 혼미해졌다. 현기증과 통증이 한계를 넘어서고 있었다. 접수를 끝내고 병원문을 나서는 황 약사에게 고맙다는 인사를 하고 싶었지만 몸이 말을 듣지 않았다. 영조는 휠체어에 앉은 채로 응급 진료실로 옮겨졌다. 간호사 한 명이 영조의 혀 밑에 스프레이로 무언가를 뿌리고 셔츠를 벗겼다. 그리고 가슴 이곳저곳에 전선 단자 같은 것들을 서둘러 붙이기 시작했다. 남자 의사가 영조 가슴에 부착된 센서들이 연결된 모니터를 쳐다보며 빠른 어조로 말했다.

"선생님, 빨리 종합병원으로 가셔야 할 것 같습니다. 구급차를 불렀으니 바로 이동하겠습니다."

의사의 말이 떨어지기가 무섭게 세 명의 구급 요원이 뛰어 들어왔다. 한 명은 재빨리 영조의 왼팔을 펴서 피를 뽑고, 다른 한 명은 오른팔에서 혈압을 쟀다. 세 번째 요원은 산소마스크를 씌우고 종합병원 응급실 측에 영조의 상태를 실시간으로 보고했다.

요란한 사이렌 소리와 함께 종합병원 응급실에 구급차가 도착했다. 차문이 열리자 소정의 얼굴이 먼저 영조의 눈에 들어왔다. 벌써 얼마나 울었는지 두 눈이 퉁퉁 부어올라 있었다. 굵은 눈물이 지나간 자국이 볼 위에 선명했다. 영조는 산소마스크를 들어 올려 공간을 만든 뒤, 미소 띤 얼굴로 말했다.

"이 사람들 왜 이렇게 난리법석을 떠는지 모르겠어. 내가 심장마비래. 그런 말도 안 되는……. 그냥 체한 걸 가지고 말이야."

소정은 아무 대답도 하지 못했다. 목이 메어 아무 소리도 나오지 않았다. 다시 굵은 눈물방울이 떨어졌다. 얼마 뒤 구급 대원 한 명이 세영과 세준의 손을 잡고 나타났고, 소정을 발견한 아이들이 엄마 품으로 뛰어들었다. 세영은 울고 있는 소정의 눈가를 손등으로 닦아주며 소정의 귀에 뭐라 속삭였다. 울고 있는 엄마를 위로하고 있는 것이리라. 그 모습을 지켜본 영조가 안도의 한숨을 길게 내쉬며 조용히 눈을 감았다. 참아온 피로감이 일시에 영조를 꿈결 저편으로 밀어내고 있었다.

응급실에 도착하자마자 기본 검사를 받았고, 연이어 수많은 장비들이 들어찬 다른 방으로 옮겨져 정밀 검사가 진행되었다. 영조는 뭐가 어떻게 돌아가는지 정신이 하나도 없었다. 검사가 끝나자 북적대던 의료진들이 일시에 빠져나갔고 대기실엔 영조와 소정만 덜렁 남았다. 갑작스런 고요함이 더 큰 공포로 다가왔다. 영조는 자신도 모르게 몸을 떨었다. 그때 그의 어깨 위에 소정이 얼굴을 기대왔다. 영조도 고개를 옆으로 기울여 소정의 머리에 자신의 머리를 맞댄 채 눈을 감았다. 피로가 몰려왔다. 하지만 잠들 수 없었다.

문득 이십여 년 전, 그녀를 처음 만났을 때가 떠올랐다. 세파가 소정의 싱그러웠던 모습을 그냥 두고 흘러가지 않았음에 가슴이 아려왔다. 그것이 자신의 잘못인 양 미안하고 안쓰러웠다.

"소정아!"

"네……? 여보. 아, 아니, 선배."

영조가 대학 시절, 가까운 선후배로 지낼 때의 친근한 말투로 부르자 소정은 깜짝 놀라 고개를 들었다. 그리곤 자신도 대학 시절로 돌아간 듯 그때의 말투로 대답했다.

"기억나? 우리가 처음 만난 날……?"

"그날? 아, 동아리 신입생 환영회날? 당연히 기억나지."

"갑자기 내린 소나기에 흠뻑 젖어서 길 잃은 강아지처럼 오들오들 떨고 있던 네 모습이 아직도 눈에 선하다, 하하."

소정이 얼굴 가득 미소를 지으며 다시 영조의 어깨 위로 얼굴을 기댔다.

"그래, 그런데 선배……. 우리 참 많이 변했다, 그치? 그때는 선배 참 멋있었는데……."

"뭐? 그럼 지금은 아니란 말이야?"

"아니, 하하하, 선배는 지금도 멋있지잉~"

"하하하!"

영조가 화난 시늉을 하며 눈꼬리를 치켜 올리자 소정은 영조의 왼팔을 꼭 끌어당기며 애교를 부렸다. 영조는 소리 내어 크게 웃었다. 소정도 따라 웃었다. 그러다 갑자기 동시에 뚝 웃음을 멈추었다. 영조가 찬찬히 소정을 더듬듯 바라보았다. 소정의 눈동자, 코, 입술, 목, 어깨……. 소정은 자신도 모르게 얼굴을 붉혔다. 영조가 양손으로 소정의 조그마한 얼굴을 부드럽게 감쌌다. 그리고 고개를 숙여 그녀의 입술을 찾았다. 예상치 못했던 영조의 부드러운 입맞춤에 소정은 살며시 눈을 감았다. 영조의 촉촉한 입술이 자신의 입술에 닿자마자 이미 꽤 오래전에 사라졌다고 믿었던 연인으로서의 친밀감이 새록새록 깨어나기 시작했다. 소정은 이것이 꿈이라면 깨고 싶지 않았다. 이 감미롭고 포근한 꿈에서 영원히 깨고 싶지 않았다.

9.

첫사랑

화창한 오월의 캠퍼스엔 생동감이 가득했다. 봄을 꿈꾸며 황색 겨울을 인내했던 교정의 잔디들도 새싹을 파릇하게 틔워냈고 오월의 기운에 기지개를 편 아름드리나무들도 연둣빛 새싹을 세상 밖으로 밀어내며 교정에 출렁대는 젊음의 에너지를 축복했다. 며칠 전 중간고사도 끝이 나자 청춘들의 홀가분한 마음들이 교정 이곳저곳에 던져져 마음껏 활개를 쳤다. 그 한가운데에서 대학 내 수많은 동아리들이 축제 분위기를 더욱 고조시키고 있었다. 참신한 후배들을 끌어들이기 위한 기발한 아이디어들이 사방에서 진행되고 있었다. 게시판에는 각종 동아리들이 붙여놓은 대자보들이 빼곡했고, 동아리 모집 테이블 앞은 신입생들로 북새통을 이루었다.

"소정아, 너 동아리 가입할 거니?"

"당연하지. 넌?"

"난 아직 잘 모르겠어. 정한 데는 있구?"

"당연하지."

"어디, 어디야?"

"으응, 광고 동아리. 너도 잘 알잖아, 내 꿈이 카피라이터인 거. 여기 광고 동아리 대자보 봐봐. 너무 멋있지 않니?"

"이거? 사랑에 자신 있는 분들을 찾습니다?"

"바디 카피도 읽어봐."

"오케이. 잠깐만, 어디, 음……."

사랑에 자신 있는 분들을 찾습니다.

좋은 광고,
사랑해야만 나올 수 있습니다.
진정으로 사랑하지 않고서는 서로 교감할 수 없고,
교감할 수 없으면 나눌 수 없고,
나눌 수 없으면 바꿀 수 없기 때문입니다.

광고인의 사랑에는 세 가지가 있습니다. 그건 바로
제품에 대한 사랑, 사람에 대한 사랑, 삶에 대한 사랑입니다.

첫째, 제품에 대한 사랑
이것이 없으면 제품과 교감하지 못합니다.
제품과 교감하지 못하면, 진정한 셀링 포인트를 찾을 수 없습니다.

둘째, 사람에 대한 사랑

이것이 없으면 사람들과 교감할 수 없습니다.

사람들과 교감하지 못하면, 그들을 움직일 메시지를 발견할 수 없습니다.

셋째, 삶에 대한 사랑

이것이 없으면 미래를 말할 수 없습니다.

미래를 말하지 못하면, 어렵사리 만든 관계를 지속시킬 수 없게 됩니다.

관계의 영속성이 끊어진 광고는 생명력이 짧아지고, 생명력이 짧아지는 만큼 영속성 있는 브랜드를 창출하는 데도 실패하게 됩니다.

브랜드를 만드는 데 실패한 기업은 살아남을 수 없고,

기업이 살아남지 못하면 광고회사가 살아남지 못하게 됩니다.

그럼 광고인도 존재 가치가 없게 되겠지요.

그래서 광고는 사랑입니다.

어떻습니까? 사랑할 자신 있습니까?

뜨겁게 사랑할 자신이 있는 분들의 많은 지원 바랍니다.

_ '광고와 나' 회원 일동 올림

"가슴에 팍팍 와 닿지 않니? 매년 대학생 광고대회에서 수상작을 내놓는 데는 다 이유가 있다니까. 누가 쓴 건지 정말 만나보고 싶어."

"나는 도무지 어려워서 무슨 말인지 모르겠는데. 하여튼 너의 그 꿋꿋한 의지가 정말 부럽다. 그런데 나는 뭐하지? 생각해본 것도 없는 데⋯⋯."

"나하고 같이 들어가자. 거기 멋진 선배들도 많다더라. 그리고 너 그림 잘 그리잖아. 광고 동아리니까 당연히 그림 잘 그리는 사람도 필요할 거야."

"여기 미대 다니는 애들도 많을 텐데 나를 뽑겠니?"

"일단 부딪쳐 보자고. 그리고 사랑할 줄 아는 사람이면 환영이라잖아. 사랑, 하면 박선희 아니겠니?"

"너, 정말!"

고등학교 시절 내내 소정과 단짝이었던 선희는 멋진 오빠들이라면 사족을 못 쓰는 로맨티스트였다. 버스에서 매일 보던 인근 학교 남학생을 짝사랑해서 생긴 가슴앓이가 채 가시기도 전에 교회 성가대에서 지휘를 하던 음대 오빠에게 빠져 그 바쁘다는 고3 시절의 많은 시간들을 성가대에서 보냈던 선희였다. 결과적으론 고3 때의 짝사랑이 선희에겐 약이 되었다. 선희가 어느 날 용기를 내어 성가대 오빠한테 고백을 했을 때, 그는 선희가 대학에 들어가면 정식으로 사귀자고 확답을 해주었다. 선희에게 엄청난 동기 부여가 된 셈이었다. 그래서 사귀었냐고? 그러면 선희가 아니었을 것이다. 대학 입학 후 몇 번 데이트를 하나 싶더니 이내 시큰둥해져버렸다. 그냥 오빠, 동생으로 지내기로 했다는 이야기를 소정에게 전해주었다. 예전 고3 시절에 느꼈던 뜨겁던 마음이 도무지 안 생기더라는 것이었다. 하여튼 쉽게 타고 쉽게 식는 것도 능력이라면 능력이었다. 오죽하면 여고 시절 별명이 '파이어 박'이었을까? 그런 선희가 대학에 왔으니 이젠 물 만난 물고기가 아니면 뭐겠는가? 소정은 그런 선희의 마음을 어떻게 흔들지를 아주 잘 알고 있었다. 광고 동아리에 꼭 들어가고 싶었지만, 혼자서는 자신이 없었다.

"선희야, 같이 원서 넣자, 응?"

"갑자기 안 부리던 애교를……. 계집애, 마음 약하게 만드네. 좋다, 까짓것. 다른 사람도 아니고 네 부탁인데, 뭐. 참! 그런데 멋진 선배들 많다는 건 사실이지?"

"그렇다니까, 하하하."

그들은 따사로운 오월의 봄바람에 꽃무늬 원피스 자락을 나풀거리며 동아리 소개 테이블이 늘어선 중앙도서관 앞 벚꽃길로 천천히 걸음을 옮겼다.

"소정아, 오늘 오후에 비 온다는데 우산 안 가져가니?"

"이렇게 화창한데?"

"오늘 소나기 예보 있어. 우산 챙겨가."

"됐어. 어차피 실내에만 있을 거야. 소나기면 금방 그칠 거고. 지금 당장 올 것 같지도 않은데? 까짓것 오면 그냥 맞지 뭐."

"그러지 말고 가져가. 비 맞고 다니면 칠칠치 못해 보여."

"괜찮다니까, 엄마. 잘 알잖아. 나, 손에 주섬주섬 들고 다니는 거 싫어하는 거."

"그래, 알았다. 비 맞아도 네가 맞는 거니 네 맘대로 하세요."

소정은 아파트 현관을 나서면서 다시 한 번 하늘을 올려보았다. 우산을 가지고 나올 걸 그랬나? 은근히 걱정이 되었다. 하지만 구름이 조금 끼어 있긴 했지만, 대체적으로 화창한 전형적인 늦봄 날씨라 비가 올 것 같은 느낌은 전혀 없었다.

소정은 아파트 1층 현관, 수위실 맞은편 벽에 붙어 있는 전면 거울 속의 자신을 다시 한 번 비춰보았다. 아침부터 입고 갈 옷을 고르느라 한바탕 전쟁을 치르고 선택한 옷이 고작 흰색 셔츠와 블랙 진이란 사실에 픽, 웃음이 나왔다. 외출복이라고 가지고 있는 것들이 대부분 원피스 위주였기에 오늘 입고 갈 만한 수수한 옷들이 없었다. 동아리 선배들 대부분이 워낙 수수한 분위기라 동아리 가입 후 몇 번 인사차 찾아간 자리에서 소정은 여간 불편했던 게 아니었다.

어느 순간부터 여태 잘 입고 다녔던 여성스러운 옷들이 점점 부끄러워지기까지 했다. 엄마가 사준 옷들이 모두 팔랑거리는 꽃무늬 원피스 종류밖에 없는지, 하나같이 공주처럼 행동해야 어울릴 것 같은 옷들밖에 없는지 문득 의아해졌다. 한 번도 생각해본 적이 없었던 문제였다. 여태 편하게 입고 다녔던 그 옷들이 왜 갑자기 현실과 동떨어진 동화 속 모습처럼 비현실적으로 보이기 시작했는지 이해가 가지 않았다. 더 이상 꿈속에 사는 꼬마 소녀가 아니어서? 이제 유리의 성을 나와 임소정이란 여자로 살아야 해서? 이유야 어찌됐든, 언제부턴가 시작된 자신의 이런 조그마한 변화가 소정은 싫지 않았다. 이런 변화를 경험하는 스스로가 자랑스럽기까지 했다.

"소정아!"

아파트 단지 앞 버스정류장에서 만나기로 한 선희였다. 손거울을 꺼내 들고 화장을 고치고 있다가 멀리서 소정이 걸어오는 모습을 발견하곤 반갑게 소정을 불렀다.

"야, 옷이 그게 뭐야?"

"이 옷이 어때서?"

"그 예쁜 드레스들은 다 어디 두고 선머슴 같은 블랙 진에 셔츠라니……."

"이 옷들이 어때서?"

"너 온달장군이라도 만난 거니? 갑자기 공주가 왜 이리 무너지나?"

"후후, 그러고 보니 온달장군님이라도 만나려고 그러나? 아닌 게 아니라 갑자기 옛날에 입고 다녔던 그 공주과 옷들이 영 내키지가 않는 거 있지? 내 운명의 사람이 나의 화려한 옷들로 인해 나의 참모습을 발견하지 못하고 그냥 지나쳐버리면 어쩌나 하는, 그런 말도 안 되는 불안감이……."

"계집애! 갑자기 왜 그러냐? 거리감 느껴지게. 너 그 옷들 안 입을 거면 나라도 줘. 알았어?"

"아! 그래. 그러면 되겠다. 넌 정말로 공주같이 되는 거 좋아하니까 너한테 다 줄게."

"오케이. 굿! 잠시만……. 그런데 갑자기 이 찜찜한 기분은 뭐지? 너 그게 무슨 뜻이야?"

"응? 뭐가?"

"난 공주같이 되는 거 좋아하는 애고, 그런 나한테 정말 공주인 네가 하사한 옷을 입으니 공주같이 된다는 거야, 뭐야? 그럼 너는 진짜 공주고 난 가짜야? 아니, 하녀란 이야긴가?"

"그러네. 그렇게 되어버리네. 하하하!"

고교 시절 땐 상상도 못했던 자유로움과 새로운 만남들에 대한 기대감에 한껏 들떠 소정과 선희는 주변 시선에 아랑곳하지 않고 큰 소리로 웃어댔다.

"앗, 저기 버스 온다. 그런데 넌 우산 안 가지고 나왔어? 오늘 오후에 비 많이 온다던데……."

"응, 귀찮아서 안 가지고 왔어. 넌?"

"난 조그마한 양산 겸용 하나 가져왔지. 내 백에 들어가는 거 고르느라 제일 작은 거."

"비가 올 것 같지는 않은데……."

덜렁이 선희까지 우산을 챙겨 나온 것을 보자 소정은 은근히 걱정이 되기 시작했다. 아니나 다를까, 버스에 오른 지 5분도 채 지나지 않아 그토록 푸르렀던 하늘이 삽시간에 어두워지며 공기가 어수선해졌다. 버스를 타기 전까지만 해도 드문드문 보였던 구름들이 어느새 하늘을 가득 메우고 심상치 않은 속도로 이동했다. 꾸역꾸역 모여들며 덩치를 불린 구름은 점점 진회색빛으로 바뀌어갔고, 급기야 시커먼 먹구름으로 변했다. 동시에 돌풍이 난데없이 거리를 때리면서 따뜻한 오월의 햇살에 취해 있던 가로수들도 대책 없이 휘청거렸고 뿌리까지 흔들리는 고통에 아우성치기 시작했다.

버스가 학교 근처에 도착할 즈음, 시커먼 먹구름 사이를 비집고 굵은 빗방울 몇 알이 툭툭, 떨어졌다. 그것이 신호탄이었을까? 하늘에서 순간 번개가 한 번 번쩍이더니 곧이어 우르릉, 천둥소리가 천지를 흔들고 이내 굵은 장대비가 죽창처럼 지상에 꽂혀들었다. 돌풍이 휘몰아치자 수직으로 떨어지던 죽창 같은 빗줄기가 이번엔 바람을 타고 사선으로 파고들었다. 우산을 쓴 사람들조차도 측면을 파고드는 빗줄기의 파상공세에 어찌할 바를 몰라 허둥댔다.

소정과 선희는 버스에서 내리자마자 승강장 처마 밑에 몸을 숨기고 발만 동동 굴렀다. 환영회 장소까지 걸어서 5분 거리밖에 안 되었지만, 선희가 가진 양산 겸용 우산으로는 둘의 머리를 지켜내기에도 버거워 보였다. 막연히 버스 정류장 처마 아래에서 비가 그치기만을 기다릴 수도 없는 노릇이었지만 그렇다고 무슨 뾰족한 수가 있는 것도 아니었다.

철썩!

아주 가까운 거리에서 크게 물 튀기는 소리가 울려 퍼졌다. 선희와 소정은 무심코 소리가 나는 쪽으로 고개를 돌렸다. 시커먼 흙탕물이 도로를 박차고 튀어오르다 정점에 이르자 폭포수로 변해 소정과 선희 쪽으로 쏟아져내렸다. 순식간에 흙탕물을 고스란히 뒤집어쓴 소정과 선희는 아연실색했다. 소정이 입고 있던 하얀 셔츠는 흙탕물에 범벅이 되어버렸다. 흙탕물이 비켜간 자리도 쏟아지는 거센 비바람에 노출되어 흠뻑 젖어버렸다. 젖어버린 하얀 셔츠 안으로 소정의 분홍빛 살결이 고스란히 비쳤다. 소정은 황급히 두 팔로 가슴을 가렸다. 선희는 앞에 서 있던 소정이 방패막이가 되어준 덕분에 바지 일부와 신발에 흙탕물이 조금 튀기는 선에서 그쳤지만 소정의 차림새는 복구가 불가능할 만큼 엉망진창이 되어버렸다.

승강장에 있던 주변 사람들도 흙탕물을 뒤집어 쓴 소정의 몰골을 보고는 저마다 흙탕물을 튀기고 쏜살같이 사라져버린 몰염치한 트럭 운전사를 향해 손가락질을 하며 욕설을 퍼붓는 것으로 소박한 위로를 보냈지만, 소정은 당장 마른 수건 한 장이 절실했다. 어금니를 꽉 깨물었지만 눈에선 자꾸 눈물이 솟아났다. 그 순간, 소정의 어깨 위에 짙은 푸른색 재킷이 걸쳐졌다. 깜짝 놀라 뒤를 돌아보는 소정의 손에 이번에는 다짜고짜 체크무늬 손수건이 쥐여졌다.

소정은 건네받은 손수건으로 허겁지겁 얼굴부터 닦아냈다. 누가 건넨 손수건인지는 중요하지 않았다. 덕지덕지 붙어 흐물흐물 온몸을 더듬는 이 불쾌한 것들부터 닦아내는 일이 급했다. 흙탕물이 마법을 건 주범이었고, 체크무늬 손수건이 마법을 푸는 열쇠였던 듯 얼굴에 묻어 있던 흙탕물이 체크무늬 손수건에 의해 하나씩 지워져갈 때마다 소정은 조금씩 마법에서 풀려나 천천히 원래의 세계로 귀환하고 있었다. 얼굴에 묻은 흙탕물을 닦아내려 체크무늬 손수건이 지나쳐가자 반사적으로 소정의 눈이 감겼고, 잠시 뒤 마법에서 깨어나듯 눈을 뜨자, 눈앞에 한 남자가 싱긋 웃으며 서 있었다. 소정은 다시 눈을 감고 말았다. 남자의 하얀 웃음이 너무 눈부셔서 어쩔 수가 없었다.

"혹시, 임소정, 그리고 박선희?"

그때 체크무늬 손수건을 건네준 남자 뒤에서 누군가 고개를 쭉 내밀어 빼며 소정과 선희를 아는 체했다. 동아리 1년 선배인 성배 선배였다. 신입생 모집 테이블에서 동아리에 대해서 설명을 해주었던 그 선배였다.

"뭐 저런 새끼가 다 있어? 사람을 이 모양으로 만들어놓고 미안하다는 말 한마디 없이 도망가버리다니. 아! 참, 영조 형. 이번에 새로 들어온 우리 동아리 신입생들이에요. 이분은 영조 형이야. 지난번에 신입생 모집 대자보 카피 누가 썼냐고 물었지? 바로 이 형이야."

영조는 쑥스럽게 웃으며 가볍게 목례를 했고 소정은 영조가 덮어준 재킷을 부여잡고 어정쩡한 모습으로 눈만 깜빡였다. 선희가 소정의 마음을 읽은 듯 대신 나섰다.

"성배 선배. 저희들 오늘 신입생 환영회 못 갈 것 같아요. 소정이 옷도 엉망이 되었고……."

"성배야, 잠깐만……."

선희가 말을 다 끝내기도 전에 영조가 성배를 불러 귓속말로 무슨 말을 속삭인 후 소정과 선희를 쳐다보며 말했다.

"이름이 뭐라고 했지? 네가 선희고 너는 소정이? 이깟 일로 여기까지 와서 돌아간다는 건 말이 안 되지. 선희야, 먼저 소정이하고 같이 가까운 카페에 가서 흙탕물 좀 씻어내고, 따뜻한 커피 한잔하면서 마음 좀 가라앉히고 있어. 성배야! 네가 좀 데리고 가줘."

"예, 알았어요, 형. 그런데 형은 어디 가시게요?"

"나중에 이야기해줄게. 일단 저 애들부터 좀 챙겨줘."

영조는 신호등을 건너 쏜살같이 학교 쪽으로 뛰어갔다. 그리고 이십여 분 후에 카페로 들어왔다. 그런데 달라진 게 있었다. 아까는 회색 폴로 티셔츠에 블랙 진 차림이었는데 지금은 밝은 연두색 티셔츠를 입고 나타난 것이었다. 그 연두색 티셔츠 왼쪽 가슴에 작은 로고가 눈에 들어왔다.

'광고와 나'

성배는 그제야 자신의 이마를 치며 알겠다는 표정을 지었고, 영문을 모르는 소정과 선희는 두 선배의 표정만 살폈다.

"사이즈 맞을 만한 걸로 골라왔는데 어떨지 모르겠네. 성배야, 너는 미디엄 사이즈면 되지? 선희랑 소정이도 이걸로 갈아입도록 해."

영조가 소정에게 동아리 티셔츠를 건네줄 때서야 소정은 영조를 똑바로 쳐다볼 수 있었다. 순간 그의 싱그러운 웃음이 소정의 작은 가슴속으로 들어왔고 표현 못할 두근거림에 얼굴이 화끈 달아올랐다.

소정과 선희가 신입생 환영회가 열리는 카페에 들어섰을 때 더 놀라운 일이 기다리고 있었다. 바깥에서 안내를 맡은 회원들부터 카페에 모인 회원들까지 모두 동아리 티셔츠를 입고 있었다. 두 달 뒤에 있을 학교 체육대회 때 입으려고 맞추어 놓은 것이라고 했던가?

소정은 코끝이 찡해졌다. 선희를 쳐다보았다. 덜렁이 선희의 눈에도 이슬방울이 맺혀 있었다. 성배도 이것까지는 예상치 못했는지 환하게 웃으며 영조에게 엄지손가락을 치켜들었다. 영조는 찡긋, 성배에게 윙크를 하고는 졸업한 선배들이 모여 있는 테이블로 걸어갔다. 소정은 영조의 뒷모습이 다른 회원들의 모습에 가려 더 이상 보이지 않을 때까지 그 자리에 망부석처럼 붙박혀 있었다.

❖

똑똑.

노크소리와 함께 병실 문이 열렸다. 나이가 지긋해 보이는 의사 한 명이 두 명의 레지던트를 대동하고 들어왔다.

"안녕하세요? 김재수입니다. 나영조 씨 맞으시죠?"

영조는 말없이 고개만 끄덕였다.

"1969년 5월 16일생이시고요?"

"예."

영조를 대신해서 소정이 대답했다. 의사는 이내 고개를 끄덕이며 차트를 펼쳤다.

"검사 결과가 나왔습니다."

영조와 소정은 내심 단순히 체한 것뿐이란 말이 나오기를 기대했다. 하지만 의사와 두 레지던트는 표정으로 정반대의 대답을 준비하고 있다고 말하고 있었다.

"심장 혈관들 중 가장 굵은 혈관 두 개가 거의 백 퍼센트 막혀 있습니다. 물론 그 주변 미세혈관들 다수도 오십에서 육십 퍼센트 정도 막혀 있는 것들이 관찰되기는 하지만 그 혈관들은 주변 다른 혈관들이 역할을 대신할 것이기 때문에 그렇게 염려하지 않으셔도 됩니다만……."

영조와 소정의 표정을 잠시 살핀 담당의사는 자기가 하는 말을 영조와 소정이 충분히 따라오고 있음이 확인되자 다시 차트를 보며 말을 이었다.

"완전히 막혀 있는 그 혈관들 두 개 주변에는 그것들을 대체할 만큼의 굵은 혈관들이 없습니다. 따라서 막혀 있는 혈관은 포기하고 심장과 바로 연결되는 경로를 새로 만들어야 하는데……."

"……."

"바이패스 수술이라고 들어보셨는지 모르겠습니다."

바이패스? 영조는 예전, 클린턴 미국 대통령이 심장이 안 좋아서 몇 차례 바이패스 수술이란 걸 받았다는 기사를 떠올렸다.

"가슴뼈를 열고 수술이 진행될 겁니다. 팔목이나 다리에서 대체 혈관을 추출해서 그것들로 막혀 있는 혈관을 우회해서 심장으로 연결시키는 수술입니다. 대여섯 시간 정도 수술이 진행될 것 같고요."

"……."

소정과 영조는 묵묵히 듣고만 있었다. 상상조차 해본 적 없는 상황이었기에 아무 생각도 나지 않았다. 얼마 뒤 영조가 생각을 정리한 듯 천천히 입을 열었다.

"일단 오늘은 집에 돌아가고 싶은데요. 당장 회사에 중요한 프레젠

테이션도 잡혀 있고, 며칠만 미룰 수 있을까요?"

"절대로 안 됩니다. 지금 환자분을 댁으로 돌려보낸다는 건, 환자분을 그냥 사지로 보내는 것과 다를 바 없습니다. 그만큼 위급하단 말씀이에요. 일단 내일 새벽 여섯 시로 수술 일정을 잡아둔 상태지만, 상황에 따라서는 오늘밤에라도 긴급 수술을 해야 할지도 모릅니다. 점심나절에 느끼셨던 가슴 통증이 다시 느껴지면 곧바로 수술을 해야 할 판이에요."

조용한 병실에 경쾌한 멜로디가 울려 퍼졌다. 새벽 여섯 시, 영조가 맞춰둔 휴대폰 알람, 수술받을 준비를 해야 할 시각이었다. 영조는 한숨도 자지 못했다. 끊임없는 상념으로 잠을 이룰 수가 없었다. 자신 옆에서 꼬박 밤을 새우다 한두 시간 전쯤에 잠든 소정이 깰까봐 서둘러 알람을 껐다. 소정을 살펴보았다. 침대 옆에 엎드린 자세가 불편했던지 고개를 반대쪽으로 돌린 채 곤히 잠들어 있었다. 창밖을 보았다. 아직 캄캄한 새벽녘이었지만, 이른 아침을 시작하는 많은 사람들의 차량이 도로를 채우기 시작했다.

갑자기 모든 게 비현실적으로만 느껴졌다. 창밖 세상에서 펼쳐지는 삶의 활기가 우두커니 수술을 기다리는 자신의 모습과 선명한 대조를 이루자 영조는 살아 숨 쉰다는 것 자체가 생뚱맞고 어색하게 느껴졌다. 세영과 세준이 보고 싶었다. 구급차며 응급실이며 갑자기 벌어진 어제의 일로 많이 놀랐을 것이다. 오늘은 세영이 지원한 가톨릭 국제학교 오리엔테이션이자 언어영재 장학생 선발 테스트 날이기도 했다. 외할머니 손을 잡고 시험장에 가야 할 세영에게 미안했다.

갑자기 병실 문이 열렸다. 왼쪽 겨드랑이에 차트를 낀 여자 간호사가 환하게 웃으며 들어섰다. 그 뒤를 건장한 남자 간호사 두 명이 이동용 침대를 밀면서 따라 들어왔다. 이동용 침대가 만들어내는 귀에 거슬리는 쇠 가는 소리에 소정도 잠에서 깨어났다. 새벽이 주는 고요함에 빠져 있던 영조는 갑작스러운 소란에 머리가 아팠다.

여자 간호사는 차트를 침대 옆 지지대에 올려놓고 영조 몸에서 털을 깎아내기 시작했다. 털이 많지 않아 다행이라는 간호사의 농담에 영조는 그저 헛헛하게 웃었다. 제모 작업이 끝나자 남자 간호사들이 능숙한 솜씨로 병실 침대에서 이동침대로 영조를 들어 옮겼다.

"선배, 무서워?"

하룻밤 사이 눈에 띄게 여윈 영조의 얼굴을 쓰다듬으며 떨리는 목소리로 소정이 물었다. 소정의 두 볼에 눈물이 스르륵 흘러내렸다.

"그럼, 당연히 무섭지."

영조는 장난기 섞인 볼멘소리로 대답하며 엄지손가락으로 소정의 눈물을 닦아주었다. 수술실로 옮길 준비가 끝나자 여자 간호사가 수술과 관련한 제반 사항을 단조로운 음성으로 읽어 내려갔다.

수술실로 가야 할 시간, 영조는 소정을 바라보며 두 손을 모아 하트 모양을 만들곤 그 하트를 예쁘게 포장지에 싸 소정에게 살며시 던지는 시늉을 했다. 그리고 씨익 웃어보였다. 분위기에 어울리지 않는 영조의 갑작스런 익살에 소정이 피식 웃었다. 영조도 소정도 기분이 한결 가벼워짐을 느꼈다.

그래, 무슨 불치병에 걸린 것도 아니고, 수술 중에 잘못될 확률이 높은 그런 위험한 수술도 아니지 않은가? 여섯 시간 정도 푹 자고 나면 다 끝날 수술이 아니던가? 수술 후 1, 2주 입원했다가 퇴원해서 집에서 석 달쯤 가료하면 된다지 않은가? 수술비도 보험회사에 다니는 고등학교 후배의 성화에 못 이겨 가입했던 보험 덕에 걱정할 필요가 없었다. 따지고 보니 걱정할 일이 별로 없었다. 그 생각에 이르자 소정의 마음은 빠르게 평정심을 회복했다. 소정은 영조가 던진 하트를 조용히 받고는 그 하트가 너무 무거워 도저히 못 들고 있겠다는 듯, 끙끙거리는 모습을 연출했다. 곧이어 장난스럽게 그 자리에 털썩 주저앉아버렸다. 영조가 웃음을 터트렸다. 여자 간호사와 영조를 옮기면서 이것저것 영조 몸에 붙여놓은 센서들을 점검하고 있던 남자 간호사들도 박장대소에 동참했다. 무거웠던 수술 대기실의 분위기가 깃털처럼 가벼워졌다.

"여보세요? 엄마? 나야. 소정이."

"그래, 나 서방은 아직 수술실에 있니?"

"응, 엄마……. 한두 시간 뒤면 끝날 거……."

소정은 끝말을 다 맺지 못했다. 벌써 세 시간, 수술실에 영조를 보내며 박장대소하던 쿨함은 온데간데없이 사라졌다. 그 자리엔 불안함과 두려움, 그리고 걱정들이 곰팡이 번지듯 퍼져 나갔다. 간신히 참고 있었건만, 엄마의 목소리를 듣자마자 감정이 북받쳤다. 금방이라도 터져 나올 듯한 울음을 참느라 목이 뻐근했다.

"소정아, 너무 걱정 말거라. 별 거 아니란다. 가슴뼈 열고 수술한다 그래서 나도 걱정했는데, 주변에 물어보니 별 거 아니라더라."

소정은 문득 오늘따라 엄마답지 않게 말수가 많다는 생각을 했다. 모친도 많이 초조하신 게다. 자상하던 남편을 뇌졸중으로 하루아침에 보내고 일찌감치 혼자가 된 모친이다. 그 사나운 팔자가 딸까지 잡을까 염려되었던 게다.

"응, 잘 알아. 엄마……. 그건 그렇고 엄마, 세영이하고 세준이는?"

"세영이는 지금 면접실에서 교장 선생님하고 면담 중이고, 세준이는 나하고 같이 있어. 그나저나 세영이는 잘하고 있나 모르겠다. 어젯밤에 아빠 걱정에 한숨도 못 자고 뒤척이는 것 같던데……."

그랬겠지. 충분히 그러고도 남을 아이였다. 아빠에 대한 애정이 얼마나 각별한 아이던가? 그런 아빠가 지금 수술실에 누워 있다. 잠이 올 리 없었을 테지.

"세영이가 면접실에 들어가기 전에 엄마한테 전화 오면 전해달란다. 세영이, 세준이는 문제없으니 걱정 말고 아빠 옆에서 한시도 떠나지 말라고 하더구나. 나 참, 누가 엄마고 누가 딸인지……."

"오전에 치른 언어재능 테스트는 잘 봤대요?"

"생각보다 쉬웠다고 하더라. 별로 긴장하지도 않는 거 같고. 세영이는 네가 더 잘 알잖니? 어디 한 군데라도 허튼 데가 있던 애더냐?"

"그렇긴 하지만……. 엄마, 나중에 전화할게요. 고생 좀 해줘요."

"고생은 무슨……. 너나 마음 단단히 먹고, 이럴 때일수록 네가 힘 빠지면 안 돼. 알았지?"

"네, 엄마."

10.
음모

　어디선가 웅얼대는 소리가 음산하게 들려왔다. 깊은 어둠 속 어딘가에서 들려오는 충선의 목소리였다. 충선이 진우 몰래 빠져나와 혼자만의 영적 공간에서 주문을 외고 있었다. 그녀의 검은 도포자락이 천천히 굼실댔다. 충선은 가부좌를 틀고 앉은 자리에서 두 팔을 높이 들고 하늘을 보며 연신 주문을 외웠다.

　잠시 뒤 그녀의 머리 바로 위에 작은 구멍 하나가 천천히 만들어졌다. 그 구멍 안쪽에서 작은 빛줄기가 파장을 만들며 일렁이더니 순식간에 눈덩이처럼 부피를 키워 엄청난 속도로 밀도를 높였다. 동시에 빛의 파장이 구멍의 경계를 빠른 속도로 넓혔다. 갑자기 주변 공기의 흐름에 급격한 변화가 생겼고 그녀를 둘러싼 주변 공기가 빠른 속도로 그녀 머리 위의 구멍 안으로 빨려 들어가기 시작했다. 흡입력의 강도가 점점 높아진다. 맨 먼저 그녀의 백발이, 그다음 그녀의 작은 몸이 엿가락처럼 늘어났다. 그리곤 탁, 하는 소리와 함께 순식간에 구멍 속으로 빨려들어갔다. 거의 동시에 구멍도 사라져버렸다.

❖

회오리바람이 휘몰아친다. 충선이 그 중심에 가만히 눈을 감은 채 서 있다. 점차 바람이 잦아든다. 충선이 슬며시 눈을 뜬다. 그녀의 주름진 얼굴 위로 강렬한 태양빛이 쏟아진다. 그녀는 당황한 듯 뜨려고 했던 눈을 다시 감고는 눈살을 찌푸린다. 씁쓸한 미소가 충선의 입가에 스쳐간다. 빛과 함께 했던 시절, 아니 빛 자체였던 시절이 있었음을 이젠 자신도 믿기 힘들게 되어버렸다. 따스하고 포근하기만 했던 광명이 더 이상 달갑지 않게 되어버렸음에 허탈감마저 든다. 한참을 기다려야만 했다. 눈꺼풀 뒤에 숨은 그녀의 눈동자가 강렬히 쏟아지는 광명에 다시 적응이 되기까지는…….

조용히 눈을 떠본다. 여전히 눈이 부셨지만 아까보다는 나았다. 천천히 주변을 살핀다. 초록빛 대지가 온 사방에 펼쳐져 있다. 예전 그대로다. 초록 잔디 평원을 따라 멀리 푸른 하늘과 만나는 지평선이 보인다. 그 지평선 끝자락에서 아지랑이가 피어오르더니 빛방울 하나가 퐁, 떠오른다. 빛방울은 천천히 충선 앞으로 다가오며 부피를 키운다. 팔랑대는 나비처럼 다가오던 빛덩어리가 충선 바로 앞에 이르자 덩어리 내부에서 변화가 일어나기 시작한다. 둥근 투명 공 안에 갇힌 빛조각들이 출구를 찾는 듯, 이리 부딪치고 저리 부딪치며 강렬한 파장을 만들어내기 시작했다.

빛조각들이 부딪칠 때마다 또 다른 작은 빛조각들이 부산물로 만들어졌고, 그 빛조각들은 또 다른 조각들을 부스러기로 만들어내며, 팽창력을 기하급수적으로 끌어올렸다. 그 엄청난 분열이 최고점에 이르자 충돌하던 빛들이 다시 합쳐지기 시작했다. 마지막에 파생되었던 빛조각들부터 역순으로 모체母體를 향해 모여들면서 조각들의 수가 순식간에 줄어들더니, 곧 하나의 형상으로 일시에 모여들었다.

"아!"

충선의 입에서 짤막한 탄성이 터져 나왔다. 그분이셨다. 존재하지만 없으시고, 없지만 존재하시는 분, 불의 칼을 들고 정의를 지키시는 분, 충선이 천사 신분이었을 때도 감히 뵙지 못했던 참으로 고귀하신 분, 루시퍼 역도들의 천상국 전복 음모를 온몸으로 막아내신 분, 지금 그분이 나타나셨다. 얼마나 놀랐던가? 이 고귀하신 분이 멸인류파滅人類派의 숨은 수장임을 처음 알았을 때의 충격이 아직도 생생했다. 인간들에 대한 동경과 호기심으로 지원했던 인간 세상에서의 경험 이후, 인간들에 대한 지독한 회의감에 빠져 있던 시절, 하늘주인님께서 어찌 이런 불완전한 자들에게 자유의지까지 선사하며 천상국까지 개방하신 건지 이해할 수 없었던 그때, 그분이 나타나셨다. 그때도 지금처럼 그분께서는 초록 초원과 푸른 하늘이 만나는 경계선상에 홀로 서 계셨다. 은은한 빛으로 충선에게 다가와 당신의 빛 안으로 충선을 끌어안는 순간, 그분의 생각이 충선에게 그대로 전달되었다. 인간 세상에 대한 회의와 갈등 그리고 하늘주인님에 대한 의심이 그분의 생각을 전달받으며, 하나씩 하나씩 해답을 얻었고, 그분 뜻에 따름이 궁극적으로 천상국과 하늘주인님을 위한 것이라 확신할 수 있었다.

그분께서 말씀하셨다. 인간들 모두가 마계魔界에 영혼을 팔아 치워도 하늘주인님께서는 절대로 그들을 포기하지 못하실 거라 하셨다.

더 나아가 이들 인간들이 언젠가는 꼭 모든 것을 이겨내고 '신神의 나라'에 걸맞은 존재로 거듭날 것이라 하늘주인님은 여전히 굳게 믿고 계시다고 하셨다. 따라서 천상국 시민들 모두가 자애심과 인내심을 가지고 인간들의 성장을 도와주고 지켜봐줘야 한다고 하셨단다. 하지만 당신은 생각이 다르다고 하셨다. 하늘주인님의 그 무한한 자애심 덕분에 천상국 모든 시민들이 그를 추앙하고 있지만, 인간들은 천상국 시민들과는 근원적으로 다르다고 하셨다. 인간들은 그저 마귀의 세력만 넓혀주는 부작용으로만 작용하고 있다고 하셨다. 점점 많은 인간들이 탐욕으로 마귀들에게 마음을 넘겨주면서 천상국에서 파견했던 수많은 수호령들이 자리를 잃고 천상국으로 되돌아오는 일이 비일비재해지기 시작하면서, 하늘주인님의 정성으로 만들어진 인간들의 영혼들이 천상국으로 재흡수되지 못하고 마계로 귀속되는 비율이 감당 못할 수치로 높아지는 것을 더 이상 지켜볼 수 없다고 하셨다.

충선 또한 이 부분에 대해서는 익히 느끼고 있던 바였다. 인간 세상이 타락하면서 그들을 보필하던 수호령들까지도 타락하는 동반타락 현상으로 천상국의 가치질서까지 흔들리고 있다는 우려는 이미 천상국 내에서도 끊임없이 제기되고 있었다. 그분께서는 더 늦기 전에 지상세계 재편을 통해 천상국의 가치질서를 지키기로 결정하셨다고 하셨다. 기존 인류를 전멸시키고 신인류를 출현시키는 방법밖에 없다고 하셨다. 지금의 인간들에게 희망이 없기 때문이라고 하셨다. 충선은 전적으로 그분 말씀에 동의했다. 그간 얼마나 많은 천사들과 선지자, 그리고 성인들이 인간 세상으로 보내졌던가? 그런데 변한 것이 있던가? 변하기는커녕 더더욱 악화일로로 치닫지 않았던가? 결과론적으로 인간 세상에는 더 많은 종교들만 양산되었고, 그것들이 오히려 인간 세상에 더 많은 갈등과 분열을 조장하고 있는 것이 사실 아닌가?

그분은 더 이상 지켜만 보고 있을 수는 없다고 하셨다. 하지만 그분의 창조주이시기도 하신 하늘주인님의 뜻을 대놓고 반대할 수는 없는 노릇. 그래서 보이지 않는 음지에서 일해줄 헌신적인 자가 필요하다고 하셨다. 그분의 생각은 단숨에 충선을 사로잡았다. 실제로 탐욕에 사로잡힌 인간들이 하늘주인님의 자애를 알지도 못하고, 알려고 하지도 않으며, 자신들의 쾌락과 욕심을 위해 마계와 손잡는 것을 현명함이라 받아들이며, 감히 하늘주인님과 천상국을 싸잡아 모욕하고 대적하기까지 하는 것을 얼마나 많이 보아왔던가? 충선은 기꺼이 빛의 세계를 등지고 음지로 찾아들었고, 그분의 뜻에 따라 멸인류 프로젝트의 숨은 일꾼으로 지금에 이르고 있었다.

오늘도 그때처럼 그분은 빛으로 충선을 감쌌다. 안락한 천사청을 떠나 염라계의 일원으로 지낸 시간이 어찌 외롭고 힘들지 않았겠는가? 자신이 하는 일이 더 높은 가치 실현을 위한 희생이라 하지만 어찌 후회가 없었을까? 충선을 감싼 그분께서는 그 마음까지 읽으시고 충선의 영혼을 위로했다. 상처 입은 자리에 그분의 위로가 닿자 아픔이 씻은 듯이 사라졌다. 약해진 사명감에 그분 입김이 닿자 확신과 자부심이 다시 불같이 일어났다. 충선이 눈을 감고 그분의 위로를 가슴에 새길 때 충선을 감쌌던 빛이 조용히 그녀의 몸 밖으로 빛가루가 되어 빠져나와 다시 하나의 빛덩어리로 뭉쳐지더니 이내 또 다른 형상을 빚어내기 시작했다.

"눈을 뜨라, 충선."

그분의 음성이 귓전에 울렸다. 충선이 눈을 떴다. 아! 그분께서 서 계셨다. 빛으로만 보았던 그분이 실체적 형상을 보이셨다. 충선은 감히 똑바로 쳐다볼 수 없어 고개를 숙이고 무릎을 꿇었다.

"고개를 들라."

"아니옵니다. 제가 어찌 감히……"

충선은 목이 메었다. 눈부신 하얀 기운의 아우라가 둘러진 존귀한 분의 손끝이 충선의 고개를 부드럽게 들어 올렸다. 주름진 충선의 얼굴이 존귀하신 분의 빛을 받아 환하게 빛나기 시작했다. 더불어 그녀의 얼굴 가득 드리워져 있던 주름들이 하나 둘씩 펴지기 시작했다. 검붉은 저승꽃자리에 새살들이 돋아났고, 하얗게 세었던 머리카락이 윤기 나는 금발로 바뀌었다. 존귀하신 대천사의 손길이 그녀의 어깨에 닿자 그녀가 걸치고 있던 염라계의 상징인 검은 외투가 아래에서부터 위로 순백색으로 물들여졌고, 그녀의 등 뒤로 눈부신 깃털 날개가 서서히 솟아 나왔다. 충선은 깜짝 놀라 그분을 올려다보았다.

"충선, 자네는 여전히 천신의 계보를 잇는 천사청 소속 천사라네. 난 그대의 천사성天使性을 한 번도 거둔 적이 없었어. 자네가 원한다면 언제든지 다시 이곳으로 돌아올 수 있도록……"

"아!"

"자, 이제 다 끝나가네. 어쩌면 자네에게 마지막 임무가 될지도 모르겠군. 나영조의 영혼을 데려오는 것이……"

"예. 그런데 송구하옵게도 조금 문제가 생겼습니다."

"알고 있네. 영조의 육신이 살게 되었다면서?"

"예, 간섭이 발생한 것 같습니다."

"간섭이라……. 또 그들 짓이겠군."

"아직 그것까진 모르겠습니다. 어쨌든 문제는 망자록에 이름이 올랐다 해도 육체가 살아 있을 경우 염라처에서는 관례적으로 사망 일시를 무기한 연기하고 있습니다. 그런데 그 오랜 관행을 제가 아무 이유도 없이 깰 수는 없는 노릇이라……."

"그렇겠지. 당연히 그 관행을 깨는 즉시 주목을 받을 것이고, 친인류파에 발각되지 않을 수가 없겠지. 게다가 멸인류파 자체를 범법 행위로 규정하는 염라처에서 자네를 가만두지 않을 테고. 물론 그걸 두려워할 자네가 아니란 것도 잘 아네만……. 그래서 오늘 자네를 불렀네. 더 이상 자네를 그런 위험 속에 둘 수가 없기에 말일세. 차제에 나영조와 함께 망자의 강을 건너게."

"네? 무슨 말씀이신지?"

"천사청 관할로 넘어오란 이야기야. 그럼 나머지는 모두 자연스럽게 풀리게 되어 있다네. 알겠는가? 기술적인 부분으로만 본다면야 영조의 영혼을 육체에서 분리하는 것 정도야 문제도 아니지 않은가?"

"예, 맞습니다. 기술적으로는 아무런 문제가 없습니다. 지금 영조의 육체가 살아 있다 하나 자연적인 생기生氣 자체의 영향이라기보다, 인간들의 의학 기술에 기반한 것이라 영혼이 육체에서 쉬이 분리될 것입니다. 물론 그 친구가 자발적으로 따라야 한다는 전제가 있기는 하지만요."

"그렇겠지. 자네의 마지막 임무일세. 영조의 영혼을 분리시켜 망자의 강을 건너게. 망자육대문을 지나 망자의 강에 이르면 영혼심사처에서 보낸 사공이 기다리고 있을 것일세. 내 미리 손을 써두었으니 그 배를 타고 천사청 관할로 영조와 함께 넘어오면 되네."

"예. 하지만 염라처에서 가만히 있지 않을 텐데요? 그 부분은……."

"좀 시끄럽긴 할 거야. 염라처에서 공식적으로 문제를 제기하겠지. 하지만 명목적으로는 대등한 조직이라 하나 천상국의 원래 주인은 하늘주인님의 일차 피조물들인 우리 천사들이라네. 실질적으로 우리들에게 이래라저래라 할 수 있는 입장은 못 되니 시간이 지나면 모든 것이 잠잠해질 것이야."

"예, 잘 알겠습니다."

11.
충선 이야기

"선임님! 도대체 어디를 다녀오신 거예요?"

"별일 없었지?"

후임 사자 진우가 짜증내듯 말했지만 충선은 빙그레 웃어넘기며 되물었다.

"어떻게 하죠? 저 친구 육체가 삶의 생기로 다시 회복 중에 있습니다. 아직 마취가 안 풀렸지만……."

"그냥 망자록에 기재된 대로 실행하면 되네. 예정대로 저 친구 혼령을 불러내어 데려갈 생각이네."

"예? 육신이 아직 죽지 않은 자의 영혼을 불러낸다구요?"

"육신은 그냥 혼을 담는 그릇일 뿐일세. 육신의 생기가 다할 때까지 유예기간을 허하는 것은 관례일 뿐이지 천상법으로 정한 사항이 아니란 건 자네도 잘 알지 않는가? 망자록에 기재되어 있는 한, 육체의 생기가 존속된 상태에서 혼을 불러 저승으로 안내하는 것이 위법은 아니란 말일세."

"……."

진우는 이해할 수 없었다. 육신의 생기가 다할 때까지 유예기간을 주는 것이 천상법상 명시 조항이 아님을 모르는 바 아니지만, 망자록에는 기재되었지만 육신이 살아 있었던 경우가 비단 나영조 건만은 아니었기 때문이었다. 지금처럼 육신이 망자록에 반해서 살아 있었던 다른 인간들은 관례대로 육신의 생기가 빠질 때까지 유예를 주었으면서 나영조 건은 왜 다르게 취급하려는 걸까?

"선임님, 그러면 상부에 보고부터 해야 하지 않겠습니까? 원래 망자록에 기재된 사항과 완전히 달라진 상황이지 않습니까? 죽음의 장소, 날짜까지 달라진 상황이니 상부에 보고를 하고 명을 기다리는 것이 좋지 않을까요? 게다가 육신이 살아 있으면 설사 망자록에 있더라도 육신의 생기가 다할 때까지 기다려주는 게 관례이고, 우리도 관례대로 일을 처리해왔는데 이번 건만 다르게 처리한다면 나중에 문책이 따를 수도 있지 않겠습니까?"

"걱정 말게. 이 정도 사안은 현업 사자의 재량권에 속하는 것이라네. 삶과 죽음의 경계란 것이 칼로 무 자르듯 그렇게 명확하지 않는 경우가 많다네. 망자록에 등재되었다면, 법적으론 언제든지 그 대상자를 망자의 세계로 데려올 수 있어. 그러니 전혀 이상한 일은 아니란 말일세. 다만 인간들에게 삶과 죽음에 대한 판단과 관련해서 쓸데없는 혼란을 줄여주기 위해서 생사의 선을 명확히 해주자는 차원에서 생긴 관례일 뿐이니 위법이 아닌 이상, 이 정도는 현업 담당자가 직권으로 결정할 수 있는 사항이라네. 그럴 리도 없겠지만, 설사 무슨 일이 생긴다 해도 선임인 나의 결정이니 자네에게 불이익이 갈 일은 없을 걸세."

"제 일신의 안위를 위해 말씀드리는 것이 아닙니다. 제 말씀은 이대로 육신이 살아난 저 친구도 육신의 생기가 빠질 때까지 유예를 주고 기다려줄 수도 있지 않냐는 말씀입니다. 저 친구 입장에서 보면 다른 영들에 비해 현저하게 불이익을 받는 것 아닙니까? 저 친구의 수호령도 이 부분과 관련해서 문제를 제기할 소지도 있구요."

"자넨, 무슨 근거로 저 친구가 계속 이승에 머물기를 원할 거라 생각하는가?"

"저 친구가 빨리 생을 마감하고 싶을 이유가 없잖아요."

"허허, 과연 그럴까?"

"그걸 다 떠나서 그럼 다른 사례와 달리 유독 이 친구를 왜 이리 서둘러 데려가려 하시는지요? 저 친구의 수호령도 못 만난 상황이지 않습니까? 다른 망자들은 일정을 미루면서까지 수호령들을 기다려주기도 했잖습니까?"

"진우, 이제 그만하고 자네는 내가 결정한 대로 따르면 되네."

계속되는 진우의 반박에 갑자기 충선의 눈주름이 깊게 패이며 눈초리가 옆머리선 높이까지 치켜 올라갔다. 진우는 움찔하지 않을 수 없었다. 하고 싶은 말은 꼭 해야만 하는 성격의 진우였지만 선임이 결정한 이상 군이 문제를 키울 이유는 없었다. 업무의 특성상 상명하복의 질서가 매우 엄격한 염라처에서는 선배나 상사에 대한 사소한 말대꾸 하나도 자칫 징계 대상이 될 수 있었다. 더군다나 지금 충선에게서 풍기는 이 범상치 않은 노기는 일반 염라사자들에게서 볼 수 있는 것이 아니었다. 더 이상 심기를 건드려봐야 자신에게 득될 건 없다는 현실적인 계산이 재빨리 진우의 생각을 정리했다. 긴가민가 해오던 충선에 얽힌 과거사 역시 새삼 더욱 신빙성 있게 다가왔다.

✦

인간 세월 수삼백 년 전쯤이었다. 염라처 직속 사자교육원 정규과정 마지막 날, 진우가 사자 발령장을 받기 위해 교육원 행정처에 들렀던 날이었다. 막 발령장을 수령하고 사무실을 나오다 우연히 교육원 교수 한 명과 마주쳤다. 교육과정에서 진우가 보여준 진지함과 성실함 그리고 그에 걸맞은 차석 졸업이라는 성과까지 보태져 교수진의 기대를 한 몸에 받던 진우를 그가 먼저 알아보고 말을 걸었다.

"여보게, 진우 아닌가?"

"아! 스승님. 안녕하세요?"

"자네를 교육원 입소식에서 본 게 엊그제 같은데 벌써 졸업이라니. 이번 차석 졸업 축하하네. 모두들 자네에 대한 기대가 아주 크다네."

"별말씀을요. 모든 게 다 스승님들께서 잘 이끌어주셔서 가능했던 일입니다."

"하하하! 거기다 겸손까지……. 그래, 발령장 받으러 왔는가?"

"예."

"발령을 받으면 당분간 선임 사자 밑에서 실무를 쌓게 되겠구먼."

"예."

"자네 선임은 누구시던가?"

"예, 충선 사자님이라고 들었습니다."

"충선 사자?"

"왜 그렇게 놀라시는지요?"

"아, 아닐세."

사자교육원 교수가 당황하며 말을 얼버무리는 모습에 진우는 그냥 넘어갈 수가 없었다.

"무엇이온지요? 제 선임 사자가 될 분에 대한 이야기라면 저도 알아야 하지 않겠습니까?"

"내가 괜히 자네를 놀라게 한 모양이군. 떠도는 소문에 불과하니 굳이 알려고 하지 말게나."

"더 궁금하게 만드시는군요. 도대체 무슨 소문인지요?"

"거 참, 알았네. 하기야 자네의 직속 선임이 될 분에 대한 것인데 알아둬서 나쁠 것은 없겠지."

무슨 대단한 비밀 이야기라도 하려는 듯, 교수 사자는 주변에 다른 이들은 없는지부터 살폈다. 진우 또한 무슨 비밀스런 음모에라도 가담하듯, 자신도 모르게 마른 침을 삼켰다.

"그분의 출신 성분에 대한 건데…… 이분이 알고 보면 다른 염라처 인사들하고는 비교도 안 되는, 그러니까 격 자체가 다른 분이라는 소문이 있었다네."

"격 자체가 다른 분이라구요?"

"그렇다네. 충선님이 능력적인 측면에서 염라처 내에서 워낙 출중하시다 보니 여러 말들이 나왔을 수도 있을게야. 한때 염라처 3인자의 위치인 염라 좌장대신 후보 명단에도 올랐을 정도로 염라대왕님의 기대를 한 몸에 받았으니 지켜보던 이들도 당연히 많았을 테고."

"예? 염라 좌장대신이라구요? 고작 구품직에 불과한 제 선임님이?"

"그렇다네. 그런데 무슨 이유에선지 염라 좌장대신을 고사하고, 그 당시 직위였던 염라처 사품 대신 직위에서도 갑자기 물러나 자취를 감추신 것으로 알려졌었거든. 최근에 구품 사자직으로 염라처로 돌아오셨다는 소문을 듣긴 했지만 그리 신뢰할 만한 정보는 아니라고 생각했는데 그분이 자네 선임이라고 하니 어찌 놀라지 않을 수 있겠나?"

"염라처 내에 충선이란 분이 그분 한 분뿐이겠습니까? 혹시 동명이인일 수도……."

"그럴 리는 없네. 충선忠璇은 이름이 아니라 공식 칭호일세. 자네는 잘 모를 수도 있겠구먼. 자네가 들어오기 직전에 염라처 조직 개편과 더불어 공식 호칭제도가 폐지되었으니 말일세. 그걸 특권인 양 이용하는 분들이 많아서 부작용이 좀 있었거든. 하여튼 설명을 좀 달자면 충선이란 호칭은 염라처 내 오품 이상의 직위를 가진 염라처 인사들 중에 공이 인정되어 염라대왕님으로부터 직접 하사받는 작위와도 같은 것인데, 일단 작위 명부에 그 이름이 오르면 그 누구도 동일 호칭을 쓸 수 없다네."

"그랬군요. 그런데 그런 분이 어떻게 말단 중의 말단인 염라처 구품 사자일 수 있는지요?"

"그에 대해선 여러 소문들이 있었지. 하지만 워낙 뒷말이 많았던 시기였던 터라 어떤 이야기가 실체에 부합하는지는 나도 잘 모르네. 그래서 이런 이야기를 해도 될는지 나도 감이 잘 안 서네만……."

"스승님, 도대체 무슨 말씀이시기에 자꾸 뜸을 들이세요? 궁금해 죽겠습니다."

"그래, 까짓것……. 다 옛날이야기인데 무슨 문제가 있을라고……."

"……."

"그 소문들 중 하나가 그분이 염라처로 자리를 옮기기 전, 원래 소속청이 천사청이었다는 것이었지."

"예? 천, 천사청이라구요?"

"그렇다네. 정말 믿기지 않았지만 전혀 무시할 수도 없는 소문이었지. 왜냐하면 그분이 염라처로 오시기 전의 행적이 완전히 오리무중이거든. 어느 날 갑자기 나타나서는 염라처 사품 대신까지 완전 초고속 승진이셨지. 당연히 염라처 내에선 파란이 일었지. 순식간에 염라처 내 3인자의 자리인 염라 좌장대신 자리마저 넘볼 정도였으니 왜 안 그랬겠나? 그런데 말일세. 그 정도의 영력을 갖추시려면 그분의 배경이 어디에서든 흔적이 잡혀야 하는 데 염라처 공직 기록 이전에 대해서는 아무것도 찾을 수 없었다는 거야."

"……."

"생각해보시게. 그 정도 영력이 하루아침에 생기지는 않았을 텐데, 만약 염라처 내에서 성장해오신 분이시라면 당연히 모든 기록들이 남아 있었을 것이고, 선인청이나 조상청 소속으로 계시다 전향한 분이시라면 그쪽 자료에서라도 잡혀야 하지 않았겠나? 그런데 아무 데도 없었네. 그렇다면 그분이 어디서 오신 분이라고 봐야 하겠나?"

"그렇군요. 천사청 외에는……."

"그렇다네. 천사청을 제외한 다른 천상국 부서들은 정보공유 협약이 맺어져 있으니 말일세. 유독 천사청만 정보를 확인할 길이 없으니 당연히 거기밖에 남은 곳이 없다는 것이지. 거기다 그 심중에 그럴 듯한 정황들이 여럿 붙으면서 그분이 천사청 출신이란 것이 어느덧 공공연한 사실로 염라처 내에서 받아들여졌지. 그런데 문제의 소문은 그분의 출신 배경이 천신계, 그러니까 천사청 소속이었다는 데 핵심이 있던 것이 아니라, 염라계로 전향한 그분의 의도에 있었다는 거야."

"의도라니요? 염라처로 전향하는 데 무슨 의도가 있을 수 있나요?"

"음……. 자네, 이 이야기는 절대 비밀로 하게. 충선님한테는 농담으로라도 입 밖에 꺼내서는 안 되네."

침착하고 차분했던 평소의 모습과 달리 불안한 듯 몇 번이나 주변을 살피며 목소리를 낮추는 교수의 태도에 진우는 자신도 모르게 온몸이 오그라들어 양 어깨가 다 아파올 지경이었다.

"예, 알겠습니다. 도대체 무슨 이야긴데 그러시는지요? 속 시원히 아시는 거 모두 말씀해주세요. 저도 가릴 건 가릴 줄 아는 지혜 정도는 있습니다."

"알았네. 혹시 자네, 천사청 내 멸인류파라고 들어봤나?"

"멸인류파? 당연히 들어봤지요. 천사청 내에서 다수를 차지하는 친인류파에 반하여 현 인류를 폐해야 한다고 주장하는 쪽으로 소수의 천사들이 가담하고 있다고 들었습니다. 그런데 갑자기 멸인류파에 대해서 말씀하시는 이유가 무엇인지요?"

"그분이 천사청 소속이었다는 소문이 나면서 문제가 된 것은 그분이 천신 출신이어서가 아니라, 그분이 멸인류파라는 소문이 돌면서부터였으니 하는 말일세. 그래서 그분의 승진이 있을 때마다 말들이 많을 수밖에 없었지. 그분이 염라처로 전향한 주된 이유가 멸인류파를 염라처 내부에도 파급할 목적이었다고 하니……."

"네? 그건 말도 안 되는 억측 같습니다. 염라처의 공식 입장이 현 인류 존치론인 이상 가당키나 한 일입니까? 언로의 다양성 존중이란 차원에서 멸인류파 가담자들을 합법적으로 인정하고 있는 천사청과 달리 염라처는 염라대왕님의 특별령으로 멸인류파 관련 논의 자체를 법으로 엄격하게 금지하고 있지 않습니까?"

"자네도 잘 알고 있군. 그렇지, 현 인류의 존재 유무와 별 이해관계가 없는 천사청과는 달리 현 인류 존재를 전제로 존립하고 있는 염라처 내에서는 멸인류파를 절대로 받아들일 수 없지. 그건 현 인류에 뿌리를 두고 있는 선인청이나 조상청도 마찬가지인 건 자네도 잘 알고 있을 걸세. 그쪽도 우리와 마찬가지로 멸인류파에 대한 논의 자체를 불법으로 규정지어 원천 봉쇄하고 있고, 멸인류파에 참여하는 행위는 물론이고 학문으로서 그들의 이론을 탐독하는 것조차도 허용하지 않고 있지. 관직 파면은 기본이고 여차하면 인간 세계로 유배되어 언제 끝날지 모를 윤회의 틀 속에 갇히는 형벌을 받게 될 수도 있는 중대 불법 행위이니까."

"예, 그렇겠지요. 그런데 그분이 정말로 염라처 내부에 멸인류파를 심는 것이 목적이었다면, 염라처 감찰부에서 모를 리가 없지 않았겠습니까? 염라처 감찰부가 보통 집단입니까? 게다가 염라대왕님이 어떤 분이신데 그 정도 뒷조사도 없이 염라처 사품 대신까지, 거기다가 특별히 충선이란 공식 칭호까지 하사 하셨겠습니까?"

"자네가 염라대왕님의 성품을 잘 몰라서 하는 말씀일세. 염라대왕님께서는 무엇보다 염라처 소속원들의 능력을 최우선으로 보시는 분이시네. 출신 성분이나 배경, 떠도는 소문으로 상황을 판단하시는 분이 아니란 말이지. 능력이 되면 일단 그에 부합하는 권위부터 부여하시고 난 뒤, 그 믿음을 배신하거나 영을 거스를 경우에는 가차없는 형벌로 다스리시는 분이라 그 누구도 감히 그분 앞에서 딴 생각을 하지 못한다네. 설사 부정한 생각을 했다고 하더라도 대부분 얼마 못가 그분의 충복이 되어버린단 말일세."

"예, 제가 그걸 왜 모르겠습니까? 그래서 드리는 말씀입니다. 그런 염라대왕님께서 인정하신 분이라면 저간에 나도는 충선님에 대한 의혹들이 실체와 달리 부풀려졌을 가능성도 크지 않겠습니까?"

"그럴 가능성도 배제하진 못하겠지. 그런데 말이야, 이곳도 결국은 정치판이라 꼭 그렇게 직선적으로만 해석할 일은 아니야. 각자의 이해관계에 따라 충선님에 대한 수많은 추측들이 난무했었거든. 과묵하기로 유명한 염라처 인사들이 아닌가? 그럼에도 당시 몇 명만 모여도 충선님 이야기뿐이었다고 하니 사건은 사건이었던 게지. 승진 심사 때마다 충선님의 출신 성분에 대한 의혹부터 멸인류파 관련설까지 낱낱이 밝혀 인사 정책의 투명함을 만천하에 공개해야 한다는 목소리가 들끓었었지."

"그런 환경에서 어떻게 사품 대신까지 초고속 승진이 가능할 수 있었는지 이해가 잘 가지 않는군요."

"염라대왕님께서 함구령을 내리셨으니까."

"함구령을요?"

"그렇다네. 그 정도로 염라대왕님의 신뢰를 받으셨단 거지. 사품 대신까지는 염라대왕님 말 한마디에 모두 위축이 되어서 더 이상 논란이 되지 못했었다네. 사품 대신 임명까지는 염라대왕님의 고유 권한이니까. 감히 누가 반박을 했겠는가? 하지만 이 문제가 다시 불거진 것은 염라 좌장대신 승진 후보자로 선정되었을 때였지."

"아, 염라 좌장대신이 되기 위해서는 염라처 내 삼품 이상 대신들로 구성된 심사위원회의 심사 및 청문회를 거쳐 그 위원들의 허가가 필요하니까 염라대왕님께서 독자적으로 결정을 못하신 거군요."

진우는 발령장을 받으러 온 사실까지도 까맣게 잊은 채, 사자 수련원 은사가 들려주는 염라처 내 막후 정치사를 들으며 그 흥미진진함에 시간 가는 줄도 몰랐다.

"어쨌든 매번 승진 심사 때마다 논란이 있었고, 그럼에도 승진을 했다면 이미 정치적으로 면죄부를 받은 상태라고 봐야 할 터인데, 어떻게 똑같은 사안으로 염라 좌장대신 승진 관련해서는 문제가 되었는가가 핵심이야. 그건 바로 좌장대신의 주요 업무 중 하나가 염라처 공식 법령 제정 및 변경권을 가지고 있기 때문인 것이지. 물론 그 법령이 실효성을 보장받으려면 염라대왕님의 재가가 있긴 있어야겠지만, 아주 영향력 있는 자리인 건 틀림없지. 그러니까 만약에라도 충선님이 소문처럼 멸인류파 가담자라면 염라 좌장대신 자리는 그야말로 엄청난 파장을 불러일으킬 수도 있는 위치란 이야기야. 염라처의 공식 입장까지도 바꿀 수 있는 자리에 오르는 것이니까 말일세. 그때 사고가 터지고 말았다네."

"사고라니요?"

"지금 염라 좌장대신이신 충희忠熙님께서 정적 견제 차원에서 오랫동안 충선님의 행적을 감시하며 정보를 모으고 계셨었던 모양이야. 그 와중에 충선님이 천사청 소속원들과 교류하는 정황이 포착되었다는 거야. 그것도 멸인류파를 이끄는 천사들과 말일세. 이 보고서는 당장 염라대왕님께 전달되었지. 사태가 거기까지 이르자 염라대왕님도 사실 확인을 하지 않으실 수가 없으셨던 게지."

"그럼 그게 사실로 드러난 건가요? 그래서 충선님이 염라처 사품 대신에서 말단직인 구품 사자로 좌천되었다는 건가요?"

"그걸 모르겠으니 이런 소문이 떠도는 거 아니겠나? 처벌로 그리 되었다면 사안의 중대성으로 봤을 때, 말단이긴 하지만 그래도 공직인 지금의 사자직에서 일할 수는 없으셨을 게야."

"그럼, 어떻게 된 건지요?"

"그냥 떠도는 소문 정도로만 듣게, 알겠는가? 괜히 이런 말 수군대는 걸 누가 듣기라도 하면……."

"예, 잘 알겠습니다. 그러니까 그런 걱정은 그만하시고 하시던 말씀이나 마저 해주세요."

"그래. 그게 그러니까, 결국 문제를 해결하기 위해 염라대왕님께서 직접 주재하신 비밀 특별심사위원회가 열렸다는 거야."

"비밀 특별심사위원회라고요? 염라대왕님의 직접 주재로요?"

"그렇다네."

"그게 어떻게……. 염라대왕님께서 직접 회의를 주재하시는 경우도 있습니까? 회의를 통해 결정을 하시는 분이 아니지 않습니까?"

"그러니까 말일세. 그만큼 충선님 건은 정치적으로 아주 민감했다는 것을 반영하는 것이겠지. 자네도 알다시피, 염라처 일이란 게 회의 석상에서 의견을 나누며 정할 수 있는 일이 아니지 않는가? 법이 명확하고 그 법에 따라 확고한 명령 체계를 통해 엄정한 집행만 있을 뿐인 염라처에서 소속원들의 의견을 듣고 참작할 일이 뭐가 있겠는가. 그것도 당신의 말씀이 곧 법이신 염라대왕님께서 하부 관리들의 의견을 듣는다? 자네는 그게 가능하다고 생각하는가?"

"그래서 비밀회의로 진행이 되었나 보군요."

"그랬을 게야. 그 특별심사위원회는 염라처 창설 이후 유래가 없었던 것이었고, 당연히 철저히 비밀회의로 부쳐질 수밖에 없었던 게지. 그래서 염라처 그 어디에서도 그 회의와 관련된 공식 기록을 찾을 수 없었던 거지. 엄정한 법 집행에 있어서 다양한 법 해석은 혼란을 초래할 가능성이 높고, 자칫하면 그로 인해 세상을 받치고 있는 법 관념이 뿌리째 뽑힐 수 있으니 법 해석의 차이로 인한 양형 참작은 오직 염라대왕님의 판단에만 의지토록 되어 있지 않은가? 어쨌든 염라처 역사상 유래를 찾아볼 수 없는 특별심사위원회가 열렸을 때 분위기가 가관이었다는군."

"가관이었다니요?"

"명색이 염라처 사품 대신 이상인 자들만 모인 회의였음에도 그 청문회 수준은 가히 인간 세상 정치판을 연상시킬 정도로 졸렬했다는 거야. 확고한 증거를 통해 충선님의 염라 좌장대신 자격 심사를 했다기보다, 그동안 충선님의 독주를 시기하던 염라처 출신 관료들이 일제히 충선님의 배경에 의문을 제기하며 흠집 내기에 급급했단 거지. 즉, 근본도 모르는 자를 초고속으로 승진시킨 염라대왕님을 겨냥한 말이기도 하니 분위기가 어땠겠나?"

"염라대왕님께서 그걸 다 허용하셨단 말씀이십니까? 그분 성격에 그게 가당키나 한 일입니까?"

"쉿! 말조심하게. 그건 자네가 그분을 잘 몰라서 하는 말일세. 그분께서 법 집행에 정을 두지 않으시는 것 때문에 그분을 눈물도 감정도 없는 냉혈한으로 이야기하는 세상 사람들의 생각을 자네도 그대로 답습한 듯한데, 그분만큼 진실을 바탕으로 한 직언을 사심 없이 들으시는 분도 없을 걸세."

"아, 저는 그런 뜻이 아니고……."

진우는 은사가 염라대왕에 대한 부분에서 정색을 하며 언성을 높이는 바람에 깜짝 놀라 자세를 고쳐 앉으며 머리를 조아렸다.

"아니, 자네뿐만 아니네. 세상에 염라대왕님을 위시해서 염라처 전체가 오도된 부분이 많아서 나도 모르게 조금 언성이 높아졌네."

"아, 아닙니다. 하시던 말씀이나 계속해주십시오."

"아, 그래. 이야기가 허튼 곳으로 새어버렸구면. 그러니까……, 당시 충희님께서 충선님을 상대로 아주 집요하게 추궁을 하셨던 모양이야. 그 자리에 있었던 몇몇 대신들 중에선 충선님이 염라 좌장대신 자리를 두고 염라처 내 최대 지분을 확보한 충희님에 의해 정쟁의 희생양이 된 것이라 동정하기도 했다는데, 적극 나서서 충선님을 변호했던 이는 한 명도 없었다는군. 왜 안 그랬겠나? 염라처에 전혀 뿌리가 없던 충선님을 신뢰하는 자가 아무도 없었을 테니까. 설사 그런 자가 있었더라도 대놓고 충선님에 대한 지지 의사를 표시할 수는 없었을 걸세. 당시 이미 충희님께선 염라처 내의 이인자로 군림하셨던 터라 충선님에 대한 지지 표시는 충희님에 대한 반대를 의미했으니까."

"염라대왕님이 계시잖아요. 최종 결정은 그분의 몫 아닌가요?"

"이미 비밀회의를 소집하면서 모든 결정은 회의에 참석한 대신들의 의견에 따른다고 공포하셔서 듣고만 계실 수밖에 없으셨을 걸세. 염라처만큼 뱉어진 말에 엄격한 책임이 따르는 곳이 세상에 또 있던가? 더군다나 충선님이 천사청 천신들과 정기적인 교류를 한 것은 사실이었고, 그 부분에 대해서는 충선님도 인정했으니 염라대왕님께서도 어찌하실 수도 없으셨을 걸세. 물론 비밀심사위원회였으니 어디까지 믿어야 할지는 모르겠지만, 그때 충선님이 처음으로 자신이 천사청 출신임을 공식 인정했다는 소문이 있지. 충선님이 소명한 내용 중에 자기가 천사청 천신들과 정기적으로 만난 것은 천사청 시절부터 알고 지낸 친분 관계 때문이었을 뿐이라고 했으니까 스스로 천사청 소속이었음을 밝히신 게지."

"그럼 멸인류파 천사들과 친분이 있음을 인정한다는 말이잖아요."

"당연히 당시 충희님 쪽에서도 그렇게 공격을 했을 터, 그에 대해 충선님은 인류 존치와 특별관계에 있는 조상청, 선인청, 염라처와는 달리 천사청 내에서는 현인류존치론이나 멸인류론이나 모두 하늘주인님께서 인류를 창조하신 이래부터 항상 있어왔던 오래된 논란이라 그리 새로울 것도 없고 문제 될 것도 없는, 그저 견해의 차이로만 받아들여지고 있어 친분을 쌓는 데 있어 아무런 장애도 되지 않다보니, 충선님도 그저 옛 친구를 만났을 뿐이라고 해명하면서도, 본인이 더 이상 천사청 소속이 아니라 멸인류론을 공론으로 부정하고 있는 염라처 소속임에도 멸인류파 천사들을 만난 것은 신중치 못한 처신임이 분명하다면서 공식적으로 유감을 표했다고 하더군. 더군다나 충선님은 부적절한 행동에 대해 책임을 진다는 차원에서 모든 관직에서 물러나겠으며 염라처를 영원히 떠날 수도 있다고까지 선언하셨다는군."

"아, 그런 일이……."

"가장 큰 정적이었던 충선님이 의외로 좌장대신 자리는 물론 관직에 아무런 미련도 없는 모습을 보이자, 당황한 쪽은 오히려 충희님 진영이었다는군. 사실 정적 타도의 목적도 있었지만, 충희님이 단순히 정적 타도만을 위해 누군가에게 없는 죄를 뒤집어씌울 만큼 졸렬한 분이 아니란 것이 주변 평가야. 충희님 나름대로 충선님이 염라처 내에서 모종의 음모를 꾸미고 있다는 의혹을 진심으로 품고 있었다는 거지. 그런데 갑자기 충선님이 멸인류파 천사들과 만난 것을 개인적으로 옛 친구를 만난 것으로 치부하면서 선수를 쳐버렸고, 염라처 소속원으로서 부적절한 처신이었음을 시인하면서 관직까지 내놓겠다고 나오니까, 충희님과 함께 충선님의 염라계 전향에 강한 의구심을 보였던 염라계원들조차 충선을 단순히 정쟁의 피해자로 인식하면서 충선님을 동정하는 쪽으로 대세가 역전되어 버렸다는 거야. 확실한 증거를 확보하지 못한 충희님으로서는 더 이상 그 문제를 확대시킬 명분도 없었던 데다, 괜히 더 밀어붙였다가는 정적을 잡기 위해 수단 방법을 가리지 않는다는 인상만 남길 것 같아 그 선에서 물러난 것이고 그 정도에서 충선님의 멸인류파 가담설은 일단락이 된 것이었지."

"그래도 여전히 왜 천사청 소속을 포기하고 염라처로 자리를 옮겨야 했는지에 대한 설명은 되지 않은 것 같은데요. 상식적으로 천사청 천사 신분을 포기하고 염라처로 전향할 이유가 없지 않습니까?"

"역시 진우구먼. 날카로워, 하하하. 그렇지, 당연히 그 부분이 그 다음 안건이 되었지. 거기에 대해서도 충선님은 정면 돌파를 택했던 것 같네. 당당하고 솔직하게 개인 비사까지 모두 밝히셨다는 거야. 결국 그 자리에 참석했던 많은 분들로 하여금 수긍토록 하는 데 성공도 하셨고……."

"개인 비사요?"

"그렇다네, 그러니까 그분이 티 없이 맑고 순진하기만 했던 어린 천사 시절부터 이야기가 시작되었다고 하더군."

초록 잔디가 끝없이 펼쳐진 천상국의 정원에 햇살이 가득했다. 정원 여기저기에는 천사들이 삼삼오오 무리를 지어 거닐며 고즈넉한 천상국의 오후를 즐기고 있었다. 언제나 그랬듯 눈 시리도록 푸른 하늘 아래 천상국의 정원은 평화롭기 그지없었고 곳곳에서 들려오는 천사들의 웃음소리가 상큼한 레몬향 실바람에 실려 곳곳에 흩날렸다.

천상국 정원 한가운데 우뚝 선 커다란 레몬나무 가지 위에 어린 천사 하나가 동그마니 앉아 있었다. 스텔라, 아기 천사 시절의 충선이었다. 다른 아기 천사들은 모두 낮잠에 빠진 시간, 혼자서 숙소를 빠져나온 스텔라는 정원의 끝과 끝을 오가며 장난거리를 찾다 나른한 오후의 햇살에 지쳐 잠시 레몬나무 가지에 걸터앉아 있었다.

따분한 표정으로 연신 하품을 쏟아내며 정원 곳곳을 살펴보다 문득 천사청 영지 관할 사무소 앞에 일련의 천사들이 길게 줄지어 서 있는 모습을 발견하곤 금세 눈이 반짝였다. 호기심이 발동한 스텔라는 앙증맞은 작은 날개를 펼치고 그들에게 날아갔다. 말로만 듣던 수호천사들이 분명했다. 아마도 잠시 천상국에 들렀다 다시 인간 세상으로 내려가기 위해 출국 수속을 하고 있는 것 같았다. 갑작스럽게 나타난 스텔라를 본 한 사무직 팔품 천사가 급히 날아와 스텔라의 손을 거칠게 낚아챘다.

"여기가 어디라고 서성거려?"

"잠깐만요. 이 손 좀 놔 보세요. 그냥 궁금해서 뭐 좀 여쭤보려 온 것뿐이니까요."

스텔라는 팔품 천사의 호통에 주눅들기는커녕 당돌하게 대꾸하며 손을 매몰차게 빼냈다. 팔품 천사가 황당한 표정으로 스텔라를 쳐다보았다. 스텔라는 전혀 개의치 않는 표정으로 팔품 천사를 똑바로 쳐다보며 물었다.

"이분들 모두 인간 세상에 수호천사로 파견되신 분들이시죠?"

"그래. 그렇다만……."

팔품 천사는 당돌한 스텔라의 배짱에 갑자기 호기심이 생겼고, 이에 자못 과장된 근엄함으로 팔짱을 끼고 스텔라를 내려다보며 말했다. 당돌한 스텔라의 모습에 웃음이 나오는 걸 간신히 참는 모습이 역력했다.

"아저씨, 수호천사가 되려면 어떻게 해야 되요?"

"뭐, 뭐라고, 아저씨? 거 참, 그놈……."

"왜, 두 번씩이나 묻게 만드세요? 수호천사가 되려면 어떻게 해야 하냐고요?"

"나 참, 아직 품계도 받지 못한 아기 천사가 명색이 팔품 천사인 내게……. 허허허, 왜? 수호천사가 되고 싶은 게냐?"

"아니, 그보다 인간 세상에 한 번 내려가보고 싶어서요."

"뭐, 뭐라? 하하하! 인간 세상에 파견되는 것이 소풍 가는 건 줄 아느냐? 그럴 맘이라면 꿈도 꾸지 말거라. 게다가 넌 아직 어려서 수호천사가 될 수도 없어."

"저, 아저씨, 여기 줄 서 계신 분들 따라서 한 번만 내려가보면 안 돼요?"

"뭐라고?"

"정말 잠시 구경만 하고 금방 돌아올게요."

"아무리 아기 천사라지만 몰라도 너무 모르는구나. 사명使命 없이 인간 세상으로 보내지는 천사들은 한 명도 없단다. 우리가 얼마나 많은 일들을 해야 하는지 넌 상상도 못할 게다. 어쨌든 넌 아직 너무 어려서 수호천사 사관학교에 입교도 안 되니까, 다음에 더 크면 그때 다시 생각해보렴."

"그게 얼마나 지나야 하는데요?"

"네 모습을 보니 인간 세월수로 약 일천 년만 더 지나면 수호천사 학교에 입교할 자격이 될 것 같은데……."

"일천 년이라고요? 그렇게 오래 기다려야 해요?"

"그 정도면 금방이지. 어쨌든, 천사로서 인간 세상에 내려갈 수 있는 방법은 그 방법밖에 없으니까 싫어도 할 수 없지 않겠느냐?"

"이봐, 거기서 뭐해? 지금 그렇게 노닥거릴 시간이 어디 있어? 저기 줄 안 보여? 오늘 중으로 모두 지상으로 내려가야 하는 천사님들이란 말이야."

"어, 알았어. 미안하네. 금방 감세."

"……."

"얘야, 더 이상 너하고 잡담할 시간 없으니 냉큼 숙소로 돌아가거라. 알았지?"

출국 수속처 동료가 짜증난 표정으로 팔품 천사에게 소리치자 새삼 정색을 하고 스텔라에게 말했다. 하지만 쉽게 물러날 스텔라가 아니었다.

"천사로서 인간 세상에 내려가는 방법이 수호천사가 되는 것뿐이라면 천사 말고 다른 모습으로 내려가는 건 가능하단 말씀이세요?"

"그, 그게……."

스텔라에게 등을 돌리고 동료를 돕기 위해 걸음을 옮기려던 팔품 천사가 엉거주춤 다시 고개를 돌렸다.

"아까 말씀하셨잖아요. 천사로서 인간 세상에 내려가는 방법은 수호천사가 되는 방법뿐이라고요. 그럼 천사로서 인간 세상에 안 내려가고 다른 방법으로 내려갈 방법이 있다는 말씀이잖아요."

"야, 이놈아. 네가 누구냐? 아기 천사 아니냐? 아기 천사가 왜 아기 천사겠니? 인간들의 아이들로 태어날 몸이라 아기 천사잖아. 일천 년 정도 기다렸다가 수호천사로 지원을 하든, 아님 아예 인간들의 아이로 태어나든 그 결정은 네 놈 몫이란 말이야."

"……."

스텔라가 무슨 소린지 몰라 멀뚱한 표정으로 쳐다보자 팔품 천사는 한결 부드러워진 목소리로 말했다.

"아직 그에 대한 교육을 받지 못한 게로구나. 정 인간 세상을 보는게 소원이거든 아기 천사 교육관 사감 천사님께 말씀드려 보거라. 방법이 있을 게다. 난 바빠서 이만 간다. 너도 냉큼 돌아가거라. 지금 낮잠 시간 아니더냐? 잘 자고 잘 먹고 공부도 열심히 해야 수호천사가 되지. 점점 수호천사 정원이 줄어들고 있어서 경쟁이 얼마나 치열해지고 있는데……. 어? 그새 어디 갔지?"

동료 쪽을 바라보며 스텔라에게 대답하던 팔품 천사가 스텔라에게 다시 눈길을 주었을 때 이미 스텔라는 사라지고 없었다.

"그 길로 수호천사들을 따라 몰래 인간 세상으로 내려가려고 숨어 있다가 붙잡혀 아기 천사 교육원에 넘겨진 이후에도 몇 번이나 사감 몰래 출국 수속대를 배회하며 기회를 볼 정도로 인간 세상에 대한 호기심이 많으셨다는군. 급기야 나중에는 그 호기심이 인간 세상을 향한 열망으로까지 바뀌셨다는 거야. 원래부터 모험심이 많은 성격이다 보니, 윤회를 통해 다양한 인생들을 경험할 수 있는 인간들의 삶이 그렇게 매력적으로 보일 수 없었다니까, 자연히 그들에 대해 더 많이 알고 싶었고 그래서 더욱 가까이서 그들의 세상을 살펴보고 싶으셨던 게지. 조금 전에 말했듯, 인간 세상으로 내려가는 방법은 수호천사로서 내려가는 방법과 인간들의 아기로 태어나는 방법밖에 없는데, 수호천사로는 연배가 짧아 불가능했고 아기로 태어나는 방법은 인간 세상에 배정된 육체가 없어 불가능했지."

"그럼, 어떻게……?"

"마침, 그때 인간 세상은 기근과 큰 전쟁이 일어나 악령들이 들끓던 시절이었지."

"악령들이 들끓던 시절이라고요?"

"그렇다네. 인간 지도부의 잘못된 판단으로 전쟁이라도 나면 루시퍼의 무리들, 그러니까 마귀의 무리들이 일시에 몰려들어 인간들의 마성화를 가속화시키지. 그럴 때마다 천상국에선 항상 직접 인간 세상에 순수한 혈통의 아기 천사들을 보내 인간 세상에서의 마성화 확대를 저지하는데, 웬만한 근성으론 엄두도 못내는 험한 일이라 대부분 자원을 받아 파견한다는군. 어차피 인간들 옆에서 그들의 삶을 간접적으로 경험하는 것에는 관심이 없던 충선님은 앞뒤 안 가리고 바로 자원을 하셨고, 곧 충선님은 혼란과 살육이 판치는 한가운데서 태어나 자라신 게지. 인간 세상에 파견되어 진행되는 대부분의 임무가 그러하듯, 더군다나 특별 상황 대처를 위해 파견된 만큼 아주 많은 희생과 고통이 따르는 과업을 수행하셨다는 거야. 그런데 한 번 인간 세상에 태어나면 그 다음부턴 윤회의 틀 속에서 일정 수준의 선업이 쌓여야만 다시 천상국 복귀가 가능하다는 것을 어린 충선님은 당연히 모르셨고, 부지불식간에 인간 세상에서의 인연이 총합 다섯 번이나 되었다고 하셨다는데, 그 인연 모두가 전쟁이나 대학살의 소용돌이 속에 있으셨다는군. 자네도 알다시피 전쟁이나 대학살을 통해 급속하게 진전되는 인간 심성의 야만화는 곧 마계의 창궐을 조장하고, 그런 마계의 창궐로 인성이 더욱 광범위하게 무너져 내림으로써 더 많은 마귀들을 불러들이는 악순환이 반복되는 것이 일반적이지. 충선님은 그 악마화의 악순환을 저지하는 임무를 띠고 인간 세상에 처음 파견된 이래, 그 경험을 살려 몇 번의 다른 삶 속에서도 계속해서 똑같은 임무를 수행하셨다네. 지금도 인간 세상에서는 그런 충선님을 여러 다른 이름들로 기억하고 기리고 있지. 그 와중에 실로 겪어보지 않은 일이 없으셨다는군. 어찌 안 그러셨겠나? 이성을 잃은 야만의 인간들에게 유린당하고 능욕당함은 물론 화형까지 당해가면서 겪은 경험들, 결국 어느 순간 사명감만으로는 버틸 수 없는 한계점에 도달하셨다는군. 물론 희생의 공로를 인정받아 한 번 사명을 마칠 때마다 언젠가는 돌아갈 천사청 내 품계가 성큼성큼 올라가긴 했지만, 원래부터 품계 승진에 대한 욕심이 아니라 인간들에 대한 호기심으로 지원했던 터라, 시간이 갈수록 현 인류 자체에 대한 회의감만 커졌던 거야. 급기야 인류에 대한 호기심은 실망으로, 인간들에 대한 애정은 증오로 바뀌었고, 결국은 저런 인간들에게 끝없는 기회와 사랑을 쏟으시는 하늘주인님에 대해서조차 의구심이 드신 게지. 피조물 신분에 감히 창조주를 의심한다? 이는 천사로서의 자격 상실을 의미하는 것이었고 곧, 천사청 관할지에 머무를 명분까지도 잃어버리신 게지."

"아, 그런 일이……."

"그 당시 마음 둘 데 없어 방황하던 시절, 천사청 내 멸인류파 계열의 천사들과 교류가 생기면서 친분이 생겼던 것인데, 잠시 자신과 뜻을 같이한다는 생각에 참여했던 멸인류파의 주장에도 완전히 동조가 안 되시더란 거야. 멸인류파의 주장은 현 인류 전체를 새로운 종류의 인류로 교체해야 된다는 것이었는데, 충선님은 그런 몰이해적인 방법으론 절대로 근본적인 해결책을 제시할 수 없다고 생각하셨다는 거야. 인간 세계에서의 경험을 돌이켜보면, 전체적인 실망과 더불어 사막에 핀 한 떨기 꽃 같은 인간들도 분명히 있었다는 것이 이유였지. 충선님은 그들마저 깡그리 없애고 싶지는 않으셨다는 거야. 그러던 중 우연히 인간들의 죽음을 거두러 온 염라처 소속 사자들을 만나셨다는군. 악인들에겐 그 어떤 잔인한 형벌도 마다치 않는 염라처에서 정의를 보았고, 그를 통해 악마화된 인간들에 대한 증오심을 태울 수 있으리라, 그리고 선인善人들이 이승을 마감할 때도 제일 먼저 달려가 두려움에 사로잡혀 있을지도 모를 그들을 영접하며 편안히 지난 생을 돌아보고 다음 생 또는 천상국 입국을 준비할 수 있도록 보살피는 염라처의 임무에 대해 들으며 스스로의 마음속에 인간들에 대한 희망의 불씨 하나는 살려놓을 수 있으리라 기대하셨다는군."

"그런 일이 가능하군요. 천사에서 염라처로의 전향이라……. 아무리 생각해도 정말 극적입니다."

"나도 동감이네. 암, 극적이고말고. 특히 난 충선님이 염라처 생활을 통해 하늘주인님을 이해할 수 있으셨다는 대목에서 크게 감명을 받았다네."

"염라처 생활을 통해 하늘주인님을 이해하시다니요?"

"살아생전 악인들도 죽어서 망자의 강까지 가는 내내 접해야 하는 자신의 악행 기록들 속에서 괴로워하며, 다시 산다면 저렇게 살지 않으리라 절규하는 모습을 보면서, 또는 염라처 교정 기관에서 시행되는 각종 형벌과 교화 정책에 의해 악인들이 점차적으로 개과천선하는 모습들을 보면서, 왜 하늘주인님께서 악인들이 들끓는 인류를 일시에 폐해야 한다는 멸인류파의 주장을 언제나 일축만 하시는지 이유를 알

것 같으셨다는군. 당연히 염라처 임무를 수행하면 할수록 염라처 생활이 좋아졌고, 그렇게 어느덧 염라처 토박이가 된 자신을 발견하셨던 게지. 염라처 공직에 있는 것이 그렇게 자랑스러울 수 없다고 말씀하셨다는 대목에선 나 또한 가슴이 뭉클해지더군."

"아!"

"난, 누가 뭐래도 당시 그분의 말씀에 충분한 진정성이 있다고 보는 쪽이네. 그런 진중한 마음으로 수행하는 염라처 사자 업무가 당연히 남다를 수밖에 없으셨을 테고, 거기에 천사청 천사로서의 영력까지 한몫했을 테니, 염라처 내에서 두각을 나타내는 것은 어찌 보면 당연한 것이 아니었겠나? 그래서 충희님의 시샘도 사셨을 테고……. 아, 아니, 내 이야기는……."

"하하하, 걱정하지 마십시오. 우리끼리 이야기인데요, 뭘. 하던 이야기나 계속해주세요."

현재의 좌장대신을 자신도 모르게 의심하는 발언을 하고는 스스로 화들짝 놀라는 스승을 안심시키며, 진우는 이야기를 재촉했다.

"그, 그래, 허허허. 근데 어디까지 이야기했지? 아, 그래. 맞아. 그분의 염라처에서의 활약에 대해 이야기하려던 중이었지? 그러니까 그분이 사자 생활을 처음 시작했을 즈음이었는데, 그때도 인간 세상 곳곳에서는 크고 작은 전쟁들이 쉽 없이 일어나고 있었지. 하기야 인간 세상에 전쟁이 없었던 때는 없었지. 알다시피, 인간 세계에서 죽음이 무더기로 쏟아져 나올 때는 염라처에도 비상이 걸리지 않나? 우리가 일정 시간 내에 그 죽음들을 거두어 망자의 강을 건너게 하지 못하면 그 혼령들은 마귀들에게 무방비로 노출이 되니까 말일세. 억울한 죽음이 많을수록 마귀들이 몰리는 법이니 전쟁 시에는 오죽하겠는가? 물론 강인한 믿음으로 그 악령들의 유혹을 뿌리치고 우리를 꿋꿋이 기다리는 인간들도 있지만, 전쟁의 잔인함으로 인간의 혼령 속에는 이미 악령의 기운들이 암암리에 퍼진 마당이라 우리까지 뒤늦게 그들의 영혼을 수습할 경우 마계로의 영혼 손실은 상상을 초월할 정도이지. 문제는 그게 지상의 문제로만 끝나지 않는다는 게야. 결국 천상국 내에서도 힘의 균형을 깨지게 만들어서 지상뿐만 아니라 천상국 또한 대위기에 빠질 수도 있게 되기 때문이네. 그래서 그때마다 염라처에서는 영력이 출중한 사자들을 특별 차출하여 파견해왔지. 당시에 그렇게 파견된 사자들 중에서도 충선님의 활약은 가히 타의추종을 불허하셨다는 거야. 영력도 대단하신데다 소름끼치는 냉정함으로 웬만한 마귀들은 그분이 망자영혼수령자亡子靈魂受領者로 나타났다는 소문만 돌아도 앞 다투어 꽁무니를 뺐다고 하니 그분의 위세가 얼마나 대단했을지 실감이 가고도 남지. 그런데……, 아이쿠, 이런! 시간이 이만큼 된 겐가? 원장님께 가던 길이었는데 자네하고 이야기하다 시간 가는 줄도 몰랐네 그려. 아쉽지만 여기서 그만해야 할 것 같네. 하여튼 대충 이야기는 그러하네. 참조만 하게. 참, 그리고 발령지로 떠나기 전에 한 번 들르게. 임지로 떠나기 전에 차라도 한 잔 해야 하지 않겠나?"

"예, 떠나기 전에 찾아뵙겠습니다. 말씀 고마웠습니다, 스승님."

12.
생사의 경계에서

    병원 내 면회 대기실에 갑자기 사람들이 몰리기 시작했다. 시계를 보니 오후 여섯 시, 수술이 끝나고 중환자실로 옮겨진 지도 다섯 시간 정도가 지났건만 병원에서는 아무 소식이 없었다. 마취에서 깨어났어도 벌써 깨어났어야 할 시간이 지났는데도 어찌된 영문인지 영조는 여전히 깊은 잠에 빠져 있었다.

    꼬박 하루를 엉덩이 한 번 제대로 의자에 붙이지 못하고 변변히 먹은 것도 없는 소정은 다리가 휘청거릴 지경이었다. 눈 흰자위에는 핏발들이 거미줄처럼 얽혀들어 눈을 감았다 뜰 때마다 모래알들이 눈알과 꺼풀 사이에서 맷돌질을 하듯 뻑뻑했다. 소정은 한참을 눈을 감고 있었다. 촉촉한 기운이 눈 안에 감돌 때까지 기다렸다가 천천히 눈을 떴다. 그때 객실 입구 쪽에서 낯익은 미소의 한 소녀가 불쑥 고개를 내민다. 그 뒤로 한 소년의 얼굴이 동시에 나타난다.

'어디서 봤더라? 아! 세영이, 그리고 세준이······.'

아이들을 보자 조금은 기운이 나는 듯했다. 아이들을 향해 환하게 웃어 보이며 두 팔을 넓게 벌렸다. 아이들이 소정의 품속으로 기다렸다는 듯이 온몸을 던져 안겼다. 소정은 아이들을 있는 힘껏 당겨 안으며 그들의 온 얼굴에 입맞춤을 했다. 아이들 뒤로 모친이 느릿느릿한 걸음으로 대기실 안으로 들어왔다. 소정과 눈이 마주치자 모친이 미소를 지었다. 하지만 소정을 바라보는 눈길에는 딸을 향한 어미의 근심이 가득 들어 있었다.

"엄마, 애들하고 집에 계시라니까, 왜 왔어?"

세영과 세준의 뺨을 번갈아 자신의 얼굴로 비비며 엄마에게 볼멘 듯 퉁명스럽게 말했지만, 내심 그렇게 나타나준 엄마가 너무 반갑고 고마워 소정의 눈가에는 눈물까지 맺혔다.

"애들이 아빠한테 가보자고 얼마나 성환지 견딜 수가 있어야 말이지. 게다가 나도 너무 궁금하고······. 그런데 넌 왜 그렇게 전화를 안 받니?"

모친의 불평에 소정이 휴대폰을 꺼냈다. 배터리가 완전히 방전되어 있었다.

"미안해, 엄마. 배터리가 나간 줄도 몰랐네."

"그래, 그건 아무래도 상관없고······. 아직, 아무 소식 없니?"

소정은 모친의 질문에 힘없이 고개를 가로저어 대답을 대신하며 입구 쪽을 쳐다보았다. 낯익은 간호사 한 명이 입구 출입구 앞에서 누군가를 다급하게 찾고 있는 듯했다. 순간 소정의 눈이 반짝였다.

'드디어 깨어났구나!'

소정은 안도감과 기대감으로 손을 들어 간호사의 시선을 붙들었다.

간호사의 시선이 소정의 시선을 따라 대기실 중앙을 급히 건너왔다.
그런데 어쩐 일인지 얼굴이 잔뜩 굳어 있었다.

✦

서울 잠실 소재 가톨릭 국제학교. 하얀 페인트로 단장된 3층 건물
의 화사함은 잔뜩 찌푸린 겨울의 무게에 눌려 자취를 감추었고, 학교
앞 가로등만 덩그러니 불을 밝혀 그 본 모습을 지키려 안간힘을 쓰고
있었다. 학교 사무실 대부분이 소등된 터라 안 그래도 적막한 겨울
정취가 어둠을 타고 학교 안팎에 더욱 짙게 깔려 있었다. 기역 자로
꺾인 건물의 오른편 날개쪽에 자리 잡은 한 사무실의 조명 덕에 그나
마 온기를 느낄 수 있을 뿐이었다.

"어? 교장 선생님, 아직 퇴근 안 하셨어요?"

학교 설명회와 특차학생 선발 시험을 진행하느라 온종일 학교 구석
구석을 누비고 다녔던 영숙이 잔무를 처리하고 교무실 불을 끈 시각
은 저녁 아홉 시였다. 안젤라는 아직 교장실에서 환하게 불을 밝혀놓
고 책상 위에 더미를 이룬 서류들을 들춰보고 있었다.

"휴우, 이렇게 많은 학생들이 특차 전형에 지원할 줄은 몰랐어요."

"그 많은 학생들 면접 진행하시느라 힘드셨죠?"

"아니요. 전혀 힘들지 않았어요. 피곤하기보다 즐거움이 더 컸는데
요, 뭘. 아이들의 초롱초롱한 눈망울에 담긴 당찬 의지를 보는 것만
으로도 다음에 들어 올 아이는 또 어떤 아이일까 하는 기대감에 시
간이 어떻게 갔는지도 모를 지경이었어요."

"……"

수십 명의 아이들과 인터뷰를 하는 일이, 그것도 엄격한 평가기준을 한결같이 적용한다는 것이 결코 쉬운 일이 아님을 영숙도 잘 알고 있었다. 보통 사람들 같았으면 녹초가 되었을 판에 영숙의 질문에 대답하는 안젤라의 눈빛은 여전히 흥분감으로 반짝거렸다. 영숙은 안젤라의 맑은 기운이 자신까지 감싸는 듯 느껴져 조금 전까지 피곤했던 온 몸이 갑자기 가뿐해지는 느낌이었다.

"영숙 씨, 세영이란 아이 사적으로도 안다고 하셨죠?"

"예? 세영이가 왜요? 무슨 문제라도?"

영숙도 세영에 대해 묻고 싶었던 참이었다. 새벽에 세영 아빠가 수술실에 들어가서 소정 언니도 학교에 오지 못하고 할머니하고만 왔던 터라 여간 신경 쓰였던 것이 아니었다. 그렇다고 다른 지원자들을 제쳐두고 특별히 세영한테만 신경을 쓸 수도 없었다. 그러던 차에 세영 이야기가 나오자 영숙은 귀가 솔깃하지 않을 수 없었다.

"세영이 어머니가 제 언니하고 친구예요. 고등학교, 대학교 내내 단짝 친구였어요."

"아 그러시구나."

"왜요? 무슨 일이신지……?"

"아니. 그냥 어디서 많이 본 아이 같아서요. 왠지 너무 낯이 익어서 말이에요."

"아마도 한국 애들이 교장 선생님 눈에 다 비슷비슷하게 보여서 그런 건 아닐까요? 저도 호주에서 살 때, 초창기 얼마 동안은 호주인들 얼굴을 잘 구별하지 못했었거든요. 한두 번 본 사람을 그 다음에 만나서 제대로 알아보지를 못해서 본의 아닌 실수도 많이 했구요. 교장 선생님께서 예전에 얼마 동안 한국에 계셨다 해도 아주 오래전 일이니까 충분히 그러실 수 있지 않을까요?"

"그럴 수도 있겠지만……. 하여튼 드리려던 말씀은 그게 아니구요. 오늘 면접 본 아이들 중에서 유독 세영이란 아이가 눈에 많이 띄었기에 물어보는 거예요. 언어 잠재력 테스트 결과도 놀라웠지만, 그보다 나이에 맞지 않는 사고의 깊이에 더 깊은 인상을 받았어요."

"충분히 그러셨을 거예요. 괜히 이런저런 말씀을 미리 드리면 오해하실까봐 아무 말씀도 안 드렸는데, 특별한 아이임에는 틀림없어요."

"그런데……."

"예, 교장 선생님, 말씀하세요."

"면접 중간 중간에…… 물론 잠깐이었지만, 여러 번 표정이 어두워지는 것을 보았는데, 혹시 무슨 문제라도 있나요? 그 아이 가정환경은 어떤지, 그러니까 부모의 사이라던가 뭐 그런……."

"아! 난 또 무슨 말씀이라고……. 그런 건 아니구요. 아마도 아빠 때문에 그랬을 거예요."

"아빠가 왜요?"

"오늘 형부, 아니, 세영이 아빠가 새벽에 수술을 받았거든요. 바이패스 수술이라고 하던데, 어제 갑자기 심장마비가 와서……."

"심장마비요?"

"예, 아마도 그것 때문에 그랬을 거예요. 오늘 온종일 많이 힘들었을 텐데, 의젓하고 대범하게 보이려고 애쓰는 모습을 보니 대견하다 싶다가도 마음이 아프더라구요."

"아, 그랬구나."

면접 중 세영의 얼굴에 순간순간 지나치던 그늘을 본 안젤라가 몇 번씩이나 혹시 불편한 데가 없는지를 물었었다. 그때마다 세영은 발랄한 웃음으로 아무 일 없다며 씩씩하게 대답했다. 그 당당함이 면접을 마친 후에도 안젤라의 뇌리에 각인되어 있었다. 그래서였을까? 안젤라는 세영을 어디선가 분명히 보았다는 느낌을 좀처럼 털어낼 수 없었다.

"혹시, 그 아이 신상기록서 좀 볼 수 있을까요?"

"예, 물론이지요. 바로 갖다드릴게요."

"아, 아니요. 지금 말고요. 어차피 영숙 씨도 퇴근하는 길인데……, 저도 이만 들어가 봐야죠. 조셉이 걱정되기도 하구요. 내일 언어영재 장학생 선발 건 마무리를 위해서 마련된 교무회의가 있으니 그때 주셔도 되요."

"네, 알겠습니다. 그런데 조셉이 혼자 집에 있어요?"

"아니요. 돌봐주시는 아주머니가 같이 계세요. 그분도 곧 가보셔야 할 시간이거든요."

"조셉 돌볼 아주머니 구하셨나 봐요. 걱정하시더니……."

"호주에 계신 신부님께서 한국쪽에 아는 분을 통해 알아봐주셨어요. 독일분인데 영어도 능숙하고, 무엇보다도 한국에 오래 사신 분이시라 한국 생활도 잘 아시고요. 이런, 시간이 벌써 이만큼 되었네. 우리 일단 나가죠, 영숙 씨."

영숙과 안젤라는 아주 오래된 친구처럼 팔짱을 끼고 나란히 교정을 걸어 나왔다. 정문 경비실에 앉아 있던 경비원 한 명이 안젤라와 영숙을 알아보고는 그 자리에서 벌떡 일어나 거수경례로 근무 중 이상 없음을 표시했고, 이에 안젤라가 영숙에게 찡긋, 눈길을 주고는 경비원을 향해 어색한 거수경례로 익살스럽게 화답했다. 그 장난기와 어색한 경례에 영숙과 안젤라 그리고 경비원은 누가 먼저랄 것 없이 큰 소리로 배를 잡고 웃었다. 유쾌한 웃음소리는 어느새 침울하게 내리깔린 어둠을 헤치고 교정의 막다른 길까지 들어섰다가 적막함에 막혀 더 이상 나가지 못하고 다시 돌아 나왔다. 정신없이 바빴던 안젤라의 하루도 그렇게 마무리되어가고 있었다.

꺄깜하다. 눈을 뜨고 있는 건지, 감고 있는 건지조차 분간이 되지 않는다. 주변이 깜깜해서 아무것도 보이지 않는 것인지, 아니면 눈을 감고 있어서 보이지 않는 것인지, 모든 시각 센서가 오작동을 하고 있는 듯 혼돈만 가중된다. 조금의 시간이 더 흐르기를 기다려본다. 그리고 다시 크게 눈을 떠 시각 센서들을 자극해본다. 센서가 다시 작동을 시작하고 곧 수많은 시각 정보들을 신속히 대뇌로 송부하기 시작한다. 대뇌는 시각 센서들이 보낸 정보들을 재빨리 취합해 분석한 후 결과치를 알려준다.

'현재 눈을 뜨고 있다?'

그렇다면 지금 밤이란 말인가? 혹시 꿈을 꾸고 있는 건가? 무슨 일이 있었더라? 산만한 정신을 가다듬기 위해서는 어디까지가 기억의 마지막인가를 짚어볼 필요가 있다. 하지만 여러 조각들로 흩어진 기억의 조각들을 끼워 맞추는 것이 생각처럼 간단치가 않다. 영조는 다시 생각을 정리해본다. 여기가 어디더라? 아! 그렇다. 오늘 새벽에 간호사들이 자신을 이동용 침대로 옮긴 뒤 수술실로 데리고 갔었지. 마취의가 무섭냐고 물었고, 자신은 잠시 후 빠져들 깊은 잠이 두렵다고 말했다. 그럼 지금 수술이 끝나고 마취가 풀렸다는 이야긴가? 그렇다면 여기는 병실? 그리고 벌써 깊은 밤이 찾아온 것이고?

홍채가 칠흑 같은 어둠에 적응하기 시작한다. 일말의 빛을 찾아 시야를 넓힌다. 빛조각들을 흡수해 像을 잡는 카메라의 렌즈처럼, 시각 센서가 더듬더듬 어둠 속에서 사물을 잡아내기 시작한다.

아! 아무것도……, 아무것도 없다. 말 그대로 아무것도 없었다. 아무런 물질도, 형상도, 그 어떤 것도 주변에 보이지 않았다. 어두워서가 아니라 아무것도 없어서 보이지 않았던 것이고 그래서 캄캄했던 것이었다. 순간 영조의 온몸에 소름이 돋는다. 아직 마취에서 깨어나지 못한 건가? 혹시 꿈을 꾸고 있는 건가? 저건 뭐지? 맞은편 암흑 깊은 곳에서 무언가 꿈틀댄다. 영조의 시각 센서가 재빨리 대뇌로 그 형상을 타전한다. 대뇌는 저장된 모든 기억과 경험, 지식을 총동원해 움직이는 실체를 파악하려 모든 에너지를 집중한다. 대뇌가 순식간에 과열되어 심한 피로감이 일시에 밀려온다.

영조는 잠시 생각을 멈추었다. 그사이 미세한 움직임의 물체가 조금씩 거리를 좁혀왔다. 그러자 보다 많은 시각 정보가 대뇌에 급히 타전되었다. 대뇌는 안간힘을 써서 새롭게 유입된 정보들을 분석했다. 하지만 도무지 능률이 오르지 않았다. 피곤하다……. 한동안 깜빡임을 잊고 부릅뜨고 있었던 영조의 두 눈에 천근만근의 무게감이 몰려든다. 그 하중을 이기지 못한 눈꺼풀이 이내 깜빡, 닫힌다. 그리고 천천히 다시 눈을 뜬 영조는 너무 놀라 뒤로 엉덩방아를 찧었다.

"도대체 어떻게 된 거예요? 수술이 성공적이었다고 하셨잖아요. 그런데 깨어나지 않고 있다는 게 무슨 말씀이에요?"

어제까지 멀쩡하던 사람이 아니던가? 그저 체한 것 같다는 사람에게 심장 혈관이 막혀서 수술을 해야 한다고 하더니, 큰 수술이지만 그렇게 위험하지는 않다고 하더니, 이제 와서 그 사람이 깨어나지 못하고 있다니, 게다가 원인조차 모른다니, 이게 무슨 말도 안 되는 소리란 말인가?

소정은 믿을 수 없는 상황에 발악하듯 몸부림쳤다. 세영과 세준, 그리고 소정의 모친은 발악하는 소정을 말리지도 못하고 옆에서 넋이 나간 듯, 멍하니 지켜만 보고 있었다.

"보호자분, 진정하세요. 일단……."

보다 못한 간호사 한 명이 소정을 말리려 소정 쪽을 향해 한걸음 다가섰다가 담당 의사의 제지에 어정쩡하게 다시 물러섰다. 담당 의사는 코끝에 맺힌 땀방울 때문에 자꾸만 미끄러져 내리는 뿔테 안경을 오른손 집게손가락으로 끌어올리며 소정에게 천천히 다가섰다. 마지막 남은 기운마저 소진해버린 듯, 바닥에 풀썩 주저앉아버린 소정을 안쓰러운 시선으로 내려다보며 조용히 입을 열었다.

"경황없는 마음 충분히 이해합니다. 저희로서도 정말 어떻게 말씀드려야 할지……. 어떤 위로의 말씀을 전해야 할지도 모르겠습니다. 저희 병원 모든 의료진들이 환자가 왜 깨어나지 못하는지에 대해 다각도로 살펴보고 있으니 조금만 기다려 주십시오. 과다한 출혈도 없었고, 특별히 마취 부작용도 없었습니다. 수술은 아주 무난하게 예정대로 진행되었고요. 원인 모를 이유로 마취에서 늦게 깨어나는 경우가 종종 있습니다. 이번에도 그런 경우이지만 예외적으로 시간이 좀 더 걸리는 경우일 수도 있으니, 일단 경과를 더 지켜볼 수밖에 없을 듯하……."

담당 의사의 말이 끝나기도 전에 멍하니 설명을 듣고 있던 소정의 몸뚱이가 오른쪽으로 힘없이 기울어지며 바닥으로 고꾸라졌다. 담당 의사와 간호사가 서둘러 소정을 부축해 진료실 한쪽 구석에 놓인 간이침대에 눕히고 소정의 상태를 살폈다. 옆에서 세영과 세준을 끌어안고 있던 소정의 모친은 급기야 참았던 울음을 쏟아내고 말았다.

"아이고, 이러다 애들 에미까지 잡겠네! 이를 어째, 아이고……."

세영 주변에서 줄곧 맴돌고 있던 칠품 선녀 연화의 얼굴이 잔뜩 굳어졌다. 조상청에 볼 일이 생겼다며 승천했던 단청은 나타날 기미가 없고, 시시때때로 대선녀와 교신을 시도했지만 강한 장벽에라도 가로막힌 듯 전혀 통하지 않았다. 오늘따라 소정과 소정 모친의 수호령들마저 보이지 않으니 난감하지 않을 수 없었다. 그러고 보니 모두 조상청 소속 수호령들이었다.

연화는 점점 마음이 급해졌다. 어떤 식으로든 결정을 해야 했다. 이미 염라사자들이 당도해 영조 주위를 맴돌고 있었다. 그들이 자신에게도 망자록을 보여주며 공식 통지를 한 상태였기에 영조가 자신의 직속 피보호자가 아닌 이상, 세준의 수호령 단청처럼 연화 역시 어찌할 방법도, 명분도 없었다. 오직 영조의 수호령인 대선녀에게 예상치 못한 작금의 사태를 알리는 수밖에 없었지만, 영기 연결도 안 되는 상황에서 그녀를 어디서 어떻게 찾아야 할지 막막하기만 했다.

일단 망자육대문까지 가는 데는 인간 세월수로 최소 하루는 걸린다고 했던 것이 문득 떠올랐다. 사자들이 좀 느긋하게 영혼을 인도한 다면 좀 더 걸릴 수도 있을 터였다. 일단 천상에 올라가 대선녀를 직접 수소문해보는 수밖에 없었다. 그렇게 해도 안 될 경우, 선인청에 직접 도움을 청하는 것도 방법일 것이었다. 결심을 굳힌 연화 선녀는 급히 봉황 문양 날개옷을 펼치며 영력을 모았다. 그러자 연화 주위에 물결 같은 소용돌이가 한 번 일렁이더니 그녀의 모습이 순식간에 사라졌다.

깜깜하다. 아무것도 없는 암흑의 공간이다. 멀리 한 남자가 주변 상황을 파악하듯 두리번거리고 있다. 그 옆에 두어 명이 서성이고 있는 모습이 보인다. 모두 검은 옷을 입고 있다. 칠흑같이 검은 외투에 검은 모자, 모자에 연결된 끈은 턱 밑으로 돌려 매듭지어져 있다. 그 모습이 광대처럼 여간 우스꽝스럽지 않다. 눈이 어둠에 익숙해지기 시작하면서 주변이 차츰 선명해지기 시작한다. 검은 옷을 입은 자들의 몸 주위로 불그스름한 기운이 일렁인다. 기괴하기 짝이 없다. 한 명은 백짓장처럼 하얀 얼굴에 유난히 붉은 입술, 그리고 눈썹이 없는 건지 하얀 건지 허여멀건한 인상이었고, 또 한 명은 깊은 주름이 온 얼굴에 뒤덮여 있는 늙은 노파 모습이다.

꿈을 꾸고 있는 건가? 그렇다면 악몽임이 틀림없다. 그럼 지금 깨어나야 하는데, 도무지 깨어날 방법이 떠오르지 않는다. 조섭은 혼란스러움에 고개를 흔든다. 꿈을 꾸고 있다고 확신했지만 너무 생생한 느낌에 꿈이 아닐 수도 있다는 불안감에 덜컥 겁이 났다. 꿈인 줄 알면서도 꿈이 아닐 수도 있다는 염려가 조셉을 괴롭혔다.

조셉은 두 손을 모은다. 자기 힘으로 해결할 수 없는 일이라 생각될 때마다 습관처럼 찾았던 그분, 하느님께 기도를 드린다. 간절함을 담아 기도한다. 악몽이라면 지금 당장 꿈 밖으로 건져달라고……. 그리고 천천히 다시 눈을 떴다. 눈을 뜨면 꿈 밖으로 나와 있을 것이라 확신하며…….

아무 소용없었다. 검은 옷을 입은 자들의 모습이 여전히 눈앞에서 어른거리고 있었다. 그들은 미끄러지듯 천천히, 어둠 속에서 두리번거리고 있는 남자에게 천천히 다가서고 있었다. 하지만 남자는 그들이 다가서는 것을 전혀 눈치 채지 못한 듯했다. 검은 옷을 입은 자들이 남자의 바로 코앞까지 접근해서야 남자는 그들을 발견했다. 남자는 하얗게 질린 얼굴로 뒤로 급히 물러서다 자신의 발에 걸려 벌러덩 넘어졌다.

검은 복장을 한 그들 중 한 명이 남자에게 말을 건다. 조셉은 그 언어가 한국어라고 생각했다. 한국에 온 후 여기저기서 흘려들어 익숙한 소리, 하지만 조셉은 그 말의 뜻까지는 알 수 없었다. 그들이 무슨 말을 하고 있는지 궁금해 미칠 지경이었다. 알고 싶다는 간절함이 조셉의 마음을 달궜다.

그러자 놀라운 일이 벌어졌다. 갑자기 저들이 나누는 대화의 내용이 그대로 조셉에게 전달되기 시작했다. 그들이 말하는 것이 무슨 내용인지 통역되는 것이 아니라, 그냥 의미 자체가 그대로 전달되고 있었다. 너무 신기했다. 문득 조셉은 꿈속에서 이웃집 강아지나 고양이를 만나 즐겁게 대화를 나누며 놀았던 기억이 떠올랐다. 당연히 조셉은 이것도 꿈이라고 다시 한 번 확신했다.

"나영조 씨?"

"예. 그런데, 누구시죠?"

"염라처에서 왔습니다."

"예? 염라처라니요?"

"보통 인간 세상에서는 저승사자라고들 부르죠. 제 옆에 계신 분은 선임 사자이신 충선님이시고, 저는 후임 사자인 진우라고 합니다."

"이거, 꿈이죠? 그렇죠?"

"하하하! 인생이란 게 어찌 보면 다 꿈이지요. 꿈이 아닌 것이 어디 있겠습니까?"

젊은 사자의 웃음소리로 보아 웃고 있는 것이 분명했지만, 표정은 불분명했다. 웃는 건지 찡그린 건지 얼굴 전체가 균형감 없이 일그러져 기괴하기만 했다. 마치 오랫동안 웃어본 적이 없어 얼굴에서 웃음과 연관된 모든 근육이 영원히 퇴화된 것처럼 보였다. 남자는 혼란한 듯 머리를 좌우로 세차게 흔든 후, 천천히 고개를 들어 주변을 다시 살펴보았다. 그러다 우연히 조셉 쪽을 향해 얼굴을 돌렸다. 순간 조셉의 눈이 크게 떠졌다.

"앗, 저 남자…… 저분은……."

조셉의 작은 입 밖으로 짤막한 탄성이 터져 나왔다. 늙은 사자가 조셉 쪽을 향해 순간적으로 고개를 획, 돌렸다. 조셉은 직감적으로 들키면 안 된다는 생각이 들었고, 카메라 렌즈가 줌 아웃으로 앵글에서 빠져나오듯, 그곳에서 멀찌감치 빠져나왔다. 먼발치에 선 조셉이 다시 상황을 살펴보자, 늙은 사자는 고개를 한 번 갸웃거린 후 가던 길을 다시 재촉했다. 다행히 조셉을 보지 못한 눈치였다. 그들이 시야에서 많이 멀어졌다고 느꼈을 때쯤 조셉은 다시 그들 가까이 줌 인으로 거리를 당기듯 다가서며 생각했다.

'지금 저 검은 옷 입은 자들을 따라가고 있는 저 사람……. 맘마 앨범에서 본 그 남자가 분명해.'

조셉이 맘마의 소지품 상자에서 우연히 발견했던 앨범 속의 남자. 연도별로 라벨을 붙여 정리한 열두 권의 두꺼운 붉은색 가죽 표지의 앨범들 속에서 우연히 발견했던 1999년에서 2003년까지의 기간이 표시된 라벨의 그 앨범, 그 기간 동안 맘마는 오직 그 남자와의 시간만 존재했던 듯 온통 그 남자와 관련된 사진들뿐이었다. 사진뿐만 아니라 카드며 편지며 항공권, 영수증, 기차 티켓 등 거의 모든 기록들이 거기에 있었다.

그런데 신기한 것은 사진 속 남자의 얼굴에서 느낀 첫 감정이 친숙함과 익숙함이라는 것이었다. 처음 보는 얼굴이 왜 전혀 낯설지 않았는지, 왜 그리 친숙했는지 이유를 깨닫는 데는 오래 걸리지 않았다. 조셉 자신의 눈매가 그 남자의 눈매에, 자신의 미소가 그 남자의 미소 속에 있었으니까.

조셉은 맘마와 그 남자의 기억들을 샅샅이 훑어나가다 가슴 뛰는 사실 하나를 발견할 수 있었다. 항공권의 도착지 및 출발지 기록이며 많은 사진들의 배경, 엽서의 발신지 및 수신지 모두가 코리아로 귀결된다는 것. 즉 이 친숙한 느낌의 남자가 코리언임을 추론하기는 어렵지 않았고, 그것은 곧 대디가 코리언이라는 것이 밝혀지는 순간이었다. 조셉은 맘마 몰래 그 사진 앨범을 챙겨 자기 방에 숨겨놓았다. 그날 밤 조셉은 뛰는 가슴으로 잠을 이룰 수가 없었다. 그때부터 조셉은 한국으로 떠날 날만을 손꼽아 기다렸다. 틈틈이 세계지도 퍼즐을 펴놓고 코리아 조각을 끼워 맞추며 그 나라가 위치한 곳을 익혔다. 의외로 코리아의 위치를 기억하는 것은 그리 어렵지 않았다. 세계 지도를 펴서 먼저 호주를 찾고 호주를 기점으로 위쪽으로 일직선을 그리면 그 언저리에 코리아가 있었다.

한국에 도착한 이후 조셉의 설렘은 극에 달했다. 대디가 이 나라 어딘가에서 함께 숨 쉬고 있다는 생각이 들 때마다 흥분감에 숨이 막힐 지경이었다. 혹시라도 길에서 우연히 마주칠까봐, 마주쳤는데 혹시나 못 알아볼까봐 사진 속 남자, 아니 대디의 얼굴을 하루에 수십 번, 수백 번도 더 확인했던 조셉이었다. 그래서 이젠 대디의 모습을 수백 미터 떨어진 거리에서도 한눈에 알아볼 수 있을 정도였다. 그런데 저기 저 남자 아니, 대디가 지금 내 눈앞에, 손을 뻗으면 닿을 거리에 저렇게 서 계시지 않은가?

조셉은 대디에 대한 그리움이 깊어 이렇게 꿈까지 꾼다는 생각에 잠시 목이 메었다. 설사 악몽이라 할지라도 대디를 볼 수 있는 꿈이라면 절대로 깨고 싶지 않았다. 비록 꿈일지라도 이렇게 대디 가까이 머물 수만 있다면 영원히 깨어나지 않아도 상관없을 듯했다.

"저……"

"말씀하시지요."

아직 정신을 수습하지 못하고 있는 영조에게 진우가 따뜻하게 말했다. 옆에서 뒷짐을 지고 선 충선은 영조를 묵묵히 지켜볼 뿐이었다.

"저……, 사자님들이 오셨다는 건 오늘이 제 삶의 마지막이라는 거죠? 그렇죠?"

"예, 맞습니다. 영조님."

"음, 그렇군요. 그런데 혹시 제게 조금의 시간을 더 주실 수는 없으실는지요?"

"무슨 시간을요?"

"최소한 제 가족들에게 작별인사라도 할 수 있도록……. 제가 오늘 이렇게 가리라고는 생각도 못하고 있을 텐데……."

진우라는 젊은 사자는 왠지 영조의 청을 들어줄 것 같았다. 백짓장 같은 새하얀 얼굴이 처음에는 섬뜩하고 무서워 보였지만, 진우에게선 왠지 모를 따뜻함이 느껴졌다. 착각이었을까? 진우는 영조의 기대와 달리 아무 대꾸도 없었다. 영조는 절망스런 눈길로 진우를 쳐다보았다. 진우가 선임 사자의 표정을 살피듯 고개를 돌렸다. 그때 선임 사자가 불쑥 영조 앞으로 다가섰다. 영조는 깜짝 놀라 뒤로 물러섰다. 영조와 같은 시각에서 사물을 보고 있던 조셉도 갑자기 충선의 얼굴이 자신의 얼굴 바로 앞까지 다가오는 듯한 착각에 덩달아 온몸에 소름이 돋았고, 하마터면 비명을 지를 뻔했다.

영조와 시선을 맞춘 충선은 한동안 말이 없었다. 뚫어져라 쳐다만 볼 뿐이었다. 영조는 물론 영조의 시각에서 상황을 보고 있는 조셉조차도 선임 사자 충선이 과연 자신을 쳐다보고 있는지조차 확신할 수 없었다. 처음에는 흘러내린 눈두덩이의 주름에 일부 감춰진 노파의 눈동자로는 그 초점이 어디로 향하고 있는지가 도무지 파악이 되지 않아서 그런 줄 알았다. 그런데 그게 아니었다. 눈동자의 초점이 주름에 가려져 있었던 것이 아니라, 눈동자 안에 아예 초점이 없었다. 눈

안엔 흰자위도 없었고, 그냥 눈 안에 먹물을 뿌려놓은 듯 암흑만 가득했다. 영조는 갑자기 온몸을 휘감는 강한 한기에 몸서리를 쳤다. 그건 조섭도 마찬가지였다.

"그만 가세. 갈 길이 머네."

충선이 희미하게 웃으며 영조에게 향했던 시선을 거두고는 천천히 뒤돌아섰다. 그리곤 미끄러지듯 앞장서 걸어 나갔다. 그러자 영조의 몸이 자석에 이끌리듯 그녀 뒤를 따라 걷기 시작했다.

"선임님, 그리 빨리 가시면……. 도대체 뭐가 그리 급하십니까? 아이고, 오늘따라 정말 이상하시네. 이 친구한테는 마지막 길인데 마음 수습할 여유는 줘야지요. 아직 죽지도 않은 혼인데다 담당 수호령도 자리를 비운 마당에 이렇게 서두를 필요없잖……."

충선의 노기 어린 시선이 진우에게 칼날처럼 꽂혀들었다. 진우는 얼른 입을 닫았다.

13.

법해선사와 연화선녀

"급히 찾으셨다고요?"

"예, 선사님."

"어인 일이신지?"

"대선녀님과 영기가 연결되지 않습니다. 혹시 선사님께서는 대선녀님의 소재를 아실까 해서 이리 급히 찾아뵈었사옵니다."

"대선녀님께서는 지금 영면수련靈眠修鍊 중이십니다. 그러니 영기가 전달될 리가 없지요."

"영면수련이라니요? 갑자기 왜?"

"갑자기라니요? 천상국 삼품 이상 고위직의 경우 인간 세월수 일백 년마다 영면원靈眠院에 들어가 칠 일에 걸쳐 영혼을 내려놓고, 그 영혼을 살피고 순화하는 자기정제 과정을 반드시 거치도록 되어 있지 않습니까? 그 예정된 일정에 따라 지금 영면에 드신 겁니다. 연화님도 들어보신 적 있을 텐데요."

연화는 그제야 영면수련에 대해 예전 선배 선녀로부터 들었던 내용이 떠올랐다. '루시퍼 사태' 이후 또 다른 사탄의 출현을 막고자 하늘주인님께서 천상 품계 삼품 이상 고위직 간부들을 대상으로 자기 성찰과 정제 과정을 거치도록 제도적으로 강제하시면서 유래가 된 제도였다.

"언제부터 영면수련에 드셨습니까?"

"어제 이른 새벽녘부터 수련에 들어가셨습니다."

"대선녀님을 좀 깨울 수 없을까요?"

"천부당만부당한 말씀이십니다. 일단 영면에 드신 이상 그 누구도 방해해선 아니 됩니다. 아시겠지만, 또 다른 루시퍼를 만들지 않기 위한 하늘주인님의 단호한 조치라 이 과정에서는 그 누구도 방해할 수 없고, 해서도 아니 되지요. 영면수련 중엔 완전히 무장해제되기 때문에 혹시나 외부의 사악한 기운이 무슨 수라도 쓸 경우 아주 위험한 사태까지도 발생할 수 있습니다. 그런 위험 사태를 미연에 방지하고자 하늘주인님께서 직접 결계를 쳐놓으셨지요. 그런데 칠품 선녀라면 이 정도는 잘 아실 텐데 왜 이리 조바심을 내시는 겁니까?"

"네, 영면수련에 든 자를 깨우거나 방해하는 자는 지위고하 및 소속 계를 떠나 바로 영혼 소멸의 화를 입도록 조치되어 있다고 들었습니다. 하지만 상황이 상황이니만큼 혹시나 해서……. 누군가 이 사실까지 알고서 계획적으로 모종의 음모를 꾸민 것은 아닌가 하는 생각까지 드니 마음이 급할 수밖에요. 하필 이때에 영조 가족들의 수호령들 모두 자리를 비웠으니……."

"도대체 무슨 말씀입니까? 무슨 일인지 이야기나 들어봅시다. 그래야 제가 도울 수 있는 일인지 판단을 할 수 있지 않겠소?"

"아, 죄송합니다. 자초지종부터 설명을 드렸어야 했는데……. 다름이 아니오라, 지금 대선녀님의 피보호자가 망자육대문을 향해 길을 떠났습니다. 두 명의 염라사자들과 함께 말입니다."

"대선녀님의 피보호자라면, 나영조?"

"선사님도 아십니까?"

"알다마다요. 저의 인간 세상 마지막 윤회에서 잠시 스쳤던 인연이지요. 제가 천상국에 입적 후에 우연히 대선녀님의 피보호자가 그 친구라는 것을 알게 되었고요. 이승에서 우연히 보았을 때부터 그 친구의 관상이 하도 특이해서 잘 기억하고 있지요."

"마지막 윤회시라면?"

"인간 세상에서 제가 마지막으로 겪었던 인생이었죠. 제가 있던 산사의 암자에 당시 열아홉이었던 그 친구가 출가하겠다며 스며든 적이 있었지요. 수도승 운해가 당시 그 암자에서 수련 중이었는데, 그 친구를 행자승으로 쓰려고 했었지요. 하지만 제가 돌려보내라 했습니다. 조상신 삼천 명이 두 눈을 부릅뜨고 다시 돌려보내라 하니 제가 어쩌겠소?"

"조상신 삼천 명이요?"

"그렇소. 어쨌거나 때가 되어 염라사자들이 왔을 텐데 뭐가 문제란 건지 모르겠구려. 더군다나 망자가 망자육대문에 접어들어 각 관문을 통과하는 데 인간 세월수로 최소 일주일 이상은 걸리니, 대선녀님께서 천상국 영혼심사처 심문장 참석에는 아무 무리가 없을 것이고, 일정에 차질이 좀 생겼다 해도 수호령이 동석할 때까지는 심문이 관례상 연기될 것이니 그 또한 염려할 바 없지 않소?"

"그 친구 육신이 죽은 상태로 영혼이 분리되었다면 제가 선사님을 찾아뵈었겠사옵니까? 선사님 말씀대로 걱정할 일이 아니니까요. 물론 대선녀님께서 지금 자리를 지키셔야 할 필요도 없으시구요. 그런데 문제는 육신이 살아 있는 상태에서 사자들이 영혼을 끌어냈고 망자육대문 쪽으로 길을 떠났다는 겁니다."

"뭐라구요? 염라처 사자들이 살아 있는 육신에서 영혼을 떼어내어 망자육대문 쪽으로 길을 떠났다?"

"예, 그래서 제가 감히 대선녀님을 이리 급히 찾고 있는 중이구요."

"육신이 살아 있다면 그 친구 인생록 상에는 살아 있는 자란 이야기가 아니오? 염라처에서 어찌 살아 있는 자를 데려갈 수 있단 말이오? 담당 수호령이 아니더라도 선녀께서 충분히 문제제기는 하실 수 있으셨을 텐데요?"

"그럴 수 없었습니다. 그들이 망자록을 가져왔거든요. 정식으로 발행된 망자록에 분명히 나영조 소환 건이 명시되어 있었습니다. 게다가 전 영조의 수호령이 아니라서 영조의 인생록 내용 자체를 모르니 그들을 저지할 명분 또한 없었습니다."

"그들이 망자록을 가져왔다구요? 인생록에는 살아 있는 자가 망자록에 이름을 올렸다? 이건 또 무슨 변고인고……."

"그래서 영조의 인생록을 소상히 알고 계시는 대선녀님을 만나 봬야 합니다. 그래야만 망자록의 잘잘못을 따져볼 수 있고, 착오가 있다면 바로잡아야 하구요. 망자육대문으로 영이 들어가버리면 그때는 잘못된 망자 소환이라 해도 더 이상 어쩔 수 없게 됩니다. 망자육대문 안은 안내자 및 염라처 담당 사자들 외에 육신 없는 혼령은 절대 입장이 허용되지 않는 곳이지 않습니까?"

"그렇지요. 그곳은 선업 심사를 받기 전 인간들이 스스로 살아온 길을 돌아보며 인생의 마지막을 정리하고, 또한 스스로 잘잘못을 헤아려 다음 생에 참조하라는 차원에서 진행하는 교화 과정의 일환이기도 하지요. 때문에 수호령이나 관련 영들의 개입을 막기 위해 망자육대문 입장 자격자를 엄격하게 제한해둔 것이지요. 그나저나 큰일이군요. 망자육대문을 통과하면 바로 망자의 강이고, 그 강을 건너면 거기서부터는 영들만의 세계인데……."

"혹시 망자육대문 마지막 관문 밖에서 기다리는 방법은……?"

"어림도 없는 말씀이외다. 망자의 강에 이르는 길은 망자육대문을 통과하는 방법밖에 없소. 자격 없는 원혼들이 임의로 망자의 강에 모이는 것을 막기 위함이지요. 어쨌든 방법을 찾아야겠군요. 인생록 상 살아 있는 자가 그곳에 간다면 영혼심사처에서는 심사할 영혼이 없는 존재가 되어버리는 것이니, 영조는 산 자의 세계에도 죽은 자의 세계에도 속하지 못하는 자가 되는 것이지요. 그렇게 되게 되면 천상국 거주는커녕 환생을 할 수 있는 윤회의 순환 틀에도 들어갈 수 없는, 말 그대로 영원한 유랑귀로 전락하게 되는 겁니다."

"음, 그렇게 되면, 피보호자를 유랑귀로 만든 담당 수호령 또한 문책을 면치 못할 텐데……."

"예, 모든 공직에서 파문됨은 물론이고 천상국 시민으로서의 지위조차 장담할 수 없게 될지도 모릅니다."

"……."

연화는 가슴이 답답해 잠시 말을 멈추었다. 법해선사法海禪師는 연화를 걱정스레 바라보며 다시 입을 열었다.

"만약 그런 문책성 처벌이 대선녀님께 가해진다면 그 파문은 대선녀님으로만 끝나지 않을 겁니다. 우리 선인청 전체에 태풍이 몰아칠 게 분명합니다. 어찌 안 그렇겠습니까? 선인청 최고위층이신 대선녀님이 연루되신 문제이니…….”

“방법이 없을까요?”

“음……. 일단 영조의 인생록부터 확인해봅시다. 염라처에서 발행하는 망자록은 인생록 내 사망부 기록과 연동해서 발행되는 것이니, 만약 인생록 내 사망부에 망자록 내용이 없거나 다를 경우 선녀님이 보셨다던 망자록은 위조된 것일 수도 있습니다. 물론 그게 위조 및 변조로 밝혀진다면 망자록 위변조 관련자들은 엄벌을 면치 못할 거구요. 하지만 문제는 삼품 지위의 수호령이 보호하는 피보호자의 인생록을 열람할 권한이 저에게도 없다는 겁니다.”

“그렇다면…….”

“예, 대신선장님께 부탁드리는 방법밖에 없을 것 같습니다.”

“대신선장님이시라면……?”

“그렇소. 선인청 수장어른……. 선인청에서는 유일하게 대선녀님과 천상국 품계가 동위이시지요. 동급 이상 품계에서는 인생록 열람이 전권으로 가능하니 현재로서는 가장 이상적인 대안입니다. 영혼심사처 산하 인생록 제정처에 따로 협조 공문을 발송해서 확인하는 방법도 있긴 하지만, 그건 시간이 너무 많이 걸리는 데다, 확인도 안 된 선인청 내부 사실이 바깥으로 알려질 위험성이 있어 웬만하면 피하는 것이 좋을 듯하오.”

“예. 알겠습니다.”

“일단, 선녀님은 빨리 나영조 곁으로 돌아가시지요. 나영조 가족 수호령이 아무도 없는 중에 왔다 하지 않았습니까? 저는 대신선장님을 지금 바로 알현토록 하겠소. 마침 선인청 본당에 와계시니 바로 면담이 가능할 것이외다."

"예. 그런데, 선사님……."

연화는 법해선사에게 예를 갖추어 인사를 하고 돌아서려다 갑자기 다시 법해선사를 불러 세웠다.

"저기, 혹시 조상청 내부에 무슨 문제라도 생겼나요?"

"무슨 말씀이신지요?"

"영조 가족 수호령들 모두가 조상청 소속인데 갑자기 모두 안 보여서요. 단청님 이야기론 조상청에서 급한 호출이 있었다던데……."

"조상청대로 무슨 급한 전달 사항이 있었겠지요. 우리 선인청에서도 한 번씩 비상소집이 있지 않습니까?"

"그럴까요? 그런데 하필 이럴 때……."

"원래 일이란 게 터지려면 한몫에 터지는 법이지 않소?"

❖

도대체 얼마나 먼 길을 따라온 걸까? 아니 따라왔다는 말이 이 상황에 적절한 표현 같지는 않았다. 실제로 조셉이 그들 뒤를 따른 게 아니라 카메라 렌즈를 통해 그들의 동선을 지켜보는 느낌이었으니까.

끝없는 어둠이 이어졌다. 하지만 다행히도 검은 옷을 입은 자들 몸 주위를 은은하게 밝히고 있는 붉은 기운 덕에 조셉은 그들을 놓치지 않을 수 있었다. 그게 아니었다면 이미 어둠 속에서 대디 일행의 자취를 완전히 놓쳤을 것이었다. 그들은 아주 빠른 속도로 이동했다. 걷는 것도 아니었고 날아가는 것도 아니었다. 마치 공항에서 볼 수 있는 무빙워크 위의 사람들처럼 보폭과 실제 이동 거리 간에 엇박자가 났다. 더욱 신기했던 건 미끄러지듯 이동하는 그들의 발 아래엔 바닥이 존재하지 않았다는 점이었다. 그렇다고 머리 위에 하늘도 보이지 않았다. 그저 칠흑같이 캄캄한 공간 한가운데를 통과하고 있었다. 대디는 멀찌감치 앞장서 걸어가는 늙은 여인의 뒷모습에 초점 없이 풀어진 두 눈을 고정시킨 채, 혼백이 거의 빠져나간 듯한 표정으로 걸어가고 있었다.

❖

"영조 씨, 괜찮으세요?"

영조의 멍한 표정에 진우가 걱정스레 물었다. 하지만 영조는 아무 대답 없이 충선의 뒷모습만 응시했다. 진우는 개의치 않고 부연 설명을 이어갔다.

"곧 망자육대문 입구에 도착할 겁니다. 거기서부터는 망자육대문의 문지기가 우리들과 함께 각 문들을 통과할 것입니다."

"제가 만약 돌아가기를 원한다면 지금 돌아갈 수 있나요?"

"예?"

영조가 뜬금없이 진우에게 물었다. 예상치 못한 질문에 진우가 당황한 듯 허둥대며 충선의 눈치를 살폈다.

"아까 전에 진우님이 저분한테 그랬잖아요. 죽지도 않은 사람 영을 왜 이리 급히 데려가냐고……."

진우는 그 말을 했는지 안 했는지 확신이 서지 않았다. 기억을 더듬는 진우의 새하얀 얼굴이 살짝 찡그려졌다.

"아! 제가 그랬었나요? 아, 맞아요. 영조 씨 육신은 아직 살아 있습니다."

"그럼 저를 왜 데리고 가는 겁니까? 제가 살아 있다면서 말입니다. 저승사자라면 죽은 사람을 데리고 가야 하는 것 아닙니까?"

영조의 질문에 진우는 자기도 그것이 알고 싶다고 말할 뻔했다. 충선이 이렇게 서두르는 이유가 진우 역시 궁금하긴 매한가지였으니까. 영조가 갑자기 걸음을 멈추었다. 그러자 충선이 카랑카랑한 목소리로 언성을 높였다.

"누가 멈춰도 좋다고 했는가?"

"선임 사자님이라고 하셨나요?"

"그렇네. 충선이라고 하네."

"충선님, 제 육신이 여전히 살아 있다 하셨지요?"

"그랬지. 그런데?"

"그럼 다시 삶으로 돌아갈 수도 있다는 이야기가 되는 것인지요?"

"……"

영조의 단도직입적인 질문에 충선 또한 잠시 당황했다. 하지만 겉으로는 그 모습이 전혀 드러나지는 않았다. 오히려 영조 곁으로 조용히 다가가 어깨를 토닥이며 차분하게 물었다.

"돌아갈 수 있다면 돌아가고 싶은 겐가?"

이전까지의 서슬 퍼렇던 모습은 어디론가 사라지고, 자상한 할머니 같은 모습으로 충선이 물었다.

"……"

영조는 선뜻 대답하지 못했다. 그 옆에서 진우가 어이없다는 표정으로 영조를 쳐다보았다. 영조도 당혹스러웠다. 자기가 돌아가겠다고

만 한다면 기꺼이 돌려보내줄 듯한 충선의 목소리에서 왜 갑자기 말문이 막혀버렸는지 도무지 이해가 되지 않았다. 영조는 두 눈을 질끈 감고 미동 없이 생각에 골몰했다. 얼마 뒤 조용히 눈을 뜬 영조가 고개를 가로저으며 대답했다.

"아닙니다. 가던 길 계속 가시지요."

"아, 아니, 다시 살고 싶은 생각이 없다는 말씀이세요? 다시 살고 싶지 않으세요?"

진우는 영조가 예상외의 태도를 보이자 깜짝 놀라 물었다. 다시 삶으로 돌아갈 수 있는 절호의 기회인데도 스스로 돌아가기를 포기하는 영조가 납득이 가지 않아 진우의 마음 깊은 곳에서 안타까움이 들불처럼 일어났다. 그때 충선이 영조 곁에 다가서며 나지막한 목소리로 말했다.

"그럴 줄 알았네. 그저 자네는 남아 있는 식솔들에게 작별인사를 하지 못한 것이 마음에 걸렸을 뿐이야. 삶 자체에 대한 애착이 그리 많지 않으니 당연히 돌아가고 싶은 마음 또한 그리 크지 않을 테지. 아니 그런가?"

"……."

"의외로 자네 같은 사람들이 많더군. 남들 눈에는 평탄하고 충만한 삶을 살고 있는 것처럼 보여도 실상 본인은 하루하루 주어진 과제를 열심히 처리할 뿐인 사람들……. 그 사람들의 공통점을 보면 대체로 인생에 대해 큰 환상이나 기대를 품지 않아서 죽음이란 것 자체를 상당히 담담하게 받아들이는 경향이 있더군. 그도 그럴 것이 그 사람들은 죽는다는 것을 삶이 끝나는 것이라 이해하지 않고, 그저 주어진 과제가 끝나는 것이라 받아들이니까, 그 홀가분한 마음을 어디에 비하겠는가, 아니 그런가?"

"……."

영조는 아무 말도 할 수 없었다. 한 번도 생각해보지 않았던 화두인지라, 처음에는 선임 사자가 무슨 말을 하는지 이해가 가지 않았지만, 생각하면 할수록 선임 사자의 말에 틀린 데가 없었다. 사실 염라사자가 자신을 데리러 왔다고 했을 때의 첫 소감은 두려움이 아니라홀가분함이었고, 드디어 모든 것이 끝났다는 안도감이었다. 물론 뒤이어 헤어짐에 대한 슬픔과 처자식에 대한 걱정이 밀물처럼 밀려오긴 했지만 그건 별개의 문제였다.

충선은 영조의 어깨를 가볍게 토닥이며 왼쪽 팔 넓은 소매 안에서검은 천으로 겹겹이 싸인 주머니 하나를 꺼내더니 그 속에서 누렇게바랜 책자 한 권을 꺼내 들었다. '망자록'이란 붉은 글씨가 책 표지 위에서 핏자국처럼 흘러내리고 있었다. 충선은 망자록을 들추어 영조의사망 일시를 보여주며 말했다.

"보시게. 자네가 죽기로 되어 있는 날짜와 장소라네. 그런데 어찌된영문인지 모르겠지만 예상치 못했던 간섭이 생겨 자네의 육신이 살게되었네. 망자록 상에는 자네가 황 약사의 권고를 무시하고 집으로 돌아갔다가 그날 밤 세상을 마감하는 것이었네. 그런데 황 약사가 뜬금없이 적극적으로 간섭을 해버리는 바람에 모든 것이 틀어져버렸네. 잘생각해보시게. 자넨 언제나 정해진 날에 인생을 마감하고 싶어 했네.내가 잘못 알고 있었던 거라면 지금이라도 이야기하게."

"……."

영조는 아무 대답도 할 수 없었다. 맞는 말이었기 때문이었다.

"그래서 내가 자네의 육신은 비록 살아 있지만 영혼을 인도했네. 난

정해진 시간에 자네를 데려가는 것이 인생이란 과제를 묵묵히 마쳐
낸 자네에 대한 도리라 생각했네. 예정되었던 인생 그 이상의 시간을
부여하는 것은 자네같이 책임감 강한 사람들한테는 차라리 형벌이나
다름없을 수도 있으니까. 난 아무래도 상관없네. 원한다면 지금이라도
돌려보내주겠네. 어찌할 텐가? 돌아갈 텐가?"

"……."

영조는 아무 말도 못하고 굵은 눈물만 뚝뚝 흘릴 뿐이었다. 보다
못한 진우가 나섰다.

"영조 씨, 그래도 이승이 저승만 못하겠습니까? 당신의 발걸음을 부
여잡는 처자식이 있지 않습니까? 우리 선임 사자님께서 영조 씨가 안
쓰러워 데려가려 하셨던 모양이신데, 육신이 살게 된 것도 어찌 보면
또 다른 운명일 수 있지 않겠습니까?"

진우는 충선이 영조를 다시 삶으로 보내주겠다고 했을 때, 영조가
바로 돌아가겠다고 할 줄 알았다. 진우는 문득 스케이트장에서 영조
의 품에 안겨 행복하게 웃던 두 아이의 귀여운 얼굴이 떠올랐다. 그러
자 진우는 화가 치밀었다. 그때 충선이 슬쩍 끼어들었다.

"가족들에게 제대로 된 작별인사도 못하고 이렇게 떠나는 게 무책
임하게 느껴졌을 게야. 아마도 그래서 괴로운 것일 테지. 사랑하는 가
족들을 영원히 보지 못한다는 것도 가슴이 아플 테고……."

"……."

"죽었다고 생각했을 때는 다시 돌아가 그들을 안고 싶었지만, 다시
살 수도 있다고 하니 가슴 한구석에 또다시 무거운 돌 하나가 얹히듯
갑갑하지? 아니 그런가?"

"……."

영조는 고개를 끄덕이지 않을 수 없었다. 잘했든 못했든 어쨌든 과제를 마친 뒤의 홀가분한 기분이 들었던 것도 사실이었고, 이젠 모든 것이 끝났다고 생각하니 어제 저녁까지 걱정하고 고민했던 모든 것들이 먼지처럼 사라지는 느낌에 자유로움마저 느꼈던 터였다. 물론 죽음이 점점 현실화되면서 남겨진 가족들의 얼굴들이 눈에 밟히고, 그들과 헤어진다는 것이, 제대로 작별인사도 못한 것이 가슴을 짓눌렀지만, 그건 다시 그들에게 돌아갈 수 없다고 생각했기에 더 간절했던 것이었다. 다시 살게 해줄 수도 있다는 선임 사자의 말은 깃털처럼 가벼워졌던 영조의 마음 한 구석에 또다시 바위덩이를 얹는 것과 같았다.

"영조 씨는 인생이 그렇게 즐겁지 않았나 보군요. 다시 살고 싶지 않으세요? 가족들 품으로 돌아가고 싶지 않으세요?"

진우가 답답한 듯 격앙된 목소리로 다시 끼어들었다.

"즐거울 때야 있었지요. 아니, 많았지요. 하지만 아침마다 눈을 뜰 때면 기대감보다는 의무감으로 시작을 했고, 밤이 되면 이것이 오늘의 마지막이 아니라 인생의 마지막일 수도 있지 않을까 생각하며 잠자리에 들었습니다. 그래서 지금 전혀 놀랍지도, 무섭지도 않습니다. 이젠 의무감으로 맞이해야 할 아침이 더 이상 없다는 것이 행복하기까지 합니다. 하지만 아내는……, 그리고 아이들은……."

영조는 울음을 터뜨렸다. 이렇게도 저렇게도 마음을 잡을 수 없는 자신이 한탄스러워 자꾸 눈물이 났다. 충선이 양손으로 영조의 얼굴을 쓰다듬듯 감싸며 물끄러미 영조를 쳐다보았다. 그 눈동자는 아까 전, 먹물을 뿌려놓은 듯했던 암흑의 눈동자가 더 이상 아니었다. 어느새 충선의 눈망울에선 암흑이 걷혀 있었고, 암흑이 걷힌 그 자리에 영조의 얼굴이, 영조의 눈물이 맺혀들었다.

"자네 아내와 아이들이 짊어지고 가야 할 삶이, 그 불확실할 수밖에 없는 그들의 삶이 자네 마음을 놓아주지 않을 게야. 이날을 너무나 오랫동안 기다려왔던 자네이면서도 누구보다 가족을 사랑하는 자네이니 마음속에 어찌 갈등이 없겠는가? 홀가분하면서도 슬프고, 슬프면서도 편안한 마음이 당혹스러울 테지. 자네만을 생각하면 홀가분하고, 남겨질 사람들을 생각하면 목이 메겠지. 그런데 말일세. 세상을 살아오면서 단 한 번이라도 자네만을 위한 결정을 해본 적 있는가? 그 누구의 안위나 행복, 이해관계 생각 없이 오직 자네만의 행복과 평안함을 위해 결정해본 적이 있냐는 말일세."

"……."

"없었을 걸세. 보게나, 지금도 자네는 자네가 원하는 것보다 남아 있는 가족들의 안위 때문에 갈등하고 있지 않은가?"

"……."

영조는 묵묵부답, 아무 대답 없이 여전히 고개를 떨어뜨린 채 서 있었다.

"그것이 틀렸다는 말을 하고 있는 것이 아니라네. 아주 소중하지. 타인들부터 걱정하는 것, 하물며 사랑하는 사람과의 관계인데 오죽하겠는가? 하지만 말일세. 때로는……, 때로는 말일세. 자네 자신만을 위해서 결정을 해야 할 때가 있다네. 주변 그 누구도 생각하지 말고, 걱정하지도 말고, 자네만 생각하고, 자네가 가장 행복할 수 있는 결정을 꼭 해야만 한단 말일세. 딱 한 번이라도 자네 자신을 위해 아주 소중한 사람의 청을 거절해야 할 때가 있는 법이란 말일세. 자네 천성상 힘들고 아프겠지만 꼭 해야만 한단 말일세."

"예……. 맞습니다. 예, 지금이 그때인 것 같습니다. 사자님들, 그냥 따라가겠습니다. 그만 가시죠."

"뭐, 뭐라구요? 영조 씨! 진심이세요?"

진우가 다급하게 영조의 표정을 살폈다. 설마 죽음을 향해 가겠다는 말은 아니겠지? 그러나 진우의 기대는 영조의 말에 여지없이 무너졌다.

"선임 사자님이 하신 말씀, 그러고 보니 언젠가 들었던 것 같네요. 아주 어렸을 적, 부모님이 교통사고로 돌아가시던 날, 제 꿈속에 나타나신 어떤 할머니가 제게 그렇게 말씀하셨지요. 딱 한 번 나 자신만을 위한 결정을 해야 한다고……. 지금이 바로 그 순간일지도……."

"그게 무슨 말도 안 되는……."

진우는 기가 막혔다. 이렇게 삶에 애착이 없는 이는 본 적이 없었다. 그저 남을 위해서만 살았단 말인가? 불과 이틀 전 아이스링크에서 보았던 행복한 아빠의 모습은 어디로 사라졌단 말인가? 정말 행복해 보였는데……. 단 하루, 아니 단 몇 초의 삶도 포기하고 싶지 않을 만큼 행복해 보였는데…….

인생 자체가 고달프다 못해 비극 자체인 삶들이 인간 세상 도처에 깔려 있다. 언뜻 생각하면 그들에게 저승사자들이 찾아가면 기다렸다는 듯이 반길 듯하지만, 실상은 반대다. 죽지 못해, 마지못해 산다고 노래를 부르며 살았던 사람들도 막상 염라사자들이 당도하면 살려달라고, 이렇게 죽을 수는 없다고 울며불며 매달린다. 그런데 전혀 죽고 싶을 이유도 없고, 죽고 싶어 한 흔적도 없는 영조 같은 사람이, 그것도 마음속에 사랑하는 사람들을 저렇게 가득 담고 있으면서도 스스로 죽음의 길로 들어가겠다니……. 진우는 안타깝다 못해 화가 났다.

"그만 가세."

충선이 날선 음성으로 재촉했다. 조금 전까지 영조에게 보여주었던 따뜻함은 어느새 자취를 감추었다. 충선이 다시 앞장서 걸어가기 시작했다. 영조는 그 뒤를 아까보다는 조금 거리를 두고 따라 걷기 시작했다. 갑자기 영조가 비틀대며 한쪽으로 몸이 기울었다. 진우가 영조 옆에 바짝 붙어 영조를 부축했다.

'잘한 결정일까?'

영조는 대답할 수 없었다.

'정말 마지막인가?'

곧, 영조의 눈이 붉어졌다.

'세영이, 세준이, 그리고 소정이는…….'

영조는 그들이 그리워 견딜 수가 없었다.

목이 멘다. 하염없이 눈물이 흐른다. 이건 꿈이 아니다. 대디는 지금 죽음으로 들어서고 있는 것이다. 자신이 이 세상에 있는지도 모르고, 바로 이곳 코리아에 와 있는 줄도 모르고, 저렇게 터벅터벅 죽음으로 걸어가고 있다. 대디와 사자들의 모습이 흐르는 눈물에 가려 자꾸만 뿌옇게 흐려진다. 조셉이 두 눈을 깜빡여 시야를 닦아내고 눈을 떴을 때, 그들은 까마득한 점처럼 작아져 있었다. 가까이 가야 한다. 아! 그런데……. 조금 전까지만 해도 자유자재로 속도를 조절해가며 저들 뒤를 마음대로 따라갈 수 있었는데, 지금은 도무지 거리가 좁혀지지 않는다. 그냥 제자리에서 허우적댈 뿐이다. 아까 전에도 걸어서 그들을 따른 것이 아니라 카메라 렌즈가 따라가듯 그들의 모습을 포착했음이 떠오른다. 조셉은 다시 가만히 눈을 감고 스스로 카메라 렌즈가 된다. 하지만 거리가 좁혀지기는커녕 그들의 모습이 시야에서 완전히 사라져버렸다. 놓치면 안 되는데…… . 불러 세워야 한다. 들키면 안 될 것 같았던 첫 직감이 지금 이 순간에는 그리 중요하지 않게 느껴졌다. 조셉은 목구멍에 온 힘을 넣고 외친다.

"대– 디–!"

그런데 목구멍을 빠져나갔다고 생각했던 그 소리는 진공 포장지 속에 갇혀버린 듯, 전혀 주변을 울리지 못한다. 조셉은 온몸을 비틀며 다시 한 번 혼신의 힘을 다해 소리를 질러본다.

"대– 디–!"

순간 어깨가 심하게 흔들리며 강한 압박감이 사지를 짓누른다. 동시에 홉입구로 온몸이 강하게 빨려 들어가듯 압박감이 온몸을 조인다. 탁, 하는 소리와 함께 갑자기 주변이 환하게 밝아지며 누군가의 외침이 천지를 뒤흔들며 고막을 때린다.

"조셉, 웨이크 업!"

"혹시 자네 조금 전에 아무 소리 못 들었나?"

"무슨 소리요?"

"누군가를 부르는 고함소리."

"아니요. 아무 소리도 못 들었는데요."

"음…… , 이상하군. 아닐세, 계속 가세."

충선은 연신 고개를 갸우뚱거리며 가던 길을 재촉했다.

식탁 위 천장에 매달린 샹들리에가 환하게 밝혀졌다. 가스레인지 위의 빨간색 주전자가 삐-익 삐-익, 요란하게 물이 끓었음을 알렸다. 안젤라가 식탁 의자에서 천천히 일어나 불을 끄고 주전자 주둥이의 덮개를 열며 벽에 걸린 시계를 쳐다보았다. 새벽 두 시, 여전히 칠흑 같은 어둠이 세상을 뒤덮고 있었다.

"핫 초콜릿?"

"……"

조셉이 대답 대신 고개를 끄덕였다. 안젤라는 찬장에서 두 개의 머그를 꺼내 탁자에 놓았다. 머그 표면에는 안젤라와 조셉의 빛바랜 사진이 인쇄되어 있었다. 사진 속 그들은 눈부신 미소를 짓고 있었다. 조셉이 태어난 지 육 개월째 되던 날, 세례식 기념으로 마련했던 것이었다. 이젠 탈색이 되어 사진 전반에 안개가 낀 듯 흐릿했다.

"무서운 꿈을 꾼 모양이구나?"

"……"

조셉의 머그컵에 담긴 초콜릿 가루에 뜨거운 물을 조심스레 부으며 안젤라가 물었다. 조셉은 대답하지 않았다. 그저 작은 입술로 호호, 바람을 불며 핫 초콜릿을 식히는 데만 전념할 뿐이었다. 안젤라도 자신의 머그에 인스턴트커피 하나를 털어 넣었다. 인스턴트커피 향이 후각을 자극하자 마지막까지 버티던 방해받은 잠기운도 슬금슬금 자리를 비켜주었다.

"맘마."

"응?"

조셉은 머그를 양손으로 쥐고 맑고 깊은 눈동자로 안젤라를 올려
보았다.

"대디 말이야."

"대디?"

"웅, 대디……. 코리언 맞죠?"

안젤라는 당황스런 표정으로 조셉을 쳐다봤다. 조셉의 크고 까만
눈동자에 이슬이 맺혀 있었다. 안젤라는 천천히 엄지손가락을 펴 그
이슬을 닦아주며 물었다.

"그건 갑자기 왜 묻는 거니?"

"사진 속에 있던 그 남자 맞지, 그치?"

"사진? 무슨 사진?"

호주에서 이삿짐을 싸면서 한참을 찾았던 그 앨범이 순간적으로 떠
올랐다.

"네가 가져간 거니?"

"웅."

안젤라는 앨범을 찾지 못해 마음 졸였던 것이 갑자기 생각나 조셉
을 다그치려다 말았다. 지금은 앨범이 문제가 아니었다. 안젤라는 자
세를 고쳐 앉으며 조셉을 바라보았다. 그리고 심호흡으로 마음을 가
다듬었다. 언젠가 때가 되면 말해주려 했지만, 그날이 오늘이 될 줄은
전혀 예상치 못했다.

"그래 그 앨범의 남자가 대디 맞단다. 그리고 코리언이고. 꿈에서 그
분을 뵌 거니?"

"……."

머그를 감싼 조셉의 작은 손이 가늘게 떨렸다. 안젤라는 조셉의 고

사리 같은 손을 부드럽게 자신의 양손에 담았다.

"맘마……."

"응?"

무슨 말을 하고 싶은 걸까? 몇 번이나 망설이는 조셉이 안젤라는 안타깝고 미안했다. 무엇이든 다 털어놓을 수 없는 만큼의 거리를 만든 게 자신인 것 같아 마음이 무거웠다. 조셉이 결심한 듯 조용히 고개를 들었다. 눈물에 젖어 촉촉한 조셉의 검은 눈동자에 안젤라의 근심어린 얼굴이 맺혀들었다.

"맘마, 지금부터 내가 하는 말 있는 그대로 믿어줘야 해, 알았지?"

"……."

안젤라는 의아한 눈으로 조셉을 쳐다보았다. 간절함이 여덟 살짜리 아이의 검은 눈동자 안에서 요동치고 있었다. 단순히 조셉이 자신의 아들이어서만은 아니었다. 이토록 진실하고 절실한 눈을 가진 이를 어찌 의심할 수 있겠는가? 안젤라는 고개를 끄덕여 무엇이든 믿겠다고 약속을 했다.

"맘마, 그건 꿈이 아니에요. 전 알 수 있어요. 절대로 꿈이 아니었다는 걸……."

"도대체 무엇을 본 거니? 계속 '대디'를 부르던데, 잠꼬대로 말이야."

"대디가 이 세상을 떠나려고 해요."

"그……, 그게 무슨 말이니?"

"그들이 대디를 데리러 왔어요. 굳이 안 가도 된다는데……. 검은 옷 입은 할머니가 대디가 원하면 죽지 않아도 된다고 하는데도 대디는 굳이 그들을 따라가려고 해요."

"조셉! 좀 차근차근 얘기해보렴. 도대체 무슨 말을 하는 거니?"

"분명히 지금 대디가 위험에 빠져 있는 거예요. 저한테 도움을 청하는 것이 틀림없어요. 지금 대디가 그렇게 가버리시면 저는 영원히, 영원히 대디를……."

조셉이 가쁜 숨을 몰아쉬었다. 안젤라는 조셉을 당겨 안고 머리를 쓰다듬었다. 조셉은 잠시 심호흡을 하며 숨을 골랐다. 그리고 이미 차가워져버린 머그 속의 핫 초콜릿을 단숨에 들이키고는 또박또박, 자신이 꿈에서 보았던 대로, 자신이 느꼈던 대로 상세하게 안젤라에게 이야기하기 시작했다. 영조를 데리러 온 검은 복장의 사람들, 그들의 생김새, 그들이 나누었던 대화 등 생각나는 모든 것을 안젤라에게 들려주었다. 나이에 어울리지 않는 상황 묘사에, 자신의 감정까지 구체적으로 설명하는 표현력까지, 여태 안젤라가 알던 조셉의 모습이 아니었다. 총명한 아이인 것은 분명했지만 한 번도 이렇게 자신의 이야기를 상세하게 이야기한 적은 없었다. 게다가 밤사이 훌쩍 커버린 듯한 조셉의 모습에 안젤라는 내심 놀라고 있었다.

이야기를 다 마친 조셉이 벌떡 자리에서 일어섰다. 냉장고 쪽으로 성큼 걸어간 조셉이 생수병 하나를 꺼내 눈 깜짝할 사이에 비워버렸다. 빈 생수병을 휴지통에 던져넣은 조셉이 돌아왔을 때, 안젤라는 지그시 눈을 감고 있었다. 조셉은 안젤라 옆에 조용히 앉아 온 신경을 집중해 안젤라의 입을 주시했다. 안젤라가 따뜻한 시선으로 조셉을 내려다보며 천천히 입을 열었다.

"조셉! 난 네가 한 말, 네가 꾼 꿈이 단순한 꿈이 아니란 것도, 네가 본 것이 실제로 지금 일어나고 있는 일이라는 것도 모두 진심으로 믿어."

"정말요? 그게 꿈이 아니라 실제 일어나고 있는 일이라는 것도요?

제가 생각해도 황당한 제 이야기를요?"

"나도 비슷한 경험을 한 적이 있단다. 그러고 보니 나도 너만할 때였구나."

안젤라가 조셉의 작고 하얀 손을 잡아 올려 자신의 볼에 부드럽게 비비며 말했다. 조셉은 믿기지 않는 듯한 눈빛으로 안젤라를 쳐다보았다.

"그때는 나도 꿈이라고 생각했었지. 네가 봤다던 그 검은 옷을 입은 자들 말이야. 나도 그들을 본 적이 있어. 그때 내 꿈에서도 그들이 누군가를 죽음의 나라로 데려가고 있었지. 그런데 그게 단순히 꿈이 아니라 실제로 있었던 일이란 걸 알게 되기까지는 꽤 많은 시간이 흘러야만 했단다."

"……"

"아주 짙은 안개가 낀 어느 날, 한 동양인 커플이 작은 소형 트럭을 타고 어디론가 가고 있었는데, 갑자기 큰 트럭이 중앙선을 침범하며 마주 달려왔고, 그 트럭을 피하려다 동양인 커플이 탄 소형 트럭이 전복되어버렸단다. 그 트럭은 몇 바퀴나 도로 위를 나뒹굴었고 갓길 가로수를 들이받고 난 뒤에야 멈추어 섰지. 처참한 사고였어. 그때 어디서 나타났는지, 동양 남자 한 명과 여자 한 명이 처참히 짓뭉개진 그 소형 트럭 안을 구경하고 있었지. 그런데 가만히 보니 소형 트럭 안에 처참하게 죽어 있는 그 커플이 바깥에서 구경하던 바로 그들이었어. 그때 너도 보았다던 검은 복장을 한 이들이 어디선가 불쑥 나타난 거야. 움직임도 걷는다기보다 미끄러지는 모습에 가까웠지. 그들이 그 커플을 어디론가 데려가더구나. 그저 악몽이라 생각했지. 그런데 잊히지가 않는 거야. 아쉬운 듯 몇 번이나 뒤돌아보던 그 커플의 슬픈 눈빛이 자꾸만 떠올라 꽤 오랫동안 잠을 이룰 수 없었지. 그래도 세월을 이기는 기억은 없던지 그 일을 까맣게 잊고 지냈는데, 그들 사진을 우연히 네 대디의 수첩에서 발견했단다."

"그럼……."

"그래, 대디의 부모님, 그러니까 너한테는 논나, 논노가 되는구나. 그분들이 내 꿈속에서 본 그 동양인 커플이었던 거야."

"……."

조셉의 눈이 동그랗게 커졌다. 이런 일이 가능하다니……. 게다가 처음이었다. 맘마가 이렇게 가깝게 느껴진 것이. 조셉은 안젤라의 허리를 양팔로 감싸안으며 그녀의 등에 얼굴을 묻었다.

"사랑해요, 맘마. 그리고 고마워요."

시간이 멈춰버린 듯했다. 안젤라의 눈가에 작은 눈물방울이 잠시 고이는가 싶더니 이내 양 볼로 흘러내렸다. 조셉이 작고 하얀 손을 들어올려 안젤라의 눈물을 닦아주며 빙그레 웃었다. 안젤라도 함께 웃었다. 한 팀이 된 듯한 충만감. 하지만 그 충만감은 오래갈 수 없었다. 영조가 지금 죽음을 향해 가고 있다지 않은가? 안젤라는 정신이 번쩍 들었다. 하지만 도대체 뭘 어떻게 해야 한단 말인가?

2부

1.

묘안

"법해이옵니다."

"들어오시지요. 기다리고 있었습니다."

법해선사가 낮은 목소리로 자신의 도착을 알리자 장엄한 봉황 문
양이 양각된 은빛 대문 안의 대신선장大神仙長의 집무실에서 부드럽고
나직하지만 위엄이 서린 목소리가 들려왔다. 법해는 손잡이를 찾기 위
해 봉황 대문을 살폈다. 손잡이는 양각된 봉황의 날개를 따라 문 가
장자리에 달려 있었다. 손잡이를 비스듬히 비틀자 육중한 봉황 대문
이 오른쪽으로 스르르 밀리며 길을 열었다.

문 안으로 들어서자 붉은 양탄자가 일직선으로 대신선장의 업무 탁
자까지 펼쳐져 있는 것이 보였다. 은빛 양각 봉황 문양 대문의 화려
함과는 대조적으로 집무실은 소박하고 단순했다. 오래된 목재 탁상과
의자, 그 뒤로 벽 전체를 둘러 조성된 책꽂이가 집무실에 있는 가구

의 전부였다. 탁상 위에는 청자 다기 세트가 놓여 있었는데, 그 모습이 한 떨기 청명한 푸른 꽃이 피어 있는 듯했다. 청자 다기의 문양도 봉황이었고 집무실 탁자, 의자 등받이, 드리워진 차양막에도 봉황이 새겨져 있었다.

대개의 경우 영기교신靈氣交信을 통해 업무를 지시받고 보고했기 때문에 법해선사도 대신선장의 집무실을 방문하는 것은 처음이었다.

"차 좋아하시는지요?"

바깥 산야가 내려다보이는 창문 쪽에서 울림처럼 다가오는 목소리가 있었다. 대단한 기운이었다. 목소리만으로도 심장이 울리는 느낌이었다. 대신선장이었다.

"예."

"앉으시지요. 마침 차를 끓이고 있었습니다."

투명하리만큼 하얀 피부에 앳된 얼굴의 남자가 조용히 발걸음을 옮겨 청자 다기가 놓여 있는 탁자 앞에 살포시 앉았다. 남자가 움직일 때마다 하얀 도포자락이 부드럽게 하늘거렸다. 앳된 얼굴과 달리 머리카락은 완전한 백발이었다. 풍성하고 긴 백발이 머리 위쪽으로 감겨 올라가 끝자락이 봉황 문양 비녀로 고정되어 있었다. 남자는 법해를 바라보며 오른손을 펴서 정중하게 자신의 맞은편 자리로 안내했다. 무슨 차였는지 금방 우린 듯 향긋한 차향이 은은하게 코끝을 스치며 퍼져갔다. 인간 세상 산사 시절부터 차라면 일가견이 있던 법해였지만 이 차향의 출처는 도무지 알 수가 없었다.

법해는 찻잔을 들고 차향을 음미하며 천천히 대신선장의 집무실을 둘러보았다. 집무용 탁자 뒤편에 둘러쳐진 병풍에 눈길이 머물렀다. 녹과 청의 색깔들이 높고 낮은 산세를 표현하고 있었고 산야 구석구석에는 평화로이 노니는 수많은 종류의 동물들과 그들 사이를 거니는 신선들이 그려져 있었다. 보기만 해도 마음이 고요해지는 묘한 그림이었다.

"맛도 일품이지만, 향이 참 좋습니다. 무슨 차인지요?"

"특별한 이름이 없는 차이니 무명차라고 해야 될까요?"

"무명차요?"

"말 그대로 이름이 없어서요."

"이름이 없는 차도 있습니까?"

"허허허! 어쩌다보니 그렇게 되었습니다. 어느 한적한 날 무료함을 달래려 제가 좋아하는 향을 가진 차들을 이리 조합해보고 저리 조합해보다 차 하나가 만들어졌는데, 그 향이 너무 좋아 그때 조합했던 배율을 기억해두었다가 생각날 때마다 이렇게 우려내는 거라 특별한 이름을 짓지 못했습니다. 아니 그보다 이름이 생기면 차의 맛이 이름에 묶이고, 맛이 이름에 묶이면 그 맛에 제가 묶이게 될까 두려워 이름을 짓지 않았습니다. 그러니 무명차이지요. 허허허……."

"그렇군요."

"참, 내 정신 좀 보세요. 이렇게 한가로이 차나 논하고자 저를 찾으신 것이 아닐 텐데……."

"아, 아닙니다. 별말씀을……. 대신선장님, 부탁드렸던 나영조의 인생록은 확인해보셨는지요? 말씀드렸듯이 저의 품계로는 그 친구의 인생록 열람 자격이 없는데다, 관련 부서에 공식 협조를 요청하기에는 시간도 촉박해서요. 더군다나 혹시 괜한 소문으로 선인청에 누가 될까 두려워 바쁘신 대신선장님께 송구한 부탁을 드렸습니다."

"아니요. 결국 선인청 위상과도 관계가 되는 것이니 당연히 저도 도와야지요. 알아본 바에 의하면, 염라처에서 영조를 소환한 이번 사안의 경우 전혀 위법성이 없었다는 겁니다."

"그렇다면 그 친구의 인생록 상의 사망부 편 내용이 염라처에서 가져온 망자록 내용과 일치한다는 말씀이시군요. 그렇다면 이상하지 않습니까? 현재 그 친구의 육신은 아직 살아 있다고 합니다. 즉, 인생록 사망부는 아직 발효가 아니 되었다는 이야기가 아닐는지요? 인생록 상의 사망부가 발효되지 않은 상태에서 염라처 망자록이 작성될 수도 있다는 말씀이십니까?"

"예, 있습니다. 다만 흔한 경우가 아니어서 사례가 없을 뿐입니다. 당연히 명시 규정도 없구요. 그러니 위법 여부는 결국 천상법 법리 해석을 따를 수밖에 없는 상황인 거지요. 그래서 선인청 내 법무부 천상법 학사들로 하여금 소견을 내라 하였는데, 그들 말에 의하면 법리 해석상으로 볼 때, 염라처에서 나영조 망자록을 집행하는 것 자체가 위법은 아니라고 합니다."

"예? 무슨 말씀이신지……."

"혹시, '조건 성취부 망자록 집행'이라고 들어보셨는지요?"

"조건 성취부 망자록 집행이라구요? 금시초문입니다. 그게 무엇이온지요?"

"그러실 겁니다. 전문 법리학자 외에 이 조문을 아는 관리들이 그리 많지 않습니다. 망자록 등재 부서인 염라처 관리들조차도 이 내용은 잘 모르고 있지요. 그만큼 아주 예외적인 조항입니다."

"조건 성취부 망자록 집행이라……."

"그렇습니다. 인생록 상 사망부 관련 장에 사망 시기, 사망 원인 등 죽음에 대한 기록을 상세히 정해놓지 않고, 염라처의 망자록 작성으로 효력을 발생하도록 위임을 시키는 경우이지요."

"망자록 발효의 전제 조건인 사망부가 죽음에 대한 내용을 정하지 않고 염라처 소관으로 위임을 한다는 것이 어찌 가능한지요?"

"인생록 사망부 관련법 중에 '조건 성취를 조건으로 망자록을 발효시킬 수 있다. 단, 정해진 천수天壽를 넘겼을 경우에는 그 조건 성취와 관계없이 망자록을 발효시킬 수 있다'라는 조문이 있습니다. 결국 이 법조문의 해석에 관한 문제입니다. 인생록의 사망부에 죽음의 시기와 내용을 일일이 기재해놓지 않고, 조건 충족을 전제로 사망의 시기나 방법을 정하는 것인데, 흔한 경우는 아닙니다. 인간 세상에 특별한 임무를 부여받고 태어난 인간들에게 그 임무 성취를 조건으로 사망일 및 관련 사항을 정할 수 있도록 해서 목적 달성 이전에 천상국으로 소환되는 것을 방지하기 위함이라고 합니다. 성취되지 못한 소기의 목적 달성을 위해 또다시 누군가를 인간 세상에 보낸다는 것이 간단한 일이 아니란 건 선사님도 잘 아실 겁니다. 수십 년, 수백 년 때로는 몇 세대를 기다려도 기회를 맞추지 못하는 경우가 허다하지요."

"그렇겠지요. 한 치의 오차도 없는 윤회의 법칙 속에서 그 시기를 다시 잡는다는 것이 계획적으로 할 수 있는 일은 아닐 테니까요."

"맞습니다. 목적 달성을 위해 윤회의 법칙을 임의로 변경했다가는 목적 달성은커녕 전체 인간 세계뿐 아니라 천상국까지도 대혼란에 빠질 수 있어 수단과 방법을 가리지 않는다는 마계의 마귀들조차도 이 방법만은 사용하지 않습니다. 공멸할 각오가 아니라면 말입니다."

"그렇다면 둘 중 하나군요. 조건을 성취했거나, 아니면 천수를 다했거나……."

"천수를 다한 것은 아니더군요. 나영조의 천수는 인간 세월수로 82

세로 되어 있습니다. 잘 아시겠지만, 천수란 수많은 윤회의 결과를 토대로 자동적으로 정해진 인간의 최대 수명을 의미합니다. 즉, 스스로의 선택에 의한 건강 훼손, 타인의 실수 또는 고의에 의한 관여, 전쟁 같은 전체 인간계의 선택으로 인한 사망처럼 실제 사망일은 언제든지 달라질 수 있습니다. 말 그대로 천수는 인생록 상 인간이 가질 수 있는 최대 수명을 의미할 뿐입니다. 일정한 윤회의 법칙으로 인류 전체와 호흡하며 정교하게 계산된 전체 생명의 질서 유지 체계인 것이지요. 조건 성취부 망자록 발효에도 천수를 넘어섰을 때는 조건 성취와 무관하게 망자록을 발효할 수 있도록 한 것도 이런 전체 생명 질서를 지키기 위함이지요. 아무리 조건 성취가 중요하다 해도 전체 질서를 무너뜨리면서까지 진행할 수 없는 윤회의 지엄함이 여기에 있는 것이지요."

"그렇다면 가능성은 한 가지뿐이군요."

"그렇습니다. 조건 성취가 되었다는 것입니다."

법해는 그제야 원하던 답을 얻은 듯 가볍게 고개를 끄덕였다. 그렇다면 모든 것이 정상이란 말 아닌가? 법해의 마음은 어느덧 진정되고 있었다. 하지만 대신선장의 표정에 비친 근심은 법해의 해석과는 다른 이야기를 하고 있었다.

"하지만 마음을 놓기에는 석연치 않는 점이 있습니다."

"예? 석연치 않는 점이 있다니요?"

"누군가가 의도적으로 천상법 행간, 해석의 차이를 악용했다는 생각을 지울 수 없기에 하는 말입니다."

"무슨 말씀이신지요? 누군가가 의도적으로 천상법 행간, 해석의 차이를 악용했다니요?"

대신선장은 잠시 생각을 정리하듯 눈을 반쯤 감은 채 지그시 찻잔을 응시했다. 찻잔에 담긴 무명차는 투명한 유리를 깔아놓은 듯 고요했다. 고요한 무명차 위에 청자 다기의 푸르름이 은근히 녹아내려 찻잔 속에 푸른 하늘이 담겨 있는 듯했다.

"그 친구의 인생록을 면밀히 살펴보니, 인간 세월수 팔 년 전에 벌써 조건이 성취되었다고 되어 있더군요. 생각해보십시오. 팔 년 전에 조건이 성취되어 그 후 언제든지 소환이 가능했음에도 여태까지 아무 소식이 없다가 지금 갑자기 망자록을 발동할 이유가 무엇일까요? 그것도 육신이 살아 있는 자는 비록 망자록에 이름이 등재되어 있더라도 육신의 생기가 다할 때까지 기다려주는 관례까지 깨면서 망자록을 집행하는 것 자체가 좀 이상하지 않습니까?"

"염라처에서 행정 편의상, 또는 피치 못할 사정으로 밀려 있던 망자록 집행을 집중적으로 처리하기 위해 한시적으로 일괄 정리하는 것일 수도 있지 않겠습니까?"

"저도 혹시나 싶어 염라처 쪽에 확인을 해보았습니다만 최근에 한시적 망자록 일괄 정리 집행도 없었거니와 당분간 그럴 계획도 없다고 하더군요."

"염라처 주무 부서가 아니더라도 개별 부서에서 자체적으로 밀린 업무를 처리하느라 그랬을 수도 있지 않았겠습니까?"

법해는 합법적으로 진행된 이상, 걱정했던 대선녀나 나영조 영혼의 안위, 그리고 더 나아가 선인청의 안위에 하등의 문제도 없게 된 마당에 근심의 끈을 놓지 못하고 너무 복잡하게 생각하는 듯한 대신선장이 선뜻 이해가 가지 않았다.

"그럴 수도 있겠지요. 그런데 통상적으로 당장 처리해야 할 업무도 밀리는 마당에 중앙에서 어떤 지시도 없는 상황에서 개별 부서에서 자체적으로 밀린 업무를 처리한다? 있을 수 없는 일입니다. 우리 선인청이나 조상청에서는 가능할지도 모르겠군요. 하지만 염라처의 업무 특성 및 조직 문화상 그건 불가능하다고 봐야 할 것입니다."

"······."

"인간계에서 영혼 하나 데려오는 게 생각처럼 그리 간단한 것이 아니지 않습니까? 아시다시피 영혼을 데려올 때 그 전체 여정에 관여하는 부서가 한두 군데가 아닐진대, 그걸 일개 염라처 개별 부서에서 독자적으로 진행한다? 어불성설입니다. 더군다나 염라처 사자들은 산 자와 죽은 자의 경계에서 일하는 자들이라 자칫 민감한 사안에 걸려들 확률이 상당히 높은 집단입니다. 그래서 행여나 복잡해질 수도 있는 일들에 대해서 굳이 나서지 않으려 하는 게 그들의 습성이지요. 자칫 잘못된 업무 조율로 꼬이는 날에는 엄청난 풍파가 몰아치는 일이라 그만큼 염라처 내부 규율도 엄격한 것이구요. 즉, 염라처 본청의 지시가 없는 상태에서 영혼 소환이 이루어진다는 것은 원천적으로 불가능하다는 이야기입니다. 아닌 게 아니라 염라처 본청 차원에서 그때그때 밀려 있는 영혼 소환 명단을 확정해서 그 영혼들을 심사할 천상국 영혼심사처와 사망자 인원수 조율을 거쳐 최대한의 효율성을 확보하지 못했다면, 그러니까 망자록에 등재된 모든 영혼들을 그때그때 다 데리고 와버렸으면 지금쯤 영혼심사처 영혼심사 대기자 명단이 거의 몇 겹을 넘어가버렸을 것이오."

"그렇군요. 거기까지는 생각을 못했습니다. 그런데 그 성취한 조건이란 것이 도대체 무엇이었는지요?"

"하늘과 인간 세계를 잇는 것, 그것이 조건이었습니다."

"하늘과 인간 세계를 잇다니요?"

"추측컨대 영조가 천손과 연을 맺을 운명이 아니었나 싶습니다. 즉, 그들 사이에 태어날 아이를 통해 무슨 계획이 있었던 것 같아요."

"천손이라면……?"

"예, 익히 아시다시피, 인류가 창조되기 훨씬 이전부터, 인간들이 창조된 후 윤회를 통해 또는 깨달음을 통해 천상국 시민의 일원으로 받아들여지기 시작하기 훨씬 이전부터, 원래부터 존재했던 천신들과 그들의 후예들을 말함이지요. 하늘주인님 및 그분의 직계 가족, 그리고 천사청 천사분들처럼 천상국에서만 거주했던 분들을 의미합니다."

"하늘과 인간 세계를 잇는다는 것은 무슨 말씀이신지?"

"인류 역사를 보면 비슷한 기록들을 여러 군데서 발견할 수 있지요. 인류가 제대로 된 방향으로 향할 수 있도록 꽤 많은 이들이 천상국에서 보내졌습니다. 때로는 종교인의 모습으로, 때론 정치인이나 예술인의 모습으로……. 즉, 그때그때 시대적 목적에 가장 부합하는 인간적 지위를 활용했던 것이죠. 물론 부작용도 없진 않았지요. 하기야 그 부작용이란 것도 따지고 보면, 천상국의 관여 때문이라기보다 원초적으로 인간 자체의 불완전성에서 기인한 것이지만 말입니다. 선사님께서도 잘 아시겠지만, 인간 세상에 만연한 수많은 종교들의 뿌리가 사실 조금 전에 말씀드린 그런 분들에 의해서 시작된 것이지 않습니까? 다만 그분들의 한결같은 가르침이 탐욕스런 인간들에 의해 자의적으로 해석되어 이용되었고, 그걸 어리석은 민중들이 맹목적으로 따르면서 발생한 것들이니……."

"영조가 천손과 연을 맺는 것이 조건이었고, 그 조건이 이루어졌다면……, 그렇다면 나영조의 아내 임소정이 천손인지요?"

"아닙니다. 다른 여인이 또 있습니다. 나영조의 인생록을 찬찬히 훑어보았더니 지금 아내 포함해서 세 명의 여인이 나오더군요."

"세 명의 여인이요?"

"그렇습니다. 한 명은 나영조가 대학 시절 만나서 일 년 정도 관계를 맺다 그 여인이 집안 소개로 만난 다른 남자와 결혼하면서 인연이 끊겼고, 두 번째 여인은 나영조가 공부를 위해 해외로 나갔다가 만난 이국의 여인이었고, 세 번째 여인이 지금의 아내더군요. 그 세 여인 모두에게 아이들이 있구요."

"그럼 그 아이들의 아비가 나영조인지만 살펴보면 되겠군요."

"그럴 필요까지도 없었습니다. 세 여인 가운데 수호령이 천사청에서 파견된 이는 한 명뿐이었으니까요. 안젤라. 호주에서 나고 자란 여인이지요. 부모는 이탈리아 사람이고 독실한 가톨릭 집안에서 태어났습니다. 알아보니 슬하에 아들을 하나 두었더군요. 이름은 조셉. 그 아이의 아비가 나영조였구요."

"그렇다면 염라처 망자록 집행은 아무 하자가 없는 적법한 진행이란 말씀이잖습니까? 저희가 괜한 걱정을 한 거구요."

"아니요. 상황이 그리 간단치는 않은 것 같아요."

"예……?"

"제가 보기엔 안젤라와 조셉이 지금 한국에 있는 것과 이번 나영조 건이 깊은 연관을 가지고 있는 듯합니다."

"안젤라와 조셉이라면?"

"예, 조금 전에 말씀드렸던 호주 여성과 그녀의 아들이죠. 제가 짚이는 것이 있어 나영조의 인생록에서 안젤라가 나오기 시작하는 지점에서부터 끝나는 부분까지를 세세히 검토해보았는데요."

"……."

"흥미로운 사실이 하나 보이더군요. 영조의 인생록 중에서 유일하게 안젤라와 관련되는 사항에서만 외부 간섭이 일어났다는 겁니다. 그것도 그들의 만남을 장려하는 간섭이 아니라 그들의 인연이 파경을 맞도록 유도하기 위한 간섭이었습니다. 그런데 그 간섭이 너무나 조직적이고 치밀했습니다. 영조의 성품상 어쩔 수 없는 선택을 하도록 영향력 있는 주변인들의 자유의지가 교묘하게 조작되었더군요."

"그런 일들이야 인간들의 삶에서 흔한 일이지 않습니까?"

"저도 그렇게 보고 넘어갈 뻔했지요. 그런데 그 주변인들에게 영향을 준 수호령들 모두가 천사청 내에서 멸인류파로 분류되는 자들이었습니다."

"멸인류파라구요?"

"예. 들어보셨을 겁니다. 하늘주인님께서 인류 창조를 계획하시고 천신들만의 전유물이었던 '자유의지'를 인간들에게도 부여하고자 했을 때 크게 반발했던 부류였죠. 거기다 하늘주인님께서 일정한 자격이 되는 모든 인간들에게 천상국마저 완전히 개방하면서, 그들의 불만이 하늘을 찌를 정도였구요. 그래서 한때 그들은 인간들의 타락을 빌미 삼아 천상국 시민들을 선동해 기존 인류를 다 쓸어버려야 한다고 여론을 조성했고, 이에 하늘주인님께서는 그분의 외아드님을 친히 인간 세상에 내려 보내서서 인간들의 모든 죄를 대신하도록 하시면서 천상국에서 일던 반 인류 정서를 일시에 잠재우셨지요. 그때 예수님께서 인간 세상에 내려가지 않으셨으면 천상에서 제2의 루시퍼 사태가 발생했을지도 모를 일입니다. 어쨌든 그 이후부터는 하늘주인님 앞에서 천상국 내 어느 누구도 대놓고 멸인류론을 설파하지 못하게 되었지요. 어찌 안 그랬겠습니까? 그렇게 아끼시는 외아드님까지 내놓으셨어요. 저들 인간들을 구하기 위해서요. 더군다나 지엄한 윤회의 법칙을 통해 몇 세기, 아니 수십 세기에 걸친 오랜 교육과 정화 과정을 통해 일정 수준 이상의 영혼을 가지게 된 인간들과 윤회의 사슬을 끊고 직접 깨달아 바로 천상국 천신들의 영적 수준에 이른 인간들이 천상국에 유입되기 시작하면서는 천상국 일반 대중들의 인류에 대한 정서가 급격히 호전되기 시작했죠. 그제야 그들이 하늘주인님의 선견지명과 고매한 뜻에 감복했음은 말할 나위도 없구요. 하지만 문제는 수면 위로 올라오지 않아서 그렇지, 아직도 천사청 내에는 현 인류에 대한 반감을 가진 이들이 여전히 건재하다는 것입니다. 하물며 한때 루시퍼 반란을 평정하는 데 지대한 공헌을 했던 분들 중에도 많은 수가 잠재적 멸인류파라 하니 천상국에서의 '멸인류론'은 여전히 시한폭탄이나 다름없습니다."

"예. 선인청에서 공직을 수행하기 전 교육을 받는 자리에서 언뜻 들은 기억이 나는군요. 육체를 가진 유한한 존재가 무한한 깨달음을 얻기 위해서는 뼈를 깎는 고통이 수반될 수밖에 없고, 그렇게 욕망과 유혹의 사슬을 끊어내며 영혼의 담금질을 끝낸 영혼들이 천상국에 진출하기 시작하면서 천상국 내에 실로 엄청난 변화가 있었다고요. 천상국 시민들의 여론도 인간계 출신 인신ㅅ神들을 새로운 바람으로 반기는 쪽과 잠재적 위협으로 경계하는 쪽으로 양분되었는데 경계하는 쪽의 정점에 멸인류파가 여전히 확고히 자리하고 있다고 했지요. 그런데 영조와 안젤라 사이에 태어날 아이가 도대체 누구기에 그들이 이렇게 전면에 나선단 말씀입니까?"

"저도 그게 궁금했습니다. 왜 그들이 영조와 안젤라 사이를 그렇게 필사적으로 갈라놓으려 했을까? 그런데 상황을 다시 놓고 그려보니 의외로 답이 간단하게 도출되더군요."

"어떻게요?"

"그들이 궁극적으로 원치 않았던 것은 영조와 조셉의 만남이란 이 야기입니다."

"아! 그렇군요. 영조가 목적이었다면 조건 성취 시 바로 영혼을 인 도했으면 되었을 것인데 그러지 않았고, 조셉이 목적이었으면 조셉을 제거하는 쪽으로 방향을 잡았을 것을 조셉이 아니라 영조를 제거하 는 쪽으로 방향이 잡혀 있는 것을 보면……. 게다가 안젤라와 조셉에 게 여태 아무런 조치도 없다가 그들이 한국에 들어오자마자 다시 움 직인 것을 보면……."

"그래도 궁극적인 목표는 조셉이라고 봐야 할 겁니다. 멸인류파가 염려하는 것은 조셉이 펼쳐갈 미래와 밀접한 관련이 있으니까요. 그런 데 왜 그들이 조셉쪽으로 방향을 잡지 않았을까요? 못 잡은 겁니다. 지금 상황이 흘러가는 방향으로 봤을 때, 조셉이 인간계 존망의 핵심 임은 틀림없는 것 같습니다. 조셉의 인생록은 저조차도 확인할 수 없 는 열람 제외 대상으로 분류되어 있습니다. 오직 천사청 천사장님 정 도 서열에서나 열람이 가능하다는 말입니다."

"그렇다고 그것이 조셉이 꼭 멸인류파가 두려워할 미래를 가지고 있 어 그렇다고 보기에는……."

"예, 맞는 말씀이십니다. 하지만, 여러 정황상 조셉의 역할에 인간계 의 운명이 걸려 있음은 확실한 것 같습니다. 생각해보십시오. 영조와 조셉 사이에 그들의 만남을 방해하는 모든 근원지마다 멸인류파 천 사들이 있습니다. 역으로 보면 멸인류파가 원치 않는 무언가가 영조와 조섭의 만남 사이에 있다는 말이 아니겠습니까? 게다가 조섭이 만약 멸인류파가 두려워하는 일에 대한 핵심이 아니라면, 조섭의 인생록이 현재처럼 열람이 엄중하게 제한되어 있을 이유가 없지 않겠습니까? 즉, 그 이론 선상에서 본다면 궁금증 하나가 풀리는 것이지요. 왜 멸인류파가 조섭을 직접적으로 공략하지 못했는가? 당연히 못하죠. 친인류파의 핵심에 위치한 조섭을 직접 공략한다는 것은 친인류파와 전면전을 하자는 이야기가 되어버리니까요. 이는 하늘주인님께 대놓고 반기를 드는 것과 다름없는 것이라, 그들로서는 감히 엄두도 못 낼 일이란 말입니다. 그래서 그들이 그림의 중요 부분 한 곳을 수정 또는 삭제해서 전체 그림을 움직이는 쪽으로 방향을 잡은 것이 아닌가 하는 것이 제 생각입니다."

"전체 그림을 움직인다구요?"

"그렇습니다. 그림조각 맞추기 놀이를 생각하시면 쉬울 것입니다. 아무리 작은 조각이라도 그것이 빠지면 전체 그림이 완성될 수 없는 것과 같은 이치지요. 하물며 그 조각이 전체 그림의 핵심에 근접해 있다면……. 그나마 그림판은 변하지 않고 그대로 있지만 실제 세상이란 그림은 각각의 그림 조각들의 조그마한 변화에도 각 조각들이 계획과 전혀 다른 방향으로 선택을 하며 진화할 수도 있기에 결과론적으로 엄청난 차이가 날 수도 있지요."

"그렇군요. 무슨 말씀인지 충분히 알겠습니다. 하면 무슨 수를 써서라도 영조부터 데려와야 하는 것 아닙니까? 아마도 그 전체 그림판에서 영조와 조섭의 만남이 빠질 경우, 멸인류파에게는 아주 바람직한 결과가, 저희 같은 친인류 계열에는 원치 않는 결과가 생긴다는 것이라면……."

"예, 인류 전체가 엄청난 위험에 빠질 수도 있다는 이야기지요."

"그럼 큰일이 아닙니까? 지금쯤이면 망자육대문에 거의 당도했을 텐데…… 그들이 망자록을 가지고 와서 합법적으로 집행하는 일을 임의로 막을 수도 없는 일이고, 뻔히 알면서 이대로 당할 수도 없는 노릇이니…… 대신선장님, 무슨 묘안이 없겠사옵니까?"

대신선장이 빈 찻잔을 물끄러미 바라보며 생각에 잠겼다. 얼마나 지났을까? 천천히 얼굴을 드는 대신선장의 표정을 살피는 법해선사의 얼굴에 화색이 돌았다. 대신선장의 입가에 어렴풋한 미소가 걸려 있었기 때문이었다.

"법해선사님."

"예. 말씀하십시오."

"아마도 지금쯤이면 망자육대문에 거의 도착했을 것이오. 방법은 단 하나지요. 누군가 거기 들어가서 영조를 데리고 나와야 합니다."

"염라사자와 안내지기 외에는 육신 없는 혼령은 절대 망자육대문 내부로 들어갈 수 없게 되어 있지 않습니까? 수호령도 못 들어가는 곳을 누가……?"

"그럼 육신 있는 혼령이 들어가면 되지 않습니까?"

"육신 있는 혼령? 무슨 말씀이신지요? 금방 죽은 자의 혼령을 영조 쪽으로 보내 영조를 데리고 나온다는 말씀이십니까? 그 망자육대문은 나영조의 세계입니다. 그만의 세계에 다른 영혼이 어찌 찾아간다는 말씀이십니까? 살아생전 나영조와 어떤 식으로든 연을 맺은 자가 아니라면 말입니다. 게다가 훈련도 안 된 영혼이 과연 생소한 타인의 육대문 안에서 그 기운을 견뎌낼 수 있을는지요?"

"선사님의 수제자, 운해雲海가 있지 않습니까?"

"운해?"

대신선장이 빙그레 웃어보였다. 곧 선사의 얼굴에도 잔잔한 미소가 번져났다.

"그렇군요. 그 친구라면……."

"열다섯에 출가하여 산에서만 머문 지가 칠십 년이 넘은 친구더군요. 열반에 들면 선인청 입청은 떼놓은 당상일 만큼 도력도 출중해서 유체이탈의 경지는 오래전에 뛰어넘은 선승이구요. 육체에서 혼을 빼내 여행하는 것이 숨 쉬듯 자연스러운 자이니 육신 있는 영혼이고, 영력이 깊어 일반인의 망자육대문 내부 기운쯤이야 아무것도 아닐 것이며, 이승에서 영조와의 인연 또한 있었으니……."

"허허허! 그렇군요. 생각할수록 묘안이옵니다. 하지만 그들이 망자록을 합법적으로 가지고 있는 한, 영조를 운 좋게 데리고 나온다 하더라도, 그들이 언제든지 다시 데려갈 수 있지 않습니까? 그럼 모든 것이 다 수포로 돌아가지 않을는지요?"

"이걸 전해주십시오."

"이게 무엇이옵니까?"

"선사님으로부터 나영조에 대한 말씀을 듣고 미리 준비해둔 것입니다. 선인청 수장인 저의 명의로 영혼심사처에 영혼심사 연기를 신청하는 정식 공문입니다. 육체가 살아 있을 경우 육체에 깃든 생명의 기운이 소진될 때까지는 망자록 집행을 연기하는 것이 관례인데 아무 특별한 이유도 없이 그 유예 기간이 주어지지 않았고, 수호령이 영면수련에 든 관계로 영조를 변호할 수호령이 없어 영혼심사 형평성에 심히 저촉되는 점 등, 망자록 집행 절차상의 흠결을 사유로 천상국 영혼심사처의 직권으로 육신 자연 사망 시까지 영혼심사 일정을 무기한 연기해줄 것을 요청하는 서류입니다. 그들이 망자육대문을 통과하면 망자의 강에 도달합니다. 그곳에 가면 영혼을 영혼심사처로 실어 나를 뱃사공이 나올 텐데 그는 천상국 영혼심사처 소속 관리입니다. 배가 출발하기 전에 사공에게 이 서류를 건네주면 됩니다."

"하하하, 미리 준비를 해두셨군요. 곧바로 세상으로 내려가 참선 놀음에 빠져 있을 그놈을 당장 나영조에게 보내겠습니다."

"하지만 결과는 장담 못합니다. 염라사자들이 보유한 망자록도 유효한 문서입니다. 그리고 제가 준비한 것도 유효한 문서이구요. 즉, 두 관할 부서의 문서가 동일하게 효력을 발휘하고 있는 상황에서 영혼심사처에서 한쪽 문서만을 적용시킬 수는 없는 노릇입니다."

"그렇다면……?"

"결국 나영조에게 달려 있습니다. 그 친구가 선택해야 합니다."

"죽음을 선택할 인간이 몇이나 되겠습니까? 세상이 싫어 자살한 영혼도 막상 망자육대문을 지나고 나면 다시 살고 싶은 욕망에 몸부림칠 정도로 삶의 소중함을 일깨워주는 곳이 망자육대문 아닙니까? 그러니 무슨 걱정이겠습니까?"

"그러면 더할 나위 없이 좋을 텐데……."

"달리 염려되시는 부분이라도 있으신가 봅니다."

"제 기우일 수도 있지만, 왠지 나영조의 경우는 좀처럼 마음이 놓이지가 않아요. 그 친구 인생을 봤더니 전형적으로 책임감이 강한 사람이더군요."

"그러니까 다행 아닙니까? 가족에 대한 책임감으로 당연히 삶으로의 귀환을 원하지 않겠습니까?"

"음……. 영조 그 친구, 주어진 숙제를 처리하듯 하루하루를 살았던 친구입니다. 보통 살아생전 책임감이 강했던 사람일수록, 주어진 소임을 다했다고 생각하는 사람일수록, 죽음의 순간을 휴가 정도로 받아들입니다. 주어진 숙제를 최선을 다해서 처리했으니 마음 편히 쉬고 싶은 마음이 큰 게지요. 더 큰 숙제가 생기지 않는 한 삶으로 돌아가려 하지 않을 수도 있다는 이야깁니다."

"설마 그럴 리가 있겠습니까?"

"어쨌든 할 수 있는 데까지는 해봐야지요. 운해선사께도 조심하라 이르십시오. 염라사자들의 반발이 있을 수도 있습니다. 멸인류파가 저희 선인청처럼 불법으로 규제된 염라처라 절대 그럴 일은 없겠지만, 만에 하나 사자들이 멸인류파의 사주를 받은 자들이라면 순순히 영조를 내놓지 않으려 할 수도 있을 테고, 그러면 충돌이 생길 수도 있으니까요. 제 생각에는 망자육대문을 통과해서 망자의 강 사공을 직접 만날 때까지는 철저히 자신을 숨기는 것이 좋을 듯하오만."

"염라처에 멸인류파라니요? 천부당만부당하신 염려 같사옵니다. 어쨌든 무슨 말씀인지는 충분히 알겠사옵니다. 저승사자들이 멸인류파의 사주를 받는 일까지는 없겠지만, 염라처 사자들 중에 한 번씩 음지에서 일한다는 쓸데없는 자격지심에 분란을 일으키는 자는 있었으니까요. 하지만 염려 놓으십시오. 운해 그 친구, 열반에 들어 선인청에 들어오면, 스승인 저의 품계인 오품은 쉬이 오르고도 남을 자라 일개 염라사자 몇으로는 어림도 없습니다. 그리고 보니 인간계에서나 스승과 제자였지 여기서 다시 만나면 그냥 좋은 옛 친구일 뿐이겠군요. 하하하! 그럼 이만 저는 물러가겠습니다."

"예, 어쨌든 불필요한 충돌은 피하라 일러주십시오. 그리고 무슨 일이 있으면 바로 연락을 주시구요."

"예, 대신선장님."

법해선사는 두 손을 합장해 모으며 예로서 하직 인사를 하고 돌아서려다 머리를 긁적이며 다시 돌아섰다.

"그런데 대신선장님……."

"……."

"조상청에 무슨 일이라도 생겼습니까?"

"그게 무슨 말씀이신지요?"

"연화선녀님이 그러는데, 영조 가족의 수호령들이 모두 조상청 본청의 호출을 받았다고 합니다."

"그래요? 조상청 청장님께 한 번 여쭈어 보겠습니다. 천상국 조직 중에서 인간계와 가장 많은 연을 맺고 있는 곳이 조상청 아닙니까? 말도 많고 탈도 많은 곳이니 무슨 저간의 사정이 있겠지요. 별일이야 있겠습니까?"

2.

망자육대문

암흑 저편에서 가느다란 빛줄기 몇 가닥이 스며나왔다. 가까이 다가서보니 수많은 빛들이 나선형의 소용돌이를 그리며 하나의 구심점을 향해 모여들고 있는 모습이었다. 집중해서 보면 볼수록 머리가 어지러울 지경이었다. 빛줄기가 시작되는 곳에서 충선이 우뚝 멈추어 섰다. 그리고 손을 들어 허공에 노크를 하듯, 크게 세 번 흔들며 낮은 목소리로 무언가를 웅얼거렸다. 읊조림을 끝낸 충선이 한 걸음 물러서더니 영조와 진우에게 뒤로 더 물러서라는 손짓을 보냈다. 영조가 뒷걸음치며 바로 뒤에 서 있던 진우의 얼굴을 쳐다보았다. 설명이 필요했기 때문이었다.

"아! 죄송합니다, 영조 씨. 설명을 드렸어야 하는데……. 저희들은 지금 망자육대문 입구 바로 앞에 와 있습니다. 문지기, 그러니까 망자육대문의 안내자가 곧 우리들을 맞이할 겁니다. 여기서부터는 망자

본인과 염라사자, 그리고 문지기만 들어갈 수 있습니다. 수호령이 따라왔다면 수호령도 일단 여기서는 돌아가야만 하지요. 영조님은 수호령이 동석한 상태가 아니시니 해당사항이 없으시고, 조금 있다가 간편한 절차만 거치고 난 뒤 안내자의 지시에 따르기만 하면 됩니다."

"망자육대문이라 하셨습니까?"

"예, 자세한 설명은 문지기가 해드리겠지만 간단히 말씀드리면, 이곳은 이승에서 경험한 모든 것들을 다시 한 번 짚어보며 스스로의 삶을 되돌아보고 마지막 정리를 하는 곳이라고 보시면 됩니다. 망자육대문을 거쳐 망자의 강을 건너고 나면 영혼심사를 받게 되는데, 망자육대문을 거치면서 스스로의 삶에 대한 나름의 환산표를 가지게 되기 때문에 영혼심사 때는 특별한 경우가 아닌 한 사실 확인 절차 정도만 거치고 바로 판정이 나기도 합니다. 만약 자신이 생각했던 기준과 다른 판정이라고 생각될 경우 여기서의 경험이 항변할 근거로 사용되기도 하구요."

"판정이요?"

"바로 환생 절차를 밟게 될지, 염라처 산하 교화기관에서 일정 기간 복역한 뒤 환생하게 될지 등 그 선업과 죄업에 따라 결정이 됩니다. 바로 천상국 시민의 위치에 오르는 분이 있는가 하면, 그 반대로 영혼 소멸의 형벌을 받는 자도 있지요. 물론 둘 다 아주 예외적인 경우이지만요. 대부분의 망자들은 윤회의 틀 속에 다시 들어가 다음 생을 기다리게 되지요. 아, 망자육대문이 열리려나 봅니다. 차차 알게 되실 겁니다. 일단 저리로 가시지요."

망자육대문 입구 쪽에서 새어나오는 빛이 점점 더 밝아지고 있었다. 안에서 걸어놓은 빗장이 열리듯 빛줄기가 왼쪽에서 시작해서 오른쪽으로 점점 반경을 넓혀가다 곧 동그란 원형이 만들어졌다. 순간 빛의 밝기가 갑자기 약해졌다. 급격한 명도 변화에 영조는 여러 번 눈살을 찌푸렸다. 그 와중에 은은한 갈색 톤의 빛이 스며 나오는 원형 입구 내에서 누군가가 천천히 걸어 나오고 있었다.

❖

"스승님이십니까?"

"허허, 아직 열반에 들지도 않은 자가 영력靈力 수준은 천상국 선인청 신선 수준일세, 그려."

"하하하! 참선 중인 제 심상心上에 아무 때고 허락도 없이 들어오시는 분이 스승님 외에 누가 있겠사옵니까?"

"에잇, 고약한지고, 스승한테 하는 말버릇 좀 보시게. 허허허!"

"하하하! 농담입니다. 언제든지 아무 때고 제 심상에 드십시오. 존경하는 스승님을 뵙는 것만큼 큰 낙이 또 어디에 있겠사옵니까?"

"허허허! 자네는 도를 닦는 겐가, 처세술을 닦는 겐가? 허허허! 그보다 운해, 내 자네에게 긴히 부탁할 일이 좀 있네."

"저한테요? 예, 뭐든지 하명하십시오."

"자네 혹시 나영조라고 기억나나?"

"나영조……. 아! 예. 당연히 기억나지요. 그 아이를 제가 행자승으로 쓰려 했을 때 스승님께서 노발대발하시며 세상으로 다시 돌려보내라 하지 않으셨습니까? 제 눈에는 워낙 좋은 승목僧木이라 곁에 두고 싶었는데……."

"그래, 그랬었지."

"그런데 갑자기 어인 일이신지요?"

"요점만 말함세. 지금 그 친구가 망자육대문으로 향하고 있다네. 아마도 지금쯤은 도착했을 게야"

"망자육대문이라 하셨습니까? 그럼 그 친구가 더 이상 이승 사람이 아니란 말씀이십니까?"

"좀 복잡한 사정이 있네. 자네가 좀 다녀와야겠어. 그 친구, 아직 이승을 떠나선 안 될 사람이라서 말일세."

"어디로요? 혹시 그 친구의 망자육대문을 말씀하시는 건지요?"

"맞네, 영조의 망자육대문에 들어가서 자네가 해줄 일이 있네."

운해는 이번 생에서 여든 해를 살고도 다섯 해를 더 살았다. 깨달음의 경지가 천상국 선인청의 선인들 수준에 이미 이르러 생에 대해 연연하지 않고 유체이탈 상태로 세상 유람 다니기를 낙으로 삼으며 하늘이 허락한 천명을 소진시키고 있던 운해였지만, 망자육대문은 경우가 좀 다른 이야기였다. 그곳은 결코 단순한 유람의 길이 아니란 걸 운해도 잘 알고 있었고 이에 심경이 복잡해지지 않을 수 없었다. 운해선사가 법해선사를 쳐다보았다. 법해선사가 고개를 끄덕이자 그의 생각이 운해에게 그대로 전해졌다.

"알겠습니다. 지금 곧 떠나지요."

인연의 심오함에 운해는 절로 고개가 숙여졌다. 이십여 년 전, 이미 끊겼다고 생각한 자그마한 인연 하나가 이렇게 다시 실타래처럼 얽힌 필연으로 되살아나 자신을 필요로 하고 있지 않은가? 원인 없는 결과가 없고 이유 없는 인연이 없음이 다시 확인되는 순간이었다.

"나무아미타불 관세음보살!"

이른 새벽부터 시작되었던 조셉과의 대화는 해가 뜨고서야 끝이 났다. 조셉은 다시 잠을 청했고 안젤라는 서둘러 학교로 향했다. 안젤라도 피곤했지만 최종 합격자 명단을 확정하는 날이라 선택의 여지가 없었다. 학교로 들어선 안젤라는 곧장 교장실로 향했다. 데스크 앞 소파에 서류 가방을 내려놓고 스카프를 옷걸이에 걸며 집무 책상 뒤편에 걸려 있는 벽걸이 시계를 보았다. 오전 아홉 시를 조금 넘기고 있었다. 교무회의가 오전 열한 시로 잡혀 있었기에 두 시간 정도 여유가 있었다. 살을 에는 듯한 바깥에서 따뜻한 실내에 들어오니 갑자기 온몸이 나른해졌다. 새벽잠을 설친 상태라 그런지 더더욱 몸이 가라앉는 듯했다. 진한 커피 한 잔이 간절했다.

안젤라는 창가 근처에 마련된 작은 테이블 쪽으로 걸어갔다. 은빛 스테인리스 커피머신이 아침 햇살을 받아 반짝거렸다. 보통은 모닝커피로 자판기 커피를 즐기던 안젤라였지만, 오늘은 왠지 진한 이탈리아산 원두로 내린 에스프레소 한 잔이 그리웠다. 에스프레소 캡슐을 커피머신에 넣고 버튼을 눌렀다. 웅, 하는 머신 소리와 함께 진한 커피가 내려지기 시작했다. 그윽한 커피 향이 실내 구석구석에 천천히 배어들었다. 안젤라는 조용히 눈을 감고 에스프레소가 전해주는 느긋함에 온몸을 맡겼다. 그러다 문득, 조셉과 한 약속이 떠올랐다.

조셉이 물었다. 대디를 찾을 수 있느냐고. 찾을 수 있다면 최대한 빨리 찾아야 한다고. 여차하면 대디를 영영 볼 수 없게 될지도 모른다며 울먹거렸다. 안젤라는 무조건 꼭 찾겠다고 약속했다. 주님 이름으로 맹세까지 했다. 하지만 어디서 어떻게 시작한단 말인가? 벌써 팔 년 전이다. 아직 그 사람이 옛날 주소에 그대로 살고 있는지도 확신할 수 없다. 그래도 다행이라면 다행이었다. 조셉이 가져간 앨범 안에 영조가 보낸 편지와 엽서가 봉투 채로 동봉되어 있어 예전에 영조가 살던 아파트의 주소 확인이 가능했다. 현재 그곳에 살고 있지 않다 하더라도 그 사람을 찾는 단초는 될 수 있으리라.

그런데 아무리 생각해봐도 그의 휴대폰 번호가 생각나지 않았다. 수도 없이 눌렀던 전화번호인데, 지금은 아무리 기억하려 해도 번호들이 암호놀이라도 하듯 머릿속을 어지러이 맴돌다 의미 없는 숫자의 나열들로 사라져 버렸다. 예전에는 생각하기도 전에 손가락이 먼저 번호판 위를 내달렸었는데…….

순간 안젤라의 마음속에 희망의 불씨 하나가 지펴진다. 안젤라는 서둘러 사무실 전화기 쪽으로 걸어갔다. 그녀는 천천히 집게손가락을 펴 전화기 번호판 위에 살며시 올려놓았다. 머릿속 기억보다 먼저 내달렸던 그 번호 위를 다시 한 번 달려주길 바라면서…….

허공에 뜬 손가락이 태고의 기억을 더듬듯 안간힘을 쓰며 안쓰럽게 떨렸다.

아! 드디어…….

손가락이 조금씩 꿈틀대기 시작한다. 그리고 천천히 번호판 숫자 위를 조심스레 걸어가기 시작한다.

'0……, 1……, 1……, 98……, 5……'

더듬더듬 기억을 되살리며, 조심조심 번호판 위에서 걸음을 옮기던 손가락이 숫자판 '5' 위에서 멈추어 섰다. 동시에 안젤라도 호흡을 멈추었다. 길을 잃은 것인가?

이런! 손가락이 흐느끼듯 그 자리에 풀썩, 주저앉는다. 그리곤 슬그머니 번호판을 내려와 에스프레소 잔 뒤로 몸을 숨기고는 가엾게 울었다. 팔 년이란 세월은 습관까지도 지워버렸다.

❀

똑 똑 똑.

반쯤 열린 교장실 문을 영숙이 가볍게 두드렸다. 안젤라가 고개를 돌렸다. 교장실 앞을 지나치다 열린 문을 보고 갑자기 멈추어선 듯, 몸은 여전히 걸어가던 방향을 향해 있었다. 영숙은 목을 빼 얼굴만 빠끔히 교장실 안으로 밀어 넣은 채 안젤라와 눈인사를 했다.

"교장 선생님, 일찍 나오셨네요."

"영숙 씨도 일찍 나오셨네요. 아직 회의까지 두 시간은 남은 것 같은데……."

"미리 교무회의 준비 좀 해두려구요. 제가 제일 신참인데 선배님들하고 같이 나올 수는 없잖아요."

"혹시 누가 영숙 씨 신참이라고 부려먹는 사람 있는 거 아니죠?"

"아이고, 무슨 말씀을요. 그건 절대 아니니 염려마세요. 그런데 얼굴빛이 왜 그러세요? 어디 불편하신 데라도 있으신가요?"

"아니, 그런 거 없는데요. 어제 잠을 좀 설쳐서 그런가? 왜요? 제 얼굴빛에 무슨 문제라도?"

안젤라가 말을 하다 말고 피식, 웃었다. 영숙은 갑자기 웃는 안젤라를 의아한 듯 쳐다보았고, 자신의 웃음이 영숙의 오해를 살 수도 있겠다 싶은 생각에 안젤라는 손사래를 치며 말했다.

"영숙 씨, 오해하지 마세요. 갑자기 옛날 생각이 나서 웃었어요."

"예?"

"예전에 한국 사람들이 외모에 대해서 너무 솔직하게 면전에서 이야기한다 싶어 놀랐던 적이 있었거든요."

"외모에 대해서 면전에서요?"

의아해하는 영숙을 보며 안젤라는 빙그레 미소를 지었다.

"제가 셀타CELTA 코스를 마치고 랭귀지스쿨에서 강의를 시작한 지 얼마 안 되었을 때였어요. 사실 그 당시 제가 동양인에 대한 이해가 많지 않았거든요. 더군다나 한국인은 한 번도 직접 만난 적도, 본 적도 없어서 전혀 아는 바가 없었구요. 그저 중국과 일본의 중간쯤 되는 나라, 뭐 그 정도로만 이해하고 있었는데, 제가 일했던 그 어학원에는 일본인 다음으로 한국인이 많다보니 자연스레 그들에 대해서 많이 알게 되었어요. 그러면서 한국인들이 중국인들이나 일본인들과는 또 다른 고유한 기질을 가지고 있음을 발견하고는 꽤나 흥미로워했던 기억이 나네요. 이런! 사람을 문 앞에 세워두고……. 잠시 들어오시겠어요? 카푸치노 한 잔?"

어정쩡한 상태로 교장실 문 앞에 서 있던 영숙에게 안젤라는 문을 활짝 열며 초대 의사를 표시했다. 영숙도 업무 준비로 학교에 일찍 오긴 했지만, 회의 준비라고 해봐야 프린트한 서류들을 교직원들 자리에 올려놓기만 하면 되는 정도의 일이라 두 시간이나 필요하지는 않았다. 게다가 안젤라와의 담소가 즐겁기만 했던 영숙은 냉큼 교장실로 들어가 소파에 자리를 잡고 앉았다.

"그래서요, 선생님?"

안젤라가 카푸치노를 만들어 영숙 앞에 내려놓고 자리에 앉자마자, 영숙이 기다렸다는 듯이 이야기를 재촉했다.

"하하, 별로 재미있는 이야기도 아닌데……."

"아니요. 너무 재미있어요. 문화가 달라 일어나는 에피소드는 언제나 흥미롭잖아요."

"그래요? 하하, 그런데 제가 어디까지 이야기했지요?"

"한국인들을 알고 보니 중국인이나 일본인들과는 또 다른 고유한 기질을 가지고 있더라, 하는 말씀까지 하신 것 같은데……."

"그렇군요. 하여튼 몇 주가 지나서 클래스의 학생들과도 많이 친해졌던 어느 날이었어요. 그 전날 조카 생일로 늦게까지 오빠 집에 머물다 귀가하니 열두 시가 다되었더라고요. 씻고 바로 잠을 자려고 누웠는데 평소 잠자리에 드는 시간을 훨씬 넘겨서 그런지 잠이 안 오더라구요. 거의 새벽 네 시쯤에야 깜빡 잠이 들었던 모양인데, 깨어보니 출근 시간이 다 된 게 아니겠어요? 부랴부랴 샤워하고 머리도 못 말리고 화장도 못 하고 출근을 했죠. 그리고 아슬아슬하게 교실에 정시에 도착했는데, 워낙 바쁘게 서둘렀던 아침이라 첫 시간 수업을 어떻게 했는지 기억도 안 나더라고요. 다음 교시 시작 전에 커피 한 잔을 마시고 나서야 정신이 수습되는 듯했는데, 그때 한국인 여학생 한 명이 안쓰러운 표정으로 다가오더니 묻는 거예요."

"뭐라구요?"

"괜찮냐구요. 처음엔 그 학생이 무슨 말을 하는지 몰라 멀뚱멀뚱 그 학생을 쳐다봤는데, 그 다음에 나오는 말에 아연실색했죠. 글쎄 제 얼굴색이 샛노랗다느니, 입술에는 윤기 하나 없이 말라 있고, 눈 주위도 시커먼 것이 너무 피곤해 보인다는 거예요."

"하하하!"

영숙은 안젤라가 무슨 말을 하려는지 짐작이 가 너털웃음을 터뜨렸다. 안젤라는 찡긋, 익살스런 표정을 지으며 계속 말을 이어갔다.

"그 당시에는 뭐 이런 친구가 다 있나 싶더라고요. 불쾌하기도 하고 부끄럽기도 하고……. 그날 수업을 어떻게 끝냈는지도 기억 못할 만큼 정신이 하나도 없었어요. 당시만 해도 그 학생이 하고 싶었던 이야기가 외모에 대한 것이 아니라, 혹시 아픈 데는 없는지 안부를 염려하는 한국인 특유의 언어 방식이란 걸 몰랐으니까요, 하하하."

"……."

호탕한 웃음의 여운 말미에 들어선 알 수 없는 그늘이 교장실을 어색한 침묵 속에 빠트렸다. 영숙은 갑작스런 분위기 변화에 어찌할 바를 몰라 커피 잔만 만지작대며 안젤라의 눈치를 살폈다.

"옛날 주소로 사람을 찾을 수 있을까요?"

"예? 무, 무슨 말씀이신지……?"

뜬금없는 질문에 영숙은 의아한 표정으로 안젤라를 쳐다봤다.

"팔 년 전 주소랑 이름, 생년월일, 계정이 폐쇄된 이메일 주소……. 이것이 제가 가진 전부입니다. 아, 그러고 보니 사진도 있군요. 찾을 수 있을까요?"

안젤라의 눈 속에 간절함이 가득했다. 영숙에게서 시선을 거둔 안젤라가 창밖을 응시했다. 햇살에 반사된 안젤라의 짙은 갈색 눈동자가 반짝 빛을 내다 흔들렸다. 눈물이었다. 안젤라가 재빨리 닦아내긴 했지만, 영숙이 이미 본 뒤였다. 영숙은 못 본 척하기로 했다. 왠지 그래야 할 것 같았다.

"네, 알아보겠습니다. 찾을 수 있을 것 같아요."

"정말요?"

영숙으로부터 긍정적인 답변이 나오자 안젤라의 얼굴이 환하게 밝아졌다. 하지만 촉촉한 눈물 조각이 안젤라의 커다란 갈색 눈동자 안에 그대로 갇혀 반짝거렸다.

"예, 제 형부가 지방경찰청 정보과에 계세요. 알아봐드릴까요?"

"경찰?"

"예, 그런데 워낙 고지식한 분이라 사적인 부탁을 들어주실지는 잘 모르겠어요. 그래도 처제인 제 말이라면 꼼짝 못하시는 분이시니까……."

"그래주시겠어요?"

"그런데 찾는 분이 누구신지……?"

"옛날 남자요. 조셉의 아빠이기도 한……."

"예? 아……, 그럼 일단 성함하고 생년월일, 그러니까 아까 말씀하신 내용을 지금 알려주시겠어요? 제가 당장 형부한테 전화해볼게요."

안젤라는 선뜻 입이 떨어지지 않았다. 여전히 확신이 서지 않아서였다. 안젤라는 창밖의 눈이 시리게 파란 하늘에 초점 없는 시선을 던져둔 채 아무 말도 하지 않았다. 평소답지 않은 안젤라의 모습에 영숙은 내심 걱정이 되었다. 무슨 사연인지는 몰라도 진심으로 돕고 싶었다. 창밖에 던지던 시선을 거둬들인 안젤라가 영숙을 향해 고개를 돌리며 힘없는 목소리로 말했다.

"아니에요. 영숙 씨. 제가 괜한 말을 했네요. 일단은 못 들은 걸로 해주세요. 이렇게 갑자기 진행할 일은 아닌 것 같아요. 나중에 생각이 정리되면, 그래서 꼭 그 사람을 찾아야 될 때, 다시 한 번 부탁드려도 될까요?"

"예, 물론이지요. 아차차, 내 정신 좀 봐. 이제 가서 일 좀 정리해야 할 것 같아요. 커피 잘 마셨어요, 교장 선생님."

영숙은 안젤라의 말 못할 사연이 궁금했지만 묻지 않기로 했다. 안젤라가 혼자 있고 싶을지도 모르겠다고 생각한 영숙은 어색한 너스레를 떨며 교장실을 빠져나왔다.

안젤라는 막상 영조를 다시 찾으려니 겁부터 덜컥 났다. 게다가 조섭이 말한 것처럼 그가 정말 사경을 헤매고 있다면……. 찾아서 도대체 뭘 어쩌자는 건지, 이미 난 상처가 덧나기밖에 더할 것인가? 안젤라는 점점 머리가 무거워졌다. 얽힐 대로 얽힌 인연이었다. 도대체 어디서 어떻게 풀어야 한단 말인가?

영조가 수술을 받은 지 나흘째가 되었다. 하지만 소정은 의료진으로부터 아직 이렇다 할 설명이나 해결책을 제시받지 못했다. 병원 의료진과 외부 전문가까지 모여 TF팀도 꾸렸다고 하는데 여전히 감감무소식이었다. 여기선 무소식이 결코 희소식일 수 없었다. 아무것도 밝혀낸 게 없다는 이야기일 테니까. 한 번씩 담당의가 병실에 들러 영조를 살피며 여러 가능성들에 대해 이야기해주었지만, 낯선 의학 용어들은 귓전에서만 맴돌 뿐, 소정의 머릿속을 파고들지 못했다. 그 어려운 이야기들은 소정에게 전혀 중요하지 않았다. 그저 남편이 무사히 가족들 품으로 돌아올 수 있는지, 돌아온다면 언제 돌아올 수 있는지, 그것이 알고 싶을 따름이었다.

지루한 기다림은 소정을 급격하게 지치게 만들었다. 보다 못한 소정의 모친이 자신부터 추슬러야 영조든 아이들이든 건사할 것 아니냐고 성화를 부리는 통에 소정은 마지못해 잠시의 휴식을 위해 집에 들렀다. 내일은 세영이 국제학교 교장과의 면담도 잡혀 있었기에 마냥 넋을 놓고 병원에만 있을 수도 없는 노릇이었다. 세영을 위해서라도 기운을 내야만 했다.

현관문을 열고 아파트에 들어섰다. 정확히 나흘 밤을 병원에서 보내고 들어선 집은 예전의 그 느낌이 아니었다. 사랑하는 사람들이 모두 빠져나간 집은 텅 빈 공간에 불과했다. 소정의 휴식을 위해 아이들을 데려가겠다는 모친의 청을 거절치 못하고 아이들을 친정으로 보낸 것이 후회가 되었다. 텅 빈 아파트가 전해주는 적막감이 소정을 더욱 불안하게 만들었다. 소정은 갑자기 심한 한기를 느꼈다. 수도꼭지를 한껏 틀어 욕조에 뜨거운 물을 가득 받았다. 뜨거운 물에 몸을 담그고 싶었다. 영조의 따뜻한 품과 손길이 생각났다. 영조의 따뜻한 미소가 그리웠다.

대디에게로 다시 왔다. 분명하다. 멀리, 대디와 검은 옷을 입은 자들이 어딘가로 통하는 입구 앞에서 서성이고 있다. 얼마나 기다렸던 일인가? 어떻게 하면 대디의 공간으로 다시 올 수 있을까 얼마나 조바심을 내었던가? 조셉은 침대 머리맡 벽에 걸려 있는 목각 십자가 앞에서 다시 대디 곁으로 갈 수 있게 해달라고 울며불며 매달렸었다.

입구에서 새어나오는 빛줄기가 점점 밝아지고 있다. 안에서 걸어놓은 빗장이 열리듯 빛줄기가 왼쪽에서 오른쪽으로 점점 반경을 넓혀가다 동그란 원형이 만들어지는 순간, 빛의 밝기가 갑자기 약해졌다. 은은한 갈색 톤의 조명이 원형 입구에 켜져 있고, 그 안에서 누군가가 천천히 걸어 나오고 있었다. 그자는 자신의 키보다 훨씬 더 큰 구불구불한 지팡이 하나를 들고 있었다. 그 끝단에는 빨강, 파랑, 초록색 방울들이 달려 있어 움직일 때마다 영롱한 소리가 울렸다. 많아봐야 조셉 자신보다 한두 살 위로 밖에는 보이지 않는 앳된 모습이었다. 자기 몸집보다 훨씬 더 큰 외투를 입고 그 위에 빨간 허리띠를 조여 맨 모습이 몹시도 어색해보였다. 폭넓게 늘어진 소매 끝자락에서 빠져나온 앙상한 손목에는 은색, 금색, 청색 구슬들이 꿰어진 팔찌가 반짝이고 있었고, 앙상한 다리를 감싸며 발목 끝까지 내려온 하얀 바지 끝단도 빨간색 끈으로 조여 매어져 있었다. 조셉은 소년의 생긋 웃는 인상이 아주 귀엽게 느껴졌다. 검은 옷 입은 자들의 음침한 모습과 대비되어 더욱 그런지도 모르겠다.

"환영합니다, 여러분. 기다리고 있었습니다. 저는 망자육대문의 문지기이자 안내자인 초롱이라 합니다."

초롱이라는 문지기 소년이 예의바르게 허리를 숙여 대디와 검은 옷의 염라사자들에게 깍듯하게 인사를 했다. 대디는 어리둥절한 표정으로 함께 허리를 숙였고 염라사자들은 가볍게 목례했다.

"사자님, 먼저 망자록을 좀 보여주시죠."

늙은 사자가 망자록이란 것을 초롱이라는 소년에게 건네주자 소년은 지팡이를 왼쪽 겨드랑이에 끼운 채 망자록을 훑어보았다.

"이름은 나영조. 1969년 5월 16일생. 주소는……."

초롱은 대디의 신상명세에 대해 일일이 질문했고, 대디는 무표정한 얼굴로 조용히 고개를 끄덕이며 대답했다.

"예, 맞군요. 자, 그럼 몇 가지만 말씀드리고 본격적인 망자육대문 여정을 시작하도록 하겠습니다. 저 문을 들어서면 여섯 개의 방이 차

레로 나옵니다. 첫째 방은 기쁨의 방입니다. 살아생전 경험했던 모든 기쁨의 순간들을 만날 수 있는 곳이지요. 기억에 있는 것들도 있을 것이고 없는 것들도 있을 것입니다. 왜냐하면, 여기서의 기쁨은 육체가 아니라 영혼이 경험한 기쁨들이기 때문입니다. 즉, 영혼에 각인된 기쁨만을 보여주는 것이라 단순히 웃었다고 해서 그게 행복한 기억에 포함되지는 않습니다. 육체적이고 말초적인 기쁨도 영혼과 교류한 기쁨이라면 남아 있을 것이고, 그렇지 않다면 영혼은 기억하지 못할 것입니다. 두 번째 방은 슬픔의 방입니다. 마찬가지로 영혼에 기억된 슬픔들입니다. 세 번째 방은 후회의 방, 네 번째 방은 분노의 방입니다. 여기까지가 망자 본인의 영혼이 기억하는 인생의 총정리라 보시면 됩니다. 각 방이 끝날 때마다 잠시 휴식을 취하실 수 있습니다. 영혼이 기억하는 것들을 분류별로 일시에 접하는 것이 쉬운 일이 아닙니다. 일시에 쏟아지는 기쁨과 슬픔, 후회, 분노의 기억들을 받아들이는 데에 엄청난 기운이 소모됩니다. 다섯째 방과 여섯째 방은 앞선 방들과 달리 망자의 주관적인 척도가 아닌 천상법 기준으로 분류된 선업과 악업의 방입니다. 자신의 소견과 일치할 수도, 그렇지 않을 수도 있습니다. 이는 선업을 행했음에도 부수적으로 악업이 병행되었거나, 반대로 악업을 저질렀는데 결론적으로 선업을 행한 결과가 발생하는 경우가 적지 않기 때문이지요. 자신도 모르는 사이에 말입니다. 이 여섯 개의 방을 모두 통과하면 망자의 강에 이르게 됩니다. 그 강 나루터에서 망자선亡者船을 타게 되지요. 거기서부터는 천상국 영혼심사처에서 파견된 망자선 사공이 인도할 것입니다. 그의 안내를 따라 강을 건너면 그곳부터는 영혼의 나라이며 영혼심사를 받기 전까지 그곳에서 대기하시게 됩니다. 나머지는 그곳 담당자로부터 상세하게 설명을 들으실 겁니다. 참고로 이곳 망자육대문 안의 공간은 나영조 씨 영혼의 공간입니다. 여기 계시는 모든 분들은 지금 나영조 씨 영혼의 공간 안에 있는 것이란 말이지요. 그래서 망자인 나영조 씨가 이승의 기억들을 정리할 때 여기 계시는 모든 분들도 공유하시게 될 것입니다. 질문 있습니까?"

대디는 고개를 가로저어 질문 없음을 표시했다. 초롱은 대디를 향해 방긋, 한 번 웃어보이고는 지팡이를 높이 들어 흔들었다. 지팡이 끝에 달린 빨강, 파랑, 초록의 삼색 방울이 서로 세차게 부딪쳤다. 동시에 원형 입구 안쪽이 환하게 밝아졌고, 대디와 일행들이 천천히 안쪽으로 걸음을 옮겼다. 안에서 나오는 빛이 너무 강렬해서 조섭은 입구 안쪽을 전혀 볼 수가 없었다. 그들이 모두 안으로 들어가고 난 뒤 천천히 문이 닫히기 시작했다. 조섭은 급한 마음에 몸을 던져 문 안으로 뛰어들다 무언가에 발이 걸려 넘어지고 말았다. 아주 강하게 자갈밭 위를 뒹구는 순간 엄청 아플 것이란 생각에 눈을 질끈 감으며 어금니까지 꽉 물었건만 한참이 지나도 아무 느낌도 전해지지 않았다. 무언가에 둔탁하게 얼굴을 부딪친 느낌 외에 그 어떤 고통도 느껴지지 않았다.

앞서가던 염라사자 한 명이 재빠르게 뒤를 돌아보았다. 조섭은 몸을 숙이고 은은하게 빛나는 자갈밭을 피해 왼쪽으로 몸을 굴려 측벽에서 돌출된 바위 틈으로 재빨리 몸을 숨겼다. 조섭 쪽을 유심히 살피던 염라사자 한 명이 머리를 갸우뚱거리더니 다시 안내지기 쪽으로 고개를 돌렸다. 조섭은 놀란 마음을 진정시키며 그들의 동태를 살폈다. 다행히 들키지는 않은 것 같았다. 조섭은 조심스레 측벽 틈을 빠져나와 유심히 주위를 살폈다.

타탁!

갑작스런 소리에 조셉이 재빨리 뒤를 돌아보았다. 착각이었을까? 아무것도 없었다. 다만, 조금 전 뛰어들었던 그 문이 이제는 거의 닫혀 바깥 모습이 더 이상 보이지 않음을 발견했을 뿐이었다. 조셉은 발아래를 내려다 보았다. 바닥에는 주먹만한 매끈한 자갈들이 길게 늘어져 한 방향으로 뻗어 있었다. 은회색 빛을 은은하게 발하는 자갈들이었다. 신기하게도 대디가 지나가는 자리마다 일시적으로 푸른빛으로 밝혀졌다가 대디가 지나치면 원래의 은회색으로 돌아왔다. 아마도 자갈돌들이 조명을 밝혀 길을 안내하는 역할을 하고 있는 듯했다.

조셉은 주위 및 천장을 살펴보았다. 측벽들이 까마득한 높이로 솟아올라 있었고, 끝도 보이지 않는 천장 어디에선가 시작된 듯한 종유석이 고드름처럼 날카롭게 뻗어 내려와 있었다. 조셉은 멀리 대디를 쳐다보았다. 대디가 막 둥그런 원형 천장을 가진 기쁨의 방으로 들어가고 있었다.

대디가 들어서자마자 방 안이 대낮처럼 밝아졌다. 그 방 안에는 오직 대디만이 들어가 있었다. 거리가 너무 멀어 제대로 보이지 않자 조셉은 갑갑증이 일었다. 더 자세히 보고 싶다는 욕구가 불길처럼 솟구쳤다. 거의 동시에 불이 탁, 꺼지듯 깜깜해지더니 이내 다시 시야가 환하게 밝아졌다.

"아!"

조셉은 자신도 모르게 짤막한 탄성을 질렀다. 대디가 보는 그대로의 시각으로 모든 것을 볼 수 있게 되었기 때문이었다. 조셉은 아까 문지기가 말했던 경험의 공유란 게 이걸 두고 한 말이란 걸 금방 깨달았다. 방 내부 크기는 바깥에서 보기보다 그리 넓지 않았다. 온 사방이 반들반들한 은회색 돌벽으로 둘러싸여 있었는데, 대리석 같은 매끈한 질감의 표면 위로 영롱한 빛들이 끊임없이 반사되고 있었다. 벽면과 바닥면의 연결 지점이 이음새 하나 없이 곡선으로 부드럽게 연결되어 있는 것이 마치 큰 돌 하나를 통째로 가운데에 구멍을 내어 방을 만든 것 같았다.

방 내부가 갑자기 깜깜해졌다. 아무것도 보이지 않았다. 무한한 암흑의 공간에 홀로 떠 있는 듯 공간 감각마저 사라졌다. 그때 다시 주변이 일시에 밝아졌다. 그리고 조셉의 눈 바로 앞에 두 사람의 얼굴이 갑자기 나타났다. 조셉은 너무 놀라 소리를 지를 뻔했다. 가까스로 터져 나오려는 비명을 누르며 그 두 사람을 살폈다. 남자 한 명과 여자 한 명이 환하게 웃고 있었다.

조셉은 그들이 누구인지, 어떤 상황인지를 바로 판단할 수 있었다. 바로 대디의 부모님, 그러니까 자신한테는 논노와 논나가 되는 분들이었다. 그들이 아기였을 때의 대디를 보살피고 있는 모습이었다. 조셉은 대디가 지금 느끼는 감정을 고스란히 느낄 수 있었다. 따스함, 안도감, 충만감, 포근함……. 논노가 대디를 꼬옥 안았다. 행복했다. 하지만 그 때문에 슬퍼졌다. 정작 자신은 대디로부터 저런 포근함과 행복감을 한 번도 받아본 적이 없었다는 자기 연민이 조셉의 가슴을 채웠다.

그런데, 이런! 잠시 자신만의 생각에 몰두해서였을까? 조셉은 어느새 대디와의 공유된 시각에서 빠져나와버리고 말았다.

'어떻게 돌아가지?'

아무리 집중해도 대디의 시각으로 돌아갈 수가 없었다. 마음이 점차 조급해지기 시작했다. 대디의 행복한 순간들을 더 이상 함께하지 못할 수도 있다는 생각에 절망스럽기까지 했다. 멀리 원형의 방에 홀로 서 있는 대디의 모습이 보인다. 대디의 얼굴에는 환한 미소가 가득 담겨 있었다. 다시 집중을 위해 눈을 감았다. 소용없었다. 아까 전 대디의 시각으로 들어갔을 때의 느낌이 좀처럼 돌아오지 않았다.

"마음이 아니라 머리를 쓰니 그런 게지."

조셉이 깜짝 놀라 뒤를 돌아보았다. 한 노인이 팔짱을 낀 채 자신을 내려다보고 있었다. 자세히 보니 승려복을 입고 있었다. 분명했다. 한국 관광 홍보 영상에서 본 승려의 모습이었다. 눈썹은 하얗게 세어 있었고 눈빛은 짙고 고요했다.

"누구세요?"

"허허, 내가 너한테 묻고 싶은 말이다. 도대체 여기는 어떻게 들어온 게냐?"

"……."

조셉은 예상치 못한 상황에 놀라 아무 말도 할 수 없었다. 하지만 이 스님 할아버지가 전혀 무섭지가 않았다. 막연하게나마, 사실대로 말씀드리면 도움을 주실 분이란 느낌이 본능처럼 들었다. 조셉은 직감을 믿어보기로 했다. 지금 이 상황에서 달리 선택의 여지도 없었다.

"조셉! 그만 일어나야지. 스테파니 아주머니 오실 시간 다 됐어."

평상시 같으면 자신보다 먼저 일어나 스테파니 아주머니를 기다렸을 조셉인데, 오늘은 어찌된 영문인지 일어난 기척조차 없었다. 안젤라는 의아하기도 하고 염려도 되어, 방문을 열어 볼까 하다 마음을 바꾸었다. 지난 밤, 조셉이 꾼 꿈에 대해 대화를 나눈 이후, 이런저런 생각들로 제대로 잠을 청하지 못했던 안젤라였기에 조셉도 지난밤을 뜬눈으로 뒤척였을지도 모른다는 생각을 했다. 게다가 지금은 방학 중이지 않은가? 조셉이 모자라는 잠과 싸워가며 굳이 아침부터 서두를 이유가 없어 보였다. 일정표를 보았다. 실로 살인적인 스케줄이 안젤라를 기다리고 있었다. 오늘은 특별전형 합격자 학부모 면담이 줄줄이 잡혀 있는 날이라 조셉의 늦잠까지 신경 쓸 여력도 없었다.

딩동!

안젤라가 다시 출근 준비를 서두르며 오늘의 일정을 마음속으로 정리하고 있을 때 밖에서 초인종 소리가 경쾌하게 울렸다. 재킷 단추를 잠그며 거실로 나와 인터폰 화면을 보니 스테파니 아주머니였다. 안젤라가 현관문을 열자마자 십이월의 차가운 아침 공기가 스테파니 아주머니와 함께 불쑥 뛰어 들어왔다.

"조셉은요?"

"아직 자는 모양이에요."

"그래요? 조셉답지 않네. 혹시 어디 아픈 거 아니에요?"

"아닐 거예요. 간밤에 잠 못 이룰 일들이 좀 있었어요."

"호호호, 그래요? 벌써 사춘기인가? 좋아하는 여자 친구 생겼나?"

스테파니 아주머니는 호들갑을 떨며 목에 감고 있던 스카프를 풀어 신발장 위 선반에 올려놓고는 종종걸음으로 조셉 방으로 들어갔다. 그녀가 조셉 방으로 들어가는 모습을 확인한 안젤라가 막 안방으로 다시 돌아왔을 때였다.

"안젤라, 안젤라! 빨리 이리 와봐요! 조셉이 이상해요!"

스테파니 아주머니의 새된 비명소리가 온 아파트에 울려 퍼졌다. 안젤라의 심장이 얼어붙었다. 혼비백산, 조셉 방으로 뛰어간 안젤라의 눈에 스테파니 아주머니 품에서 축 늘어진 채 안겨 있는 조셉이 보였다. 반쯤 열린 눈꺼풀 안으로 흰자위를 드러낸 조셉의 모습에 안젤라는 아연실색했다. 안젤라는 무엇부터 해야 할지 몰라 그저 멍하니 서 있었다. 정신이 아득하기만 했다.

먼저 정신을 차리고 상황을 냉정하게 파악한 사람은 스테파니 아주머니였다. 그녀가 소리쳤다.

"안젤라 뭐해요? 빨리, 앰뷸런스 불러요! 빨리요!"

3.
진퇴양난

"법해선사님!"

"……."

"법해선사님!"

"아니, 대신선장님 아니십니까?"

유체이탈을 통해 영조의 망자육대문 안에 들어간 운해선사의 상태를 살피느라 그 곁에서 명상에 잠겨 있던 법해선사를 대신선장이 갑작스런 영기교신으로 찾자, 법해선사가 깜짝 놀라며 대답했다.

"지금 운해선사와 함께 계십니까?"

"예. 그런데 왜 그러십니까?"

"다행입니다. 일단 운해선사가 영조의 망자육대문으로 들어가지 않도록 해주세요."

"갑자기 왜 그러시는지요? 운해가 유체이탈을 통해 영조의 망자육대문으로 들어간 지가 벌써 한참이나 되었습니다. 조금 전에 영기교신을 시도해보았는데, 큰 벽에 막힌 듯 전혀 운해의 영기가 감지되지 않은 것으로 보아, 망자육대문 입구 또한 닫힌 것이 틀림없습니다."

"이런! 이 일을 어찌할꼬."

"도대체 무슨 일 때문에 그러시는지요?"

대신선장의 평소답지 않은 다급한 목소리에 법해선사의 마음도 덩달아 바빠졌다.

"심상치 않은 일들이 연이어 일어나고 있어요. 조셉이 영조의 망자육대문 안에 함께 들어가 있는 데다 영조를 데리고 간 염라사자들 중 한 명은 우리가 생각했던 일개 말단 사자가 아닙니다. 운해도 위험할 뿐 아니라 운해의 출현이 자칫 그자를 자극이라도 한다면……."

"아니, 조셉이 영조의 망자육대문 안에 있다구요? 그리고 일개 말단 사자가 아니라는 말씀은 또 무슨 말씀이신지요?"

"조셉의 수호령인 사품 천사 존한테 전갈이 왔소. 조셉이 영조처럼 혼수상태에 빠져 있고 그 영혼이 지금 영조의 망자육대문 내에 있는 것 같다고 말입니다. 더군다나 영조를 데려갔다던 두 명의 염라사자 중 한 명은 충선이란 자인데, 멸인류파의 사주를 받은 자일 개연성이 상당히 높은 자입니다. 자세한 이야기는 나중에 하고, 우선은 서둘러 운해선사를 그곳에서 데리고 나와야 합니다."

"하지만 말씀드린 것처럼 이미 늦었습니다. 망자육대문이 닫힌 상태라 들어갈 수 있는 방법이 없습니다. 안쪽에서 다시 문을 열고 나온다면 몰라도요."

"오, 이런……. 저의 불찰입니다. 이 일을 어이할꼬. 내가 상황을 보다 신중하게 살폈어야 하거늘……."

"대신선장님, 도대체 무슨 일이십니까? 염라사자 충선이란 자가 멸인류파의 사주를 받았을 개연성이 높다 하셨습니까?"

"그렇소."

"그렇다면 일단 염라처에 이 사실을 통보해서 협조를 구해야 하지 않겠습니까? 충선이란 자가 멸인류파라면 염라처도 알아야 하는 사항이고, 그들과 함께 방법을 강구해볼 수도 있지 않을런지요?"

"예, 이미 염라처 처장이신 염라대왕님께 이 사실을 알려드렸습니다. 지금 염라처에서도 감사계 사자들이 대거 출동을 한 상태구요. 하지만 그들이 망자육대문 안에 있는 한, 그들도 문 밖을 지키기밖에 더 하겠소? 영조와 조섭이 잘못되기라도 한다면, 나중에 충선 하나 처벌한다고 뭐가 달라지겠소? 설사, 충선이란 자가 천사청 내 멸인류파의 사주를 받은 자라 하더라도 천사청 멸인류파 진영에서 충선과의 연계를 부인하면 그뿐이고, 그러면 충선은 단순히 독자적으로 멸인류파에 동조하여 문제를 일으킨 자가 될 뿐입니다. 그리 되더라도 멸인류파는 얻을 것은 다 얻는 상태가 되는 것이지요."

법해선사는 일이 어떻게 돌아가는지 가늠할 수가 없었다. 먼저 상황 전체를 파악할 필요가 있었다. 법해는 차근차근 사건을 돌이켜 재구성해보았다. 심상이 한곳에 쉽사리 모아지지 않았다. 잡념과 근심이 끊임없이 법해의 영기 소통을 방해했다. 법해선사는 지그시 눈을 감고 호흡부터 다시 조절했다. 서서히 호흡이 잡혀가기 시작하자 심상의 번잡함이 하나씩 하나씩 지워지기 시작했다. 가부좌로 앉은 자세에 양손 손바닥을 펴 무릎에 얹고 조용히 고개를 숙인 채 주변에 감도는 기운들을 인지하며 영기 운용에 들어갔다. 곧 영기 운용에 안정감이 잡혔고, 그제야 법해는 조용히 눈을 떴다. 법해가 어지러운 심상을 호흡을 통해 다잡는 것을 영기로 알아챈 대신선장도 법해와 함께 호흡을 가다듬었다. 법해는 대신선장의 영기 또한 한결 평안해졌음이 확인되자 조용히 입을 열었다.

"대신선장님, 차근차근 하나씩 여쭈어도 되겠는지요?"

"예, 그러시지요. 지금 당장 무언가를 서둘러 진행하는 것 자체가 저들의 수에 말려들어가는 우를 범할 수도 있으니 차근차근 정리를 해보는 것도 좋을 듯합니다."

"일단 조셉이 어떻게 영조의 망자육대문으로 들어간 것인지요? 그리고 그 사실은 어떻게 아셨는지요?"

"말씀드렸듯이, 조셉의 수호천사가 알려온 사항입니다. 그분도 그 사실을 뒤늦게야 발견하셨던 모양입니다. 조셉이 수면 중 단순히 악몽을 꾸고 있다고 생각했는데, 어느 순간 조셉의 영혼이 갑자기 느껴지지 않더랍니다. 조셉이 꿈을 꾸던 상태에서 바로 혼수상태에 빠졌다는 이야기지요. 영문을 몰라 안절부절못하던 수호천사가 곧바로 천사청에 이 사실을 보고했고, 천사청 내에서 급히 경위를 조사하는 과정에서 누군가가 조셉의 영혼이 영조의 망자육대문 내로 들어갈 수 있게 통로를 열어준 흔적이 발견되었답니다."

"누가 열어주었단 말씀이신지요?"

"유감스럽게도 그 부분은 누구도 확인을 해주지 않았습니다. 영혼의 문을 열어줄 수 있는 능력을 가진 분이 천상국에서도 오직 극소수 상부에서만 가능한 일이라 저희 측에 알려줄 수는 없었겠지요. 오직 하늘주인님 및 그의 외아드님 그리고 일부 일품 천사장님들께서만 하실 수 있는 권능인 것만은 확실합니다. 따라서 추론상 그분들 중 누군가가 열어주었다고밖에 볼 수 없는데 천상국 내에서 그분들을 심문

할 자격을 가진 자는 아무도 없습니다. 더군다나 멸인류파가 천사청 관할 내에서는 불법이 아닌 데다, 지금 일어나는 일련의 사건들이 그들과 연관되어 있다는 확증도 없는 상태이니……."

"그렇군요. 그럼 충선이란 자의 정체는 어떻게 밝혀진 건가요?"

"조셉이 영조의 망자육대문 안에 들어간 것이 확실해지자 천사청과 염라처에선 일단 영조 혼령을 데리고 간 염라사자부터 확인을 했다고 합니다. 그 과정에서 영조를 영접 나온 사자 둘 중 한 명이 충선이란 자로 밝혀진 겁니다. 일개 구품 사자의 이름에 충선이라는 어울리지 않는 칭호가 붙어 있는 것이 수상해서 보다 면밀한 조사가 진행되었고, 그 과정에서 그녀가 천사청 내의 핵심 멸인류파 천사들과 깊숙이 개입되어 있는 정황들이 속속 밝혀진 것이지요."

"천사청 내 멸인류파 천사들과 깊숙이 개입되어 있다? 그렇다면 충선이란 자가 도대체 어떤 자이기에 염라처에 뿌리를 둔 사자가 천사청 내 멸인류파와 교류할 수 있었다는 말씀인지요?"

"존님의 말씀에 의하면 그녀가 한때 천사청 소속 천사였다고 하는군요."

"천사청 소속 천사라고 하셨습니까?"

"예, 그녀가 인간 세계에서 천사청 파견으로 몇 번의 임무 수행 이후, 갑자기 염라계로 전향해서 주위를 놀라게 한 적이 있어 천사청 내에서는 잘 알려진 자라 합니다. 염라처로 전향 후, 그녀는 말단 사자 직부터 시작해서 뛰어난 능력으로 최단기간 내에 한때 염라 사품 대신까지 올라 염라처 내에서도 입지전적인 자로 통한답니다. 염라대왕님의 총애를 한 몸에 받아 염라계에서 잔뼈가 굵은 자들의 시기가 이만저만이 아니었다고 하더군요. 그러던 중 염라좌장 대신 경선을 앞두고 염라계 토종 출신 경쟁자들이 그녀의 천사청 멸인류파 천신들과의 교류 사실을 밝혀내면서 그녀의 천사청 관련 비화가 수면 위로 드러나게 되었다는군요."

"구품 말단이지만 어쨌든 공직 생활을 하고 있다는 것은 멸인류파가 아니라는 판정을 받았다는 이야기가 아닐는지요? 염라처도 우리처럼 멸인류파 자체를 불법 단체로 규정하고 있어 처벌이 아주 엄하지 않습니까?"

"그럴 수도 있습니다. 하지만 지금으로서는 어떤 가능성도 열어두고 대책을 마련해야 될 때인 듯합니다. 그 당시 그녀가 스스로 관직을 버리는 형식을 취하면서 교묘히 염라처 구성원들로부터 동정심을 얻는 데 성공했을 따름이지, 멸인류파 가담설에서 완전히 자유롭지는 못한 상황이라 합니다. 반대파에서도 정치적으로 문제를 제기하는 데까지는 성공했지만 실질적인 증거를 대지는 못했구요. 사실 천사청의 도움 없이 그녀의 멸인류파 가담설을 증명하는 것은 처음부터 불가능한 일이었을 겁니다. 그런데 일단 그녀가 스스로 모든 공직에서 물러나겠다고 나온 마당에 경쟁자 입장에서도 최소한 정치적인 목적은 달성한 상황에서 더 이상 사태를 끌고 갈 필요성이 없었겠지요. 그러다 보니 그 정도 선에서 사태를 마무리지은 것이구요. 그리고 얼마의 시간이 흘러 구품 말단직으로 슬쩍 복귀한 것이고, 경쟁자 입장에서야 그 사실을 모르는 바 아니었지만, 그 말단직 때문에 또다시 분란을 일으킬 수 없었기에 그냥 모른척하고 있었답니다."

"조금 전에 그녀가 천사청 내에서 꽤 회자가 되었다 하지 않으셨습니까? 천사 신분에서 염라처로 전향한 것 때문에요. 그렇다면 염라처에서 멸인류파 논쟁이 있었을 때, 그녀가 멸인류파 소속 천사였음이 어떤 식으로든 알려지지 않았겠는지요?"

"그건 염라처 내에서 충선의 멸인류파 가담설로 논쟁이 뜨거울 당시에도 외부로는 쉬쉬하는 분위기였답니다. 당연히 염라처 내에서 벌어지고 있는 충선의 멸인류파 연루 의혹 내용에 대해서 천사청이 알 수 있는 방법은 없었다는 것이지요. 많은 세월이 흐른 뒤에야 그 사실이 천사청에 알려졌지만, 천사청 내부의 일도 아닌 것에 굳이 신경 쓸 이유가 없었겠지요."

"하기야 염라처 사품 대신까지 오른 자가 멸인류파 연계설에 연루되었다는 자체만으로도 엄청난 파장이 예상되니, 염라처도 외부에 알려지는 걸 바라지는 않았겠지요. 염라처 위상에 큰 타격을 주었을 테니까요. 그러니 천사청에 공식 협조는 꿈도 꾸지 못했을 것이구요."

"그렇지요. 그나저나 이거 큰일이 아닙니까? 염라처 사품 대신에 천사청 출신 천신이기까지 했을 정도면, 운해의 영력으로 과연 대적이 가능할지……. 그렇지만 말입니다. 대신선장님……."

"예, 말씀하십시오."

"그 충선이란 자가 멸인류파와 관계없이 그냥 독단적으로, 그러니까, 어떤 이유인지는 모르겠으나 멸인류파와 관계없이 사자 직권으로 영조를 데리고 가기로 결정했을 수도 있지 않겠습니까? 충선이 멸인류파와의 연계설이 있을 뿐이지, 그렇다고 멸인류파란 증거 또한 없지 않습니까? 말 그대로 망자록에 나와 있는 인물이니 원리원칙대로 시행했을 수도 있지 않을는지요? 따지고 보면 그 행위가 불법도 아닌데다 육신이 살아 있는 죽음에 대한 관례를 몰랐거나 실수로 빠뜨렸거나 아니면 우연적인 사건일 수도 있지 않겠습니까? 멸인류파의 조직적 개입이 아닐 수도 있지 않겠냐는 겁니다."

"안타깝게도 그럴 가능성은 상당히 희박합니다. 멸인류파가 조직적으로 개입했을 개연성이 다분한 상황이에요. 말씀드렸듯이 충선은 염라처 사품 대신까지 올랐던 경력의 소유자로 염라사자직을 수행하면서 망자록에는 있되 육신은 살아 있는 비슷한 상황을 처리한 건수만 수백 건이 넘습니다. 그런데 한 번도 육신이 살아 있는 자의 영혼을 데리고 간 적이 없었습니다. 그리고 영조 가족 주변 조상청 소속 수호령들이 천사청 멸인류파의 사주를 받은 조상청 내 일부 몰지각한 조상신들에 의해 납치를 당했던 점 또한 이번 영조 건이 멸인류파의 조직적인 개입으로 일어나고 있다는 것을 뒷받침하고 있습니다."

"아니, 그건 또 무슨 말씀입니까? 영조 가족의 조상청 소속 수호령들이 다른 조상신들에 의해 납치당했다니요?"

"아, 말씀을 안 드렸군요. 지난번에 저한테 영조 가족들의 조상청 소속 수호령들이 일거에 보이지 않는다고 하지 않으셨습니까?"

"예, 그랬지요."

"처음에는 저도 별로 신경을 안 썼는데, 이 비정상적인 상황에서 갑자기 영조 가족들 수호령들이 일시에 보이지 않는다? 갑자기 불길하더군요. 그래서 조상청을 통해 알아보았더니 영조 직계, 방계 조상들 중에 대표 조상신 몇 명에 대해 납치 시도가 있었다는 보고가 올라와 있더군요. 영조와 관련해서 지금 일어나고 있는 일련의 상황을 몰랐던 조상청은 엄청난 충격에 빠져 있었습니다. 조상신들이 각자 자신들의 직계 후손들의 입지를 더욱 공고히 해주려는 내부 경쟁은 항상 치열했지만, 그래도 협의체 내에서 합의한 전체 대의명분에 입각한 논쟁이었지, 이번처럼 인간 세상의 저잣거리에서나 있을 법한 납치 사건은 전례가 없었던 일이라, 조상청 전체가 벌집을 쑤셔놓은 듯 어수선

했지요. 물론 처음에는 저한테도 알려주지 않으려 하다가 제가 나영조를 중심으로 돌아가는 일련의 움직임을 이야기하자 그제야 사태의 심각성을 깨닫고 관련 사항을 확인해주었습니다."

"하지만 이해가 안 가는군요. 멸인류파의 목적이 인류 전멸에 있다는 것은 인간 세계에 기반을 둔 저희 선인청이나 조상청 내에서 모르는 자가 없지 않습니까? 그렇기에 멸인류파 자체를 내부 조직법에서 불법 단체로 규정하고, 그 행위에 대해서는 이적 행위에 해당하는 중죄로 다스린다는 것을 모를 리 없을 텐데, 멸인류파에 동조한 정신 나간 조상신들이 대체 누구란 말입니까?"

법해선사의 언성이 불쾌감으로 높아졌다.

"멸인류파에서 설마 드러내놓고 접근했겠습니까? 들어보니, 중국 대륙 쪽에 후손들을 둔 일부 조상신들에게 우회적으로 접근했던 모양입니다. 잘 아시겠지만, 인간 세상에서의 강성 기운이 지금 아시아 태평양 쪽을 향해 있음은 천상국 시민들이라면 누구나 다 알고 있지 않습니까? 그 권역 안에 후손을 둔 조상신들이 저마다 그 강성 기운을 자기 후손 번영의 기회로 삼고자 노골적인 경쟁을 하고 있다는 것은 조상청 내에선 이미 공공연한 비밀처럼 되어 있더군요. 멸인류파에서 이런 미묘한 경쟁 심리를 이용한 게 아닌가 싶습니다. 즉, 영조와 조셉이 만나 그 운명의 그림이 맞추어지면, 세계는 동아시아권의 한반도와 태평양권의 호주가 인간 세상의 중심에 서게 된다며 그들을 자극했던 것 같아요. 그를 저지하고 한반도에 흐르는 강성 기운을 대륙으로 돌리려면 영조와 조셉의 만남을 막아야 한다며, 자기들 중 뜻있는 자들이 모여서 일을 진행하고 있는데 천상국 내 영조 쪽 조상신들의 존재가 위험요인이 될 수 있으니 그들을 맡아달라 했다 합니다."

"그렇게 무모한 짓을 하다니……."

"예, 맞습니다. 아무리 당시 그들이 멸인류파인 줄 몰랐다 해도 사사로운 경쟁심으로 하늘주인님께서 만드시려는 전체 그림을 보지 못하고 그에 대적하는 행위를 하다니, 참으로 어이가 없는 일이지요. 자손의 번영을 통한 조상청 내 입지 강화에 눈에 어두워 신심을 잃은 행위를 하다니 말입니다. 한때 그들의 자손들이 인간 세계에서 패권을 잡은 적이 있어 그 영광을 재현하고 싶은 아집에 휩싸였던 것이지요. 이 일과 관련해서 조상청 자체적으로도 대대적인 진상 조사와 함께 처벌이 따를 것으로 보입니다."

"그런데 이 사건은 어떻게 밝혀진 건가요?"

"배후에 멸인류파가 있다는 것을 뒤늦게 눈치 챈 조상신들 중 한 명이 조상청 감사위원회에 통지를 넣었던 모양입니다. 인간 세상도 아니고 명색이 천상국의 3대 주력 단체인 조상청에서 동료 조상신들을 납치하고 감금하는 일을 벌인다는 자체가 뭔가 잘못되어도 크게 잘못되었다고 생각했답니다."

"영조 및 가족 쪽 조상신들은 모두 무사한가요?"

"예, 다행히 모두 무사히 구출되어 안정을 취하고 있다고 합니다."

"다행이군요. 멸인류파가 이런 무리수까지 두는 것을 보면 영조와 조섭의 만남이 제가 생각했던 것보다 더 큰 파급력을 가지고 있나 본데, 도대체 어떤 일들이 예정에 잡혀 있기에 그런 것인지요?"

"저도 그 부분은 알 수가 없습니다. 영조의 인생록을 살펴봐도 인류의 존망과 관계되는 내용 자체가 없는, 실로 평범한 삶뿐이었고, 조섭의 인생록 또한 대부분의 경향성을 가진 미래까지 예정되어 있는 인생록과는 달리 현재까지만 적혀 있었습니다. 아예 인생록 자체에 미래가 나와 있지 않았습니다. 조셉의 수호령 이야기로는 천사청 내 관련 부서, 그러니까 인생록 제정처 이품 천사 이상 지위에서만 조셉의 미래록을 열람할 수 있다고 합니다. 통상 해당 영혼의 수호령이라면 인생록 전편을 보유하고 영혼 수호 업무에 참조를 하는데 조셉의 수호령은 미래편을 가지고 있지 않다는 겁니다. 그래서 현재 상황을 결과론적으로만 보고하는 임무만 수행해왔다고 합니다. 당연히 이번 조셉의 영혼 이탈 건을 감지할 수 없었겠지요."

"음, 그렇다면 천사청 내에 조셉의 미래력을 볼 수 있는 고위급 천사 중 멸인류파가 있고, 그가 영혼의 문을 열어 영조를 망자육대문으로 유도한 장본인이겠군요."

"하늘주인님이나 친인류파가 인류 미래의 열쇠를 쥐고 있는 조셉을 그런 위험에 빠뜨릴 이유는 전혀 없을 테니, 당연히 그렇겠지요."

"흠, 조셉까지 끌어들인 것을 보면 이번에는 아예 끝장을 보려고 작심을 한 것 같습니다. 영조와 조셉의 만남을 방해하던 소극적인 작전이 아니라 아예 둘 다 제거하려는……."

"저들이 전대미문의 직접적 개입을 하는 것으로 보아 영조와 조셉의 만남이 잉태할 세계가 어떤 세계인지가 무척이나 궁금해지는군요. 물론 여기서 조셉과 영조가 잘못된다면 영원히 볼 수 없는 세상이 되겠지만……."

법해선사의 마음 한구석이 바위를 얹은 듯 답답해졌다. 은은한 미소를 머금은 채 영혼 이탈이 되어 있는 운해의 얼굴을 바라보며 측은한 마음에 법해는 고개를 떨어뜨렸다.

"이보게 운해, 수십 년 수양이 열반의 경지도 못 보고 먼지처럼 사라질 위기에 처했구먼. 내 불찰일세. 이 죄를 어찌할꼬……."

"언니!"

"영숙이구나."

"형부는 좀 어때?"

"……."

"언니, 어제는 미안했어. 갑자기 우리 학교 교장 선생님한테 일이 생겨서 못 나오시는 바람에 학교에 비상이 걸렸었거든. 면담은 잘했어?"

"안 그래도 교감 선생님께서 말씀하시더라. 교장 선생님 자제분이 갑자기 병원에 입원했다며?"

"응, 그래서 이것저것 일정 조정하느라 눈코 뜰 새 없이 바빠서 언니하고 세영이가 면담차 학교에 오는 줄 알면서도 내가 아무것도 못했어. 미안해."

"신경 쓰지 마. 우리만 면담하는 것도 아닌데, 어떻게 우리한테만 신경 쓰겠니? 게다가 면담도 별 탈 없이 잘 진행되었고, 어쨌든 세영이가 합격 통보를 받았으니 됐지. 저기 저 양반도 세영이 합격 소식 들었으면 정말 좋아했을 텐데……."

소정은 더 이상 말을 잇지 못했다. 산소호흡기와 온몸에 센서들을 붙인 채 혼수상태에 빠져 있는 영조를 보면 볼수록 기가 막혔다.

"세영이하고 세준이는?"

"외할머니하고 같이 있어."

"언니 어머니는 건강하시지?"

"응. 그런데 지금은 우리 때문에 고생이 많으셔. 참! 선희도 전화했던데 내가 받지를 못했어. 너무 경황이 없어서 전화도 못해줬어. 네가 말 좀 잘해줘. 나중에 상황이 좀 안정되면 내가 연락한다고……."

"그런 건 걱정 말고 언니나 마음 단단히 먹어. 휴우, 이게 무슨 날 벼락이야, 정말."

"……."

"언니, 지금 어떤 말로도 위로가 안 되겠지만, 용기 잃지 말고……. 필요한 거 있으면 뭐든지 말해."

소정은 희미한 미소로 영숙의 걱정스런 눈길을 받으며 고개를 끄덕였다. 그리고 힘없이 영조를 바라보았다. 지금 여기가 어떻게 돌아가는지 아는지 모르는지, 정작 누워 있는 당사자는 혼수상태에 빠져 있다는 것이 믿기지 않을 정도로 얼굴 가득 평안함이 깃들어 있었다.

"언니, 나 그만 가봐야 할 것 같아. 무슨 말을 어떻게 해야 할지 모르겠다. 아휴!"

"괜찮아. 네 마음 안다. 걱정해줘서 고마워. 그리고 여기까지 와준 것도 고맙구."

"아니야, 언니. 며칠 안에 선희 언니도 서울에 올라오기로 했는데 같이 한 번 올게."

"그러지 않아도 돼. 남편 뒷바라지에 애들 보는 것도 힘들 텐데 굳이 이곳까지……."

"안 그래도 애들하고 형부 때문에 바로 올라오지 못해서 많이 미안하대."

"그러지 않아도 된다고 전해줘. 다 이해하니까. 다시 학교로 들어가야 하니? 이곳까지 왔는데 저녁이라도 먹고 가지."

"아니야, 정말 괜찮아. 언니가 지금 병문안 온 사람 저녁이나 챙겨주고 할 정신이 어디 있겠어? 그런 건 신경 쓰지 말고, 언니나 힘 안 빠지게 잘 챙겨먹어. 그리고 공교롭게도 우리 교장 선생님 자제분이 이 병원에 있어. 어제 면담 결과 보고서 등 몇 가지는 꼭 교장 선생님 결재가 필요해서, 게다가 가족 하나 없이 와 계신 분이신데 걱정도 되고 해서 한 번 가보려고."

"그래?"

"응. 여기 중환자 병동 옆 건물에 있는 어린이 중환자실이라고 하던데……"

"뭐라고? 중환자실?"

"응."

"그럼 많이 아픈 거잖아."

"자세히는 몰라. 들리는 이야기로, 어제 아침 갑자기 아이가 일어나지 못하더래. 멀쩡했던 아이가 갑자기 혼수상태에 빠져들었대."

"혼수상태?"

"응. 나도 그 이상은 몰라. 형부한테나 조셉한테나 이런 일이 왜 생기나 몰라."

"그 아이 이름이 조셉인 모양이구나."

"응. 나도 딱 한 번 봤는데, 낯을 많이 가리는 아이 같던데, 어느 한 구석이 우울해 보이기도 하고, 생부를 만나보기도 전에 이게 무슨 일이람?"

"생부?"

"응, 언니. 어머나, 내가 별소리를……. 이제 가봐야겠다, 면회시간 끝나기 전에. 또 올게, 언니."

영숙은 급히 병실 내 탁자 위에 놓아두었던 외투와 핸드백을 집어 들고 문 쪽으로 향했다. 문 손잡이를 돌리던 영숙의 손이 잠시 멈칫하는가 싶더니, 갑자기 몸을 돌려 소정을 바라보았다. 무언가 할 말이 있는 표정에 소정은 고개를 끄덕여 할 말이 있으면 하라는 눈빛을 보냈다. 하지만 영숙은 다시 머리를 가로저으며,

"언니, 아니야. 갑자기 형부가 누군가하고 많이 닮은 것 같아서 말이야. 그런데, 그 누군가가 생각이 안 나네. 언니 그만 갈게."

"그래. 와줘서 고맙다. 교장 선생님 아이도 괜찮아야 할 텐데. 남의 일 같지가 않구나."

따라 나오지 말라는 영숙의 만류에도 병실문 밖까지 배웅 나간 소정은 영숙이 옆 병동으로 연결된 구름다리 쪽으로 종종걸음을 옮겨 반대편 빌딩 안으로 사라질 때까지 병실 앞에 그대로 서 있었다.

똑똑똑.

이 시간에 누구일까? 처음엔 의료진일 거라 생각했다. 무언가 좋은 소식을 가지고 왔으리란 기대에 안젤라가 고개를 들어 문 쪽을 바라보았다. 그런데 의료진이라면 노크소리와 동시에 바로 문을 열고 성큼 들어왔을 터인데, 노크 후 내부의 반응을 기다리듯, 문 밖이 조용하기만 했다. 안젤라가 자리에서 일어나 문을 열었다. 문 앞에 영숙이 엉거주춤 서 있었다.

"죄송해요, 교장 선생님. 연락이라도 드리고 왔어야 하는데 휴대폰도 안 되고, 병실로 연락해보려다 어떠실지 몰라서……. 방해가 된다면 그냥 갈게요."

"아, 아니에요. 들어오세요."

불과 하루 사이에 안젤라의 얼굴이 눈에 띄게 수척해져 있었다. 안젤라는 평소보다 더 마른 것 같은 두 손으로 영숙이 가지고 온 꽃다발을 받으면서 병실 안으로 안내했다. 조금 전에 보았던 영조처럼 산소마스크와 온몸 여기저기에 센서 같은 것들을 붙이고 누워 있는 조셉의 하얀 얼굴을 보자마자 영숙의 눈에 눈물이 핑 돌았다. 정이 들 시간도, 그럴 기회도 없었지만, 어리디 어린 아이가 온갖 의료기기를 부착한 채 누워 있는 모습을 보는 것만으로도 목이 메었다.

"갑자기 어떻게 된 일이에요, 교장 선생님?"

"아직 아무것도 몰라요. 의료진들이 다각도로 검사를 하고 있다고는 하는데 전혀……."

"……."

"참! 오늘 학부형 면담은 잘 처리되었나요?"

"교장 선생님께서 직접 처리하시는 것만큼은 못했겠지만, 그럭저럭 마무리는 되었어요. 게다가 이미 교장 선생님께서 정리해두신 일들을 그냥 처리만 한 거라 무리 없이 잘 진행되었으니 염려하지 않으셔도 될 것 같아요."

"그래요? 다행이네요."

"그런데 제가 괜히 찾아온 건 아닌지 모르겠어요. 경황없으실 텐데 제가 온 게 불편하시면 편하게 말씀주세요. 이해하니까요. 걱정이 되서 그냥 있을 수가 없어서 일단 이렇게 오긴 했지만요."

"아니에요. 그리고 고마워요. 영숙 씨가 여기 병원이며 학교 일정이며 다 도맡아서 진행했다는 거 교감 선생님으로부터 들어서 잘 알고 있어요. 정말 고마워요."

"고맙긴요. 제가 뭐 더 도와드릴 것은 없는지요?"

"있어요. 영숙 씨. 안 그래도 그것 때문에 전화 드리려 했어요."

"예. 뭐든지 말씀하세요."

"더 이상 미룰 일이 아닌 것 같아서요. 혹시나 조셉한테 무슨 일이 생기면……."

안젤라의 입술이 실룩였다. 조셉한테 무슨 일이 생긴다는 상상만으로도 안젤라의 가슴은 유리가루처럼 부스러졌다. 정말 그런 일이 생긴다면 도저히 이겨낼 수 없을 것이었다. 아니, 이겨내고 싶을 이유가 없을 것이었다. 평소 침착하고 다정하던 안젤라가 무너지듯 흐느끼자 영숙은 어찌할 바를 몰랐다. 그저 안젤라가 스스로 진정될 때까지 가만히 기다릴 수밖에 없었다. 흘러내리던 안젤라의 눈물이 볼을 따라 흐르다 턱선에서 방울져 조셉의 손등 위로 떨어졌다.

영숙은 안젤라의 절망감을 보았다. 동시에 갑자기 소정 언니가 생각났다. 혼수상태에 빠진 아들 앞에서 넋 놓고 있는 안젤라와 혼수상태에 빠진 남편 앞에서 망연자실해 있던 소정 언니의 얼굴이 오버랩되었다. 문득 영숙은 소스라치게 놀랐다. 산소마스크를 하고 깊은 잠에 빠져 있는 조셉의 모습이 누군가와 너무나 닮아 있지 않은가? 바로……

"나영조."

안젤라의 입에서 나영조란 이름이 불쑥 튀어나왔다.

"네?"

영숙은 눈을 동그랗게 뜨고 안젤라를 보았다.

"지난번에 이야기했던 조셉의 아빠 되는 사람요. 더 이상 미룰 수가 없어요. 찾아야 해요. 조셉이 저렇게 그냥 가버리기라도 하면……. 아빠를 한 번 만나보지도 못하고 저렇게 가게 둘 수는 없어요."

"뭐라고 하셨어요? 금방 누구라고요?"

"나영조. 1969년 5월 16일생. 그 사람도 지금 사지를 헤매고 있을지 몰라요."

영숙은 예전에 한 번 선희 언니가 해준 이야기가 떠올랐다. 영조 형부가 한때 호주에서 공부했다고 했다. 거기서 만난 영어 교사와 사랑에 빠졌고, 함께 한국에도 왔었다고 했다. 하지만 형부의 삼촌 되시는 분의 반대로 헤어졌고, 그 후 대학 시절부터 끔찍이도 소정 언니를 귀여워하셨던 영조 형부의 삼촌이 돌아가시기 직전에 영조 형부가 소정 언니한테 갑자기 청혼을 했다고 했다.

'세상에 어찌 이런 일이……'

"네가 진정 안젤라의 아들이란 말이냐? 그러니까 나영조가 네 아비란 말이지?"

"네."

"그리고 꿈을 꾸던 중에 이곳으로 따라 들어온 것이고?"

"네."

"허허, 그럼 살아 있는 채로 이곳에 들어왔다는 말이 되는구나. 이런 예상치 못한 일이……. 망자육대문이 닫혔으니 바깥의 스승님께 알아볼 수도 없고, 영조 저 친구나 문지기가 아니면 들어왔던 문을 다시 열 수도 없거늘, 이 일을 어찌할꼬."

"뭐가 걱정이세요? 꿈을 꾸고 있는 거니까 꿈에서 깨면 다시 나갈 수 있는 거 아니에요? 저는 웬만하면 꿈에서 천천히 깨어났으면 좋겠어요. 대디가 돌아가신 것이니 지금 아니면 이제 영원히 만날 수도 없잖아요."

조섭의 눈동자에 문득 눈물이 맺혔다. 꿈에서 깨어나면 이젠 영원히 대디를 만날 기대조차 할 수 없게 되는 거라 마음이 여간 슬픈 게 아니었다.

"뭐라? 허허! 아이는 아이구먼. 이놈아 이제 더 이상 꿈을 꾸고 있는 게 아니야."

"예?"

"저 문이 닫히면서 너의 영혼이 네 육체에서 뚝 떨어져 나온 상태란 말이야. 그러니까 네 육체는 영혼을 잃은 것이고, 빨리 돌아가지 않으면 육신 또한 완전한 죽음을 준비하게 되고, 육체의 생기가 막히면 그때는 돌아가고 싶어도 돌아갈 수가 없어. 그래도 그나마 다행이군. 순수영인 아이의 영이라 망자육대문 내에 있어도 기가 달라 느끼는 고통은 없는 것 같으니……."

"……"

조섭은 운해의 말이 전혀 이해되지 않았다. 하지만 안절부절못하는 운해를 바라보며 뭔가 일이 크게 잘못되었음을 직감했다. 운해의 짙고 고요했던 눈동자가 불안하게 흔들렸고 알아듣지 못할 말을 혼자서 중얼거리며 생각에 몰두하는 운해를 바라보며 조섭은 덩달아 겁이 나기 시작했다.

"현재로선 별 뾰족한 수가 없군 그래. 망자의 강까지 같이 가는 수밖에. 어차피 영조와 함께 돌아나와야 하니 나머지는 일단 그때 가서 보자꾸나. 네 육신이 우리가 여기서 나갈 때까지는 버텨내주어야 할 터인데……. 대신 내가 괜찮다고 할 때까지는 절대 저들의 눈에 띄면 안 되니 내 뒤만 졸졸 따라오너라. 알겠느냐?"

"대디가 죽는 게 아니에요?"

"아직은 뭐라고 장담할 수 없구나. 네 아비를 살리고 싶거든 절대로 소란 피우지 말고 내가 시키는 대로만 해야 한다. 알겠느냐?"

"네, 할아버지."

조셉은 고개를 크게 끄덕이곤 작은 손을 들어 대뜸 운해의 손을 잡았다. 운해는 깜짝 놀라 조셉을 쳐다보다 이내 조용히 미소를 지으며 조셉의 머리를 쓰다듬었다.

"그래그래, 이렇게 내 손을 꼭 잡고 따라오너라. 기특한 녀석이로다, 허허허!"

그때 먼발치에서 진우가 갑자기 뒤를 돌아보았다. 조셉은 운해 뒤로 바로 몸을 숨겼다. 운해도 재빨리 도포를 돌려 몸을 감싼 채 염라사자들의 동태를 살폈다. 잠시 뒤, 아무런 이상 조짐이 없자 운해는 휘감았던 도포를 풀고 조셉의 눈을 조용히 감겨주곤 얼마 뒤,

"이제 눈을 뜨거라!"

운해의 지시에 따라 눈을 뜬 조셉의 표정에 화색이 돌았다. 영조가 서 있는 그 기쁨의 방안에 다시 들어와 있었기 때문이었다. 조셉은 운해를 곁눈질로 쳐다보다 운해와 눈이 마주쳤다. 운해가 왼쪽 눈을 찡긋하며 미소를 지어보였다.

얼마나 많은 이야기들을 놓쳤을까? 조셉은 조바심이 났다. 여기는 도대체 또 어디란 말인가? 이번에는 대디의 시선이 아니었다. 마치 실제 공간 속에서 자신이 한 일부로 존재하는 느낌이었다. 옆을 보니 대디도 자신처럼 실제처럼 느껴지는 공간 속에 서 있었다. 차이점이 있다면 대디는 그 공간 속에서 일어나는 일들을 실제로 느끼는 듯 보였

지만, 정작 조셉은 아까 전처럼 대디가 느끼는 감정을 그대로 느낄 수 없었다.

깊은 산속이었다. 한 젊은 남자가 배낭을 메고 열심히 산길을 따라 걸어가고 있다. 남자는 산 정상에 다다르자, 깎아지른 절벽 난간에 돌출해 있는 큰 너럭바위 위에 걸터앉아 물을 마셨다. 젊은 날의 영조였다. 영조는 한참 동안이나 바위 위에 걸터앉아 건너편 산봉우리들을 무심히 굽어보았다.

어느덧 산봉우리들 뒤로 서서히 해가 지고 있었고, 붉은 석양이 산허리에 걸린 구름들을 순식간에 오렌지빛으로 물들였다. 영조는 툭툭, 바지를 털며 일어서 다시 길을 따라 산을 내려가기 시작했다. 선인암仙人庵이라고 적힌 안내 팻말을 지나 약수터 앞에 다다른 영조가 우뚝 멈춰 섰다. 맑은 약수가 머리 만한 돌들로 둘러쳐진 곳으로 끊임없이 흘러들었다가 경사를 타고 아래로 흘러내려가고 있었다. 영조는 약수터에서 맑은 물 한 바가지를 떠올려 단숨에 들이키곤 주변을 살폈다. 우거진 수풀 뒤로 조그마한 암자 하나가 덩그러니 자리해 있었다. 판자로 얼기설기 지어진 집은 낡은 기와지붕으로 비바람을 막고 있었고, 처마 밑에 걸린 풍경은 미풍에도 민감하게 반응하며 댕그렁댕그렁, 은은한 종소리를 산자락 아래로 실어보내고 있었다.

풍경에 머물던 영조의 시선이 다시 처마 밑을 살피다 한 승려를 발견했다. 물끄러미 먼 산을 바라보고 있는 그의 얼굴에 붉은 석양이 가득 내려앉아 있었고, 그 모습은 평화로움과 고즈넉함 그 자체였다.

'저분은⋯⋯.'

조셉은 바로 옆 운해를 올려보았다. 운해도 조셉을 내려보며 빙그레 웃었다. 젊은 시절의 영조가 젊은 시절의 운해에게 두 손으로 합장하며 무슨 말인가를 건네는가 싶더니, 이내 두 사람은 암자 안으로 들어갔다.

수많은 장면들이 때로는 빠르게, 때로는 천천히, 영조의 의도대로 속도를 맞추며 지나쳤다. 영조의 암자 생활이 마치 한 편의 파노라마처럼 펼쳐지는 가운데, 그를 지켜보는 영조의 얼굴에는 평안함과 안도감이 가득 깃들어 있었다. 운해는 마음 한 구석이 시큰해졌다.

'허허허! 그랬구나. 저 친구가 저 시절 저렇게 충만했구나. 저렇게 행복했구나. 평안해 보이기는 했지만 이렇게 영혼에 각인될 만큼일 줄은 미처 몰랐구나. 산에 그냥 잡아둘 것을⋯⋯. 그랬다면 지금 이 순간도 없었을 것을⋯⋯. 나무관세음보살⋯⋯.'

"맘마다."

조셉의 눈이 동그랗게 커졌다. 바로 눈앞에 안젤라의 모습이 처음으로 등장했다. 조셉은 맘마를 좀 더 가까이서 보고 싶은 충동에 자기도 모르게 운해선사의 손을 놓고 앞으로 걸어 나가고 말았다.

"이놈아, 손을 놓으면⋯⋯."

갑자기 근접하는 강한 음기에 운해는 더 이상 말을 잇지 못하고 호흡을 멈추었다. 운해가 영기 흐름을 일시적으로 차단하여 다른 영적 존재가 자신을 감지하지 못하게 함이었지만, 손을 놓고 두 걸음이나 걸어 나간 조셉까지 감추기에는 역부족이었다. 이미 강한 음기가 너무나 가까이 다가와 있었다. 맘마의 모습에 정신이 팔린 조셉은 그것도 모른 채, 대디와 맘마의 만남을 멍하니 지켜보고 있었다.

4.
기쁨의 기억

'나에게 이렇게 많은 기쁨이 있었단 말인가?'

영조는 기억에도 없던 많은 기쁨의 순간들을 일일이 되돌아보며 행복감에 젖어 있었다. 어린 시절 부모님이나 석기 삼촌과 보냈던 시간들, 학창 시절 잠시 집을 떠나 산사에 있던 시절, 대학 동아리에서 광고에 빠져 살았던 일들, 친구들과 함께한 시간들, 기억이 선명한 일들도 있었고 기억을 일일이 더듬어야 했던 부분들도 있었지만 예전에 그 행복했던 시공간 속에 잠시나마 다시 머물 수 있다는 것만으로도 무척 행복했다.

빠른 속도로 기쁨의 시간들을 훑어가던 영조가 갑자기 속도를 늦추었다. 그리고 영조의 눈이 무언가를 갈구하듯 주변을 샅샅이 살피기 시작했다. 젊은 날의 자신이 탄 비행기가 호주 멜버른 공항에 도착하는 순간부터 매순간을 하나도 놓치지 않고 살펴보고 있었다.

영조가 비행기에서 내려 입국심사대에 섰다. 입국심사원이 묻는 말이 무슨 말인지 몰라 여러 번 되묻는 영조의 귓불이 발그레 달아올라 있다. 갑자기 시간이 건너뛴다. 공항에서 멜버른 도심 한가운데로 순간적으로 이동했다. 영조가 푸른 눈의 여자 기마 경찰에게 종이쪽지를 보이며 무언가를 열심히 설명하고 있다.

영조는 지금 저 모습이 어떤 상황인지를 금세 알아볼 수 있었다. 랭귀지스쿨 등교 첫날이었다. 학교 위치를 찾지 못해 같은 블록을 몇 번이나 돌았던 때였다. 플린더스 역 앞에서 늘씬한 말을 타고 있던 늘씬한 여자 기마 경찰들을 발견하고 길을 물어보고 있는 장면이었다. 말 위에서 내려다보는 기마 경찰의 친절한 미소와는 대조적으로 영조를 내려다보는 경찰마의 눈빛은 거만하기 이를 데 없었다.

영조의 입가에 슬슬 웃음이 맺혀들다 폭소를 터트리고 말았다. 지켜보던 충선과 진우, 그리고 안내지기 초롱까지 덩달아 웃었다. 영조보다 월등히 큰 경찰마가 허연 눈자위를 치켜뜨며 "너 뭐야?" 하는 표정으로 영조를 내려다보는 모습과 랭귀지스쿨을 찾지 못해 안절부절못하는 영조의 초조한 눈빛이 대조되어 아주 코믹한 모습을 연출하고 있었다.

장소가 또 빠르게 바뀌었다. 파안대소의 여운이 채 가시기도 전에 영조의 눈앞에 기다리고 기다렸던 기억 한 편이 재생되었다. 영조의 입에서 "아!" 하는 단발마의 탄성이 흘러나왔다. 낯익은 파란색 4층 건물. 영조가 다녔던 랭귀지스쿨이다. 이른 시간이어서 학교 근처는 거의 인적이 끊겨 있어 적막감이 가득했다. 백인 여성 한 명이 한 손에 테이크아웃용 종이컵을 들고 빌딩 안으로 서둘러 들어서고 있다. 젊은 날의 영조도 막 학교에 도착해 서둘러 건물 안으로 들어간다. 영조는 젊은 시절의 자신이 학교 안으로 들어갈 때 자신도 함께 들어갔다. 엘리베이터 앞에 그녀가 있다. 이내 영조의 두 눈이 빨갛게 젖어들었다.

'아, 안젤라……!'

✤

"선임님, 좀 이상합니다. 누군가가 우리를 지켜보고 있다는 느낌을 지울 수가 없어요."

"자네도 그런가? 이곳에 들어오기 전에도 누군가가 우리를 따라오는 느낌이 있긴 했는데 곧 사라지기에 내가 착각했나 했었지. 그런데 지금 다시 그 느낌이 들어서 나도 의아해하던 참이었네."

"예, 게다가 이 느낌이 전혀 낯설지가 않아요. 오래전에도 이런 비슷한 느낌이 들었던 적이 있었던 것 같단 말이에요."

"영조 저 친구 부모를 데려올 때도 그랬었지, 아마?"

"아! 그렇군요. 맞아요. 그때도 누군가가 보고 있다는 생각이 들어 몇 번이나 뒤를 돌아보았지요. 물론 아무도 없었지만……. 그럼 지금도 저희들만의 느낌일 수도 있겠군요."

"아니야, 그때하고는 달라. 그때는 누군가 우리를 보고 있는 듯했지만, 지금은 함께 있는 느낌이야. 이상해. 한 번 살펴봐야 할 것 같아."

"뭐 별일이야 있겠습니까? 누가 이 망자육대문 안에 들어올 수 있단 말입니까?"

"음……, 그렇긴 하지만 확인해두어 나쁠 것은 없겠지. 일단 평상시처럼 행동하게. 내가 틈을 봐서 뒤를 한 번 살펴보겠네."

굳이 그럴 필요까지 있겠냐고 이야기하려던 진우는 냉큼 입을 닫았
다. 충선이 눈짓으로 조용히 하라는 신호를 보냈기 때문이었다. 충선
의 반응이 좀 과하다 싶긴 했지만, 확인해서 나쁠 일도 아니었다. 진
우는 기쁨의 기억 속에 푹 빠져 있는 영조 쪽으로 다시 시선을 돌렸
다. 행복감에는 전염성이 있는 모양이었다. 영조 얼굴에 비치는 형언
키 어려운 행복감과 충만감이 어느새 진우의 마음 한구석에도 조용
히 전이되었다.

"언니."

"영숙아, 웬일로 오늘 또⋯⋯?"

"헬로!"

안젤라가 영숙의 뒤를 따라 병실로 들어섰다.

"언니, 할 이야기가 있어서 오늘 또 왔어. 이분은 우리 학교 교장 선
생님이신 안젤라 선생님이셔."

"아, 안녕하세⋯⋯, 아니, 당신은⋯⋯! 그럼, 당신이 교장 선생님?"

소정은 갑작스런 안젤라의 출현에 놀라지 않을 수 없었다. 왜 갑자
기 안젤라가 여기에 나타났단 말인가?

언제였을까? 안젤라를 처음이자 마지막으로 만났던 그때가⋯⋯.

영조가 삼촌의 병환으로 급히 한국으로 귀국했을 때였으니까 십
년도 훨씬 전이었다. 영조가 삼촌의 병간호를 위해 서울 지역 중견 광
고회사 입사 제의를 뿌리치고 지역에서 동아리 선배가 운영하던 광고
회사에 재입사를 하면서 그 회사에서 카피라이터로 일을 하고 있던

소정과 재회했을 때였다. 아기는 후배라며 영조가 소정을 안젤라에게 소개시켜줬던 적이 있었다. 그 안젤라가 세영이 들어갈 국제학교 교장 선생님으로 다시 돌아왔다. 그리고 지금 영조가 누워 있는 이곳, 병원까지 찾아왔다. 이 상황을 어떻게 받아들여야 하는 걸까?

"언니, 잠시만……. 자세한 건 나가서 설명해줄게."

영숙이 조용히 소정의 손을 잡고 병실 밖으로 인도했고, 안젤라는 고개를 숙여 소정에게 감사의 인사를 건넸다. 안젤라는 떨리는 발걸음을 옮겨 영조가 누워 있는 침대 곁으로 다가섰다. 영조의 얼굴이 점점 또렷이 각인되자 안젤라의 다리에 힘이 풀리며 휘청거렸다. 안젤라는 머리에 손을 짚고 보호자용 의자에 풀썩 주저앉았다. 이마에는 식은땀이 송골송골 맺혀 있었다.

얼마나 그리워했던 사람인가? 동시에 얼마나 미워했던 사람인가? 가까이서 본 영조의 얼굴에 조셉이 투영됐다. 이내 안젤라의 갈색 눈동자가 희뿌옇게 흐려졌다.

'우린 왜 이렇게 되었을까? 도대체 어디서부터 어긋나버린 걸까?'

5.

만남

안젤라가 호주 멜버른 소재 한 칼리지에서 셀타 코스를 이수하고
그 학교에서 ESL 교사로 재직한 지 다섯 달쯤 되었을 때였다. 학창
시절 다른 문화권 출신의 친구들이 있긴 했지만, 안젤라가 다녔던 학
교 학생 대부분이 이탈리아계였기에 문화적 차이를 경험하는 것이 흔
한 일은 아니었다. 그래서 랭귀지스쿨에서 경험한 다섯 달이라는 시
간은 신선한 자극제였고 활력이었다. 당연히 수업에 임하는 태도도
남다를 수밖에 없었다. 맨 먼저 학교에 출근하여 그날 수업 내용을
정리하고, 다른 문화권별로 교수법에 차이를 두어 준비하는 등, 다양
한 문화 출신의 학생들에게 남다른 배려와 애정을 쏟았다.

그날도 여느 때와 다름없이 제일 먼저 출근한 안젤라는 학교 근처
단골 카페에서 갓 뽑은 카푸치노 한 잔을 사들고 다시 학교로 돌아
와 3층에 위치한 교무실로 가기 위해 엘리베이터 앞에 서 있었다. 을

씨년스러운 멜버른 특유의 비 내리는 아침에 퍼지는 그윽한 카푸치노 향을 안젤라는 사랑했다. 그날도 잠시 조용히 눈을 감고 가슴 가득 카푸치노 향을 깊이 들이마시던 참이었다.

"Excuse me."

인기척을 느끼지 못했던 안젤라는 갑자기 들려온 목소리에 황급히 뒤를 돌아보다가 그만 커피 잔을 떨어뜨릴 뻔했다. 혼비백산한 안젤라가 서둘러 다른 손으로 컵을 잡아채어 엎질러지는 것을 가까스로 막은 뒤에서야 목소리의 주인공을 향해 시선을 돌릴 수 있었다. 자신보다 머리 하나 정도 더 큰 키에 까맣고 큰 눈이 한눈에 들어오는, 서글서글한 인상의 동양 남자가 미소를 지으며 서 있었다. 금방 캠핑이라도 마치고 온 듯 큰 배낭 가방을 메고 있었고, 배낭 오른쪽 주머니에는 접이식 우산이 꽂혀 있었다.

"죄송합니다. 놀라게 해드렸다면……. 저, 저는, 오늘 처음 온 학생인데요……, 음, 앨리 씨를 찾고 있습니다."

앨리라면 교장 선생님을 찾고 있는 것이었다. 그러고 보니 오늘이 매월 첫째 주 월요일, 안젤라는 이 학생이 반 배정 테스트를 받으러 왔다는 것을 금방 알아차렸다. 안젤라는 환하게 웃으며 친절하게 말했다.

"안녕하세요, 저는 안젤라라고 해요. 이 학교 교사구요. 만나서 반가워요. 이름이 뭔가요?"

"음……, 이름요? 아……, 제 이름은 영조 나입니다. 그냥 영이라고 부르세요."

"그러죠, 영. 오늘 반 배정 테스트 보러 온 거죠?"

"……."

언뜻, 남자가 구사하는 영어 발음이나 억양으로 미루어보아, 중급 정도 이상은 된다고 판단한 안젤라는 그 수준의 학생들이 알아들을 수 있을 속도로 질문을 했다. 그런데 남자는 묵묵부답 눈만 멀뚱멀뚱 뜨고 있었다. 안젤라를 뚫어지게 쳐다보며 무슨 말을 한 건지를 추리하는 듯 온몸에 잔뜩 힘이 들어가 있었다. 당황하고 긴장하다 보면 아는 말도 잘 들리지 않는 법이었다. 첫날이니 모든 것이 낯설고 낯선 만큼 상황을 인지하는 것이 평상시보다 당연히 느릴 것이었다.

안젤라는 과장된 몸짓으로 중급 이하 레벨 정도의 학생들에게 적합한 표현 양식으로 다시 남자에게 오늘 테스트를 받으러 온 것인지를 물었다. 그제야 안젤라가 무슨 말을 했는지가 선명한 문장으로 들렸는지 남자가 싱긋, 웃으며 '그렇다'고 대답했다. 안젤라가 손짓으로 위쪽과 엘리베이터를 함께 가리키며 신입생 테스트실 위치를 설명하고 난 뒤, 제대로 이해했는지를 파악하고자 남자의 눈빛을 살피고 있을 때 엘리베이터 문이 열렸다.

안젤라는 남자가 엘리베이터에 먼저 오르도록 배려한 뒤 그 뒤를 따랐고 엘리베이터 문 바로 앞에 섰다. 남자는 안젤라 뒤 코너에 등을 대고 섰다. 수많은 학생들과 엘리베이터를 같이 타는 것이 일상생활이라 스스럼없이 엘리베이터에 올랐던 안젤라는 왠지 모를 어색함에 안절부절못했다. 혹시나 남자가 자기를 쳐다보고 있나 싶어 재빨리 뒤를 돌아보았다. 하지만 남자는 묵묵히 전자사전을 보면서 테스트에 대비하는 모습이었다.

이상한 일이었다. 3층으로 올라가는 짧은 시간이 그날따라 영겁의 시간처럼 느껴졌고, 알 수 없는 설렘에 얼굴까지 화끈거렸다. 혹시나 그 모습을 들킬까 전전긍긍하고 있을 때, 단발음의 벨소리가 엘리베이터가 3층에 도착했음을 알렸다. 아무 일 없다는 듯, 엘리베이터에서 먼저 내려 남자에게 테스트실을 안내하고 돌아서던 안젤라는 두근 두근 방망이질치는 자신의 심장에 오른손을 얹고 얼굴을 붉혔다.

✦

십여 년 전의 멜버른, 바쁜 일상으로 까맣게 잊고 지냈던 기억들이 고스란히 되살아나자 영조의 마음이 들뜨기 시작했다. 꿈결처럼 행복 했던 시절이라 꿈처럼 허망하게 잊혔던 그 시절에 영조가 다시 서 있 었다.

멜버른에 처음 도착한 이후의 삶은 흥분과 기대감의 연속이었다. 매일 매일의 아침이 설렘으로 기다려졌다. 이른 아침 숙소를 나서는 순간부터 또 다른 모험의 시작이었고, 배움이었고, 삶의 에너지였다. 호주 어학연수 시절을 지켜보던 영조는 그 시절의 모습들이 바로 어 제 일처럼 새록새록 떠올랐고 당시 느꼈던 활력과 에너지까지도 그대 로 느낄 수 있었다. 친구들과 삼삼오오 모여 점심을 먹었던 스완스톤 스트리트에 있는 베트남 국수집도 보였고, 운치 있고 멋진 주립도서관 에서 부족한 영어 문법을 공부하던 모습도 보였다. 언제나 함께했던 일본인 단짝 친구 노리도 보였다. 행복하게 웃고 있는 젊은 시절의 영 조를 보면서 기억 속의 자신이었지만 너무나 부러웠다. 다시 돌아가고 싶었다.

갑자기 장소가 랭귀지스쿨 앞으로 바뀌었다. 어떤 기억 속에 와 있 는지 금방 알아볼 수 없었다. 학교 앞에 대형 관광버스 한 대가 서 있다. 같은 반 친구들의 모습도 보이고 학교를 오가다 우연히 부딪쳐 안면 있는 다른 반 학생들도 여기저기 무리를 지어 담소를 나누고 있다. 버스 운전석 바로 뒷좌석에는 학교 교사들 몇이 자리하고 있었다. 그들의 얼굴을 확인하자마자 영조의 얼굴에 웃음기가 맴돌았다. 그들 교사 한 명 한 명에 얽힌 기억들이 추억의 저편에서 활짝 문을 열어 제치고 현실처럼 튀어나왔다. 장난기 많던 바람둥이 톰도 있었고, 유치원 교사처럼 학생들을 대하던 설린도 보였다. 은근한 관능미로 남학생들에게 인기 많았던 줄리아까지……. 그래, 그날이었다. 영조에게는 영원히 잊을 수 없는 날, 안젤라의 마음을 확인한 날, 그리고 그 사랑이 시작된 날이었다.

학교는 새해를 맞아 2주 방학 기간 중이어서 수업이 없었고, 대신 학교에서 준비한 단데농 마운틴 투어를 다녀온 날이었다. 인솔 교사들과 학생들은 여행의 흥을 그대로 이어 야라 강에서 펼쳐진 송년의 밤 불꽃축제에도 함께 참여했다. 엄청난 군중들이 야라 강 주변에 운집했다. 교사들과 학생들은 한 무리를 이루며 떨어지지 않으려 안간힘을 썼다. 하지만 엄청난 인파에 휩쓸리면서 의도치 않게 뿔뿔이 흩어지고 말았다.

그러나 안젤라와 영조는 헤어지지 않았다. 안젤라와 영조는 엄청난 인파를 헤치면서 누가 먼저랄 것도 없이 서로 손을 내밀었다. 둘은 불꽃놀이가 시작되는 야라 강 둔치에 자리를 잡았다. 사람들이 환호성을 질러댔다. 불꽃놀이가 시작되었다. 멜버른 밤하늘에 형형색색 화려한 불꽃이 연신 수를 놓았다. 여전히 그들은 손을 잡고 있었다. 마지막 폭죽이 하늘 가득 불꽃을 남기며 천천히 사라짐과 동시에 송년의 카운트다운이 시작됐다.

텐, 나인, 에이트…….

야라 강을 채운 군중들이 목이 터져라 함께 카운트다운을 했다. 마지막 카운트가 끝나고 사람들은 환호성을 지르며 옆에선 사람들에게 키스 세례를 퍼부었다. 안젤라가 먼저 영조에게 '해피 뉴 이어'라고 말하며 볼에 가벼운 키스를 시도했다. 그런데 볼키스 문화에 익숙지 않았던 영조의 실수로 두 사람의 입술이 만나버렸다. 그들은 곧 뜨거운 키스를 나누며 가슴 뛰는 새해의 첫 태양을 지켜보았다.

◈

"소정 씨, 오랜만이에요. 저 기억나시나요? 예전에 한 번 만난 적이 있는데……."

영조의 병실에서 나온 안젤라가 병실 복도 벤치에 앉아 있던 소정에게 고개 숙여 인사하며 말을 건넸다. 소정이 무슨 말인지 몰라 영숙을 바라보자, 영숙이 바로 통역을 해주었다. 소정은 그제야 고개를 끄덕이고는 힘없이 고개를 떨어뜨렸다.

"영조 씨가 이렇게 되어 정말 유감이에요. 그리고……."

"조셉 이야기……, 들었어요. 정말, 그때 알았다면…, 그때 조셉이 있는 줄 알았다면, 절대로……, 영조 씨하고 결혼하는 일은 없었을 거예요. 정말 미안해요……. 전 정말 몰랐어요, 흑흑……."

소정이 흐느껴 울기 시작하자 안젤라는 당황한 표정으로 영숙을 쳐다보았다. 영숙도 소정이 하는 말이 무슨 말인지, 그리고 갑자기 왜 눈물을 흘리는지, 이해가 안 가는 것은 마찬가지였다. 그래서 소정의 말을 어떻게 통역해야 할지 막연하기만 했다. 일단 영숙은 핸드백에서 휴지를 꺼내 소정에게 건네주며 어깨를 토닥여주었다. 안젤라가 소정의 옆으로 다가가 앉았다. 한 사람은 남편이, 또 한 사람은 아들이 알수 없는 이유로 혼수상태에 빠져 있다. 단지 그 이유만으로도 둘은 강한 유대감을 느꼈다. 아픔을 공유하는 것만큼 강한 동질감은 없었다. 영숙이 건네준 휴지로 눈물을 닦아낸 소정은 감정이 어느 정도 추슬러지자 안젤라의 깊은 눈을 바라보며 다시 입을 열었다.

"영숙아, 지금부터 내가 하는 말 좀 통역 좀 해줄 수 있겠니?"

영숙이 말없이 고개를 끄덕였다.

"먼저, 같은 여자로서 미안해요. 아이 아빠도 없이 조셉과 버텨왔을 그 시간들이 결코 쉽지 않았을 거예요. 그때 그 사실을 알았다면 결코 영조 선배와 결혼하지 않았을 거예요. 정말이에요."

안젤라는 영숙이 전해주는 소정의 이야기가 무슨 말인지 이해가 가지 않았다. 하지만 소정의 이야기를 방해하고 싶지 않아 궁금증을 누르고 잠자코 듣고만 있었다.

"기억나세요? 영조 씨 삼촌이 당신을 찾아갔던 일."

"영조 씨 삼촌이 나를 찾아온 일? 그걸 소정 씨가 어떻게 아세요?"

기억이 나지 않을 리가 없었다. 병색이 완연한 초췌한 얼굴로 찾아와 자신의 마음을 갈기갈기 찢어놓았는데, 그 이후로 자신이 얼마나 많은 것들을 감내하며 살아야 했는데, 어찌 그날을 잊을 수 있겠는가? 그날, 석기 삼촌의 갑작스런 방문을 받고 많이 놀랐지만 평소 영조와의 만남을 반대하던 삼촌이 직접 나타나자 안젤라는 내심 기대를 했다. 삼촌이 그 편지를 내놓기 전까지는 말이다. 어떻게 준비했는지 여기저기 문법이 틀린 영문 편지 한 장을 내놓으며 알아듣지도 못하는 한국말을 울음 섞인 목소리로 말했다. 안젤라는 그저 편지 내용과 관련된 말씀을 하고 계시리라 짐작할 뿐이었다.

편지 내용은 대충 이러했다. 어린 시절 부모를 잃고 삼촌 밑에서 외롭게 자란 영조가 평생을 또다시 외톨박이로 살아가는 게 싫다고 했다. 자신과 결혼하게 되면 앞으로 영조는 평생을 외톨박이로 또 살아야 한다고 했다. 영조를 아끼고 사랑하는 마음이 진심인 줄은 알지만 오래가지 않을 열정일 뿐이라고 했다. 서로에게 더 어울리는 사람이 따로 있다고 했다. 좋은 사람인 줄은 알지만 영조에게는 맞지 않으니 떠나달라고 했다. 지금 당장이야 힘들겠지만, 훗날 이 결정이 서로를 위해서 최선의 결정이었음을 알 때가 있을 거라고 했다.

안젤라는 억울했다. 잘 알지도 못하면서, 겪어보지도 않았으면서, 왜 자신 때문에 영조가 외톨박이가 될 것이란 이야기를 하는지, 왜 이 사랑이 그저 지나가는 열정일 뿐이라고 하는지 항변하고 싶었다.

영조 때문에 한국에 와서 삼 년을 살았다. 그것도 삼촌의 병환 때문에 걱정하는 영조를 위해 떠나온 길이었다. 가족이나 친구 하나 없는 낯선 한국에서 지낸 삼 년이란 시간은 결코 쉬운 시간들이 아니었다. 오직 영조에 대한 사랑 하나로 마음을 지키고 있었는데, 무조건적으로 자신을 밀어내는 삼촌이 야속하고 답답했다. 안젤라는 삼촌에게 따지고 싶었다. 하나하나 반박하고 싶었다.

하지만 삼촌과 눈이 마주친 순간 그럴 수가 없음을 알았다. 서툰 한국말이 염려되어서가 아니었다. 삼촌의 주름진 두 눈동자 속에서 발견한 절실함 때문이었다. 삼 년 동안의 항암 치료로 오십도 안 된 삼촌의 모습은 거의 팔십대 노인 모습이었다. 지칠 대로 지쳐 보이는 그분의 절실함 앞에서 아무 말도 할 수 없었다.

그날 밤, 늦게 일을 마친 영조가 학교 숙소로 찾아왔었다. 아무것도 모르는 영조는 튤립 한 다발을 들고 나타났다. 안젤라는 영조를 보자마자 끌어안고 울었다. 영문을 몰라 답답해하는 영조에게 그냥 눈물이 난다고 둘러대며 집요하게 영조 품을 파고들었다. 그날 밤, 바로 그날 밤, 영조 삼촌이 영조와 헤어질 것을 종용했던 그날 밤, 조셉을 가졌다. 그런 날을 어찌 잊을 수 있겠는가?

"예……, 기억나요. 그런데 그게 소정 씨와 무슨 관계가……?"

"영조 씨 삼촌 되시는 분은 제가 대학 다닐 때부터 잘 아는 분이셨어요. 친조카처럼 저를 아껴주셨죠. 제가 대학 다닐 때, 아빠가 갑자기 돌아가셔서 경황없을 때도 상주 일을 도맡아 해주셨을 정도로 저한테 잘해주신 분이시라, 영조 선배의 삼촌이었지만 저에게도 그분은 작은 아버지 같은 분이셨어요. 그런데 그분한테서 어느 날 연락이 왔어요. 당신한테 찾아가기 전 저에게 확인할 것이 있다면서요. 아마도 당신을 찾아가기 일주일 전쯤이었을 거예요. 삼촌이 단도직입적으로 묻더군요. 영조 선배를 사랑하냐구요. 그 질문이 무슨 질문인지는 잘 알고 있었어요. 당신한테 가 있는 영조 선배의 마음 또한 잘 알고 있었구요. 어쨌든, 가끔 영조 선배가 저한테 한 이야기가 있었기에 그때 삼촌이 무슨 말씀을 하실지 잘 알고 있었지만……."

"영조 씨가 한 이야기요?"

"제가 영조 선배 주변에 있으니까 삼촌이 자꾸 혹시나 하는 마음을 가지신다구요. 영조 선배가 저보고 언제 기회가 되면 삼촌한테 말 좀 해달라 그랬어요. 선배 이상의 감정은 없다고……."

소정은 잠시 말을 멈추었다. 공허한 미소가 바짝 말라 갈라진 소정의 입술 언저리에서 잠시 머물렀다. 고개를 돌려 영조를 한 번 바라본 소정은 영숙이 건네준 생수로 메마른 입술을 적신 뒤, 다시 입을 열었다.

"영조 선배는 진심으로 그렇게 생각하고 있었어요. 그간 그렇게 가까이 지냈으면서도 영조 선배는 저를 단 한 번도 여자로 생각하지 않았어요. 그냥 친동생처럼 아껴줬어요. 그래서 아마 저 또한 자신을 친한 오빠 이상으로 생각하지 않는다고 믿은 거 같아요. 지금 중요한 건 그 이야기가 아닌데……, 후후……."

"……."

"그날 삼촌이 저에게 영조를 사랑하지 않느냐고 물었을 때, 전 그때까지 꽁꽁 묶어두었던 제 마음을 다 쏟아놓아버렸어요. 그게 영조 선배가 그토록 사랑했던 당신과의 이별을 의미한다는 것을 누구보다 잘 알았지만, 어쩔 수 없었어요. 정말 하늘이 준 마지막 기회라고 생각했어요. 신입생 환영회에서 처음 만난 이후 한순간도 그 사람을 사랑하지 않은 적이 없어요. 하지만 영조 선배에게 저는 아끼는 후배였을 뿐이었어요. 섣불리 다가섰다가 영조 선배를 영원히 잃을 것 같아 그냥 주변만 맴돌았는데……. 선배가 그 사이 몇 명의 여자와 만났었고, 저 또한 몇 명의 다른 사람을 만나보았지만 영조 선배에 대한 사랑만 더 키우고 말았어요. 그래서 그냥 기다렸어요. 그러던 어느 날, 영조 선배가 호주로 유학을 간다는 이야기를 들었어요. 어학연수 후 그곳에서 석사과정을 공부할 예정이라고 했지요. 그렇게 떠나보낼 수 없었어요. 어떤 식으로든 제 마음을 알리고 싶었어요. 회사에서 영조 선배 환송회를 한 그날 밤, 저희 집까지 바래다준 영조 선배에게 말했어요. 그런데 바보같이 진지하게 말하지 못했어요. 농담 반 진담 반으로 선배나 나나 연애는 젬병인 것 같으니 선배가 돌아오는 삼 년 뒤에도 각자 옆에 아무도 없으면 그냥 같이 살자구요. 그때 선배가 크게 소리 내어 웃으며 아주 좋은 생각이라고 했어요. 선배가 호주로 가 있는 동안 당신에 대해서 이야기를 듣긴 했지만, 별로 신경 쓰지 않았어요. 예전에 그랬던 것처럼 그냥 지나치는 바람이겠거니 생각했지요. 현실적으로도 영조 선배가 외국인과 연인이 된다는 것 자체가 상상이 되지 않았기도 했구요. 직접 당신을 만나기 전까지는 말이에요. 영조 선배가 한국에 돌아와서 당신을 저한테 소개시켜준 날, 영조 선배와 함께 있는 당신, 각기 보면 다른 사람이었는데 함께 있는 모습이 그렇게 잘 어울릴 수가 없었어요. 예전에 선배가 사귀었던 다른 여자분들도 본 적이 있었지만, 그때의 느낌과는 너무 달랐어요. 당신과 영조 선배가 함께한 모습은 제 일말의 기대마저 앗아가버리고 말았어요. 저는 처음으로 질투란 걸 느꼈어요. 이러다 정말 영원히 기회가 없을 것이라는……. 그런데 삼촌이 그렇게 물어보셔서……, 저로서는 선배의 마음을 알았지만, 당신의 눈빛에서 선배에 대한 사랑을 알았지만, 어떤 식으로든 영조 선배를 제 곁에 두고 싶었어요. 그날 전 삼촌에게 울며불며 매달렸어요. 도와달라고요. 영조 선배를 저한테 달라구요. 삼촌은 그날 제 어깨를 토닥이며 흐뭇하게 웃으시면서 말했어요. 그렇게 될 거라고요. 걱정하지 말라고요. 그리고 일주일 후, 당신을 만났다고 하더군요. 만약 제가 그때 영조 선배는 그냥 선배일 뿐이라고 했다면 삼촌도 당신을 찾아가시지 않았을지도 몰라요. 그런데……."

"……?"

"궁금한 게 하나 있어요."

"네?"

"조셉을 가진 것을 알았을 때, 왜 영조 선배한테 말을 하지 않으셨나요?"

"그게……."

"또 한 가지, 삼촌이 당신을 찾아간 것도 영조 선배는 모르고 있었어요. 왜 삼촌이 찾아간 것도 말씀하지 않으셨나요?"

안젤라가 대답을 망설이는 사이, 영숙의 휴대폰이 요란스럽게 울렸다. 화면에 발신자가 '병원'이라고 떴다. 영숙은 놀란 표정으로 황급히 전화를 받았다. 이내 영숙의 얼굴이 샛노랗게 변했고, 안젤라와 소정이 동시에 영숙을 바라보았다.

"안젤라 선생님, 빨리 조셉한테 가보셔야 할 것 같아요. 조셉 맥박이 갑자기 약해지고 있대요. 담당 간호사예요."

"뭐, 뭐라구요?"

6.
발각

"넌 누구냐?"

카랑카랑한 목소리. 운해선사 할아버지의 목소리가 아니었다. 조셉은 소스라치게 놀라 뒤를 돌아보았다. 대디와 맘마의 만남에 정신이 팔려 자신도 모르는 사이에 몸을 숨기고 있던 바위 앞으로 나와버리고 말았다. 황급히 주변을 살폈지만 어디에도 운해선사 할아버지의 모습은 보이지 않았다.

"누구냐고 물었다."

주름진 얼굴의 선임 사자 충선이었다. 자신을 노려보는 날카로운 눈초리에 오금이 저려왔다. 다행히 운해선사 할아버지의 존재는 모르는 듯했다.

"잠을 자고 있었는데 눈을 뜨고 보니 이곳에 들어와 있었어요. 그러다 여러 명이 이 문 안으로 들어가기에 길이 있는 줄 알고 따라들어왔어요."

"뭐라고? 그럼 왜 여태까지 숨어서 따라왔느냐?"

"분위기가……, 제가 들어오면 안 될 곳 같아서 숨어 있었어요. 무, 무서워서요. 그런데 저 지금 꿈을 꾸고 있는 건가요?"

조섭은 능청스럽게 거짓말을 해대는 자신이 놀라웠지만 여러 정황 상 염라사자들을 신뢰할 수 없다고 판단하여 자신과 운해선사 할아버지의 정체는 끝까지 숨겨야겠다고 마음먹었다.

"뭐라? 잠을 자다가 눈을 떠보니 이곳이었고, 우리가 이 문 안으로 들어오기에 따라 들어왔다? 잠깐만……."

충선은 갑자기 조섭의 오른손을 잡아 당겨 손바닥을 들추어 보았다. 그리고는 조섭의 몸 전체를 유심히 살폈다. 고개를 들고 잠시 생각을 정리하던 충선이 갑자기 조섭의 손목을 홱 잡아끌며 앞장서 걸어가기 시작했다.

"왜, 왜 이러세요?"

겁에 질린 조섭이 크게 소리를 질렀지만, 충선은 아무 대꾸도 없이 조섭을 끌고 미끄러지듯 앞으로 이동했다.

영조는 여전히 기쁨의 방에 있었다. 흐뭇함과 행복함이 영조의 얼굴에 가득했다. 그때 충선이 나타났다. 문지기 초롱과 진우는 갑작스런 어린 아이의 등장에 놀란 눈으로 충선을 쳐다보았다.

"이 아이는 누구예요?"

진우가 물었지만, 충선은 아무 대꾸도 없이 초롱을 불렀다.

"문지기님, 이 아이가 꿈을 꾸다가 길을 잘못 들었다고 합니다."

"꿈을 꾸다가요? 그럼 살아 있는 아이란 말이오?"

"예."

소스라치게 놀라는 진우와 초롱과는 대조적으로 충선은 대수롭지 않다는 듯 무표정하게 말했다.

진우는 염라사자 일을 시작한 이래, 이런 경우는 처음이었다. 들어본 적도 없었다. 초롱이 진우가 묻고 싶은 걸 충선에게 질문했다.

"금방 죽어 육체의 생기가 완전히 빠지지 않은 자가 염라사자의 인도 없이 홀로 떠돌다 우연히 다른 이의 망자육대문에 실수로 들어오는 경우는 있어도, 살아 있는 자가 꿈을 꾸다가 들어오는 경우는 없었습니다. 확실합니까, 저 아이가 살아 있는 아이란 것이? 살아 있는 자에게서 보이는 분홍빛 생기도 보이지 않는데⋯⋯."

"초롱님, 여기 이 아이의 손바닥을 한 번 보세요. 미약하나마 손금의 생명선을 따라 생기가 감돌고 있는 것이 보이실 겁니다."

초롱이 충선의 말을 듣고 조셉의 손을 뒤집어 유심히 살폈다.

"음, 거의 꺼져가는 것 같군요. 그렇다면 곧 죽을 아이란 것이고⋯⋯. 아마도 병이 깊어 생과 사의 경계에 있었나 봅니다. 자다가도 죽을 수 있을 정도로 육신이 허약해져서 단순히 꿈을 꾸고 있다고 생각했던 모양이군요. 하기야 아직 죽음을 모를 나이니⋯⋯. 거 참, 이런 경우도 있군요. 그래도 다행입니다. 아이의 혼령은 중성의 영, 그러니까 순수한 영이라 타인의 망자육대문 내에 있어도 기운이 달라 겪는 고통은 없을 테니 말입니다."

"예, 그렇지요."

"어쩌지요? 어쨌든 이 아이의 육신이 살아 있다는 말씀이 아닌가요? 그렇다면 여기는 이 아이가 머물러서는 안 될 곳이지 않습니까?"

진우가 걱정스런 표정으로 초롱에게 말했다.

"맞습니다. 제가 급히 이 아이를 돌려보내고 와야 할 것 같습니다. 이 아이가 살아 있는 아이라 해도 문제고, 곧 죽을 아이라 해도 문제입니다. 망자육대문 바깥으로 일단 내보내야 살 운명이면 육체로 돌아갈 것이고, 죽을 운명이면 염라사자가 나와 영접하겠죠. 망자육대문 내에 있다가 죽어버리기라도 하면 이 아이의 영은 소재 불분명이 되어버리는데, 그렇게 되도록 놔둘 수는 없지 않겠소?"

"초롱님이 가버리시면 저희는 어떡합니까?"

충선이었다.

"얼마 걸릴 것 같지는 않으니 금방 다녀오지요."

초롱의 말에 조섭은 마음이 급해졌다. 이렇게 나가버리면 대디와 영영 이별이 아닌가? 다행히 충선이 나섰다.

"안 됩니다. 일단 일정이 잡힌 대로 영조를 망자의 강까지 데려가는 것이 급선무입니다. 당장 이 아이가 살아 있든 죽을 아이든, 지금 그걸 신경 쓸 때가 아니란 말씀입니다. 일단 망자의 강까지 함께 갔다가 문지기님께서 저희 후임 사자와 돌아나가실 때 이 아이도 함께 데리고 나가셔도 늦지는 않을 것입니다. 손바닥에서 보이는 생기가 아직 불씨처럼 살아 있고, 온몸에 산 자의 온기가 느껴지니 바로 꺼질 생명의 불꽃은 아닌데다, 죽을 팔자라 하더라도 일선 염라사자 재량으로라도 이 정도 시간은 운용이 가능합니다."

진우가 생각해도 충선의 말이 옳았다. 그런데 '후임 사자와 돌아나갈 때'란 구절이 목구멍에 걸린 생선 가시처럼 영 마음에 걸렸다. 자신만 나가고 충선은 영조와 함께 망자의 강을 건너기라도 하겠다는 말인자……. 하지만 진우는 단순한 말실수였으리라 생각하며 무시해버렸다. 초롱은 여전히 확신이 서지 않는 표정으로 충선에게 말했다.

"알겠습니다. 하지만, 이 아이의 손바닥에서 보이는 생기의 강도 정도면 육신에서는 거의 맥이 잡히지 않을 텐데, 이 아이가 살 운명이라 하더라도 우리가 망자의 강까지 갔다 올 때까지 이 아이의 육체가 버텨낼 수 있을지가 의문입니다."

"그 점은 염려마세요. 예전과 달리 인간 세상의 의료 기술이 그 정도 시간은 벌 수 있을 만큼 발전해 있으니 말이오."

"그렇긴 하지만……."

세 명의 대화가 조셉의 잔류 쪽으로 가닥이 잡히자 조셉은 안도의 한숨을 내쉬었다. 마음이 놓인 조셉은 다시 기쁨의 방에 홀로 서 있는 대디의 행복한 얼굴을 쳐다보았다. 조셉은 다시 대디의 행복을 함께 느끼고 싶다는 열망에 사로잡혔다. 그러자 곧 조셉이 다시 대디의 세상으로 불쑥, 들어와 있었다. 거리가 가까워서일까? 운해선사 할아버지와 손을 잡을 필요도 없이 이번엔 아주 쉽게 대디의 세계로 들어와 대디의 경험을 공유했다. 하지만 맘마와의 행복한 시간들은 이미 지나가버린 듯했다.

아이들이 보였다. 여자 아이 하나와 남자 아이 하나, 그들의 성장이 기록영화처럼 펼쳐졌다. 그들이 커가는 매 과정 속에 대디의 행복이 기록되어 있었다. 그들의 기저귀를 갈아주면서, 생일 잔치를 열어주면서, 그들이 처음 걸었을 때, 그들이 처음 학교에 가던 날…….

조셉의 안색이 점점 어두워졌다. 저 아이들과 달리 자신은 대디의 기억 그 어디에도 없다는 자각이 조셉의 마음을 무겁게 했다.

'아, 저기는……, 그리고 저 아이는……!'

조셉은 자신의 눈을 믿을 수 없었다. 저곳에, 손을 뻗으면 닿을 곳에 대디가 있었단 말인가? 롯데월드 아이스링크, 영숙 누나와 맘마와 함께 점심을 먹고 아이스링크 2층에서 보았던 그 아이. 그리고 그 아이를 꼬옥 안아주던 그 남자 어른…….

'아! 대디였어. 그렇다면 그때 그 소녀는……!'

7.
인연의 끈

'허어……, 정녕 만나게 되어 있는 사람은 어떤 식으로든 만나게 되어 있음이란 말인가?'

영기를 숨겨 충선의 갑작스런 출현을 피했던 운해가 모습을 드러냈다. 정해진 운명은 비록 시차가 어긋나더라도 어떤 형식으로든 그 본질을 유지한다고 했던가? 그것이 우연이든 자연의 섭리이든, 평생을 참선에만 전념했던 운해에게도 인연의 오묘함은 여전히 풀리지 않는 수수께끼나 다름없었다. 그런데 만나야 할 사람을 지금 만났지만, 죽음을 앞두고 만났고 곧 또다시 영원한 이별을 앞두고 있으니, 인연이라면 참으로 매정한 인연이었다. 운해는 잠시 눈을 감고 명상에 잠겼다가 조용히 눈을 떴다.

'그래, 몇 초 후에 바뀔 바람의 방향 하나도 예측하지 못하는 인간이 신의 섭리를 어찌 이해하리요? 나에게 주어진 역할, 피해선 안 되는 본분에 최선을 다할 뿐 결과는 나도 어쩔 수 없는 일……. 허허허! 평생을 바쳐 수행한 내가, 사람의 생과 자연의 섭리를 깨달았다고 생각했던 내가, 허허허……. 수행 헛한 게로구먼.'

만일에 대비해 또 한 번의 심호흡과 명상으로 영기를 감춘 운해의 눈에 멀리 슬픔의 방이 열리고 영조 일행이 들어가는 것이 보였다. 일단 운해는 영기 차단력을 더욱 끌어올렸다. 많은 영력을 소진해야 하는 일이었지만 망자육대문을 지나 망자의 강에서 영혼심사처 뱃사공을 직접 만날 때까지는 불필요한 충돌을 피하는 것이 여러모로 안전하기에 어쩔 수 없었다.

소란스러웠던 밤이 악몽처럼 지나갔다. 다행히 조섭의 맥박과 호흡은 돌아왔다. 하지만 담당 의료진들은 조섭이 왜 이런 상황에 빠져 있는지 원인조차 찾지 못하고 있었다. 특별한 병력도 없었고, 특별한 사고가 있었던 것도 아닌데 수면 중 갑자기 혼수상태에 빠졌다는 것 자체를 의학적으로 설명하지 못했다. 다만 외견상 영아돌연사망증후군과 비슷해 해결의 실마리가 그곳에 있지 않을까 해서 다각적으로 관련 임상 기록들을 모으고 있다고 했다.

하지만 영아돌연사망은 생후 일 개월에서 일 년 사이에 자다가 갑자기 사망하는 경우인데, 여덟 살인 조섭의 징후를 여기에 포함시키는 것이 합당할지에 대해서는 의료진들 내에서도 의견이 분분하다고 했다. 그래서 어쩌란 말인가? 안젤라는 과학적 설명이나 이론에 대한 설명 대신 조섭을 깊은 잠에서 깨우는 방법을 알고 싶을 뿐이었다.

똑똑똑.

지금 이 시간에 누가? 시계를 보니 새벽 네 시를 막 넘어서고 있었다. 방문 시간도 아닌 이 새벽에 찾아올 사람이라면 의료진밖에 없으리라. 안젤라는 조용히 문을 열었다. 그런데 의외의 사람이 문 앞에 서 있었다. 소정이었다. 게다가 그 옆에는 영조의 딸 세영이 소정의 손을 잡고 서 있었다.

"미안해요. 혹시 저희가 방해를 한 건 아닌지요?"

소정이 한국말로 이야기하자 옆에서 세영이 또박또박 영어로 통역을 했다. 의외의 방문에 놀란 안젤라는 잠시 말을 잊고 멍한 눈으로 그들을 쳐다보다 이내 희미한 미소로 그들을 병실 안으로 안내했다. 소정과 세영은 안젤라에게 가벼운 목례를 하고 병실 안으로 들어와 조셉 가까이로 다가섰다. "이 아이예요?"

세영이 안젤라를 큰 눈망울로 올려다보며 물었다. 안젤라가 고개를 끄떡였다. 소정은 세영 옆에서 조셉을 물끄러미 내려다보다 두 손으로 조셉의 이마를 어루만졌다. 안젤라는 이 이른 새벽에 어린아이까지 데리고 나타난 소정의 심사를 도저히 읽을 수 없었다. 마침 소정이 조용한 음성으로 입을 열었고 동시에 세영이 통역을 시작했다.

"아이 키우는 마음 다 한 가지 아니겠어요? 게다가 지금 일어나고 있는 일들이 우연이라고 하기에는 왠지 석연치가 않아요. 영조 선배나 조셉한테 일어나는 이 일들이 말이에요. 사실 얼마 전까지만 해도 나한테 왜 이런 일이 벌어지는지 도통 이해할 수 없었어요. 왜 영조 선배가 저렇게 되어 있는지 알 수가 없었죠. 게다가 어제 당신까지 다시 만나고 조셉의 존재까지……. 도무지 정신을 수습할 수가 없더군요."

"그러셨겠지요. 정말 미안해요. 다른 뜻이 있어서 방문했던 것은 아니었어요."

"알아요. 저라도 그랬을 거예요. 아이는 혼수상태에 빠져 있고, 아비는 아이의 존재를 알지도 못하는 상황이니 혹시나 마지막이 될지도 모르는 그 아이를 아비한테도 알려야 했겠지요. 그런데 이렇게 아비까지 혼수상태에 빠져 있으니……."

소정은 더 이상 말을 잇지 못했다. 잠을 자듯 누워 있는 조셉의 하얀 얼굴을 내려다보니 감정이 복받쳤다. 안젤라는 소정이 흘리는 눈물의 의미를 정확하게 파악하기는 힘들었지만, 소정의 복잡한 심사에는 조셉에 대한 연민도 한몫하고 있음은 확실히 느낄 수 있었다.

"영조 선배를 쏙 빼닮았군요. 잘생겼어요……. 그런데 참 이상한 거 있죠. 내 속으로 낳은 아이도 아닌데 전혀 낯설지가 않네요."

조셉을 내려다보는 소정의 표정에는 자식을 가져본 사람들이라면 누구나 이해할 수 있는 모정이 가득했다. 안젤라도 처음 세영을 만났을 때가 떠올랐다. 면접을 보면서 느꼈던 그 친밀감, 어디서 많이 본 듯한 얼굴. 이제 보니 세영과 조셉은 너무나 닮았다. 조셉 옆에 함께 서 있는 세영의 모습이, 그리고 그 느낌이 친남매나 진배없어 보였다.

8.
아버지와 아들

기쁨의 방에 불이 꺼졌다. 영조는 자기 인생에 그렇게 많은 기쁨이 있었던 줄 미처 몰랐다. 그렇게 삶이 소중한 기억들로 가득했던 것 또한 알지 못했다. 하루하루 떠밀리듯, 숙제하듯 살아오면서, 즐겁다는 생각을 해본 기억도 없는 순간들에도 자신의 영혼에는 충만감과 행복감이 차곡차곡 각인되어 왔다는 사실이 놀라울 따름이었다. 동시에 밀려드는 후회에 가슴이 답답했다. 저토록 많은 기쁨의 순간들이 있었건만 당시에는 인식도 못하고 흘려보냈다는 사실이 통탄스러웠다.

영조는 다시 살고 싶어졌다. 다시 시작하고 싶었다. 처음 염라사자가 찾아왔을 때, 죽는다는 것에 대한 두려움보다 드디어 때가 왔음에 안도했던 것에 비하면 상당한 변화였다. 갑자기 세영과 세준, 그리고 소정이 미치도록 보고 싶었다. 그들과 다시 한 번 의미 있는 시간들을 만들고 싶었다. 보다 찬찬히 바라보며, 느끼며, 즐기며, 다시 한 번 인생을 살아보고 싶다는 생각이 간절해졌다.

그때 진우가 소리 없이 다가왔다.

"영조 씨, 괜찮으세요?"

"예에……. 막상 죽고 보니 살고 싶단 생각이 다시 간절해지네요."

"모두들 그래요. 대부분의 사람들이 이승에 있는 동안에는 당장 자신들이 얼마나 행복한지 잘 모르고 살아요. 더군다나 초 단위로 나누어 바쁘게 사는 현대인들은 더 그래요. 행복을 추구하며 살면서도 정작 행복한 순간에는 그 순간이 행복한 줄 모르고 지나쳐버려요. 항상 미래의 행복에만 초점을 두고 살다 보니 그런 게지요. 기쁨의 방을 경험하고 난 뒤 대부분 다시 돌아갈 수만 있다면 정말 다르게 살고 싶다는 열망을 가지게 된답니다. 그 열망이 다음 생을 보다 알차고 준비성 있게 시작할 수 있는 원동력으로도 작용하구요."

"그렇군요. 그런데 저기 저 아이는 누굽니까?"

충선의 손을 잡고 있는 조섭을 뒤늦게 발견한 영조가 진우에게 물었다.

"우리도 몰라요. 갑자가 나타났어요. 꿈을 꾸다가 들어왔답니다."

"꿈을 꾸다가요?"

"예, 이야기하려면 좀 깁니다. 다음 '슬픔의 방'으로 곧 들어가야 하니 마음 추스르십시오. 지금부터 각오 단단히 하셔야 할 겁니다. 점점 더, 다시 한 번 살 수 있다면, 하는 마음이 강해질 테니까요."

진우가 싱긋 웃으며 자리에서 일어나 초롱에게 걸어갔다. 초롱이 진우 어깨 너머로 영조를 살펴보며 다음 장으로 넘어가도 되는 상태인지를 살폈다. 진우는 초롱과 무슨 대화를 나누다 영조와 눈이 마주치자 씨익 웃어 보였다. 영조는 처음 진우를 보았을 때는 웃고 있는 것인지 인상을 쓰고 있는 것인지가 전혀 구별이 안 되었지만 이젠 그 미소가 분명히 보였고, 그 미소 속의 진심도 느낄 수 있었다. 기괴한 첫인상과는 달리 후임 사자 진우는 사근사근한 붙임성과 따뜻한 성품을 가지고 있었다. 마치 오랜 친구처럼 영조의 마음을 편하게 해주는 묘한 능력이 있어 인간 세상에서 만났다면 좋은 친구가 될 수도 있었겠다는 생각이 들기도 했다. 영조는 이내 픽, 웃고 말았다. 염라 사자와 친구가 되는 상상을 하다니…….

"자! 그만 다시 출발합시다."

문지기 초롱이 모두를 재촉하며 기쁨의 방을 빠져 나와 슬픔의 방으로 걸음을 옮기기 시작했다. 기쁨의 방에서 슬픔의 방으로 가는 길은 망자육대문 입구에서 기쁨의 방으로 이어지던 길과 비슷했다. 옆쪽으로 늘어선 까마득한 암벽 측벽과 깜깜한 암흑 속에서 자갈밭 길이 은은히 빛을 발하고 있었다. 모두들 자갈길을 걸어가고 있었지만, 오직 영조와 조섭의 발자국에서만 자갈돌 눌리는 소리가 났고, 충선과 진우 그리고 초롱은 자갈돌을 밟고 걷는 것인지 그냥 떠서 미끄러지는 것인지 발자국에 아무런 소리도 흔적도 남지 않았다.

그러다 영조는 한 방에서 모든 경험들을 진행하지 않고, 이렇게 다음 방까지 일일이 이동하는 것이 좀 비효율적이지 않나, 하는 생각이 문득 들었다. 그 의구심을 눈치라도 챈 듯, 문지기 초롱의 설명이 곧바로 이어졌다.

"이 자갈들이 그냥 자갈돌처럼 보이지만, 사실은 영조님의 이승 경험들의 결정체들입니다. 잘 보십시오. 자세히 보시면 모두 유리구슬들입니다. 이들 하나하나가 은은한 빛을 머금고 있는 것은 저마다 삶을 기록하고 있다는 증거입니다. 당사자가 직접 이곳을 지나면서 그 기억들의 재생을 승인하도록 해놓은 절차인 것이지요. 기쁨의 방까지 이어진 유리구슬들은 기쁨의 기억들 하나하나가 모여 있고, 다시 기쁨의 방에서 슬픔의 방까지는 슬픔의 기억들이 고스란히 담겨 있습니다. 게다가 거기서 발산되는 빛은 영혼을 진정시키는 역할도 함께 하고 있습니다. 각 방에서 겪어야 할 극단적인 경험으로 인해 영혼이 놀라 본래의 목적인 교화의 목적을 달성하는 데 방해가 되지 않도록 하기 위해 취해둔 조치입니다."

영조와 조셉은 초롱이 설명하는 동안 자갈 하나를 들어 살펴보았다. 초롱의 말처럼 언뜻 평범한 자갈돌 같지만 자세히 보니 반투명한 유리의 결정체였다. 영조의 손길이 닿자 은은한 푸른빛이 살며시 올라오며 환하게 켜졌다. 초롱의 말을 의식해서였는지 아니면 정말 그랬는지는 모르겠지만, 반투명 유리 결정체를 잡아드는 순간 마음 한구석이 평안해지는 느낌이 들었다. 영조는 손에 든 유리 결정체를 다시 조심스럽게 내려놓으며 조셉을 바라보았다. 조셉도 마침 고개를 들다 영조의 시선과 마주쳤다. 영조가 웃었다. 조셉도 수줍게 따라 웃었다.

"이름이 뭐니?"

"저는 조……, 조라고 해요."

조셉은 이름을 밝히지 않았다. 염라사자들 앞에서 자신의 이름을 밝혀서는 안 될 것 같아서였다. 꿈에도 그리던 대디를 만났고, 대디가 이름을 묻는데 진짜 이름을 말할 수 없는 것이 안타까웠지만 왠지 그래야 할 것 같았다.

"만나서 반가워. 나는 나영조라고 해."

"예, 저두요."

영조가 악수를 청하며 손을 내밀자 조셉은 발개진 얼굴을 들어 영조를 쳐다보았다. 조셉은 대디와 함께할 수 있는 이 시간이 마냥 행복하기만 했다.

"저, 진우님."

"예, 영조님. 말씀하십시오."

"저, 괜찮으시면 이 아이는 제가 데리고 다녀도 되겠습니까?"

"왜요? 이승에 두고 온 아이들 생각이 나시는 모양이시군요."

진우의 따뜻한 질문에 영조는 고개를 끄떡이며 조셉을 바라보았다. 진우는 안쓰러운 듯 영조를 바라보다 시선을 거두어 충선 쪽을 쳐다보았다. 영조와 조셉을 먼발치에서 지켜보고 있던 선임 사자 충선이 진우에게 고개를 끄덕였다. 허락의 표시였다.

"그러세요. 저희들 일도 덜고 좋지요."

"감사합니다."

영조는 손을 내밀어 고사리 같은 조셉의 손을 잡았고, 조셉은 영조가 이끄는 대로 슬픔의 방을 향해 함께 걸어가기 시작했다. 조셉의 걸음걸이가 솜사탕보다 가벼워 보였다.

"누가 보면 부자지간인 줄 알겠어요. 그렇지 않아요?"

초롱이 진우 옆에 다가서며 말하자 진우는 다시 한 번 영조와 조셉을 번갈아 보았다. 정말 그랬다. 정말 많이 닮았다. 진우 뒤를 따르던 충선도 영조와 조셉을 뚫어져라 쳐다보았다.

"물어보고 싶은 말이 참 많았는데, 오늘은 아닌 것 같네요. 다음 기회에……"

"예."

말없이 조섭의 침대 옆을 지키던 소정이 자리에서 일어서며 안젤라에게 인사를 했다. 안젤라도 따라 일어서며 소정에게 미소 지었지만 그 미소는 여전히 힘없고 창백했다.

"애들 아빠와 조섭이 일어나서 함께할 수 있는 시간이 반드시 올 거예요. 우리 애들 아빠, 절대로 우리를 이렇게 내팽개쳐놓고 갈 사람이 못 돼요."

소정의 마를 줄 모르는 눈물샘에서 또 굵은 눈물이 투둑, 쏟아져 나왔다. 옆에 서 있던 세영도 엄마의 울음에 같이 훌쩍였다. 안젤라가 소정과 세영을 부드럽게 안았다. 따뜻한 포옹에 위로를 얻은 소정이 눈물을 거두었다. 소정은 안젤라에게 한 번 더 고개 숙여 인사하고 병실 문을 나서다 문득 무언가 생각난 듯 안젤라를 쳐다보며 말했다.

"지난번에 여쭤보려고 했던 건데요. 조섭을 가졌을 때 왜 알리지 않으셨어요?"

세영이 그대로 통역을 했다. 안젤라는 소정에게로 다가가 아주 작지만 또박또박한 한국어로 말했다.

"다음에요. 세영이 앞에서 나눌 이야기가 아닌 것 같아요."

소정은 생각지도 않은 안젤라의 한국말 대꾸에 깜짝 놀라 쳐다보았다. 맞는 말이었다. 세영이 있는 자리에서 할 이야기는 아니었다. 이번엔 소정이 영어로 대답했다.

"OK, Next time, then."

안젤라는 소정과 세영이 복도 끝 모퉁이를 돌아 엘리베이터가 있는 쪽으로 걸어가는 것을 확인한 후, 다시 조섭의 곁으로 돌아왔다. 조섭의 얼굴은 평안하기 그지없었다. 밀린 잠이라도 자고 있는 듯 평화롭기만 한데 혼수상태라니…….

안젤라는 소정이 던졌던 질문을 다시 떠올렸다. 조셉을 가졌을 때 왜 영조에게 알리지 않았는지…….

'그때 영조 씨에게 말했었다면 지금 이런 일들도 일어나지 않았을까? 과연 그랬을까?'

❖

영조의 삼촌이 학교에 다녀간 지 이주일이 지났을 때였다. 대학에서 안젤라에게 계약 연장을 할지 안 할지에 대해 늦어도 십이월 말까지는 확답을 달라고 했다. 안젤라는 아무리 생각해도 한국에서 일 년을 더 머물 자신이 없었다. 영조는 삼촌이 안젤라를 찾아왔던 사실도, 자신과 헤어질 것을 종용했던 사실도 까맣게 모른 채, 삼촌이 언젠가는 마음을 바꿀 것이라 여전히 믿고 있는 눈치였다.

하지만 안젤라는 영조에게 아무 말도 할 수 없었다. 삼촌이 찾아왔던 사실을 이야기한다고 해도 상황이 달라지지는 않았을 것이었다. 안젤라가 아는 한, 영조는 절대로 삼촌의 청을 거절할 사람이 못 되었다. 어려서 부모님을 여의고 삼촌만이 전부인 영조였다. 결혼도 안 하고 영조 뒷바라지에만 일생을 바친 삼촌이었다. 그런 삼촌의 가엾은 인생을, 그 가엾은 인생에 대한 영조의 채무감을 잘 알고 있었다. 그래서 자신으로 인해 둘 사이에 갈등이 생기는 것 또한 진심으로 원치 않았다. 그렇다고 가족 하나 없는 이곳 타국 땅에서 혼자 버티기도 쉽지 않았다.

무작정 삼촌이 돌아가시기만 기다릴 수도 없는 노릇이었고 안젤라는 영조가 어떤 식으로든 방법을 찾아주기를 바랄 뿐이었다. 하지만 그 또한 기대할 수 없었다. 삼촌에 관한 한 영조는 아무것도 하지 않을 것이 분명했으니까. 영조와 있으면 여전히 행복했지만 안젤라도 여자였다. 진전될 미래가 없는 만남은 사람을 지치게 할 뿐이었다. 더군다나 삼촌이 다녀간 후, 마지막 한 가닥 희망마저 사라져버린 상태였다. 더 이상 한국에 있고 싶지 않았다. 영조가 결정을 못한다면 자신이 해야 한다고 생각했다.

안젤라는 대학 측과 계약을 연장하지 않았다고 영조에게 통보했다. 한국에서 기다릴 만큼 기다렸고, 이제는 호주로 가고 싶다고 했었다. 삼촌의 방문을 전혀 모르고 있었던 영조가 갑작스런 자신의 통보에 당황했을 것임도 안젤라는 잘 알고 있었다. 그렇지만 자신이 호주로 돌아간 이후, 영조가 왜 그렇게 빨리 소정과 결혼을 해야만 했는지에 대해 안젤라는 아직도 이해할 수 없었다. 일방적으로 이별을 통고한 것도, 연락을 끊어버린 것도 안젤라 자신이었지만 자신이 떠난 지한 달 만에 다른 여자와 결혼을 하다니……

연락을 두절하고 사용하던 이메일은 몇 주 동안 거들떠보지도 않고, 휴대폰은 아예 꺼두었던 안젤라였지만, 조섭을 가진 사실을 알게된 이후에도 계속 연락을 하지 않고 지낼 수는 없었다. 이에 안젤라는 몇 번이나 영조의 휴대폰으로 전화를 걸었다. 하지만 어찌된 영문인지 영조는 전화를 받지 않았고, 연이어 메시지로만 넘어갔다. 안젤라는 번번이 메시지도 남기지 못하고 전화를 끊었다. 무슨 말을 어떻게 해야 할지 자신이 없어서였다.

결국 안젤라는 영조에게 이메일을 보내기로 하고 이메일 계정을 열었다가 영조에게서 온 수십 통의 이메일을 발견하고 표현 못할 기쁨에 사로잡혔다. 영조가 여전히 자신을 간절히 원하고 있는 것이라 믿었다. 어느 이메일부터 읽어야 할까? 읽지 않았던 첫 이메일부터 읽어야 할까? 최근에 온 것부터 읽어야 하나? 안젤라는 행복한 갈등에 잠시 빠졌다가 가장 최근에 받은 이메일부터 열기로 했다.

그리고…….

영조에게 조섭의 존재를 알리는 것을 포기했다. 그 이메일에는 영조와 소정의 결혼식 청첩장이 첨부되어 있었고, 결혼 예정일은 사흘 뒤였다. 영조는 자신을 사랑하지 않았던 것이었다. 그래서 그렇게 쉽게 자신을 정리하고, 기다렸다는 듯 다른 여자한테 가버린 것이었다. 영조로부터 온 다른 이메일들을 더 이상 읽을 이유가 없었다. 안젤라는 영조가 보낸 모든 이메일을 한꺼번에 선택해 삭제해버렸다.

안젤라는 잠시 현기증을 느꼈다. 그때 느꼈던 절망감이 고스란히 되살아났기 때문이었다. 안젤라는 조섭의 침대 옆 의자에 쓰러지듯 주저앉으며 혼잣말로 중얼거렸다.

"모르겠어, 정말 모르겠어……."

다른 방들은 기쁨의 방에 비해 흐름의 속도가 상대적으로 빠르게 지나쳤다. 초롱은 슬픔의 방, 후회의 방, 분노의 방을 지나는 속도가 기쁨의 방에 비해 상대적으로 빠르게 느껴지는 것은 이 방들이 기쁨의 방처럼 긍정적인 에너지를 발산하는 곳이 아니기 때문에 영혼이 느끼는 충격을 최소화하기 위해 고안되었기 때문이라고 설명해주었다. 기쁨의 기억에서는 행복감이, 슬픔의 방에서는 비탄감이, 후회의 방에서는 회한이, 분노의 기억에서는 그에 준하는 분노감이 팽배하면서 발생하는 급격한 감정의 차이로 인한 스트레스는 겪어보지 않은 사람은 상상도 할 수 없을 거라 했다.

조셉은 대디의 기쁨과 슬픔, 후회와 분노를 공유하며 함께하지 못했던 대디의 거의 모든 삶을 경험할 수 있었다. 대디와 함께 웃고, 울고, 분노하며 그렇게 대디와 하나가 되어가고 있어 조셉은 마냥 행복했다. 놀라운 것은 거의 매 기억 속마다 맘마에 대한 기억이 강렬하게 남아 있었다는 것이었다. 기쁨 속에서도, 절망 속에서도, 후회 속에서도, 분노 속에서도 맘마와 관계된 사연들이 연결고리처럼 이어져 등장했다.

하지만 대디의 기억 어느 곳에도 조셉 자신은 없었다. 자신의 존재를 몰랐으니 당연하다 생각하면서도 아려오는 마음까지 감출 수는 없었다. 여러 방들의 극과 극을 오가는 기억들의 변화 속에서 감정의 기복이 소용돌이치다 보니 대디의 영혼은 점점 더 쉽게 피곤해지는 것 같았다. 그와 더불어 방 사이사이에서 취하는 휴식 시간이 조금씩 길어지기 시작했다. 선업의 방을 마쳤을 때, 대디는 거의 움직일 힘조차 없어 보였다. 이승에서 느꼈던 그 어떤 육체적 피로도 지금 영혼이 느끼는 피로감에는 비할 수 없다고 초롱이 설명했다. 뼈 마디마디, 근육 하나하나가 무력해지는 그런 나른한 육체적 피곤함은 차라리 낙원이라고 했다. 여기서는 무력해지는 것이 아니라 사라져가는 느낌, 팔근육에 힘이 빠지는 그런 무력감이 아닌 실제로 팔다리가 사라져가는 느낌의 피곤함, 점점 무겁게 느껴지는 그런 피곤함이 아닌 깃털처럼 가벼워져 스러지는 듯한 느낌의 피곤함에 어떤 이는 엄청난 공포감마저 느낀다고 했다.

인생 대부분의 기억 속에 안젤라가 있었다. 슬픔에도, 후회에도, 분노에도 안젤라가 있었다. 그 모든 이야기의 중심에는 영조 자신의 우유부단함과 못남이 도사리고 있었다. 그 당시 자신 하나 바라보며 한국에 온 안젤라에게 보다 확고한 미래를 보여주었어야 했다. 삼촌이 마음을 열 때까지 기다려줬으면 하는 이기적인 바람만 강조했던 자신이 못나 보였다. 그 모습이 후회의 장에서 사무치게 드러났다. 서로 반대의 귀결점을 향해 전속력으로 달려가고 있는 것을 알면서도 안젤라의 입장에서 이해하려 하지 않았던 자신이 가슴 아팠다.

영조는 어릴 적 꿈에 보았던 할머니가 생각났다. 인생을 살면서 진심으로 원하는 것이 생겼을 때 딱 한 번 자신의 행복만을 위해 결정하라고 하셨던 말씀, 본인의 행복을 위해 아주 소중한 사람의 청을 거절해야 할 때가 있을 거란 말씀, 그때가 혹시 저때였을까? 염라사자들이 찾아왔을 때가 아니라 혹시, 저때가 그 할머니가 말했던 본인만의 행복을 위해 결정을 해야 했을 때가 아니었을까?

아니다. 영조는 고개를 가로저었다. 조카만을 위해 살았던 삼촌의 희생 앞에서, 그것도 말기 암과 투병 중인 삼촌을 버리고 안젤라를 선택할 수는 없었다. 지금 다시 그때로 돌아간다 하더라도 그렇게 못할 것이다. 아니, 아니 할 것이다. 그래서 아마도 호주로 돌아가는 안젤라를 이해하면서도 그녀를 따라갈 수 없었는지 모른다. 안젤라가 더 이상 한국에 돌아오지 않을 것이라고 했을 때도, 안젤라가 한국을 떠나는 그날까지도, 영조는 아무 결정을 하지 못했다. 당연히 안젤라는 자신을 믿을 수 없었을 것이었다. 그 어떤 확신도 계획도 없는 자신

같은 자에게 어찌 미래를 걸 수 있었겠는가? 영조는 떠나는 것 외에 대안이 없었던 안젤라를 이해하고 설득하기보다, 이렇게 떠나버리면 이것이 마지막이 될 것이라 바보처럼 그녀에게 엄포를 놓았다. 안젤라는 이것이 인연의 끝이라면 할 수 없지 않겠냐며 냉정하게 쏘아 붙이고 한국을 떠나버렸다.

그 이후 수많은 이메일과 통화가 오고 갔지만 서로를 보듬어주기보다, 감정의 골만 더 깊어지고 말았다. 그리움이 큰 만큼, 같이 있고 싶은 마음이 큰 만큼, 섭섭함과 원망만 커져갔고 둘 다 그렇게 지쳐갔다. 결국 한 달 동안의 지루한 언쟁 끝에 안젤라가 일방적으로 이별 메시지를 남기고 연락을 끊어버렸다.

영조는 정신이 번쩍 드는 듯했다. 그리고 이별을 받아들일 수 없음을 깨달았다. 미친 듯이 수많은 이메일을 보냈고, 미친 듯이 전화를 걸었다. 하지만 안젤라는 대답이 없었다. 영조는 포기할 수 없었다. 회사에 휴가를 내고 호주행 비행기표를 샀다. 직접 만나리라. 그러면 모든 것이 풀릴 것이리라 믿으면서……. 하지만 운명은 멜로 영화 같은 해피엔딩이 아니었다.

호주로 떠나기 이틀 전, 영조는 이메일로 안젤라에게 비행기표 스캔본을 보냈다. 만나서 이야기하자는 메시지와 사랑한다는 말과 함께……. 하지만 여전히 안젤라는 연락이 없었다. 정말 마음이 돌아선 것일까? 두려웠다. 하지만 만나면 해결될 것이라는 믿음을 버리지 않았다.

그런데……

그날 밤 삼촌이 쓰러졌다. 영조는 담당의로부터 마음의 준비를 하라는 최후통첩을 받았고, 호주행 비행기편을 취소하지 않을 수 없었다. 그날 밤, 꺼져가는 생명의 끝자락을 간신히 잡고 있던 삼촌이 영조에게 마지막 청을 했다. 안젤라는 잊으라고. 인연이 아니라고……. 소정과 결혼을 해 가정을 꾸리는 모습을 죽기 전에 꼭 보고 싶다며 그렇게 해달라 부탁했다. 그것이 마지막 청이라고 했다. 평생 자신한테 부탁 한 번 하지 않았던 삼촌이 마지막 가는 길에 그것이 마지막 소원이라 했다. 영조 홀로 남겨두고 이렇게 떠나서는 도저히 형과 형수를 저승에서 볼 낯이 없다며 영조의 소매를 잡고 통곡했다.

평생을 영조 때문에 자신의 행복은 뒷전이었던 삼촌이 죽어가면서까지 홀로 되는 영조가 염려되어 걱정하는 모습 앞에서 영조는 삼촌의 청을 거절할 수 없었다. 삼촌 앞에서 소정에게 전화를 걸었다. 그리고 말했다. 결혼하자고……. 뜬금없는 청혼에 소정은 기다렸다는 듯, 선선히 받아들였다. 그 후 결혼은 일사천리로 진행되었다. 정말 정신없이, 뭔가에 홀린 듯 결혼 준비를 했고 급하게 나온 청첩장 한 장을 스캔을 떠 이메일에 첨부하며, 영조는 마지막으로 안젤라에게 작별 인사를 했다.

아! 소정과의 결혼식 일주일 전. 이미 잊힌 옛일이라 생각했던 그날의 절망감이 다시 심장을 강하게 옥죄었다. 그날 영조는 일주일 뒤면 안젤라를 그리워해서도, 아니 생각조차 해서도 안 된다고 스스로를 다그쳤다. 한순간도 영조를 사랑하지 않은 적이 없다며, 안젤라에 대한 마음도 이해한다며, 하지만 결혼식장에 들어오는 그날 이후부터는 더 이상 안젤라를 떠올리지 않겠다고 약속해달라는 소정의 절박한 부탁에 영조는 그러겠다고, 돌아가신 부모님, 그리고 삼촌의 이름 앞에서 맹세했다. 그래서 마지막 남은 일주일동안 영조는 안젤라만 생각하고 안젤라만 기억하며 잠들기로 했다. 정말로 그랬다. 하지만 동시에 안젤라를 기억에서 지워야 했다.

방법은 간단했다. 안젤라와 함께했던 기억들이 고스란히 남아 있던 사진첩 사진들을 순서대로 한 장, 한 장 회상하며 동시에 그 사진들을 한 장, 한 장씩 태워나갔다. 그러면서 추억 하나씩을 지워냈다. 추억 하나씩을 지워나갈 때마다, 사진 한 장씩을 태워나갈 때마다, 가슴 한구석에는 응어리가 하나씩 쌓여갔다.

그 쌓여가는 응어리에 숨쉬기조차 힘들어, 응어리 하나씩 생길 때마다, 한 잔의 독한 술로 마취를 시켰다. 그렇게 영조는 취해갔다. 그렇게 추억에 취했고, 상처에 취했고, 술에 취했던 그 일주일이 지금 슬픔의 방에서, 후회의 방에서, 분노의 방에서 고스란히 재현되고 있었다. 잊었다고 생각했던, 풀렸다고 생각했던 응어리들이 다시 목구멍을 가득 메워왔다.

문득 술 생각이 간절해졌다. 하지만 이곳에는 술이 없었다. 초롱을 쳐다보았다. 영조가 지금 무엇을 원하는지 안다는 듯이, 하지만 고개를 저어 이곳에는 이승의 술 같은 것은 없음을 알려왔다. 진우를 쳐다보았다. 진우도 안쓰럽다는 듯 쳐다보면서도 자기도 도움을 줄 방법이 없다는 표정을 지어보였다. 선임 사자의 얼굴은 진우의 어깨에 가려 보이지 않자 그녀의 눈길을 찾는 것은 곧 포기해버렸다.

마침 자신의 손을 잡고 있던 고사리 같은 작은 손이 느껴졌다. 무심코 아이의 얼굴을 쳐다보았다. 아이의 얼굴도 눈물로 범벅이 되어 있었다. 그런데 착각이었을까? 울고 있는 아이의 얼굴에서 갑자기 안젤라가 보인 것은……

❖

"피곤하시죠?"

"……"

"이제 두 관문만 통과하시면 됩니다. 선업의 방과 악업의 방, 결국 살아왔던 모든 내용들의 결정판인 셈이지요. 조목조목 잘 봐두시기 바랍니다. 영조님의 선업과 악업을 비교 평가하는 자리니까요. 다시 태어날 수도 있고, 잠시 천상국에서 휴식 기간을 가지실 수도, 아니면 영원히 천상국 시민이 되어 그곳에서 머무실 수도 있습니다. 물론 그 반대로 최악의 경우 영혼 소멸의 화를 당하는 것에서부터 부분 교육 강화를 위해 그에 적합한 인생으로 다시 환생하거나, 염라계에서 운영하는 지옥에서 일정 교화 기간을 거치는 수도 있겠지요."

"그렇군요."

초롱의 친절한 설명에도 영조는 건성으로 대답했다. 사실 대답할 힘도 없었다. 이전 방들을 지나며 겪었던 격렬한 감정의 소용돌이로 탈진상태이기도 했지만, 자신의 손을 꼭 잡고 있는 조라는 아이를 바라보며, 아직도 마르지 않은 아이의 눈물을 보며 세영과 세준이 미치도록 보고 싶었기 때문이었다.

꿈을 꾸었다. 조셉이 영조의 손을 잡고 은은한 빛깔이 감도는 자갈길을 걷고 있었다. 자갈길 옆으로는 깎아지른 절벽들이 측벽을 이루고 있었고, 그들 주변에 몇 명이 더 서성거리고 있는 것 같았지만 어둠 속에 가려져 있어 그들의 모습은 어렴풋한 실루엣으로만 보일 뿐이었다. 하지만 영조와 조셉의 모습은 또렷이 보였다. 조셉이 저렇게 행복해하는 모습을 본 적이 없었다. 조셉한테 과연 저런 표정이 있었는지 기억조차 나지 않았다. 조셉을 대하는 영조의 눈길은 따스하고 사려 깊었지만 왠지 슬퍼보였다. 어느덧 가슴 한구석에서 먹먹함이 숨통을 조여왔다. 의식적으로 상상조차 하지 않으려 했지만 조셉을 볼 때마다 피할 수 없었던 그 바람이 눈앞에 펼쳐지고 있었다.

조셉이 영조와 나란히 손을 잡고 걸으며 환하게 웃고 있는 모습을 보는 것만으로도 안젤라는 감정이 복받쳤다. 왜 그때 알리지 않았을까? 그때 알렸어야 했다. 설사 영조를 잃는다 해도 조셉의 대디는 남길 수 있었지 않은가? 이기적이었다. 조셉은 생각지도 않고 자신이 입을 상처만 걱정했었다. 더군다나 청첩장이 날아오기 직전의 이메일에는 호주행 항공권 스캔본까지 첨부되어 있지 않았던가? 물론 그 이메일을 읽은 것은 이미 청첩장에 기재된 결혼 일자를 훨씬 지났을 때였지만 말이다. 모든 이메일을 지웠다고 생각했었는데, 우연히 그 이메일만 지워져 있지 않았었다. 항공권 스캔본과 더불어 만나서 이야기하자고, 사랑한다고 적혀 있던 이메일이었다.

하지만 호주에서 보자고 했던 영조로부터 그 스캔본 항공권에 적혀 있던 도착 날짜에도 그 이후에도 아무 연락도 받지 못하지 않았던가? 오긴 왔었을까? 아니다. 왔었다면 분명히 연락을 했을 것이었다. 자신의 집에라도 찾아왔을 것이었다. 그런데 그는 오지 않았다. 그리고 그 비행편 날짜로부터 한 달도 채 안 되어 결혼식 날짜가 적힌 청첩장이 날아왔다. 뭔가 이상하지 않은가? 성급했다. 확인해봤어야 했다. 영조가 결혼한 이후였어도 연락을 했어야 했다. 그랬다면, 그랬다면……. 최소한 조셉이 대디 얼굴도 모르는 아이로 자라지는 않았을 텐데…….

영조와 조셉이 자갈길 맞은편, 불이 환하게 들어와 있는 곳으로 들어가고 있다. 곧 그 안에서 뿜어져 나오는 강렬한 빛에 그들의 모습을 놓쳐버렸다. 얼마 뒤 조셉과 영조를 따라 세 명의 무리가 그곳으로 접근했다. 순간 그들의 모습이 확연히 드러났다.

앗! 저들은…….

"아, 안 돼! 안 돼!"

"안젤라 선생님, 안젤라 선생님. 정신 차리세요."

"여, 여기가 어디? 맙소사, 정말 같이 있어."

"안젤라 선생님, 도대체 무슨 말씀이세요? 정신 차리세요. 꿈을 꾸셨나 봐요. 어머, 땀 흘리시는 것 좀 봐."

영숙이었다. 시계를 보니 벌써 오전 열 시를 넘어서고 있었다. 새벽 해가 뜨는 것을 보았던 것 같은데 깜빡 잠이 들었던 모양이었다. 영숙이 두 시간 전쯤에 왔을 때 이미 자신이 잠들어 있어서 깨우지 않았다고, 담당 의사들도 아침 회진을 이미 왔다 갔다고 전하는 영숙의 목소리가 현실감 없이 귓전에 맴돌았다. 조셉은 여전히 평온한 얼굴로 누워 있었다. 조셉이 영조와 함께 있다. 게다가 그들도 함께 있다. 그 검은 옷을 입은 자들이 함께 있다는 것은……

순간 영숙의 모습이 희미하게 사라지며 안젤라는 나락으로 떨어지는 느낌에 다리가 풀렸다. 온 사방이 깜깜한 암흑으로 변해버렸다.

9.
선업의 시작

영조의 표정이 한결 가벼워졌다. 선업의 방에 들어섰을 때 영조의 영혼은 거의 탈진한 상태였다. 하지만 선업의 방에 불이 들어오고 영조의 인생이 선업을 기준으로 객관적인 시각에서 조명되기 시작하자 점차 기운을 되찾았다. 주관적인 경험에서 빠져나와 자신의 인생 전체를 선업과 악업이라는 두 개의 객관화된 관점에서 관조하듯 지나가는 곳이라 이전의 경험들에 비해 상대적으로 감정이입이 덜 일어났던 데다, 기대하지 않았던 곳에서 이루었던 선업들이 영조의 인생을 의미 있게 만들어가고 있었기 때문이었다.

선업의 첫 장면은 영조가 태어나면서부터 시작되었다. 영조는 의아했다. 세상에 처음 태어났을 때, 처음으로 미소를 보였을 때, 처음으로 옹알이를 했을 때, 처음으로 뒹굴었을 때, 처음으로 기었을 때, 처음으로 걸었을 때, 처음으로 밥을 삼켰을 때, 처음으로 엄마와 아빠를 불렀을 때, 자신의 부모가 경험했던 그 모든 기쁨들이, 자랑스러움이 영조의 엄청난 선업으로 쌓여 있었다.

스스로 한 것이 아무것도 없는 상태였는데도 엄청난 선업이 쌓여 있다는 것이 언뜻 이해가 가지 않았다. 존재한다는 자체가 이미 선업의 시작인데, 어리석은 인간들이 그걸 잘 모르고 살아간다는 초롱의 설명이 곧바로 이어졌다. 무엇을 해서가 아니라 무엇을 이루어서가 아니라 이미 존재하기 때문에 선업이 쌓인다는 것이었다. 자식으로서, 친구로서, 조카로서, 동료로서, 배우자로서, 선배로서, 부모로서……. 대상에 따라 다르게 존재하는 여러 모습만으로도 벌써 많은 기본 선업 점수를 확보하고 있었음에 영조는 놀라지 않을 수 없었다. 하지만 곧 부모님과 삼촌, 안젤라와 소정, 세영과 세준이 옆에 있었던 것만으로도 자신을 행복하고 충만하게 했었다는 생각에 절로 고개가 끄떡여졌다.

선업의 방에 들어오면서 영조는 이 과정이 아주 빨리 끝날 것이라 확신했었다. 아무리 생각해봐도 좋은 일을, 그것도 진심에서 우러난 선행을 베풀어본 기억이 많지 않았기 때문이었다. TV에서 백혈병에 걸려 죽어가는 아이를 두고도 치료비가 없어 발만 동동 구르는 부모의 사연을 듣고는 익명으로 수표를 보내며 진심으로 그 아이가 쾌차하기를 빌었던 일, 중학교 때 소아마비로 다리를 저는 급우를 다른 급우가 괴롭히고 있었을 때, 몸집이 이미 어른 같았던 그 급우에게 주눅들고 두려웠으면서도 약한 친구의 편에 섰을 때 등, 열 손가락으로 간신히 헤아릴 정도밖에 선행이 생각나지 않았기에 줄지어 이어지는 선업평가 자료에 정신이 없을 정도였다.

선행의 의도가 없었더라도 즉, 진정한 마음 없이 그저 남들 눈을 의식해서 보인 선행들 또한 모두 선업으로 분류되어 선업지수에 가산된다며, 자신의 의식 유무와 관계없이 자신의 언행으로 말미암아 타인에게 행복감이나 위로 등 긍정적 영향을 끼쳤다면 그 모든 것이 선업으로 기록된다는 것이 초롱의 설명이었다. 그 예로 한 사건이 나열되었다. 잊고 있었던 그 일이 재현되어 나오자 영조는 민망함에 얼굴이 화끈거렸다. 지금 생각해도 너무나 속보이는 가식적인 행동이었다.

어느 겨울, 광고주와 저녁식사 약속이 있어 광고주 회사 여직원과 회식 장소로 도보로 이동하고 있을 때였다. 회식 장소로 가기 위해선 재래시장 골목길을 빠져나가야 했는데, 이미 시장은 파장해서 인적이 드물었다. 그 좁은 골목에 환자복을 입은 한 노인이 넘어진 휠체어를 다시 세우려 버둥대고 있었다. 왼쪽 다리에는 허벅지부터 발끝까지 깁스가 감겨 있었고, 머리에는 붕대가 칭칭 감겨 있는 것으로 보아 교통사고 환자임이 틀림없었다. 근방에 교통사고 전문 정형외과가 있었기에 쉽게 짐작할 수 있었다.

비가 온 지 얼마 안 된 길이라 환자복은 흙탕물에 흠뻑 젖어 있었고, 언뜻 봐도 혼자서는 휠체어를 다시 세울 수도, 휠체어에 탈 수도 없어 보였다. 영조 말고도 그 인적 드문 골목길에 몇 명의 행인들이 지나쳤지만, 노인과 눈길 한 번 마주치지 않고 쏜살같이 지나쳐버렸다. 영조는 순간 갈등에 휩싸였고 머릿속이 여러 가지 계산으로 복잡하게 돌아가고 있었다. 고기집에서 일차 이후, 최고급 호텔 바에서 이차가 예약되어 있던 관계로 정장을 차려 입었던 터라, 새로 산 이태리제 양복이 더럽혀질 것이 제일 먼저 걱정되었다.

옆에 있던 광고주 여직원 눈치를 먼저 살폈다. 정장을 입고 있기는 그녀도 마찬가지였다. 그런데 이게 웬일인가? 그녀는 노인을 발견하자마자 뒤도 안 돌아보고 달려갔다. 휠체어를 세우려 안간힘을 쓰는 과정에서 흙탕물범벅이 된 노인의 모습은 전혀 개의치 않는 듯했다. 영조는 당황스럽고 성가셨다. 하지만 하는 수 없었다. 광고주 여직원이 팔을 걷어붙인 마당에 가만히 있을 수도 없는 노릇, 영조는 여직원을 예의바르게 물리친 후 노인을 거들어 휠체어에 다시 앉을 수 있도록 도와주었다. 물론 영조의 밤색 이태리제 양복은 흙탕물로 엉망이 되어버렸다. 영조는 좋은 일을 했다는 흐뭇함보다 괜한 일로 귀찮은 일만 만들었다는 생각에 짜증만 났다.

"총각, 고맙네. 문병 왔던 아들 내외를 배웅 나왔다가 돌아가는 길이었는데 그만 이렇게 넘어지고 말았지 뭔가? 아이고, 양복에 흙탕물이 다 묻어버렸네. 이를 어쩌나?"

"이깟 양복이 뭐 대수겠습니까? 세탁하면 그뿐입니다. 어디 다친 데는 없으세요? 병원까지 모셔다 드릴게요. 미진 씨, 저는 잠시 병원에 이분을 모셔다드리고 가도 괜찮으시겠죠?"

연기의 대가였다. 짜증으로 미쳐버릴 것 같은 상황에서 저 가식적인 연기. 다시 봐도 얼굴이 붉어지는 장면이었다. 당시엔 착한 척하는 광고주 회사 여직원 때문에 별 고생을 다한다는 생각뿐이었다. 게다가 엉망이 된 양복을 입고 회식 자리에 갈 생각을 하니 환장할 노릇이었다. 그런데 저 일까지도 선업으로 분류되어 있는 데다 가산점까지 매겨져 있었다.

조금이라도 설명이 필요하다고 느낄 때면 여지없이 초롱의 부연 설명이 뒤따랐다. 초롱의 말로는, 저때 노인을 그냥 두고 갔다면 다른 행인이 나타나 그를 도와주기까지 무려 여섯 시간 이상을 기다렸어야만 한다고 했다. 노인의 몸이 흠뻑 젖어 있는 상태였던 데다, 연령대도 칠십 대 후반이었기에 쉽게 동사했을 것이라며 결과론적으로 영조가 노인의 생명을 구한 것이 되었다고 했다. 또한 광고주 여직원이 세상 사람들에 대한 인식을 긍정적으로 갖는 데 영조가 나름 큰 일조를 하면서 저 조그마한 선행 하나에도 가중치가 붙게 되었다는 것이었다. 만약에 진심까지 곁들여졌었다면 더 많은 가중치가 붙었을 것이었다.

그때 영조가 돕지 않았다면 노인은 죽었을 것이란 말에 영조는 등골이 오싹했다. 저 조그마한 결심 하나에 사람의 목숨이 좌지우지된다는 것이 실상 남의 일만은 아니지 않던가? 결론적으로야 죽은 목숨이 되어 망자육대문을 지나고 있지만, 자신도 황 약사의 성의로 수술을 받을 수 있지 않았던가? 자신을 위해 피자집으로 달려와줬던 황 약사가 생각난 영조는 그나마 다행이라 생각했다. 고맙다는 인사도 제대로 못 했는데, 그래도 그분께 큰 선업 점수가 쌓였을 거라 생각하니 조금이나마 위로가 되었다. 하지만 곧, 자신의 결정으로 황 약사가 더 많은 가중치를 취득할 수 있는 기회를 놓쳐버린 것 같아서 미안하기도 했다. 망자육대문을 향해 염라사자들을 따라 나서기 전에 선임사자가 살기를 원하느냐고 물었을 때, 그렇다고 대답하고 삶으로 돌아갔더라면 황 약사한테 더 많은 선업 점수가 돌아갈 수도 있지 않았을까?

"안젤라 선생님……"
"아니, 여기는 어디?"

안젤라는 급히 몸을 일으키려다 현기증에 다시 자리에 쓰러졌다.

"움직이지 마세요. 조금 전에 의사 선생님들이 다녀가셨는데 안정을 취하셔야 한데요. 식사를 마지막으로 하신 게 언제세요?"

"……."

"조셉이 입원한 이후부터 여태 아무것도 안 드셨죠?"

"……."

"그럴 줄 알았어요. 일단 의사 선생님이 링거를 놓아두었으니, 이거 다 맞으시고 난 뒤에 제가 만들어 온 수프 좀 드셔보세요."

"영숙 씨, 안 그러셔도 되요."

"아니요. 제가 좋아서 하는 일이니 부담 갖지 마세요. 그런데 선생님, 꿈을 꾸셨나 봐요. 누워계신 동안 계속 조셉이랑 영조 형부를 찾으셔서……."

"예? 아, 저도 꿈이었으면 좋겠어요. 어쩌면 이것이 마지막……."

안젤라는 두려웠다. 검은 옷을 입은 자들……. 예전에 영조 부모를 보았던 그 꿈에서도, 조셉이 꾼 꿈에서도 그들이 나타났었다. 그들의 등장은 죽음을 의미하지 않았던가? 안젤라는 생각도 하기 싫은 그 가능성에 온몸이 떨려왔다.

"선생님, 무슨 말씀이세요. 그런 불길한 생각을 왜 하세요? 선생님께서 기운 차리셔야죠."

"영숙 씨, 소정 씨한테도 다녀오셨나요?"

"예."

"영조 씨도 차도가 없던가요?"

"예. 왜 그러시는데요?"

안젤라는 대꾸 없이 고개를 돌려 창가를 바라보았다. 진한 먹구름이 하늘을 온통 뒤덮었다. 안젤라는 다소곳이 눈을 감고 두 손을 모았다.

'주여, 어리석은 저의 눈을 밝혀 주님의 뜻을 이해할 수 있게 하소서. 주님을 오해하여 원망하는 우를 범하는 그런 종이 되지 않게 하소서.'

10.
아들아, 내 아들아!

선업의 방을 나온 영조는 급속도로 기력을 회복했다. 슬픔, 후회 분노의 감정을 겪으며 극도로 피폐해졌던 영혼이 선업의 장에서 거의 완전히 치유된 듯했다. 초롱이 설명했던 대로 객관적인 시각으로 바라보는 선업의 장에서는 이전 관문들에 비해 감정이입이 적게 일어났기 때문이기도 했겠지만, 그보다 생각지도 않았던 많은 선업이 쌓여 있음에 상당히 고무된 측면이 더 큰 것 같았다.

선업의 방에 불이 꺼졌다. 이제 마지막 악업의 방만 남았다. 영조는 악업의 방을 향해 천천히 걸음을 옮겼다. 저곳만 지나면 이승에서의 모든 연이 끊어진다고 했다. 악업의 방 문을 나서는 순간 망자의 강이라 하지 않았던가?

조라는 아이는 슬픔의 장에서 처음 자기 손을 잡은 후, 관문을 통과할 때마다 준비된 휴게실에서 잠시 손을 놓았을 뿐, 한시도 손을 놓으려 하지 않았다. 영조는 아마도 두려워서였을 것이라 생각했다. 염라사자의 손을 잡을 수도, 초롱의 손을 잡을 수도 없었을 것이다. 이 아이가 지금 여기에 있다는 것은 이승에서의 혼수상태를 의미한다고 했다. 아이의 부모 속은 새카맣게 타고도 남을 것이었다. 그래도 돌아갈 아이가 아닌가? 이 아이가 다시 살아나면 부모를 포함해서 주변의 모든 이들 또한 삶을 바라보는 관점이 많이 달라질 것이다. 아무리 소중한 것이라도 잃어보지 않고서는 결코 그 소중함을 모르는 것이 사람 아니던가? 전화위복이 될 것이다.

영조도 돌아갈 수만 있다면 정말 다른 인생을 살 수 있을 것 같았다. 삶에 대한 애착이 그리 강하지 않았던 영조도 생사의 마지막 관문을 통과하며 다시 살고 싶어지는 이 애착이 혼란스러웠다. 내일을 기다리며 잠자리에 들었던 날이 몇 번이나 있었던가? 삶에 대한 동경과 기대로 하루를 시작한 날은 손가락으로 꼽을 정도 아니었던가?

물론, 그렇다고 죽고 싶다고, 죽어야겠다고 생각한 적도 없었다. 누가 들으면 무책임하다고 할지 모르겠지만, 그저 숨이 붙어 있는 동안 제 위치에서 해야 할 일만, 주어진 과제만 처리할 뿐이었다. 언제나 하루를 정리하고 잠자리에 들 때면 다음 날이 세상의 마지막이 되더라도 그리 슬프지 않을 것 같았다. 아니, 차라리 후련할 것 같았다. 어찌 보면 무의식적으로 매일 밤 잠드는 순간이 마지막이기를 바랐던 것은 아니었을까? 그래서 그랬을까? 영조는 회사 일을 마치고 퇴근할 때도 회사를 영원히 떠나는 양 정리를 했고, 아이들을 재우고 소정에게 잘 자라고 입맞춤을 할 때도 '내일 봐'라고 인사하지 못했다. 매일 밤 잠들기 전, 이것이 마지막일지도 모르겠다는 생각, 아니면 마지막이었으면 하는 바람이었는지는 구분이 확연히 가지는 않지만, 내일을 약속하지 않았다.

그러고 보면 비관론자였나 보다. 처음 염라사자가 나타나 삶의 시계가 멈출 때임을 알려왔을 때 영조가 제일 먼저 느꼈던 것은 드디어 끝났다는 안도감이었다. 무서움도, 아쉬움도 아니었다. 갑작스럽게 찾아온 죽음이었지만 차라리 잘된 일이라 생각했다. 준비하고 기다린 죽음보다 엉겁결에 마주한 죽음이 더 나을 수도 있다. 물론 가족과의 이별은 칼로 심장을 도려내듯 아팠지만, 동시에 순리로 받아들였다.

이제 마지막 단계만 남아 있다. 그런데 인간이 간사해서일까? 망자육대문을 거치면서, 한 단계 한 단계마다 다양한 인생의 기억들을 떠올리면서, 살아생전에도 없던 삶에 대한 애착이 불꽃처럼 타올랐다. 초롱은 이 또한 망자육대문의 의도적인 장치라고 했다. 하나의 삶을 정리하는 마당에 삶에 애착을 더욱 강렬하게 느끼게 만든다? 언뜻 앞뒤가 맞지 않는 것 같으나 현생에 대한 애착이 다음 생을 시작하는 또 다른 원동력이 된다고 했다. 다음 생에 태어났을 때, 자신도 모르는 사이에 전생에서 아쉬웠던 부분을 반복하지 않으려는 무의식의 힘으로 이곳에서의 경험들이 작용한다는 설명에 신이란 분의 자애로움에 절로 고개가 숙여졌다. 망자육대문을 거쳐오며, 그 과정 하나하나에 영혼을 배려하고 아끼는 마음을 그대로 느낄 수 있었다. 하지만 정작 자신은 생명에 그리 고마워하지 않으며 살았고, 어찌 보면 살아 있는 것을 귀찮아하기까지 하지 않았던가? 그 못난 배은망덕함이 부끄럽고 죄송했다.

어느덧 악업의 방에 불이 들어왔다. 조라는 아이는 손을 놓지 않으려는 듯 더욱 아귀에 힘을 주었다. 자신의 악업에 대한 기록은 보여주고 싶지 않았지만 영조의 망자육대문 안에 있는 한 모든 기록들이 공유된다니 어쩔 수 없었다. 이상하게도 영조도 아이의 손을 놓고 싶지 않았다. 이 손을 놓으면 영원히 이 아이를 다시 볼 수 없을 것 같은 절박함이 영조를 더욱 혼란스럽게 만들었다.

수많은 순간들을 이동하기 시작했다. 악업이 일어났던 장소들과 시간들이 순차적으로, 때로는 귀결점의 비순차성으로 앞뒤를 왔다 갔다 하면서 기록들이 재생되었다. 생각지도 않은 많은 곳에 선업이 있어 태어나면서부터 최근 기억까지 촘촘히 들어서 있던 선업의 기록들에 비해 악업의 기록들은 의외로 듬성듬성하게 기록되어 있었다. 역시나 궁금증이 일자마자 초롱의 설명이 바로 이어졌다.

"선업과 악업의 기록 방식이 좀 다릅니다. 선업은 선의가 없는 상태에서 비롯된 결과론적인 선업도 일일이 선업으로 기록이 되지만, 악업은 그렇지 않아서 선업의 방에 비해 악업으로 기록된 내용들이 상대적으로 듬성듬성 나타나는 것입니다. 선업의 방에서 설명드렸지만, 선의가 있다면 가중치가 주어지겠지만 설사 선의가 없었고 선에 대한 인식이 없는 상태에서 결과론적인 선이 창출되었다 하더라도 선업에 점수가 매겨집니다. 단, 악의가 바탕이 된 결과론적 선의 창출인 경우는 제외됩니다. 아무리 큰 선이 창출되었어도 악의가 우연히 큰 선을 만들어낸다 해도 그것은 결코 선업이 될 수는 없다는 말입니다. 물론 상황에 따라 그 정황들이 감안되어 선업과 악업 점수의 복잡한 산출 공식을 거치게 되겠지만, 간단히 예를 들어 어떤 사람이 노략질을 위해 누군가를 죽였다고 생각해봅시다. 죽음을 당한 자가 만약 살았더라면 수십 명을 살해하고 무수한 사람들의 마음에 상처를 입히며 사회의 한 축을 악마의 소굴로 만드는 데 기여하게 될 자였다고 칩시다. 그런데 누군가가 그를 죽임으로써 미래의 악업을 막았다면 결과론적으로는 더 큰 선을 이룬 것입니다. 하지만 살인 자체가 악 중에서도 가장 큰 악이므로 악을 통한 선의 실현은 결코 용납되지 않습니다. 반면 악업의 기록은 좀 다릅니다. 반드시 악의나 고의성, 그리고 행위에 대한 인식이 있는 경우에만 악업에 기록됩니다. 누구에게 상처를 주겠다는 의도를 가지고 행동에 옮겼거나, 아니면 어떤 말이나 행동이 타인에게 해를 끼칠 수 있음을 알았지만 그렇게 될 테면 되라고 행동에 옮겼거나, 해가 될 수도 있음을 인식하면서도 설마 하는 마음으로 일을 저질렀거나 하는 모든 행위들이 악업에 기록됩니다. 즉, 인식 여부를 떠나, 우연히 만들어진 선의 창출에 대해 선업이 인정되는 것에 반해, 우연히 만들어진 악의 창출에 대해선 그 악에 의도나 인식이 있어야만 악업이 기록된다는 것입니다. 결과가 악이 되었다고 무조건 악업으로 기록되지는 않는다는 것이죠."

초롱의 설명대로라면, 지금 영조의 눈앞에 펼쳐지는 모든 악업에 당시 악 창출에 대한 최소한의 인식이라도 있었다는 이야기인데, 도무지 기억에도 없는 사건들도 나열되고 있어서 당황스러웠다. 게다가 보기에 따라서는 선업으로 기록되어야 하는 것도 악업으로 기록되어 있는 것들도 있어 이해가 잘 가지 않았다. 초롱의 설명이 바로 따라왔다.

"그건 사람마다 교육 수준, 도덕 수준, 수양 수준 등 개인차와 문화 또는 시대 환경에 따라 가치관이 다르기 때문입니다. 하지만 개인 및 집단의 정신 수준에 따라 악업 판단 기준이 차별적으로 적용되지는 않습니다. 천상에서 요구하는 악을 판단하는 인식 능력은 예나 지금이나 같습니다. 그건 절대적 가치니까요. 다만 인간들이 개인적으로 또는 집단적으로 그 경지에 이르지 못한다면, 자기도 모르는 사이에 악업을 계속 저지르게 되는 것이지요. 스스로 알려고 하지 않은 것 또한 죄라면 죄가 된다는 뜻입니다."

영조는 그제야 조금 이해가 되는 듯했다. 저 당시 저 일이 지금 다시 벌어진다면 저렇게 행동하지 않았을 텐데, 라는 선택폭이 보였기 때문이었다. 초롱의 설명에 의하면, 그만큼 영혼이 성숙해졌기 때문이라고 했다. 부모를 일찍 여의긴 했지만 삼촌의 헌신적인 보살핌 속에 자란 영조에게 특별히 삶을 왜곡할 만한 사연들이 없어서였는지, 악업이 생성되는 대부분이 일들이 사소한 것에 불과했다.

대부분의 인생들이 이에 해당한다는 초롱의 설명이 이어졌다. 듬성듬성 지나가던 악업의 기록들은 대부분 자신으로 인해 마음의 상처를 입은 주변인들 이야기였다. 전혀 몰랐는데 저들이 자신이 던진 무심한 말에 저렇게 아파했구나 하는 생각이 들자 마음이 무거워졌다. 여러 사람들의 이야기가 나타났다 사라졌다. 어릴 적 동네 친구도 나왔고, 학창 시절 은사님 몇 분도, 그리고 자신에게 질책을 받고 돌아서는 직장 후배 등등……. 그리고 아내인 소정의 이야기가 등장했고, 삼촌의 이야기도 등장했고, 세영과 세준까지 등장했다.

영조는 가깝다고 생각한 사람일수록 자신이 저지른 악업이 더 많음에 놀라지 않을 수 없었다. 가깝다고, 편하다고, 상대방을 위한다는 변명으로, 자신도 모르게 생각 없는 말과 행동을 했던 것이었다. 한 번만 더 생각해보고 이야기했더라면 피할 수 있는 이야기들이 대부분이어서 더욱 안타까웠다. 나름 노력하며 산다고 생각했던 삶이었는데도 저랬었다니……. 이것이 초롱이 말했던 당시 자신의 정신세계 수준이었을 것이다. 지금 이해가 가는 건 망자육대문 관문들을 통과하는 자체가 이미 교화의 과정, 깨달음의 과정이라 자신도 모르게 정신적인 성숙을 성취했기 때문이라고 했다.

안젤라가 등장했다. 갑자기 답답해졌다. 숨이 멎을 것 같았다. 안젤라를 향한 악업은 예상하고 있었던 바였지만 이야기가 예상과 전혀 다른 출발점에서 시작하고 있어 영조는 더욱 당황했다.

안젤라가 노트북 앞에 앉아 있다. 아무 소리도 들리지 않는다. 인터넷에 접속한 안젤라가 이메일 계정을 열어보고 있다. 무슨 상황인지 금방 판단이 되지 않는다. 영조가 이메일에 찍힌 발신일을 확인할 수만 있다면 언제쯤의 이야기인지 확인이 가능하리라 생각하자마자 어느새 안젤라의 시선으로 이메일 계정을 함께 들여다보고 있었다. 수신함에 수십 통의 이메일이 와 있다. 발신인은 영조, 자신이었다. 그런데 그 수십 통의 수신함 이메일의 엽서 봉투는 모두 닫혀 있는 상태였다. 한 통도 열어보지 않았다는 이야기였다. 자신이 보낸 수십 통의 이메일을 한 통도 열어보지 않았다?

발신일을 확인할 필요도 없었다. 수신함 맨 위의 이메일을 안젤라가 여는 순간, 그게 무슨 이메일인지 단박에 알 수 있었다. 청첩장 이메일. 안젤라는 한참이나 멍하니 첨부된 청첩장을 보았다. 곧 안젤라의 갈색 눈동자가 흔들렸고 촉촉한 눈물이 하염없이 흘러내렸다. 안젤라는 읽지 않은 모든 이메일을 한꺼번에 선택하더니 주저함 없이 휴지통 폴더에 넣어버렸다.

그 짧은 순간, 리스트 상단의 두 번째 이메일이 지정이 안 된 상태로 넘어가는 것이 영조 눈에 들어왔다. 호주행 항공권 스캔본이 첨부된 이메일이었다. 안젤라는 모든 이메일을 지웠다고 생각했던지 노트북을 꺼버렸다. 그리고 그 위에 얼굴을 묻고 한참을 울었다.

장소가 갑자기 바뀌었다. 이번에는 병원이다. 병원 건물 앞에 삼삼오오 사람들이 몰려 있다. 가톨릭 신부 복장의 한 남자가 병원 앞에 마련해둔 가설 데스크에서 일어나 병원에서 나오는 안젤라에게 다가섰다. 안젤라와 무슨 이야기인가를 주고받더니 안젤라의 손에 전화번호 하나를 적어주며, 성경 한 권과 팸플릿 한 장을 쥐어준다.

장소는 다시 호주왕립여성병원 초음파 검사실. 임신. 안젤라가 아이를 가졌다. 또 시간이 흐른다. 병원에서 홀로 아이를 낳는 안젤라가 보인다. 태어난 아이를 품에 안고 흐느껴 우는 안젤라의 모습이 서럽다. 아기 아빠는 어디에 있을까? 왜 이 광경들을 보여주는 걸까? 보채는 아이를 옆에 두고 멍하니 눈물만 흘리고 있는 안젤라의 모습이 연이어 보인다. 검은 눈동자에 오똑한 코, 뽀얀 얼굴이 참 예쁘게 생긴 아기다. 갑자기 현기증이 인다. 그 아기의 얼굴에 세영이 갓 태어났을 때의 얼굴과 겹쳐졌다.

퇴원하는 날이던가? 이것저것 소지품을 정리하던 안젤라 앞에 조금 전에 보았던 그 신부가 찾아왔다. 안젤라의 소지품이 든 가방을 오른손에 들고 안젤라를 인도해 병원 앞에서 대기하고 있는 자동차에 태우고 어디론가 달린다. 그들이 도착한 곳에는 대여섯 명의 다른 여인들이 함께 있었다. 아주 나이 어려 보이는 여성부터 안젤라와 비슷한 또래의 여인이 섞여 있었다. 모두 갓난아기를 데리고 있었다.

아이가 성장하는 모습이 눈에 띌 정도인 걸로 보아 시간이 빠르게 지나가고 있는 듯하다. 어둡기만 했던 안젤라의 얼굴에서도 서서히 미소가 돌아왔다. 아이가 첫 걸음을 뗐다. 안젤라의 얼굴에 흥분이 가득하다. 그때 누군가 안젤라를 부른다. 백발의 노부부. 먼발치서 한번 뵌 적이 있는 안젤라의 부모님이다. 안젤라의 부친이 아기를 높이 번쩍 들어 안고 이마에 키스를 한다. 그리고 얼마 뒤 그들은 안젤라와 아기를 데리고 미혼모 보호 시설을 빠져나온다. 먼발치에서 안젤라를 이곳으로 데려온 신부가 손을 흔들며 배웅했다.

시간이 또 빠르게 흐른다. 성당에서 세례를 받는 아이의 모습이 보이고, 학교에서 아이들을 가르치는 안젤라의 모습도 보인다. 아이가 점점 누군가를 닮아가고 있는데 누구인지 생각이 잘 나지 않았다. 아이는 외톨이처럼 항상 혼자서 놀았고, 혼자서 울었다.

어느덧 안젤라의 모습보다 아이의 모습이 더 많이 나타나기 시작했다. 유치원에서 홀로 퍼즐을 맞추는 안젤라의 아이가 보이더니, 그 아이 주변으로 시야가 확보되자 그 아이 혼자가 아니라 다른 많은 아이들이 함께 있는 것이 보였다. 무슨 행사가 벌어지고 있는지 떠들썩한 분위기다. 아이들의 아버지들인 듯한 남자들만 모여 있는 모습, 그리고 유치원 한쪽 벽에 'Happy Father's Day'라는 플래카드가 걸려 있는 것이 보인다. 아마도 아버지의 날 기념으로 아이들이 재롱잔치를 준비했던 모양이다. 그런데 왜 안젤라의 아이는 혼자서 퍼즐 맞추기만 하고 있을까? 그랬다. 미혼모의 아들. 아빠가 없다.

그때였다. 뒤늦게 누군가가 급히 유치원에 들어와 아이의 짐을 챙겨 들고 행사 준비에 들떠 있는 그곳을 빠져나왔다. 안젤라의 부친이었다. 맞추다 만 퍼즐게임 상자를 한 손에 들고 안젤라 부친과 함께 유치원을 빠져 나오는 저 아이, 어디서 봤더라? 실타래처럼 엉킨 기억을 더듬지만 도무지 잡힐 듯 잡힐 듯 잡히지 않는다. 아이가 커나가는 모습이 계속 파노라마처럼 펼쳐진다.

학교에 도착한 후 안젤라는 교무실로, 아이는 교실로 들어가는 모습이 보인다. 교무실에서 무슨 회의가 있는지 많은 교사들이 모여 있고, 신부님 한 분이 들어서자 모두들 일어나 인사를 한다. 예전 그 미혼모 보호소 신부님이었다. 또 장소가 바뀐다. 이번엔 아이의 교실이다. 대부분의 아이들이 무리를 지어 잡담을 나누고 있는 반면에 안젤라의 아이는 여전히 혼자다. 몇몇 아이들이 안젤라의 아이에게 다가와 말을 걸었지만, 아이는 관심 없다는 듯 고개를 숙이고 퍼즐 맞추기에만 몰두하고 있었다.

세계지도 퍼즐이었다. 거의 모든 조각들이 맞추어진 듯 보였다. 아니, 한 조각이 빠져 있다. 마지막 남은 조각은 아이가 양손으로 꼭 쥐고 가슴에 품고 있었다. 아이가 눈을 감는다. 그리고 천천히 마지막 조각을 기도하듯 퍼즐판 위에 올려놓았다. 그 조각은 한반도의 일부를 이루는 조각이었다. 아이가 마지막 조각을 제자리에 끼워놓는 순간 갑자기 모든 소리가 되살아났다. 그 아이 옆에 영조 자신이 서 있었고, 모든 음소거가 해제된 듯, 갑작스러운 교실 내 아이들의 소란스러움에 정신이 아득해 영조는 그만 눈을 감아버렸다.

소음이 다시 사라졌다. 엉겁결에 영조가 다시 눈을 뜨자 장소가 다시 안젤라가 자신이 보낸 이메일을 읽던 그 순간으로 되돌아가 있었다. 바로 안젤라가 노트북을 덮고 울고 있던 그 순간으로. 이젠 그녀의 숨소리뿐 아니라 그녀의 생각까지도 들리기 시작한다. 그러자 모든 정황이 하나로 요약되듯, 한꺼번에 이해가 되기 시작했다.

'저, 저 아이……, 저 아이는……!!'

11.
망자의 강

망자육대문 중 마지막 관문인 악업의 방의 불이 꺼졌다. 악업의 방 출구를 나서자 은은히 빛나는 자갈돌 같은 유리알들이 마지막 출구로 안내하고 있었다. 그 출구에서 아주 밝은 빛이 새어 들어오는 것으로 보아 바깥은 아주 밝은 모양이었다.

영조의 한껏 달아오른 볼은 좀처럼 식지 않았다. 악업의 문에 들어서며 나름 마음을 단단히 먹었건만, 막상 경험한 악업의 문에서의 경험은 가히 충격적이었다. 예상했던 것들도 있었지만 예상치 못한 상황에서 야금야금 쌓아온 악업이 더 많았다. 영조는 마음이 불편했다. 그 악업으로 인해 받아야 할 영혼심사 때의 평가 때문이라기보다 의도했든 의도하지 않았든, 자신의 생각 없음으로 인해 상처받았을 사람들이 느꼈을 아픔의 깊이를 접하는 것이 아주 힘든 경험이었다.

그중에서도 영조의 심장을 갈기갈기 찢어놓은 것은 당연히 안젤라와 조셉이었다. 가슴 아팠던 안젤라와의 이별이 영조에게는 그저 지나간 옛사랑으로 잊히고 있었지만, 안젤라에게는 조셉으로 인해 매일매일 부딪치는 현실이었고, 또한 짊어지고 가야 할 미래였던 것이 영조의 마음을 아프게 했다. 또한 그렇게 아빠 없이 커온 조셉이 안타까워 가슴을 쥐어뜯고 싶을 정도였다.

영조는 자신의 손을 꼭 잡고 있는 조셉을 내려다보았다. 조셉이 울고 있었다. 영조도 울었다. 충격을 받은 건 영조만이 아니었다. 진우와 초롱도 조셉이 영조의 아들이란 사실에 충격에서 벗어나지 못하고 있었다. 하지만 충선의 얼굴에는 어떤 감정도 읽히지 않았다.

영조는 다시 살고 싶어졌다. 절실하게 살고 싶어졌다. 이승에서의 조셉과의 인연을 이런 식으로 허무하게 마칠 수는 없는 노릇이었다. 차라리 모르는 게 나을 뻔했는지 모른다. 몰랐다면 이렇게 힘들지는 않았을 테니까. 하지만 조셉은 대디의 손을 잡고 같이 있는 지금 이 순간이 마냥 행복하고 가슴 벅찰 뿐이었다. 영조를 조심스레 살피던 초롱이 입을 열었다.

"흠흠……, 어찌 이런 일이……. 흠……, 어쨌든, 저 문을 나서면 바로 망자의 강이 나타납니다. 저도 지금 이 상황을 어떻게 받아들여야 할지 모르겠으나 미리 말씀드리지만, 조셉은 저 문을 나설 수 없습니다. 이곳에서 돌아가야 합니다. 저 문은 여기 계신 사자님들하고만 나가실 수 있고 이 아이는 제가 이승으로 돌려보내겠습니다. 고생하셨습니다, 영조 씨. 평안히 안식하소서."

"예, 초롱님. 초롱님도 수고하셨습니다. 사자님들도요. 그런데 마지막 청이 하나 있습니다. 저희들에게 마지막 시간을 좀 주실 수 없으시겠습니까?"

영조가 충선과 진우, 그리고 초롱을 번갈아 보며 말했다. 영조의 눈이 젖어 있었다. 진우가 충선에게 동의를 구하듯 간절하게 쳐다보았다. 그러자 충선이 조용히 고개를 끄덕이며 말했다.

"알았네. 우리는 그럼 일단 저 문을 나서서 망자의 강 뱃사공을 맞이하고 있겠네. 이야기가 끝나는 대로 바로 나오시게. 이미 시간을 너무 많이 허비했어. 알겠는가?"

영조가 고개를 끄덕이자, 충선과 진우는 빠른 속도로 미끄러지듯 환한 빛이 새어 들어오는 출구로 향했다. 초롱 또한 먼발치로 떨어져 영조와 조셉만의 공간을 마련해주었다. 영조가 오른쪽 무릎을 꿇고 조셉을 쳐다보며 조셉의 볼을 쓰다듬었다.

"이름이 조셉이지?"

"네."

"대디가 미안하구나. 대디가 조셉에게 정말 못할 짓을 했어."

"아니에요. 대디, 전 대디를 한 번도 미워한 적 없어요. 그냥 보고 싶었어요. 대디가 절 버린 게 아니잖아요. 모르셨잖아요."

"……"

조셉의 의젓한 대꾸에 영조는 그저 목이 메일 뿐이었다. 영조는 천천히 조셉의 작은 몸을 끌어당겨 품에 안았다. 부드러운 조셉의 볼에 자신의 볼을 비비며 한참동안 아무 말도 하지 못했다. 영조의 눈에서도 조셉의 눈에서도 하염없이 뜨거운 눈물이 흘러내렸다. 영조는 조셉의 조그마한 두 손을 양손으로 감싸 자신의 가슴으로 당겨 안으며 말했다.

"조셉아, 네가 있는 줄 몰라서 미안하다. 너 혼자, 대디 없이 자라게 해서 정말 미안하다. 그리고 앞으로도 네 옆에 있어 주지 못할 것이라

너무 미안하구나. 조셉아, 그래서……, 대디의 가슴 여기가 너무나 아
프구나. 너무나……."

영조는 더 이상 울음을 참을 수 없었다. 영조는 조셉을 부둥켜안
고 목 놓아 울기 시작했다. 조셉도 설움을 참을 수 없어 함께 울었다.
같이하지 못했던 시간들이 아쉬워 울었다. 앞으로 같이하지 못할 시
간이 안타까워 또 목 놓아 울었다. 그들의 울음소리는 영조의 망자육
대문 통로를 따라 망자의 강에서 뱃사공을 기다리던 충선과 진우에게
까지 들렸다.

"저기 나오는군."

망자의 강 나루터에 먼저 나와 뱃사공을 맞이한 충선이 망자육대
문 출구를 나서는 영조를 쳐다보았다.

"지금이라도 돌려보내면 될 텐데, 굳이 저들의 생이별을 왜 만들면
서까지……."

핼쑥한 얼굴로 비틀거리며 걸어오는 영조를 바라보며 혼잣말로 중
얼대던 진우는 날카롭게 쏘아보는 충선의 기세에 눌려 입을 다물고
말았다. 충선은 영조의 등을 가볍게 토닥이며 말했다.

"힘들겠지만 이승의 기억이란 게 전체 윤회로 보자면 한바탕 꿈에
불과하다네. 자, 가세. 여기 사공님도 시간을 너무 많이 허비하셨네.
더 이상 지체할 수 없으니 어서 출발하세."

자꾸만 뒤돌아보는 영조에게 충선이 재촉하듯 말하며 배에 함께
올랐다.

"선임 사자님, 그 배에는 왜 함께 타시는지……."

영조와 함께 배에 올라탄 충선의 모습에 영문을 몰라 어정쩡한 모습의 진우를 뒤로하고 뱃사공이 나루터에 묶어둔 밧줄을 풀기 시작하던 순간이었다.

"멈추시오! 멈추시오!"

충선, 진우, 뱃사공, 영조가 모두 깜짝 놀라 뒤를 돌아보았다. 한 노승이 한 손에 은빛 봉황 문양이 새겨진 공문집을 흔들며 빠른 속도로 접근했다. 노승의 얼굴이 더욱 가까워지자 영조의 표정에 깜짝 놀라는 기색이 스쳐지나갔다. 순간, 충선의 얼굴이 경직되며 온몸에 붉은 살기가 일렁였다. 짧은 순간이었지만 진우는 분명히 충선의 살기를 보았다.

"누구시오?"

날카롭게 질문하는 충선을 무시하고 운해는 바로 뱃사공에게로 갔다. 그리고 그에게 은빛 봉황 문양이 새겨진 선인청 공문서 봉투를 전달했다. 뱃사공은 무표정한 얼굴로 봉투 속 선인청 수장의 공문을 재빨리 훑어보고는 영조에게 배에서 내리라는 손짓을 보냈다. 영조는 갑작스런 상황에 어쩔 줄 몰라하며 충선과 진우의 표정만 살폈다.

그때 충선의 얼굴에서 굵은 주름들이 잠시 실룩이는가 싶더니 곧 붉은 기운이 충선을 감싸며 일렁였다. 엄청난 살기였다. 갑자기 뱃사공이 충선을 힐끗 돌아보며 조용하게 말했다.

"이보시게, 사자님. 살기를 거두시게. 자네가 타고 있는 이 배 또한 영혼심사처 영역이나 다름없네. 신성한 이곳에서 그런 불손한 살기를 띠다니……."

뱃사공의 음성은 조용했으나 서릿발 같은 준엄함이 서려 있었다.

충선은 움찔하며 뒤로 물러섰고 곧바로 살기를 거두었다. 뱃사공은 인자하게 웃으며 영조에게 말했다.

"무슨 사연인 줄은 모르겠네만, 이젠 모든 게 자네에게 달린 것 같군. 사자님들이 가져오신 망자록도 유효하고, 여기 이 스님이 가져오신 선인청 공문서도 유효하네. 즉, 어느 쪽을 선택하더라도 유효하다는 것이지. 영조 자네가 선택할 수밖에 없겠군."

충선의 표정이 일시에 어두워졌다.

'아뿔싸, 조섭을 돌려보냈어야 했어. 영조가 조섭의 존재를 알기 전에 돌려보냈어야 했어. 둘을 한꺼번에 처리할 수도 있다는 욕심에 둘 사이에 교감이 일어나는 계기를 마련해주다니……. 물론 저 돌중이 나타날 줄 몰랐으니까 그랬지만……. 마쳐야 할 숙제가 생긴 이상 절대로 영조는 저 배를 타지 않을 것이야. 이 일을 어쩐다?'

충선의 예상은 틀리지 않았다.

"돌아가겠습니다."

영조의 목소리가 기대감에 떨렸다. 벌써부터 영조의 마음이 조섭에게로 줄달음치기 시작했다.

'아직 조섭이 문을 빠져나가지 않았으면 좋으련만…….'

"그건 걱정하지 말게. 조섭도 문지기와 함께 자네를 기다리고 있네."

영조의 마음이라도 읽은 듯 운해선사가 나직이 말했다. 진우는 만면에 미소를 띠고 배에서 내리는 영조에게 손을 내밀어 영조가 나루터에 무사히 발을 디딜 수 있도록 도와주었다.

"잘되었어요. 영조 씨. 지금 나가시면 더 행복하게 사세요. 인생은 숙제만 하기 위해 태어나는 곳이 아니에요. 존재한다는 것만으로도 크나큰 의미가 있는 것이 삶이랍니다."

영조는 마주잡은 진우의 손을 꼭 잡으며 고개를 끄덕였다. 사공은 풀다만 밧줄을 마저 풀며 충선을 바라보았다.

"자, 우리는 출발하세. 자네가 저 친구와 함께 올 것이라 했는데 저 친구는 아니 간다니 자네 혼자만이라도 태우고 갈 수밖에……. 물론 자네가 원한다면 말일세."

순간 충선은 소스라치게 놀라며 주변을 살폈다. 다행히도 모두들 영조의 귀환에 들떠 사공이 한 말을 듣지 못한 듯했다.

"사공 어른, 조금만 시간을 주시겠습니까? 마지막으로 진우 저 친구 배웅이라도 좀 했으면 해서요. 아주 오랫동안 함께한 친구입니다. 만남의 소중함은 인간 세상이나 천상국이나 별반 차이가 없지 않습니까? 작별인사라도 제대로 하고 싶어서요."

"정말 그게 다인가?"

"그럼요."

"내가 관여할 바는 아니네만, 명심하게. 악업은 인간 세상에만 있는 것이 아니라네."

"예, 사공님."

충선은 사공에게 대꾸하기가 바쁘게 일행들에게 큰 소리로 외쳤다.

"자, 그럼 나갑시다."

충선의 목소리가 갑자기 쾌활해지자 진우는 황당한 표정으로 그녀를 쳐다보았다. 정말 알다가도 모를 분이었다. 살아 있는 자의 영혼인 영조를 관례까지 깨가면서 망자육대문으로 데리고 온 이도 충선이었고, 조금 전 운해선사가 선인청 공문서를 가지고 왔을 때 엄청난 살기를 쏟아낸 이도 충선이었다. 그런데 지금은 아무 일 없다는 듯 영조의 귀환을 독려하다니? 정말이지 속을 알 수 없는 분이었다.

12.
대접전

영조가 다시 망자육대문 안으로 돌아왔을 때 조셉과 초롱이 기다리고 있었다. 먼저 영조를 발견한 조셉이 정신없이 뛰어와 품에 안겼다. 그리고는 운해선사 쪽을 바라보며 고개 숙여 인사하며 아는 체를 했다.

"조셉아, 이분을 알아?"

운해를 아는 척하는 조셉이 신기해서 영조가 묻자 조셉이 고개를 끄덕였다.

"그런 이야기는 나중에 하고 빨리 출발하세."

망자육대문 입구를 완전히 빠져나가기 전까지는 결코 안심할 상황이 아니라고 판단한 운해는 재회의 기쁨에 빠져 있는 조셉과 영조를 재촉하여 걸음을 옮겼다. 초롱 또한 운해와 보조를 맞추어 빠른 속도로 이동하며 통과했던 망자육대문 방문들을 역으로 다시 여닫기 시작했다. 영조와 조셉, 그리고 운해선사와 초롱이 악업의 문, 선업의 문을 거쳐 분노의 방 저편으로 사라지는 것을 본 충선이 갑자기 진우를 불렀다.

"예?"

진우가 대답하며 돌아서는 순간 충선의 엄지손가락이 진우의 미간을 짚었고, 진우는 정신을 잃고 그 자리에 쓰러졌다. 진우를 악업의 방 다음에 준비된 휴게 공간에 앉혀놓은 충선은 서둘러 영조 일행을 쫓기 시작했다. 그들은 이미 슬픔의 방도 지나치고 있었다. 이제 기쁨의 방을 나서면 망자육대문 입구로 나가는 것은 순식간이었다. 충선은 모든 영력을 끌어올려 순간 이동으로 영조 일행을 막아섰다. 앞장서서 망자육대문 방을 열어가던 초롱이 갑작스런 충선의 출현에 깜짝 놀라 뒤로 주춤했다.

"사자님, 이게 무슨 짓이시오?"

초롱의 말이 끝나기도 전에 충선의 일격이 초롱의 미간 사이에 작렬했고 초롱은 그대로 주저앉았다. 초롱 뒤에 바짝 붙어 걷고 있던 영조와 조셉이 어리둥절한 표정으로 상황을 살피는 사이, 운해선사가 재빨리 밀치고 나와 충선에 바짝 다가서며 충선의 미간을 노렸다. 하지만 충선은 가볍게 운해의 일격을 피했다. 그 사이 앞 공간이 트이자 운해가 영조와 조셉을 향해 소리쳤다.

"뛰어! 뒤돌아보지 말고 뛰어 빨리……, 헉!"

운해선사는 말을 채 끝내기도 전에 앞으로 고꾸라졌다. 엄청난 기운이었다. 영조 일행을 뒤따르는 동안 영기를 감추기 위해 너무 많은 영력을 소비한 탓도 있지만, 일개 염라사자의 영력이라기에는 너무 강했다.

"돌중이 다 알고 들어온 줄 알았더니, 나에 대한 공부는 안 하고 왔나 보군."

"세상 공부 하기도 바쁜데 염라사자의 신상 공부까지 할 일이 뭐 있겠소?"

"입은 살았군. 보아하니 도 닦는 선승인 모양인데 이곳엔 왜 들어와서 평생 공부를 물거품으로 만드는 겐가? 안 됐지만 천상국은커녕 환생도 못하도록 아예 소멸시켜줌세. 그럼 잘 가……."

"누구 맘대로?"

고꾸라진 채 기진한 운해에게 또 한 차례의 일격을 위해 충선이 영기를 끌어올리는 순간, 조금 전 쓰러졌던 초롱이 앞을 막아섰다.

"저도 있습니다."

"아니, 자네는?"

진우였다.

"쓸데없는 천상의 죄업을 피하려 손끝에 정을 둔 것이 실수로다. 너희들 정도가 나를 막을 수 있을 거 같은가? 영혼 소멸의 화를 면하고 싶거든 물러나라. 다음에는 손끝에 정을 두지 않을 것이야."

"역시 그랬습니까? 그 소문이 사실이었습니까? 제가 말단 염라사자에 불과하나 인류 전체를 위험에 빠뜨리는 일에 동참할 수는 없습니다. 선임님을 이길 수는 없겠지만 저들에게 수초라도 시간을 벌어줄 수는 있겠지요."

초롱은 진우가 무슨 말을 하는지 몰라 진우와 충선을 번갈아 쳐다보았다. 순간 진우와 충선의 생각이 일순간 초롱에게 전해졌고, 초롱의 얼굴이 일그러졌다. 그 사이에 어느 정도 영력을 수습한 운해선사가 영조와 조섭을 데리고 달리기 시작했다. 이미 영력에 손상을 입은 운해선사였기에 조섭을 안고 미끄러지듯 달릴 수는 없었지만, 여전히 일반인인 영조가 따라갈 수 있는 보폭은 아니었기에 영조는 숨이 턱 밑까지 차올랐다.

충선을 둘러싼 기운들이 예사롭지 않게 일렁대기 시작했다. 파랑, 빨강, 초록 등 수많은 빛깔들이 한데 어우러져 충선의 몸 주위에 아우라를 형성했고, 그 파장에 진우의 머리가 터질 것만 같았다. 초롱이 지팡이를 높이 들어 방울을 흔들었다. 그러자 초롱의 눈이 뒤집어지며 툭툭, 옷이 튿어지기 시작했다. 가녀린 어린아이 같던 초롱의 몸이 점점 부풀기 시작했다. 동시에 뼈마디 부러지는 소리가 소름 끼치게 울려 퍼지며 초롱의 몸집이 더욱 커졌다.

영조는 소름 끼치는 괴성에 놀라 뒤를 돌아보았다. 초롱의 작은 몸 안에 저런 거인이 어떻게 들어가 있었을까? 초롱의 지팡이 또한 초롱의 몸집이 커지는 것과 비례해서 빠른 속도로 부피를 키워갔다. 홀쭉한 막대 지팡이가 끝 쪽으로 갈수록 점점 굵어지고 뭉툭해졌고, 표면에는 울퉁불퉁한 뿔 같은 것들이 여기저기 솟아나기 시작했다. 또한 초롱의 반딧불 같던 두 눈 사이 미간이 좁아지며 하나로 합쳐지더니 두 개의 눈동자가 하나로 모아지기 시작했다. 정수리 부분이 조금씩 들썩이더니 은회색 상아 같은 뿔이 쑤욱, 올라왔다. 뼈마디 부서지는 소리와 정수리에서 뚫고 나오는 뿔로 두개골 열리는 소리, 거기에 초롱의 비명소리까지 더해지자 영조는 좀체 정신을 집중할 수 없었다.

예상치 못한 초롱의 변신에 모두들 멍하니 넋을 놓고 쳐다보았다. 충선도 마찬가지였다. 3미터에 육박하는 키에, 부풀어오른 몸통과 팔다리, 온몸에 거친 털이 듬성듬성 돋아 있는 모습, 눈은 외눈박이에 보통 사람 눈동자의 열 배나 되어 보이는 눈동자가 충선을 노려보았다. 그 모습은 전래동화에서 본 도깨비의 모습과 흡사했다. 영조와 조섭도 아연실색하지 않을 수 없었다. 초롱이 괴성으로 울부짖을 때마다 망자육대문 통로 측면에 둘러친 깎아지른 측벽들이 사정없이 흔들리며 곧 무너져 내리기라도 할 듯 바위 부스러기들이 흘러내렸다.

"영조, 뭐해? 계속 뛰어!"

운해가 큰 소리로 외쳤다. 그의 호령에 정신이 번쩍 든 영조는 다시 망자육대문 입구를 향해 뛰기 시작했다. 뒤에서는 엄청난 포효와 비명소리, 괴성, 그리고 둔탁한 충격음이 진동했다. 사이사이에 귀에 익은 진우의 비명소리까지, 말 그대로 아비규환이었다. 영조는 왜 이런 일들이 일어나는지, 왜 선임 사자가 이렇게 자신을 데려가려 안달을 하는지 이해할 수 없었다. 하지만 지금 그런 걸 따져볼 상황이 아니란 걸, 무조건 빠져나가고 봐야 할 상황이란 걸 영조는 본능적으로 알고 있었다.

그때 쉬익, 하는 날카로운 바람소리가 들리는가 싶더니 그토록 시끄럽던 뒤쪽이 갑자기 거짓말처럼 조용해졌다. 영조는 진우와 초롱이 무사한지 걱정이 되었지만, 뒤를 돌아볼 엄두가 나지 않았다. 앞장서서 뛰던 운해가 입구를 발견하자 급히 영조를 향해 소리쳤다.

"이 문은 문지기가 아니면 당사자인 너만이 열 수 있어. 빨리 손잡이를 돌려."

영조가 앞으로 뛰어나가며 운해가 알려준 손잡이를 잡고 문을 옆으로 당기자 돌 갈리는 소리가 온 천지를 진동시키며 문이 열리기 시작했다. 하지만 문 열리는 속도가 육중한 문의 무게만큼이나 천천히 진행되었고, 영조는 불안한 마음에 뒤를 돌아보았다. 충선이 무서운 속도로 접근해오고 있었다.

순식간에 눈앞까지 충선이 왔나 싶은 순간, 영조는 갑자기 둔탁한 뭔가에 몸이 튕겨 올랐고, 곧 망자육대문 입구 밖에서 나뒹굴었다. 잇따라 조섭도 둔탁한 소리를 내며 옆으로 떨어졌다. 충선이 영조와 조섭에게 접근하자마자 운해가 혼신의 힘을 다해 영조와 조섭부터 밀어냈던 것이었다. 비틀거리며 조섭을 일으켜 세우던 영조의 눈에 충선이 망자육대문 입구를 천천히 걸어 나오는 모습이 보였다.

"이렇게까지는 안 하려 했는데, 그래도 환생의 기회는 주려고 했건만, 어쩔 수 없게 되었구먼. 어차피 이렇게 된 마당에 차라리 근원부터 없애는 것이 옳을 것이야. 잘들 가시게."

충선이 차가운 미소를 지으며 영조와 조섭을 향해 순식간에 다가오며 엄지손가락을 치켜들었다. 이젠 영조와 조섭을 보호할 그 누구도 없는 상황, 영조는 조섭을 끌어안고 눈을 감아버렸다.

그런데 어쩐 일인지 기다렸던 공격은 오지 않았고, 쿵, 하는 소리와 더불어 "어이쿠!" 하는 단발마의 신음소리가 들려왔다. 놀랍게도 충선이 멀리 튕겨져 나가 떨어져 있었고, 그의 표정엔 당황하는 기색이 역력했다.

"누구 맘대로?"

"당신은?"

"그렇네. 난 영조의 수호령인 대선녀일세. 이쯤에서 물러간다면 영혼만은 보존해줌세."

"클클클, 그대가 삼품 지위인 것으로 보아 그에 응당한 영력은 있으리라 사료되오만, 천신 출신인 나에게 비하겠는가? 물러서게. 더 이상 악업을 짓고 싶지 않네."

"그렇겠지요. 대선녀님 혼자만 계시다면 힘드실 수도 있겠지요."

"아니, 당신은……! 충, 충희……."

"오랜만이오. 감찰 사자들만 보내려다 예의가 아닌 것 같아 직접 왔소이다. 순순히 투항한다면, 그간 염라처에서의 공로를 인정해서 영혼 소멸의 화는 면하게 해드리리다."

"충희!"

충선은 대선녀와 충희, 그리고 영조와 조셉을 번갈아 보며 뒤로 주춤주춤 물러섰다. 초롱과 진우, 그리고 운해선사의 예상 외의 반격에 생각보다 많은 영력을 소진한 마당이라 대선녀 하나만을 상대하기도 벅찬 상태였는데 충희까지……. 거기다 뒤를 보니 망자육대문까지 거의 다시 닫혀가고 있었다.

대선녀가 충선을 견제하며 천천히 영조와 조셉에게로 다가서는 사이, 잠시 영기의 균형이 깨져버렸다. 기다렸다는 듯 충선이 순간적인 공세로 영조를 겨누자, 그녀의 갑작스런 공세 전환에 놀란 충희가 균형감을 잃고 움찔했다. 그 사이 남아 있는 마지막 영력으로 자신의 몸을 날린 충선은 거의 닫힌 망자육대문 안으로 순식간에 들어가 버렸다. 그와 동시에 문도 굳건히 닫혀버렸다.

"운해선사님!"

영조가 벌떡 일어나 망장육대문 입구를 향해 뛰어갔지만 이미 늦어버렸다.

"저 안에 운해선사님이! 저를 구하시려다……. 그리고 초롱님도, 진우님도……."

대선녀는 알고 있다는 듯 고개를 끄덕이며 영조를 감싸안았다. 영조는 그 자리에 털썩, 무릎을 꿇고 앉았다. 그때 돌 갈리는 소리가 다시 지축을 흔들었다. 영조와 대선녀가 소리의 진원지로 고개를 돌렸다. 망자육대문이 다시 천천히 열리고 있었다. 충희와 대선녀의 표정에 잠시 긴장감이 서렸다. 하지만 너덜너덜해진 옷차림의 초롱을 보고는 안도하는 모습이 역력했다. 초롱의 뒤로 운해선사가 진우를 부축한 채 비틀거리며 걸어 나오자 영조가 서둘러 그들에게 뛰어갔다.

"아, 저들도 무사했구려. 충선이 저들에게 살혼수殺魂手까지는 쓰지 않은 모양이오."

충희가 놀랍다는 듯 대선녀에게 말했다.

"천성이 천사청 소속 천신이었기에 본능적으로 영혼을 소멸시키는 살혼수는 쓸 수 없었던 게지요. 어쨌거나 다행입니다. 그리고 충희님께서 이리 직접 나서주시리라고는 상상도 못했습니다."

"선인청이나 저희 염라처나 똑같은 입장이 아닙니까? 멸인류파에 관한 한 우리는 한 배를 타고 있음이지요. 그건 그렇고 빨리 나가보셔야지요. 영조 저 친구나 조셉을 보니 육체의 생기도 거의 소진된 듯한데, 더 이상 지체하시면 만사가 수포로 돌아갈지도 모릅니다."

"예, 그렇지 않아도 확인해보았는데 영조는 괜찮은 편이지만 아무래도 조셉이 나이가 어리다보니 생기 또한 빨리 소진되는 것 같습니다. 하지만 운해선사 상태도 봐야 하고……."

"운해선사님은 저희에게 맡겨두시고 빨리 가보세요. 영조와 조셉이 혹시라도 이승으로 돌아가지 못하게 되면 저희의 모든 노력이 물거품이 되니까요. 어차피 저희들은 여기서 대기해야 합니다. 충선이 급한 마음에 망자육대문으로 숨었겠지만 곧 백기를 들고 다시 나오지 않겠습니까? 이번엔 끝내야지요."

"충선이 백기를 들고 나온다구요?"

"아니 그러하겠습니까? 망자의 강에 막혀 갈 곳도 없지 않겠소. 그럼 돌아 나오지 않고 어쩌겠소? 당사자인 영조도 떠난 마당에 영조의 정신세계인 망자육대문 또한 영조의 혼이 육체에 다시 돌아가는 순간 잠정 폐쇄가 될 텐데, 망자육대문 안에서 얼마나 더 머물 수 있겠습니까?"

"충선 저 친구, 다시 나오지 않을 겁니다."

"예? 무슨 말씀이신지? 충선이 이곳으로 다시 안 나올 방법이 있겠습니까? 망자의 강을 건너기라도 한다면 몰라도……."

"망자의 강을 건널 겁니다."

"뭐라구요?"

"이미 충선을 위해 천사청 고위층 누군가가 신규 천사 임용을 승인받았다고 합니다. 즉, 충선이 그 신규 천사 직으로 복귀한다는 뜻입니다."

"아니 도대체 누가 충선을 천사청으로 귀환시킨다는 말씀이시오? 그리고 그 사실은 어떻게 알고 계시는 겁니까?"

"조셉의 수호령이 천사청의 믿을 만한 정보통으로부터 들은 이야기라 합니다."

"그렇다면 이번 사건에 천사청 내 고위직 누군가가 깊숙이 관여해 있다는 풍문이 사실이란 말이 아니오?"

"그건 언제나 공공연한 사실이었으니 놀랄 일은 아닙니다만, 그쪽에서 이번에 사용한 방법은 천상국의 도를 너무 넘었어요."

"이 기회에 저희 염라처도 다시 한 번 쇄신 작업을 해야 할 것 같습니다. 다음에도 이번 건처럼 염라처를 배경으로 멸인류파의 음모가 꾸며질지도 모르니까요."

"그렇지요. 아, 이젠 가봐야 할 것 같습니다. 저기 마침 조셉을 데리가기 위해 수호령인 사품 천사 존님께서 오고 계시네요."

"알겠습니다. 그럼 다음 기회에 뵙죠."

✦

"영조야!"

기력이 빠져 자리에 누워 있는 운해선사를 한 팔로 부축하고 조섭과 함께 그의 상처를 살피던 영조를 대선녀가 불렀다. 영조는 어디에선가 많이 들어본 듯한 목소리에 깜짝 놀라며 뒤를 돌아보았다. 그때 마침 염라처 감찰계 요원들이 운해의 상태를 살피기 위해 영조에게 물러서 줄 것을 요구했기에 조심스레 운해를 다시 누이고는 대선녀에게로 다가갔다.

"누구십니까?"

"허허허! 벌써 잊은 게로구나. 정녕 내가 기억이 나지 않느냐?"

'아, 그러고보니……'

부모님 교통사고 소식을 접하기 직전 꿈속에 나타났던 그분이 오버랩되었다.

"혹시……, 그때 그 할머니? 저보고 먼 할머니뻘 된다고 하셨던분…… 맞으시죠?"

"허허허……."

"꿈이 아니었군요."

"그래. 그래도 이번엔 금방 알아보는구나. 내가 바로 자네의 수호령이야."

"할머께서 저의 수호령이셨다구요? 그렇다면……?"

"그래, 궁금한 게 많겠지. 물어보고 싶은 것들도 많을 게야. 그런데 지금 이야기를 들어도 어차피 세상에 다시 나가면 이곳에서 일어났던 모든 일이 기억에서 사라질 텐데 들어서 뭘 할 텐가?"

"예? 모든 기억이 사라진다구요?"

"그렇다네."

"그럼 내 아들 조셉과 여기서 함께했던 기억까지도요?"

"그게……."

대선녀가 영조에게 무언가 말하려던 차에 갑자기 누군가가 대선녀에게 다가섰다.

"대선녀님, 제가 너무 늦게 온건 아닌지 모르겠습니다."

"아, 존님. 조셉의 영을 데리러 오신 모양이군요."

"예."

그는 하얀 깃털 날개를 가지런히 접은 채 양손을 모아 합장하는 자세로 대선녀에게 예를 표했다. 대선녀도 예로 화답하곤 천천히 입을 열었다.

"그런데 어쩌다가 조셉이 이곳까지 오게 된 것인지는 밝혀진 건가요? 잘못했으면 인류의 미래가 일순간에 사라질 뻔하지 않았습니까?"

"예. 누구인지 밝혀졌습니다."

"도대체 누구란 말이오?"

"그런데 그게……. 저기, 멸인류파의 소행이 아니었습니다."

"뭐라구요? 그럼 누군가의 실수였단 말입니까? 도대체 어느 정신 나간 작자가?"

"그게……, 음, 하여튼 그건 대외비라……."

"도대체 무슨 일이신데 그렇게 망설이십니까? 시원하게 말씀 좀 해보시구려. 안 그래도 저의 영면수련을 이용해 영조에게 이런 짓을, 게다가 염라처에 오래전부터 첩자까지 심어서 이번 일을 꾸몄다는 것을 알면서도 물증이 없어 조용히 넘어가는 것도 울화가 치미는데 천사청에서 실수로 영조와 조섭까지 이런 위험한 지경에 끌어들이다니……."

"사실 이게 함구령이 내려진 사안이라……. 하지만 당사자의 수호령 되시는 분이니 특별히…… 잠시만 귀 좀 빌려주시겠습니까?"

조섭의 수호령 존은 뒷수습에 여념이 없는 염라처 좌장대신 충희와 염라처 감찰 사자들이 혹시나 들을까 대선녀의 귀에 입을 바짝 들이대고 무언가를 속삭였다. 대선녀의 얼굴이 샛노랗게 변해버렸다.

"뭐라구요? 그게 사실입니까?"

"예."

"그분이 왜……?"

대선녀는 하려던 말을 갑자기 멈추고 고개를 숙여 생각에 잠겼다. 잠시 뒤, 다시 조용히 고개를 든 그녀의 얼굴에는 미소가 한가득 담겨 있었다. 크게 노했던 대선녀가 갑자기 미소를 머금자 존은 뜨악한 표정으로 대선녀의 눈치를 살폈다.

"갑자기 왜 그러세요? 불안하게……."

"잠깐만요. 부탁이 하나 있어요."

이번에는 대선녀가 존의 귀에 대고 무언가를 속삭였다. 지금 주변에는 영력이 최고위급에 속하는 염라처 좌장대신뿐만 아니라 영기교신 감청의 대가들인 염라처 감찰계 최고 요원들이 즐비한 상황이라 영기교신보다 육성을 통하는 것이 더 안전했다. 대선녀의 말에 귀 기울이던 존의 눈동자가 휘둥그레졌다.

"뭐라구요?"

"쉬잇! 누가 들어요. 절 믿고 일단 그리해주세요."

"하지만 그건 규칙 위반이에요."

"걱정 마세요. 다 방법이 있으니……. 자세한 건 나중에 이야기합시다. 지금은 당장 이들을 육체로 돌려보내는 일이 급선무입니다. 그것 때문에 오신 거잖아요."

"아! 내 정신 좀 봐. 조셉은 어디, 아, 저기 있군요. 알겠습니다. 그럼 대선녀님만 믿고 그리합니다."

"잠깐만요. 조셉의 수호령이십니까?"

대선녀와 존이 대화를 하는 동안 잠시 거리를 두고 자리를 비켜주었던 영조였다.

"그렇소. 영조 씨 되시죠? 이번에 고생 많으셨습니다."

"아, 예. 그보다 옆에서 말씀을 언뜻 들으니, 조셉이든 저든 빨리 이승으로 돌아가야 하는 상황인 것 같은데, 혹시 잠시라도 조셉과 시간을 좀 가질 수 없을까요? 대선녀님께서 말씀하시기를 다시 육신으로 돌아가면 여기서 일들을 까맣게 잊어버린다고 하셨습니다. 그렇다면 깨어나서도 조셉이 내 아들인지, 아니 내게 그런 아들이 있는지조차도 모르지 않겠습니까? 이미 팔 년의 세월을 잃어버렸는데 또 얼마나 더 많은 세월을 잃어버려야 할지 모르는 상황이……."

"아, 그건 걱정은 안 하…… 흡!"

무슨 말인가를 꺼내려던 존의 입을 대선녀가 무지막지하게 막아버렸다. 그리곤 존에게 찡긋 눈치를 보내자, 존은 영조에게 하려던 말을 대충 얼버무려버렸다. 어리둥절해하는 영조에게 조셉과 이별인사는 하라면서도, 육체의 생기가 닫히기 전에 급히 가야 하니 최소한 짧게 하라는 말도 잊지 않았다.

조셉이 정신이 돌아온 운해선사 옆에 앉아 도란도란, 정답게 대화를 나누고 있었다.

"선사님, 조셉아."

"대디!"

영조가 대선녀와 존을 뒤로하고 조셉과 운해 쪽으로 걸어가면서 그들을 불렀다. 때마침 아직 깨어나지 못한 진우를 염라처 감찰계 요원들이 들것에 싣고 어디론가 이동을 하고 있었다. 영조는 운해선사와 조셉에게 잠시 기다려달라는 손짓을 보낸 뒤, 진우를 돕고 있던 염라처 감찰 사자에게 다가갔다.

"저기요. 진우님은 괜찮으신 건가요?"

"비키시오. 일반인들이 볼 것이 아니요."

영조가 진우가 누워 있는 이동 침상에 다가가자, 염라처 감찰계 요원들이 영조를 막아섰다. 그때 상황 수습을 지휘하던 충희가 감찰계 요원들에게 물러서라는 손짓을 했다. 그러자 감찰계 요원들이 재빨리 영조의 길을 열어주었다.

"진우님. 괜찮으십니까? 괜히 저희들 때문에……."

"진우는 괜찮을 겁니다. 다행히 치명상은 피했습니다."

걱정스레 진우를 바라보는 영조에게 충희가 말했다. 한결 마음이 놓인 영조가 진우의 핏기 없는 손을 잡으며 말했다.

"정말 고마웠습니다. 언젠가는 다시 뵙겠지요. 이승에서의 마지막 날이 다시 오면, 그때도 진우님께서 오시면 좋겠습니다. 물론 이곳에서의 모든 기억이 사라져 제가 진우님을 다시 뵙더라도 알아보지는 못하겠지만, 부디 서운해하지 마시고 여기서 있었던 일 하나하나 알려주세요. 그럼 저는 이만……."

영조의 말이 끝나기가 무섭게 염라처 요원들이 진우가 누워 있는 들것을 들고 가던 길을 재촉했고, 그들이 자리를 뜨자 운해선사가 조섭의 손을 잡고 영조에게 걸어왔다. 할아버지가 손자와 함께 산책을 나온 듯 다정해 보였다.

"선사님, 괜찮으세요?"

"허허! 괜찮지 않네. 여차했으면 평생의 수행이 허사가 될 뻔했음이야. 허허허! 나하고야 언제든 또 이야기할 일이 있을 걸세. 누구보다 조섭하고 할 이야기가 많을 거야. 나는 대선녀님하고 할 이야기가 좀 있으니 그럼 이만……."

운해는 조섭의 머리를 한 번 쓰다듬은 뒤 윙크를 했다. 조섭도 어디서 배웠는지 운해에게 공손히 허리까지 굽혀 인사를 했다. 조섭과 단 둘이 남은 영조가 조용히 조섭을 끌어안았다.

"조섭아, 못난 대디 때문에 또 이런 고생을 했구나. 게다가 팔 년의 시간을 잃어버리고 이제야 만났는데 또 이별을 해야 하는구나."

"……."

영조는 미안함과 아쉬움에 목이 메어 말이 제대로 나오지 않았다. 그런 영조의 얼굴을 조섭이 고사리 같은 손으로 감쌌다.

"대디, 괜찮아요. 전 대디가 이렇게 계셔주셔서 그것만으로도 감사해요. 한 번도, 단 한 번도 대디를 원망하거나 미워한 적이 없었어요. 무슨 사정이 있었겠지, 절대로 나를 버리신 건 아닐 거야라고 항상 생각했는데 제 생각이 맞았어요."

여덟 살짜리 마음속에 이런 넓은 마음이 있다니……. 영조는 조섭이 너무 대견스러웠다. 영조는 조셉을 다시 꼭 안으며 말했다.

"비록 이곳에서의 모든 기억이 사라져 우리가 이렇게 만났던 일마저 생각이 나지 않겠지만……."

"네? 이곳에서의 일들을 다시 기억 못하게 된다구요? 안 돼요. 대디의 기쁨, 슬픔, 후회 등 모든 것을 함께 느끼며, 대디를 누구보다 가깝게 느꼈는데, 그걸 또 다 잊어버려야 한다구요? 안 돼요. 저기 운해선사 할아버지한테 뭐라고 부탁해보세요. 아니면 저기 높으신 분처럼 보이는 분들한테 뭐라고 말 좀 해보세요."

조셉의 목소리가 울음소리에 잠겨들었다. 영조의 가슴도 칼로 난도질당하듯 쓰려왔다. 조셉을 다시 망각의 저편으로 보내야 한다는 생각만으로 영조는 암담함에 빠져들었다. 영조의 마음을 더욱 아프게 한 것은 지금 조셉에게 그 어떤 약속도 해줄 수 없다는 것이었다. 조셉을 만나게는 되는 것인지, 만난다면 언제 어디서 어떤 모습으로 만나게 되는지, 아무것도 모르는 상태로 다시 이승으로 던져져야 할 이 기구한 운명이 몸서리쳐질 정도로 원망스러웠다. 하지만 어쩌랴? 이것이 운명이라는데…….

영조는 마음을 다잡아본다. 그래, 중요한 건 지금 이 순간이다. 어쩔 수 없는 과거에 대한 후회와 어떻게 될지도 모르는 미래에 대한 걱정으로 마지막이 될지도 모르는 조셉과의 지금 이 시간을 낭비해선 안 된다. 영조는 더욱 꼭 조셉을 끌어안았다.

'아들아, 아들아, 내 아들아!'

13.

귀환

"조셉, 내 말이 들리니? 조셉! 조셉!"

"무슨 일이에요? 도대체 무슨 일이에요?"

새벽 네 시, 갑자기 몰려들어온 의료진들로 안젤라는 정신을 차릴 수 없었다. 아마도 조셉의 몸 이곳저곳에 부착된 센서들에서 무언가 변화가 일어났던 모양이었다.

"조셉의 의식이 돌아오고 있어요."

"의식이 돌아온다고?"

"잠시만 뒤로 물러서 주시겠습니까?"

안젤라는 더 자세히 묻고 싶었지만, 의료진들은 그럴 경황이 없어 보였다. 조셉의 눈동자에 불빛을 비춰 초점을 확인하고 호흡과 맥박, 심장박동 상태 등 의식이 돌아오고 있는 징후들을 확인하는 듯했다.

'제발, 주여!'

‘저기 나의 아들, 팔 년 만에 찾은 내 아들이 다시 기억나지 않는 세상으로 걸어가고 있다. 아무것도 약속하지 못하는 무능한 아빠를 원망하기는커녕, 아빠인 내가 혹시나 잊더라도 걱정하지 말라며, 자신이 반드시 기억을 놓지 않을 것이라고, 내가 자신을 찾지 못하면 자신이 아빠인 나를 찾아오겠다며 그 작은 손가락에 내 손가락을 걸고 맹세했다. 조셉아! 또 한 번 너를 이렇게 망각의 저편으로 홀로 보내는구나. 그래서 정말 면목이 없구나.’

"영조야,"

"대선녀 할머니……."

"많이 아프냐?"

"예……."

"그렇겠지."

"심장마비로 쓰러질 때도 이 정도로 아프지는 않았어요. 너무 아프네요. 너무 아파 숨도 쉬기 힘들어요. 너무 아파요."

더 이상 나올 눈물이 없을 줄 알았는데 또 눈에서 눈물이 솟구쳐 흘러내려왔다. 흐느껴 울면서 흔들리는 양 어깨를 대선녀가 다정하게 감싸주었다.

따뜻했다.

대선녀 할머니의 음성에는 어릴 적 만났을 때 느꼈던 것처럼, 마음을 진정시키는 묘한 힘이 있는 것 같았다.

"너무 애쓰지 말거라. 하늘의 마음은 사람들의 마음에 달렸단다. 그냥 믿고 맡겨두거라. 짧게 보면 아닌 것 같아도, 길게 보면 세상사 모든 일들이 순리로 흐르게 되어 있느니라."

"그런데 할머니……. 그냥 할머니라고 불러도 된다고 하셨죠?"

"그럼, 물론이지. 말해보거라. 궁금한 게 있는 모양이구나. 아니, 궁금한 게 많을 게다."

"예. 아무리 생각해도 그 염라사자, 그러니까 이름이 충선이라고 하던 분, 왜 그렇게 저와 조셉을 집요하게 쫓아온 건지 이해가 안 가서요. 제가 염라사자님하고 개인적으로 원한을 쌓았을 리도 없구요. 게다가 수행 중이신 운해선사님까지 나서서 저를 구하러 온 것은 무엇이며, 조셉까지 나타난 것도 그렇고……."

"그럴 게다. 이해가 안 갈 게다. 조셉이 왜 너의 망자육대문 안에 나타났는지는 나도 미루어 짐작만 할 뿐이다만, 다른 부분들은 설명이 가능할 것도 같구나. 일단 천천히 걸어가면서 이야기하자꾸나. 네 육신의 생기가 남아 있을 때까지 돌아가야 하는데, 그리 많은 시간이 남아 있는 건 아닌 것 같으니 모든 걸 다 들려줄 수는 없겠지만……."

"……."

"마저 못하는 이야기는 나중에, 먼 훗날에 이승에서 너의 시간이 정말 다되어 이곳에 오는 날, 그때 이야기할 기회가 있을 게다."

"예, 잘 알겠습니다. 할머니."

"이야기하려면 길다만, 먼저 자네를 쫓았던 그 충선이란 자는 염라처에 심어진 멸인류파 급진파의 일원이란다."

"멸인류파요?"

"그래. 자네의 운명 속에 멸인류파의 입장에서는 전혀 달갑지 않은 그분의 계획이 숨어 있었거든."

"그분요?"

"그래. 이 세상의 모든 것을 만드신 분, 이 세상의 모는 것을 주관하시는 분."

"신을 말씀하시는 건가요?"

"그래, 인간들은 그분을 그렇게 부르기도 하지."

"그런데 멸인류파라니요? 그리고 제 운명 속에 멸인류파가 싫어할 만한 계획이 숨어 있었다니요?"

"아주 긴 이야기다만, 시간이 그리 많지 않으니 간단하게 설명하도록 하마. 멸인류파란 천상국 내, 기존의 현 인류를 멸하고 신인류를 다시 창조해야 한다고 믿는 이들인데, 그들은 기존의 인간들을 더 이상 보존할 가치가 없다고 생각한단다. 탐욕으로 악마들에게 영혼까지 파는 것도 마다않는 인간들이 스스로 개과천선할 때까지 기다린다는 건은 여러 모로 현실성이 없다고 보는 것이지. 그들이 보기엔 이미 인간들에게 충분한 기회를 줬고 이렇게 대책 없이 기다리기만 하다간 천상국도 악마의 세에 노출되어 실로 걷잡을 수 없는 사태가 발생할 수도 있다고 주장하고 있지. 실제 인간들이 탐욕에 눈이 어두워 악마에게 영혼을 내어주면서 수호령들이 갈 곳을 잃고 쫓겨나듯 천상으로 되돌아오는 경우가 점점 더 빈번해지다 보니, 천상국 내 많은 이들의 공감을 얻고 있기도 하단다. 그들은 빠른 시간 안에 기존 인간들을 멸종시켜버리고 새로운 인류를 심는 것만이 악마의 세를 일시에 꺾고 천상과 지상을 구하는 유일한 대안이라고 생각하고 있지. 인간 세상 자체가 천상국과 긴밀하게 연결되어 있기 때문에 자칫 시기를 놓쳐 인류가 악마화되어 버리면, 그 악마의 세가 천상국까지도 미칠 수 있으니 그 전에 원천적으로 차단해야 한다고 믿고 있지. 그 와중에 그분의 큰 계획에 대한 소문이 나돌기 시작했고, 그 계획의 중심 선상에 자네가 있었던 거야."

"네? 그분의 큰 계획이라니요? 게다가 그 계획에 제가 어떻게 자리할 수 있는지요? 그저 평범한 두 아이의 아빠일 뿐인 제가 말입니다."

"이번 일로 이제는 천상에서도 공공연한 비밀처럼 되어버렸기에 자네한테도 말해줄 수 있네만……."

"예."

"그러니까, 그 계획이란 말이야. 인류가 스스로를 악으로부터 구원해내어 하늘의 천신들에게 현 인류의 존재 의의를 다시 한 번 부각시킬 수 있는 대규모 쇄신 운동을 일컫는 것이었지. 멸인류파는 사활을 걸고 이와 관련된 정보를 수집하기 시작했고, 인간 세상에서의 그 대규모 쇄신 운동의 중심에 누가 있는지를 추적하는 과정에서 그것이 자네와 안젤라로부터 시작하고 있다는 것을 밝혀낸 거야."

"네? 저와 안젤라라구요?"

"그렇다네. 자네가 누구인지 아는가? 자네는 천상국 내 선인청과 조상청을 아울러 최고의 영향력 있는 인신들로 구성된 삼천 명의 조상신들의 천거로 태어난 사람이야."

"제가요?"

"그렇다네. 그리고 안젤라는 천신족 중에서도 최고위급에 해당하는 어느 대천사님의 하나뿐인 따님이란 말일세. 게다가 인간 세상의 대규모 쇄신 운동에 없어서는 안 될 두 명의 핵심 인사가 있는데, 그들이 본격적으로 활동할 시기가 인간 세상의 모든 권력 구도가 아시아 태평양 지역으로 집중되는 시점과 일치하게 조정되어 있었네. 그런 지역적 안배가 고려되어 자네는 한국에서, 그리고 안젤라는 호주에서 태어날 수 있도록, 아주 오래전부터 복잡한 윤회 법칙의 계산을 통해 정해졌던 것이지. 그리고 그 계획에 따라 자네들이 만나게 되어 있었고, 자네들 사이에 두 명의 자녀가 태어나게 되어 있었던 것인데, 그들이 한국과 호주를 대표하며 세계 인류를 하나로 묶어 그분의 계획을 이루는 데 주도적인 역할을 하게끔 되어 있었던 게야. 그런데 그 계획을 멸인류파에서도 알아버린 게지. 누가 언제 무엇으로 어떻게 태어나는지가 하루아침에 결정되는 것이 아니야. 그것들은 복잡하게 얽힌 윤회의 법칙을 면밀하게 계산해서 시행하는 논리적인 작업이라 그 과정을 추론하는 과정에서 멸인류파들이 그 대상을 압축할 수 있었던 것 같아. 하지만 멸인류파들도 천사들이라 태생적으로 그분의 뜻, 천상법을 어겨 가면서까지 영향력을 행사할 수 있는 자들은 아니다 보니, 이른바 자유의지를 활용해 간접적인 방법으로 자네와 안젤라의 만남을 방해하려 공을 들였던 것이지. 사실 성공하는 듯 보였지. 결국 자네와 안젤라는 헤어졌으니까. 자네가 꿈에도 생각지 못한 곳에서 그들이 영향력을 행사했었지. 자네 삼촌의 수호령 또한 멸인류파였으니까 말일세. 게다가 안젤라의 부친을 보위하던 수호령 역시 멸인류파였고……."

"네? 삼촌의 수호령도요?"

"그래, 자네의 행복을 위해 삼촌 그분도 몇 번이나 안젤라를 받아들이려 했었다네. 하지만 자신의 수호령의 계속되는 간섭에다 자네 삼촌의 성당 선후배들 대부분, 급기야 삼촌이 의지했던 그 성당 신부마저 멸인류파 수호령의 영향권에 있었으니 도무지 견뎌낼 재간이 없었던 게지. 게다가 이미 암세포가 온몸에 번져 있어 이미 죽은 목숨이나 다름없었던 삼촌의 정신상태로는 자신의 의지대로 할 수 있는 것이 거의 아무것도 없었을 게야. 결국 그들 멸인류파 천신들의 뜻에 따라 안젤라를 찾아가 안젤라를 떠나게 만들어버렸지. 물론 삼촌은 그것이 자네의 행복을 위하는 길이라 굳게 믿었기 때문이지만……."

"안젤라를 찾아갔다구요? 그리고 떠나게 만들었다구요?"

"그뿐이 아니었네. 안젤라를 그렇게 떠나게 했음에도 자네가 호주행 비행기편을 예약하자, 그들은 급기야 미루어두었던 자네 삼촌의 인생록 사망부를 시행하기에 이르렀지. 자네에 대한 자네 삼촌의 영향력을 너무나 잘 알고 있었던 멸인류파에서 벌써 사망에 이르렀어야 할 자네 삼촌의 생명줄을 그들의 목적을 위해 유지하고 있었던 것인데, 마지막으로 자네에게 지금의 아내인 소정과 결혼하게 유도한 뒤, 후환을 없앤다는 차원에서 아예 자네 삼촌의 생명줄을 완전히 끊어버렸던 게지."

"그런 일이……, 그런 믿을 수 없는 일이……."

"믿기 힘들 거야. 하지만 내가 지금 이야기하는 것은 실제 자네 주변에서 일어났던 수많은 영향들을 생각한다면 빙산의 일각에 불과하다네."

"그런데 이상하지 않습니까? 말씀대로라면 이미 원래의 운명은 바뀌었다는 말씀이잖아요. 안젤라 사이에 조섭 외에는 또 다른 아이도 없고 말입니다. 그런데 이번에 아예 저를 죽이려고까지 했던 것은 왜인가요?"

"처음엔 우리도 그것이 이상했네. 그런데 그분이 이 정도 일도 예상 못했겠나 하는 생각이 들더군. 자네만큼 자네 자식을 잘 아는 사람이 누가 있겠나? 안 그런가? 천상국 천사들도 따지고 보면 하늘주인님이 창조해낸 자식들이나 다름없다네. 당연히 이 정도야 미리 예상하지 않으셨겠나 하는 관점에서 일련의 사건들을 풀어보니 이치에 맞아 떨어지더군. 그러니까 그분께서 벌써부터 이중삼중으로 대비책을 마련해두고 계셨던 것이야. 쉽게 말하면, 자네와 안젤라 사이에 태어날 그 딸의 영을 세영이로 태어날 수 있도록 이미 손을 써놓으셨단 말이지. 만약을 대비해서 말일세."

"이해가 안 가는군요. 세영이는 소정과의 사이에서 태어난 아이입니다. 어찌 안젤라와의 사이의 아이와 같을 수 있습니까? 그렇다면 굳이 안젤라와 제가 만나야 할 이유도 없지 않았습니까?"

"그에 대해 이해하려면, 윤회론에 대한 설명까지 되어야 하는데 그 이론은 천상국 시민들도 쉽게 이해할 수 있는 학문이 아닐 정도로 심오하다네. 그래서 일단, 핵심만 말함세. 그러니까 인간관계 형성은 아주 복잡한 윤회의 법칙에 의해 정해져서 시행되는데, 예를 들자면 천상국에서 인간 세상의 특정 인간 또는 집단에 어떤 영향을 끼치고 싶어도 임의로 특정인의 인생만 조절해서 그 인생만을 바꿀 수는 없다네. 왜냐하면 그 작은 변화가 세상 전체의 운행방향을 완전히 뒤바꿔버릴 수도 있기 때문이지. 원래대로 하자면, 세영과 조셉은 지엄한 윤회 법칙에 의해 원래 자네와 안젤라 사이의 자식들로 태어나게끔 되어 있었네. 그런데 그 전제 조건이 되는 자네들의 관계에 흠결이 생기면서 원래의 궤도를 벗어나 버렸던 거야. 그런데 그분께서는 이런 부분들에 대한 대비책도 아주 오래전부터 심오한 윤회의 틀 안에 아주 절묘하게 고안해두셨던 게지. 즉, 어떤 간섭 등으로 인해 이상적인 환경이 형성되지 않을 때에는 차선의 끈이 연결되도록 하여 전체적인 맥락에서 윤회의 틀이 최대한으로 유지되도록 되어 있는 윤회법의 적용을 받을 수 있도록 조치가 되어 있었던 것이란 말일세. 쉽게 말하면, 자네와 안젤라 사이에 태어나는 것이 가장 이상적이지만 그렇지 못할 경우, 전생들의 결과에 따라 현생에서 누구와의 연이 더 강하게 연결되어 있는가에 따라 누구의 아이로 태어날지가 결정되게 되어 있는데 절묘하게도 세영이는 안젤라보다 자네와 더 강한 윤회의 사슬에 묶여 있었기에 안젤라와 연이 끊겼지만 세상에 나올 수 있었던 것이네. 즉, 그분께서 그분의 계획을 위해 인간 세상에 내려 했던 그 두 인물을 절묘하게 존재케 하셨다는 것이야."

"그렇다면 세준이는요?"

"세준이는 자네와의 인연의 끈으로 태어난 아이가 아니라 소정의 윤회에 걸려 있는 아이라네."

"그렇다면, 지난 팔 년 동안 아무 일 없다가 갑자기 저를 죽이려 한 건 왜입니까?"

"자네와 조셉, 안젤라와 세영의 만남을 막기 위함이었지."

"예? 그게 무슨 말씀이신지요?"

"세영이 갈 예정이던 학교의 교장이 안젤라라네. 지금 안젤라도 조셉도 한국에 있고, 그러니까 자네와 만나게 되어 있었던 것이지."

"그런 일이……."

"그럼 제 심장마비도 그들이 한 짓입니까?"

"그건 아닐세. 저들이 목적을 위해 여러 가지 선택사항 중에 자네가 가진 환경을 이용했을 뿐이네. 몸 관리 잘 안 한 건 자네 탓이란 이야기야. 마침 그 약점을 저들이 파고든 것이지. 그리고 세영의 수호령인 연화의 민첩한 대응이 없었다면 자네는 완전히 죽은 목숨이었어. 그랬다면 이런 시간도 없었을 테고, 모든 것이 저들이 원하는 대로 상황 종료가 되는 것이었지. 그러니 자유의지가 얼마나 무서운지 알겠나? 자신 혼자만의 결정이 결코 혼자만의 것으로 끝나는 것이 아니란 말일세."

"예……. 그런데 세영이 수호령 덕에 제가 살았다는 건 무슨 말씀이시죠?"

"물론 알고 있네. 자네를 구한 이는 황 약사였지. 하지만 세영의 수호령이 황 약사의 수호천사를 통해 황 약사의 마음에 영향을 주지 않았다면 상황이 또 어떻게 변했을지 아무도 모른다네. 아니, 그 친구의 마음에 영향을 주었다기보다, 그 친구가 자신의 양심을 볼 수 있도록 도왔다는 표현이 더 정확하겠군. 결정은 그 친구가 한 것이니까. 본디 그 친구 자체가 선량이었어. 수호령이 보호하는 피보호자가 수호령의 영향력에 민감하게 반응한다는 자체가 근본적으로 그 인간이 선량임을 보여주는 것이니까."

"그런 많은 일들이 있었던 줄은 꿈에도 몰랐군요. 그렇다면 조셉이 저의 망자육대문으로 들어온 것은 어떤 연유인지요? 제가 사라지면 모든 것이 끝나는데 굳이 조셉까지 끌어들일 이유가 있었을까요?"

"처음에는 멸인류파에서 자네와 조셉을 동시에 처리하려는 음모인 줄 알았네. 그런데 조셉을 그 안으로 보낸 것이 그쪽 소행이 아니란 것을 나도 조금 전에 알았어. 이 부분은 확실하지 않아서 뭐라 말하긴 그렇지만, 아마도 자네에게 삶에 대한 욕망을 불어넣기 위한 수단이 아니었을까 하는 생각이 들더군. 만약 조셉의 존재를 알지 못했다면 자네는 절대로 다시 이승으로 돌아올 친구가 아니었어. 내가 틀렸는가? 사실 마지막 결정은 자네가 하지 않았나. 망자의 강을 건널지 말지를 말일세. 그런데 마치지 못한 숙제인 조셉과의 인연 때문에 돌아선 것이 아닌가?"

"그렇군요. 맞습니다. 아내와 세영이, 세준이가 생각이 안 났던 것은 아니지만 평소에 항상 마지막 날이란 생각으로 그들과 시간을 보냈기에 이미 마음의 준비가 되어 있었던 게 사실입니다. 막상 염라사자들이 찾아왔을 때, 마음 한구석에서는 안도감마저 느껴졌으니까요. 그런데 조셉이……."

"잘 알고 있네. 내 생각엔 이 부분 또한 그분께서 이미 계산에 넣으셨던 게 아닌가 생각하지 않을 수 없더군. 그렇지 않고서야 이렇게 고비마다 절묘하게 맞아 떨어질 리가 없지 않겠나?"

"그렇다면, 세영과 조셉이 만들어내는 세상이란 게 도대체 어떤 세상인가요? 솔직히 세영과 조셉이 인류를 위한 대계획에 쓰일 재목이라고 하셨는데, 총명한 아이들이니 그건 그렇다 치더라도, 저 같은 평범한 사람이 그들에게 뭐가 그리 큰 영향을 줄 수 있다고 그들이 저와 조셉의 만남을 막기 위해 이번 같은 터무니없는 일을 꾸며야 했는지 좀체 이해가 안 가요."

"허허허……. 자네는 자신의 가치를 너무 과소평가하는 경향이 있군 그래. 이보게, 세상에는 말일세. 그분이 만들어놓고 운영하시는 이 세상에는 자네가 상상도 못할 정도의 많은 그림들이 숨어 있다네. 인간 세상에서 대부분의 인간들이 스스로 만든 잣대로 중요한 인생과 그렇지 않은 인생을 만들어놓고, 스스로 오만해지기도 하고, 스스로 자책하기도 하지만 그분이 보시는 기준은 인간들의 그것과는 많이 다르시다네. 한 개인이 그려가는 인생이란 그림 하나하나도 소중하지만, 그분은 그 개인적인 그림을 모아 우주 전체가 가야 할 바람직한 전체 그림을 그려야 하는 막중한 책임을 가지고 계시다네. 그러니 세상에 난 모든 이들이 살아가는 이야기는 하늘주인님께서 운영하시는 전체 그림 속에서 빠져서는 안 되는 조각들이란 말일세. 그런데 자네의 이야기가 빠져버리면, 조셉과 세영의 이야기가 존재치 않게 되지 않는가? 그렇다면 자네의 이야기는 인간의 눈으로 볼 때는 평범한 삶일지 모르지만, 그분의 눈에는 실로 엄청나게 중요하지 않겠나? 자네의 존재 이유가 있음이 여기에 있는 것이야. 세상의 다른 모든 사람들도 마찬가지라네. 스스로를 불완전한 인간들이 만들어놓은 기준으로 판단하고 스스로 왜소해지는 우를 범하는데, 이유 없이 그 복잡한 윤회까지 거쳐 가며 쓸모없는 인생을 만들어낼 만큼, 하늘주인님께서 한가한 분이 아니시라네. 각자가 자기의 이야기를 충실하게 그분의 뜻과 계획에 가깝게 살아가는 것이야 말로 스스로를 위해서도, 그분에게도, 전체 인류에게도, 전 우주 및 천상국을 위해서도 바람직한 것이지. 떨어져 있는 듯하면서도 우리는 다 하나이기 때문이야. 참, 세영이와 조셉이 만들어갈 세상이 궁금하다고 했나? 아쉽게도 그 부분에 대해서는 아는 것이 없네. 새로운 환경으로 다시 조합된 이 상황 속에서 다시 새롭게 쓰일 이야기이기 때문이기에 말일세. 앞으로 만들어질 세상은 이제 자네, 세영이, 조셉 아니 이 세상 모든 사람들이 지금 이 순간부터 어떻게 살아가느냐에 달려 있다고 봐야 할 거야. 이런! 벌써 다 왔군. 그만 헤어질 시간이네. 미안하이. 나머지 이야기는 다음에 또 할 기회가 있을 걸세. 그럼 다음에 보세. 참, 내가 할미로서 선물 하나 했네. 좋은 시간 가지시게. 그럼 이만……."

"할머니, 할머니, 잠깐만요!"

강하게 밀쳐져 온몸이 하늘 높이 떠오르는 느낌이었다. 한참이나 날려간 몸이 어느 정점에 이르자 상승을 멈추더니 떨어지기 시작했다. 엄청난 속도로 하강하는 중에 강한 충격을 예상하며 영조는 눈을 질끈 감았다. 그런데 의외로 포근한 솜털 위로 떨어지듯 부드럽게 착륙했다. 살며시 눈을 떴다.

아니, 여기가 어디인가?

아! 모든 게 꿈이었던가?

갑자기 목이 말랐다. 심한 갈증에 온몸이 뒤틀리는 것 같았다. 하지만 물을 찾아 두리번거리는 고갯짓이 부담스러웠다. 그러고 보니 자신의 입에 산소마스크가 씌워져 있었다. 주변을 천천히 둘러보았다.

병실이었다. 파란색 삿갓을 쓴 램프가 어렴풋한 오렌지빛으로 병실 한구석을 밝히고 있었다. 움직이기 부담스런 목은 고정시킨 채 눈동자만 움직여 왼쪽을 보았다. 몇 개의 모니터들 속에서는 초록색 선들이 끊임없이 들쭉날쭉 파장을 그리며 흘러가고 있었고 모니터들 뒤쪽으로 연결된 빨간색, 파란색, 초록색 전선들이 한 방향을 향해 달리고 있었다. 영조는 그 전선들을 한 올 한 올 풀어가며 선들을 따라 시선을 이동했다. 전선들 모두가 자신의 몸에서 출발하고 있었다. 영조는 순간 부스러진 기억들의 파편들이 일시에 제자리로 돌아옴을 느꼈다.

'아! 꿈이 아니었어. 그렇다면……'

영조는 급히 자리에서 일어나려 양팔에 힘을 주었다. 그런데 전혀 힘이 들어가지 않았다. 윗몸을 일으키기 위해 아랫배에 힘을 줘보았지만 마찬가지로 꿈쩍도 하지 않았다. 답답한 마음이 숨 가쁜 호흡으로 몰려나왔고, 온몸을 비틀어 다시 한 번 일어나기를 시도해보았다. 하지만 곧 날카로운 비명소리와 함께 누워 있던 원래의 자리로 나뒹굴었다. 동시에 가슴 정중앙에 비수가 꽂힌 듯 날카로운 고통이 온몸을 파고들었다.

영조는 비명을 토해내며 숨을 몰아쉬었다. 본능적으로 고통의 근원을 찾아 몸을 더듬었다. 곧 쇄골과 쇄골이 만나는 목 바로 밑에서 시작하는 긴 절개선을 발견할 수 있었다. 그 절개선은 배꼽 바로 위까지 힘차게 뻗어 있었다. 멈추어가는 심장에 접근하기 위해 전기톱으로 갈랐던 그 가슴뼈를 철사로 동여매고 투명 테이프를 붙여놓은 그 자리, 그곳에서 고통이 시작되고 있었다. 극심한 고통에 식은땀이 났다. 도움이 필요했다.

호출 버튼을 찾아 침대 오른쪽으로 시선을 돌렸다. 거기에 마침 한 여인이 서 있었다. 놀란 듯 두 눈을 크게 뜨고 멀뚱멀뚱 자신을 쳐다보고 있었다. 낯익은 얼굴이었다. 소정이었다. 사랑하는 아내 임소정. 영조는 아내에게 귀환의 인사도 하기 전에 일으켜 달라고 소리부터 질렀다.

하지만 그 소리는 산소마스크에 막혀 소정에게 제대로 전달되지 못했다. 영조는 산소마스크를 제거하기 위해 왼손을 무의식적으로 들었지만 그 또한 이내 포기할 수밖에 없었다. 링거병과 연결된 주사바늘이 왼손 손등을 완전히 점령하고 있었고, 왼쪽 팔뚝에도 가슴팍에 그어진 것과 비슷한 모양의 절개선이 말라버린 강줄기처럼 뻗어 있었기 때문이었다.

다행히 오른손은 그나마 자유로웠다. 영조는 오른손을 들어 산소마스크를 쥐어뜯듯 벗어던져버린 후, 가쁜 숨을 몰아쉬며 말했다.

"여보……, 나 좀……, 일으켜줘."

"지금 뭐 하시는 거예요?"

"빨리! 확인해볼 것이 있어."

"왜 이래요? 당신 지금 팔 일 만에 깨어난 거 알아요?"

"뭐, 뭐라구? 팔 일?"

"예. 팔 일. 팔 일 동안 혼수상태였단 말이에요. 아무것도 기억 안 나요?"

아내가 울고 있었다. 영조의 얼굴을 양손으로 보듬으며 하염없이 엉엉 울고 있었다. 의료진들이 우르르 몰려 들어왔다. 모두들 흥분해 있었다. 영조의 반쯤 감긴 눈을 플래시로 사정없이 비추어대는 자, 모니터를 살피며 혈압을 측정하는 자, 체온을 재며 가슴에 청진기를 대고 심장에 귀 기울이는 자. 각자 자신들이 무슨 일을 해야 할지를 분업 리허설이라도 한 것처럼 능숙하게 움직였다. 그 사이 소정은 의료진들에 밀려 그들 뒤로 점점 멀어지고 있었다.

"그만요. 제발, 잠시만……."

영조가 절규하며 고함을 치자 의료진들이 주춤하며 하던 일을 멈추었다.

"가볼 데가 있어요. 이 병원 안입니다. 잠시면 됩니다. 꼭 확인해야 합니다."

의료진 중 가장 높은 직급으로 보이는 자가 안 된다고 말하려고 하는 순간, 영조는 이미 가슴팍에 연결된 단자 선들을 뜯어내고 있었다. 높은 직급의 의사가 잠시 고민하더니 고개를 끄덕이며 차분하게, 하지만 엄격한 목소리로 주변 의료진들에게 지시사항을 전달했다.

"김 간호사는 빨리 가서 휠체어 가져오고, 자네는 이 심장 모니터 단자, 이동용으로 다시 연결해. 맥박이나 심장 박동 모두 정상 맞지? 그럼, 이동한다."

에필로그

12월 25일 일요일 새벽

조용한 새벽이었다. 야간 근무 간호사들이 피곤한 얼굴로 퇴근을 준비하는 동안, 조간 근무자들은 커피를 마시며 일지를 들춰보고 있었다. 일상적인 업무 교대라 대화가 필요 없었다. 인텐시브 유닛 전체가 심해에 갇힌 듯 적막하게 가라앉아 있었다.

그때였다.

끼이익!

투두둑, 툭툭!

인텐시브 유닛이 갑자기 들썩거리기 시작했다. 복도 끝에서 휠체어 바퀴 굴러가는 소리와 여러 사람의 발자국소리, 그리고 그들이 만들어내는 수근거림이 인텐시브 유닛 전체를 둘러쌌던 적막을 송두리째 깨뜨렸다. 잠시 후, 일시에 소음이 멈추었다. 소란스럽던 자들의 다급한 발걸음이 어느 병실 앞에서 갑자기 멎었기 때문이었다. 이내 수군

거림도 잦아들었다. 병실 복도 한편에서 소리 없이 반짝이는 크리스마스 트리만이 그들의 움직임을 예의주시하고 있었다.

✦

한 남자가 은빛 휠체어에 앉아 있었다. 파리한 입술을 지그시 깨문 채 고개를 숙이고 있던 남자가 천천히 고개를 들었다. 어슴푸레한 간접 조명 아래임에도 몹시 상기된 표정이 고스란히 드러났다. 남자가 결심이 선 듯 고개를 끄덕이자 함께 온 무리 중 한 명이 성큼 걸어 나와 병실 문을 가볍게 두드렸다.

노크소리가 텅 빈 복도를 따라 어둠 속으로 사라졌다 메아리가 되어 돌아왔을 때쯤, 병실 안에서 슬리퍼 쓸리는 소리가 문틈으로 들려왔다. 문이 조용히 열리고 병실 내부가 드러났다. 하얀 가운 차림의 의료진들이 좁은 병실 안에서 북적대고 있었고, 그 모습은 한밤의 복도에 깔린 깊은 정적과 묘한 대조를 이루고 있었다.

바퀴에 얹힌 남자의 손에 문득 힘이 들어갔다. 휠체어가 주춤, 뒤로 밀리나 싶더니 이내 병실 안으로 미끄러지듯 들어섰다. 한 여인이 앞을 막아섰다. 하얀 얼굴에 진한 갈색 머리칼, 오뚝한 코와 진한 갈색 눈동자. 이국의 여인이었다. 흔들림 없는 깊은 눈동자가 남자의 큰 눈망울을 살폈다. 남자는 차마 여인과 눈을 마주치지 못하고 고개를 떨어뜨렸다. 남자의 어깨가 복받치는 흐느낌에 격렬하게 요동치기 시작했다. 여인의 손이 남자의 어깨에 살며시 얹혔다. 흠칫 놀라 고개를 든 남자의 얼굴은 붉게 상기되어 있었다. 충혈된 두 눈 언저리에 눈물이 그렁그렁 맺혀 있었다. 남자는 여인의 손을 천천히 어깨에서 거두어 두 손으로 정성껏 감싸쥐었다. 여인의 하얀 손등으로 남자의 굵은 눈물방울이 하염없이 떨어졌다. 여인은 잡힌 손을 거두지 않은 채 묵묵히 남자를 내려다보았다.

여인이 다시 고개를 들자 휠체어 손잡이를 잡고 있던 한 여인이 보였다. 그녀는 조용히 남자로부터 손을 빼내어 여인의 손을 부드럽게 잡고는 병실 밖으로 그녀를 인도했다. 동시에 병실 안의 의료진에게도 눈짓으로 자리를 비켜줄 것을 주문했다. 누가 먼저랄 것도 없이 서로 눈치를 살피며 의료진이 하나둘 병실에서 나갔다.

이내 남자의 간절한 시선이 침대에 누워 있는 소년을 향했다. 검은 머리카락, 하얀 얼굴, 짙은 눈썹……. 아름다운 소년이 눈을 감은 채 누워 있었다. 소년의 왼쪽 팔에는 링거 바늘이 꽂혀 있었고, 바늘을 고정하느라 덕지덕지 붙여놓은 반창고 주변에는 검붉은 핏자국이 어지럽게 얼룩져 있었다.

남자는 휠체어 바퀴를 굴려 소년에게 다가갔고, 얼굴을 확인하고는 이내 표정이 환해졌다. 남자는 휠체어를 침대 쪽으로 바짝 붙이며 소년에게 더 가까이 다가서려 했지만 휠체어 바퀴가 침대 매트리스에 막혀 다가갈 수가 없었다. 남자는 안타까움에 안간힘을 써서 몸을 일으켜 보았다. 하지만 그 또한 뜻대로 되지 않자 이번엔 소년의 이마를 향해 오른손을 뻗었다. 손이 간신히 소년의 이마에 닿았다. 남자는 소년의 이마를 부드럽게 쓰다듬며 입맞춤을 하기 위해 몸을 일으키려 관절에 힘을 주었다. 하지만 관절이 다 펴지기도 전에 풀썩 주저앉고 말았다. 여드레 만에 깨어난 몸이라 아직 팔다리가 마음먹은대로 움직여주지 않았다.

삐걱거리는 휠체어 소리와 매트리스의 흔들림이 거슬리는 듯, 소년이 가볍게 눈살을 찌푸렸다. 동시에 눈꺼풀에 갇힌 소년의 눈동자가 미세하게 움직였고, 그에 반응한 긴 속눈썹이 팔랑, 흔들렸다. 천천히 소년의 눈꺼풀이 열렸다. 하지만 크고 맑은 눈동자는 여전히 허공에 묶여 있었다. 남자는 말없이 소년의 초점 잃은 눈동자를 자신의 젖은 눈 속에 담고 있었다.

·❖·

조셉의 시선이 허공을 떠나 천천히 주변을 살피다 영조의 젖어 있는 눈길과 만나자 조셉의 얼굴에 미소가 번져났다. 조셉은 조그맣고 하얀 손을 들어 영조의 얼굴을 쓰다듬으며 나지막이 입을 열었다.

"대디?"

"그, 그래……. 대디야. 너도……, 기억이…… 나는 거니? 모두 다 기억나니?"

떨리는 목소리의 영조를 향해 조셉이 말없이 고개를 끄덕였다. 조셉은 영조의 손을 자신의 가슴 가까이 당겨 안았다. 다시는 보내지 않겠다는 듯, 있는 힘을 다해 영조의 손을 잡았다.

"눈이다!"

그때 병실 밖에서 대기하던 의료진들 중 한 명이 창밖에 하얗게 쏟아지는 함박눈을 가리키며 환호성을 질렀다. 모두들 웅성대며 창가로 몰려들었고, 소정과 안젤라도 물기가 채 마르지 않은 젖은 눈으로 창밖을 쳐다보았다. 빠른 속도로 창밖 세상의 모든 것들이 함박눈으로 하얗게 덮여가고 있었다.

"이거 정말 괜찮겠어요? 부탁하신 대로 조셉의 기억을 지우지 않긴 했지만……."

"잘했어요. 대신 입단속은 잘 시키셨죠?"

"물론이죠. 워낙 총명한 아이라 무슨 말인지 금방 알아듣더군요. 그래도 우리가 규칙을 어긴 건 어긴 거라서……. 대선녀님 묘안이 있다고 말씀하셨잖아요. 그 묘안이란 게 도대체 뭔가요?"

"시말서."

"예? 시말서요?"

"실수로 규칙을 어겼으니 당연히 시말서감 아닙니까?"

"아니, 그럼……. 대선녀님! 전 어쩌라구요, 정말 대선녀님만 믿고 일 저질렀는데……."

"하하하!"

대선녀가 존의 어깨를 툭 치며 호탕하게 웃었다. 존은 뿌루퉁한 얼굴로 대선녀를 흘겨보았다.

＊

그들로부터 거리가 멀어지면서 대선녀와 존의 모습이 점처럼 작아졌다. 그리고 곧 그들의 모습이 완전히 사라지자 그들의 모습이 투명한 유리상자 안에 담겨 있는 것이 보였다.

누군가가 바로 그 유리상자 위에 뚜껑을 닫았다. 동시에 투명상자 안의 대선녀와 조셉의 수호령인 사품 천사 존의 모습이 잠시 다시 나타나는 듯하더니, 상자 안 불빛이 꺼지면서 어둠과 함께 사라졌다.

"이제 다 끝난 건가요?"

"허허허, 끝나다니? 이제 시작인 것을……."

"……."

"저들이 이루어야 할 세상, 그러니까 우리가 계획하는 세상의 그림을 완성하기 위해 붙여야 할 조각들의 수가 아버님께서 온 우주에 뿌려놓은 별들의 수보다도 더 많다네. 이제 겨우 조각 하나를 맞추었을 뿐인 게지."

푸른빛 덩어리가 금방 봉인이 끝난 유리상자 하나를 조심스레 공중에 띄워 흠이 난 곳은 없는지 면밀히 살펴보고는 이상 없음이 확인되자 이번엔 은빛 덩어리가 조용히 앞장서서 봉인된 유리상자를 비어 있는 정사각형 박스 쪽으로 인도했다. 은빛 덩어리가 그 정사각형 박스에 유리상자를 밀어 넣자마자 비어 있는 공간 속으로 미끄러지듯 부드럽게 빨려들어갔고, 동시에 은은한 종소리가 울려 퍼졌다. 곧 은빛 덩어리가 불 꺼진 유리상자를 가볍게 툭 건드리자, 유리상자가 다시 종소리와 함께 환하게 밝아졌다. 영조의 가족들과 그들의 수호령들 모습이 그 유리상자 안에 있었다.

식탁을 둘러싸고 많은 사람들이 모여 있었다. 떠들썩한 분위기였고 식탁 위에는 온갖 음식들이 먹음직스럽게 차려져 있었다. 식탁 한가운데 하얀 생크림 케이크가 놓여 있었고 안젤라가 케이크에 꽂힌 초에 불을 붙였다. 밝혀진 촛불 앞에 영조와 조셉이 촛불을 향해 입을 모았다. 그 순간, 그 둘 사이에 비집고 나오는 작은 머리 하나가 있었다. 세준이었다. 모두들 떠들썩하게 웃었다. 안젤라도, 소정도, 세영도, 영숙도 그리고 영조와 조셉도……. 모두들 환하게 웃었다.

그들 뒤로는 그들의 수호령들도 함께 자리하고 있었다. 대선녀도 있었고 연화와 단청도 있었다. 그 외 안젤라의 수호천사인 가브리엘라를 비롯해 이곳 참석자들의 모든 수호령들이 함께 모여 있었다. 모두들 자신들의 피보호자들과 행복한 시간을 함께하듯 만면에 미소가 가득했다. 그런데 조셉의 수호령인 사품 천사 존의 모습이 보이지 않았다. 대신에 조셉과 영혼선이 연결된 그 자리에 눈부신 금발의 아름다운 여천사가 하얀 깃털 날개를 흔들며 조셉을 바라보고 있었다. 수호령끼리 모두 안면이 있어 옹기종기 모여 있는 것에 반해 멀찌감치 홀로 떨어진 모습이 신경 쓰인 단청이 조용히 그녀 곁으로 다가갔다.

"사품 천사 존님께서 내근직으로 발령 났다는 말씀은 들었습니다. 그분을 대신해서 오신 분이시군요."

"……."

"저는 단청이라 합니다."

"아, 저기 세준이란 아이의 수호령?"

"예, 맞습니다. 앞으로 자주 뵐 텐데 미리 인사는 나누어야 할 것 같아서요."

"내가 먼저 인사를 했어야 하는데 미안하이."

"네?"

"참, 보아하니 조상청 소속 칠품의 직위 같으니 하대를 해도 되겠군. 난 스텔라라고 하네."

"아, 예."

스텔라가 눈웃음을 지으며 오른손을 내밀어 단청에게 악수를 청하자 단청도 두 손으로 다소곳이 그녀의 손을 잡았다. 단아하고 청초해 보이는 외모와 달리 오만한 태도의 스텔라 앞에서 단청은 당황해서 얼굴을 붉혔다. 마침 멀리서 아이들의 웃음소리가 들려왔다. 단청은 그쪽으로 고개를 돌렸다가 힐끗 스텔라를 다시 쳐다보며 고개를 갸웃했다. 스텔라의 안하무인격인 태도가 왠지 전혀 낯설지가 않았기 때문이었다.

"어디서 봤더라?"

은빛 덩어리가 다시 갑자기 빠른 속도로 이동했다. 조금 전 그 유리상자에서 순식간에 멀어져 더 많은 유리상자를 살필 수 있는 거리까지 날아가 멈추었다. 은빛 덩어리는 다시 한 번 유리상자들을 세심하게 둘러보더니, 곧 강렬한 불빛과 함께 더 까마득한 거리로 멀어졌다. 그곳에서 바라본 유리상자들은 실로 한 치의 빈 공간도 없이 빽빽이 들어차 있는 모습이었다. 그 모습이 마치 조명 밝힌 거대한 퍼즐판을 펼쳐놓은 듯했다. 똑같은 크기에 똑같은 유리상자들이었지만, 각기 다른 빛깔들로 여기저기서 반짝이고 있는 모습은 밤하늘에 뿌려진 별들처럼 현란했다. 하지만 모든 상자에 불이 들어와 있지는 않았다. 유리상자들 중에는 완전히 불이 꺼져 있거나 희미하게 불빛을 잃어가는 상자도 여럿 섞여 있었다.

푸른빛 덩어리와 은빛 덩어리는 유리상자들에 가까이 다가섰다 다시 멀어지기를 반복하며, 그들 불 꺼진 유리상자들을 찾아내어 일일이 살펴보며 어루만지고 있었다. 그들의 손길이 닿은 불 꺼진 유리상자들은 희미하게나마 다시 빛이 돌아오고 있었고, 푸른빛 덩어리와 은빛 덩어리는 그들이 완전한 빛으로 돌아올 때까지 묵묵히 그 자리를 지켰다.

혼의 노래

초판 1쇄 펴낸 날 2016년 1월 11일

지은이 라의연
펴낸이 이규만
책임편집 위정훈
디자인 강국화
펴낸곳 참글세상
출판등록 2009년 3월 11일(제300-2009-24호)
주소 서울시 종로구 인사동 7길 12 백상빌딩 1305호
전화 02-730-2500
팩스 02-723-5961
이메일 kyoon1003@hanmail.net

ISBN 978-89-94781-40-2 (03810)

값 15,000원